MICAELA JARY

Die Bucht des blauen Feuers

GOLDMANN
Lesen erleben

Buch

Berlin 1909: Unmittelbar nach der Beerdigung ihres Vaters erfährt die junge Photografin Emma Thieme, dass ihre totgeglaubte Mutter noch am Leben ist. Constanze Thieme hatte ihre Familie vor zwölf Jahren verlassen, und ihr Mann behauptete, sie hätte sich umgebracht. Nun hat Emma jedoch Briefe gefunden, die beweisen, dass ihre Mutter sich in der Kolonie Deutsch-Südwest aufhält.

Zur selben Zeit begegnet Emma der an Tuberkulose erkrankten Pianistin Dorothee von Hirschberg. Die Musikerin steht vor einer Fahrt zu einem Konzertengagement nach Südwestafrika und freut sich, dass Emma sie begleiten wird.

An Bord des Schiffs »Windhuk« reisen auch der elegante Manfred von Paschen und ein eher undurchsichtiger Herr namens Ernst Keller, der sich als Reiseschriftsteller ausgibt. Beide Männer umgarnen die jungen Frauen. Doch noch wissen Emma und Dorothee nicht, dass Manfred von Paschen und Ernst Keller ihr Leben verändern werden – und dass sie der Schlüssel zum Geheimnis um Emmas Mutter und dem Verschwinden von einer Handvoll Diamanten sind.

Von Micaela Jary außerdem lieferbar:

Sehnsucht nach Sansibar. Roman

Micaela Jary

Die Bucht des blauen Feuers

Roman

GOLDMANN

MIX
Papier aus verantwortungsvollen Quellen
FSC® C014496

Verlagsgruppe Random House FSC-DEU-0100
Das FSC®-zertifizierte Papier *München Super* für dieses Buch
liefert Arctic Paper Mochenwangen GmbH.

1. Auflage
Originalausgabe November 2012

Gestaltung des Umschlags und der Umschlaginnenseiten:
UNO Werbeagentur München
Umschlagfoto: © istockphoto / Wildroze, FinePic®, München
Umschlaginnenseiten: © FinePic®, München
Redaktion: Marion Voigt
BH · Herstellung: Str.
Satz: DTP Service Apel, Hannover
Druck und Bindung: GGP Media GmbH, Pößneck
Printed in Germany
ISBN: 978-3-442-47714-2

www.goldmann-verlag.de

Der Diamant ist ein kristallisierter Kohlenstoff
und kommt in dem sogenannten [...] Blaugrund vor.
Für gewöhnlich wird der reine, weiße Diamant
mit etwas bläulichem Feuer am höchsten bewertet.

Paul Rohrbach (1869–1956),
Die Diamantenlager von Lüderitzbucht

· Prolog ·

Die Sonne trug ihren täglichen Kampf mit dem Nebel aus. Der Dunst hing über der Bucht wie ein großes, undurchdringliches Segel. Eine weiße Wand, wie ein Theatervorhang von unsichtbarer Hand hochgezogen, nur dass er aus dem Meer aufstieg und nicht aus einem Orchestergraben. Seltsamerweise wurde der Milchglashimmel nicht einmal von dem ständig über die Küste streichenden Wind vertrieben, der sich mal zu einem gewaltigen Sturm steigerte und an den bunten Fensterläden rüttelte, dann aber wieder als Brise mit den gelben Blüten des Kameldorns spielte.

Zugegebenermaßen war das Klima an diesem Ort gewöhnungsbedürftig. Gleichzeitig erwies es sich als sehr angenehm, denn an der Bucht wurde es niemals drückend heiß. Sogar an der Ostsee war es in manchen Sommern schwüler gewesen, doch an das Wetter in der Heimat verschwendete die Besitzerin des hübschen Strandhauses nur selten einen Gedanken. Die Erinnerung an die Ferien mit ihrer Tochter lag tief verschlossen in ihrem Herzen und brach sich nur dann Bahn, wenn sie an ihrem Tisch über dem einfachen Papier saß und einen neuen Bericht verfasste. Selten jedoch fand sie die Zeit für einen Brief.

Sie hatte sich ihr Leben gut eingerichtet. Es war so ausgefüllt, dass ihr wenig Raum zum Nachdenken blieb. Früher legte sie Wert darauf, die Zahl der Stunden möglichst einzuschränken, in denen sie ihre Gedanken auf Wanderschaft ins ferne Deutschland entließ. Inzwischen meldeten sich die vergessenen oder verdrängten Bilder jedoch immer öfter von selbst zurück.

Vielleicht lag es an diesem Haus, daran, dass sie sich zum ersten Mal ein richtiges Heim geschaffen hatte. Albernerweise war ausgerechnet der spektakuläre Blick über die Bucht schuld an ihrem neuen Wohnsitz. Eine Aussicht, die sie freilich nur an etwa hundert Tagen im Jahr genießen konnte, sonst verhüllte sie der Nebel. Es war höchst voreilig und sicher auch gänzlich unvernünftig gewesen, dieses Stück Land zu kaufen, nachdem sie es nur ein einziges Mal besichtigt hatte; noch dazu an einem der seltenen klaren Sonnentage.

Sie hatte sich in die Aussicht verliebt: die endlose Weite des tiefblauen Atlantiks, die aufspritzende und im Sonnenlicht wie ein Regenbogen leuchtende Gischt, wenn die Wellen gegen die Granitfelsen am Ufer schlugen, die weißen, vom Wind über den roten Sand getriebenen Schaumkronen. Wie Jade schimmernde Berge ragten vor dem Horizont in den lichtblauen Himmel. Sie hatte gehört, dass auf den kleineren Inseln Pinguine lebten und Seehunde; auf der größten befand sich das Lazarett, und gleich nebenan waren Menschen in Lagern eingepfercht, aber darüber dachte sie nicht nach. Sie hatte bei der Besichtigung den Blick auf eine Gruppe eleganter Rosaflamingos konzentriert, die auf dürren, überlangen Beinen im seichten Wasser herumstaksten, mit gebogenem Hals auf der Suche nach Nahrung, und sie hatte sich zum ersten Mal seit langem glücklich gefühlt. Allenfalls der eigentümliche Geruch der Grundstücksbegrenzung aus Walfischrippen hatte sie etwas gestört.

An den meisten Tagen war die See jedoch nur durch ein fernes Rauschen auszumachen, der Dunst dämpfte sogar den Ton der Wellen, die gegen den Strand unterhalb ihres neuen Heims schwappten. Selbst die rote Amaryllis in ihrem ebenso mühsam wie geduldig angelegten Garten verlor dann ihre Leuchtkraft, denn sie schien zugedeckt mit einem weißen Schleier. Und die Flamingos waren fortgezogen. Wahrscheinlich vertrieben von den vielen Menschen, die gleich einer Heuschreckenplage plötzlich scharenweise im Sand buddelten. Doch der Raubzug war rasch vorbeigegangen und die Einsamkeit weitgehend zurückgekehrt. Nur der tranige Duft des Zauns war geblieben.

Sie sah aus dem Fenster und fühlte sich wie in einer dicken Mehlsuppe. Das Licht erinnerte sie an den Kleister, mit dem sie die Bastelarbeiten ihres Kindes verschlossen hatte – Laternen am Martinstag und Sterne an Weihnachten. Voller Sehnsucht erinnerte sie sich daran und wusste gleichzeitig, dass ihre Sicht auf die Wahrheit verklebt war, weil sie sich dafür mehr schämte als für irgendetwas anderes in ihrem Leben.

Die Vergangenheit holte sie ein. Schmerzlich und unvorbereitet.

Ihre Gegenwehr erfolgte mit den falschen Waffen. Es gelang ihr immer seltener zu vergessen. Seit sie das Haus besaß, stand sie auf verlorenem Posten.

Genauso erging es der Sonne. Die hatte ihren Kampf gegen den Nebel inzwischen aufgegeben. Wenigstens für heute.

· 1909 ·

1

Emma Thieme begann die Zecherei über den Kopf zu wachsen. Nicht nur finanziell. Das Verhalten der Trauergemeinde wurde ihrer Ansicht nach zunehmend pietätloser.

Vor gut zwei Stunden waren ihre Gäste noch gesittet am offenen Grab ihres Vaters vorbeidefiliert und hatten Emma ihr Beileid ausgesprochen. Nun aber verwandelten dieselben Leute den aus einem üppigen Mahl bestehenden Leichenschmaus im Wirtshaus Zum Hans Sachs dank eines großen Fasses Bier in ein Fest. Überwiegend fremde Menschen, die sich dem Anlass entsprechend in trauriges Schwarz gewandet hatten – und sich auf ihre Kosten nun fröhlich den Wanst vollschlugen. Sie aßen und tranken ohne Maß, als würden sie am Hungertuch nagen und nie wieder einen Tropfen Schultheiss gereicht bekommen. Dabei waren es überwiegend sehr wohlhabende Bürger, die sich im Gedenken an den Photographen Theodor Thieme versammelt hatten.

Emma besaß keine nahen Verwandten, und auf den Friedhof sowie in die Wirtschaft waren vor allem Nachbarn und Kunden gekommen, denn auch der Freundeskreis ihres Vaters hatte sich im Lauf seiner siebzig erfüllten Lebensjahre gelichtet. Im Dunst des Zigarrenqualms, der über der Tafel hing, waren ihr eigentlich nur die Gesichter seiner beiden Angestellten und die der Männer einigermaßen vertraut, mit denen ihr Vater samstags regelmäßig Skat gespielt hatte. Und seinen langjährigen juristischen Berater kannte sie natürlich.

Der beißende Geruch von gebratenem Fett, Tabak, schalem Alkohol und menschlichen Ausdünstungen trieb ihr nicht nur die Tränen in die Augen – er schlug ihr auf den Magen. Ihre Kopfschmerzen rührten jedoch eher von den anstehenden Problemen, welche die Erbschaft zwangsläufig mit sich brachte. Sie wäre dem Gespräch mit Doktor Wohlgemuth gern noch ein wenig ausgewichen, doch der alte Rechtsanwalt passte sie an der Tür ab, als sie sich heimlich davonschleichen wollte.

»Wir müssen uns dringend unterhalten.« Die Stimme des Juristen klang leise und beschwörend. »Ihr Vater hat zwar seine wichtigsten Angelegenheiten testamentarisch zu regeln versucht, aber es herrscht nicht in allen Fragen die erforderliche Klarheit.«

Ihre Augen flogen zwischen dem Herrn, der sie an die Porträts des alten Kaisers Wilhelm I. erinnerte, und der restlichen Gesellschaft hin und her. War dies der rechte Augenblick für diese Unterhaltung? Allerdings hieß es tatsächlich, dass der Leichenschmaus *der* Ort sei, die ersten Gespräche über die Erbschaft zu führen.

Doch Emma fühlte sich elend. Der Tod ihres Vaters bedeutete einen tiefen Einschnitt, in vielerlei Hinsicht, und sie wünschte, wenigstens ein wenig Ruhe zu haben, vorbehaltlos um ihn trauern zu dürfen, bevor sie sich seinem Erbe stellte. Das Schicksal hatte ihr nicht einmal die Zeit geschenkt, sich von ihm zu verabschieden.

Theodor Thieme war nicht durch eine Erkrankung verschieden, wie dies bei einem Mann seines Alters zu erwarten gewesen wäre, sondern bei einer Katastrophe ums Leben gekommen: Emmas Vater war eines der neun Opfer, die nach dem Motorradunfall auf der Rennbahn im Alten Botanischen Garten zu beklagen waren; sein Lehrling zählte zu den vierzig Verletzten, und Emma wusste noch nicht, ob er es schaffen würde.

Seufzend wandte sie dem Herrn mit dem schlohweißen Bart über dem steifen Vatermörderkragen ihre ungeteilte Aufmerksamkeit zu: »Ich wünschte, die Regelung des Nachlasses könnte noch ein wenig warten«, antwortete sie, um nach einer kurzen Gedankenpause stockend hinzuzufügen: »Natürlich weiß ich, dass Sie nur Ihre Pflicht tun, aber … es kommt alles so plötzlich. Mein Vater war ein gesunder Mensch … und dann dieser schreckliche Unfall …«

Im Hintergrund erscholl Gelächter. Einer der Trauergäste hatte offenbar einen Witz erzählt, der zur allgemeinen Erheiterung führte.

Doktor Wohlgemuth war nur wenig größer als Emma und wirkte mit seinem eingezogenen Kopf und den gebeugten Schultern wie ein Mann, der unter der Last seiner beruflichen Verantwortung zusammenzubrechen drohte.

»Es kommt jetzt viel auf Sie zu, Fräulein Thieme, mehr, als gut für eine Tochter ist, wenn Sie mich nach meiner Meinung fragen. Frauen wird heutzutage viel zu viel abverlangt, das liegt nicht in der weiblichen Natur.«

Der Anwalt war ein Herr alter Schule. Deshalb traute er einer jungen Frau wie ihr gewiss weniger zu, als sie tatsächlich zu leisten vermochte. Das Schicksal war aber nicht immer wohlmeinend mit Emma umgegangen. Sie hatte früh lernen müssen, sich mit dramatischen Ereignissen zu arrangieren. Überdies war sie keine in Watte gehüllte Bürgerstochter, die nicht wusste, was ehrliche Arbeit bedeutete.

Nach dem Tod Theodor Thiemes benötigte sie daher vor allem einen Juristen, der ihr zu einer Konzession verhalf, damit sie ihr geordnetes Leben weiterführen konnte. Ein Anwalt, der den überholten Traditionen verhaftet war und womöglich meinte, eine Weibsperson könne kein Photographisches Atelier führen, war ihr keine große Hilfe. Dabei erlaubten die gesellschaftlichen Regeln einer Dame durchaus die Erwerbstätigkeit in diesem künstlerischen Beruf. Selbst in einer konservativen, bürgerlichen Gemeinde wie Groß-Lichterfelde sollte es Emma möglich sein, den väterlichen Betrieb fortzuführen. Immerhin befand sich ihre Heimat vor den Toren Berlins, wo erstaunlich viele Frauen im Photographischen Verein aufgenommen wurden. Und dann gab es da doch gesetzliche Bestimmungen, die ihrem Vorhaben entgegenkamen. Von der *Gewerbefreiheit* hatte sie schon viel gehört.

Genau diese Gedanken waren es aber, die Emma gerne noch ein Weilchen von sich geschoben hätte. Wie durch einen Nebel drangen die Worte des Juristen zu ihr durch: »Leider hat sich Ihr Vater gescheut, wichtige Schritte zur Klärung gewisser Dinge zu unternehmen. Das muss ich ihm vorwerfen, Gott sei seiner Seele gnädig.«

Sie riss sich aus ihrer Wehmut los. Es war ihr völlig unverständlich, wovon Doktor Wohlgemuth sprach. Ihr Vater war ein ordentlicher Mensch gewesen, der aufrecht seinen Weg ging, weder verschwenderisch noch gedankenlos. Seine Buchhaltung war stets penibel geführt worden. Sicher hatte er auch ein Testament zu ihren Gunsten angefertigt. Der Erhalt seines Geschäfts kostete viel Geld, er hatte gewiss vorgesorgt.

»Darf ich fragen, was Sie meinen, Herr Doktor Wohlgemuth?«, fragte Emma und konnte nicht verhindern, dass ihre Stimme einen leicht schrillen Klang annahm.

»Ich habe ihn immer wieder darauf hingewiesen, dass er in der Sache Ihrer Mutter …«

»Meine Mutter?«, unterbrach Emma verwirrt. Nervös strich sie sich eine Strähne ihres honigblonden Haares aus der Stirn. »Welche Sache mit meiner Mutter?«

Glas klirrte dumpf, als würden die bierseligen Gäste mit ihren frisch gefüllten Krügen anstoßen. Für einen Moment war es so still, dass Emma zu hören glaubte, wie ihr Herz schneller schlug. Dann setzten die Gespräche wieder ein und entwickelten sich zu einem murmelnden, gelegentlich von lauteren Tönen unterbrochenen Geräuschpegel.

Doktor Wohlgemuth war durch den Lärm abgelenkt worden. Als er sich erneut auf Emma konzentrierte, hatte er ihre Frage entweder vergessen oder überhörte sie absichtlich.

»Wäre es Ihnen recht, wenn ich im Atelier vorbeikäme und wir dann alles Weitere bereden?«, fragte er. »Es würde morgen am späten Nachmittag gut passen. Dann könnte ich auch gleich die stempelpflichtige Inventarliste aufnehmen.«

Emma hatte nicht die geringste Ahnung, was eine »stempelpflichtige Inventarliste« war – und wollte es im Moment auch nicht wissen. Es interessierte sie einzig der Hintergrund seiner Bemerkung. »Welche der Angelegenheiten meines Vaters betrifft meine Mutter?«

»Hat er es Ihnen nicht gesagt?« Doktor Wohlgemuth schüttelte den Kopf. Seine Miene drückte eine Mischung aus Bestürzung und Empörung aus. Er sah sich um, als fürchtete er eine Verschwörung unter den anderen Trauergästen, und senkte seine Stimme: »Ihr Vater hat niemals eine Todeserklärung nach Paragraph dreizehn des Bürgerlichen Gesetzbuches im Wege des Aufgebotsverfahrens beantragt. Das obliegt nun leider Ihnen, mein Kind.«

»Was heißt das?«

»Nach dem Gesetz ist Constanze Thieme noch am Leben.«

Emmas Herz zog sich schmerzhaft zusammen.

Seit zwölf Jahren trauerte sie um ihre Mutter. Anfangs hatte sie gehofft, es wäre alles ein Irrtum und Mutti würde irgendwann heimkehren, ganz selbstverständlich. Dann hatte sie geweint – bis ihre Tränen versiegten, doch der Verlust blieb bis heute allgegenwärtig. Sie hatte kaum jemals über die Tragödie gesprochen. Nicht mit ihrem Vater, weil sie fürchtete, ihn mit der Erinnerung aufzuwühlen. Und mit Freundinnen tuschelte man schon gar nicht über den Selbstmord der eigenen Mutter.

Es gab kein Grab, weil Theodor Thiemes unglückliche Frau ins Wasser gegangen war. Ihre Leiche war nie gefunden und bestattet worden, Emmas Vater hatte nur einen Abschiedsbrief besessen, der für ihn wohl so bedeutsam war wie ein Sarg.

Und nun überließ er es Emma, das Leben ihrer Mutter zwölf Jahre nach der schrecklichen Tat juristisch zu beenden. Wie konnte er ihr das nur antun?

Schwindel erfasste Emma. Eigentlich war sie von robuster Gesundheit, doch für einen Moment fürchtete sie, ohnmächtig zusammenzubrechen.

Der Anwalt spürte offenbar ihr Unwohlsein. Beherzt umfasste er ihren Arm. »Es tut mir leid, dass Sie es so erfahren mussten.«

Emma versuchte, Contenance zu bewahren. »Ich danke Ihnen für Ihre Offenheit, Herr Doktor Wohlgemuth«, murmelte sie und wusste im selben Moment, wie falsch ihre Worte eigentlich klangen.

»Hätte ich geahnt …«, in beredtem Schweigen brach er ab. Er ließ sie los, betrachtete sie eine Weile lang schweigend. Dann: »Wissen Sie, ich persönlich hielt das Preußische Allgemeine Landrecht für kein schlechtes Gesetz. Meiner Ansicht nach brauchen Frauen entweder einen Vater, einen Ehemann oder einen anderen Vormund, der sich um ihre rechtlichen Belange kümmert. So auf sich allein gestellt … und dann auch noch mit unter vierundzwanzig Jahren volljährig! Ihr Fall zeigt doch ganz deutlich, Fräulein Thieme, dass das neue Bürgerliche Gesetzbuch viele Lücken aufweist. Wie alt sind Sie jetzt?«

Emma war mit ihren Gedanken noch immer bei ihrer Mutter. Der zarte Keim, der vor so langer Zeit aus dem Boden der Hoffnung gerissen worden war, schlug flüchtig eine neue Wurzel. Wenn Theodor Thieme seine Frau niemals für tot hatte erklären lassen – glaubte er dann vielleicht, dass sie noch lebte? Aber sie waren doch beide seit zwölf Jahren von ihrem großen Verlust überzeugt. Hatte Emmas Vater sich nur aus sentimentalen Gründen geweigert, die Realität juristisch anerkennen zu lassen? Die Antwort auf ihre stummen Fragen hatte er mit in sein Grab auf dem Alten Friedhof genommen – und Emma fühlte sich angesichts der Bürde des Nachlasses, als würde sie beide Eltern noch einmal verlieren. Ihr Alter spielte dabei keine Rolle.

»Zweiundzwanzig«, murmelte sie.

»Zu jung«, behauptete Doktor Wohlgemuth, »viel zu jung. Aber Sie können versichert sein, dass ich Ihnen jederzeit beratend zur Seite stehe.«

Stuhlbeine knarrten, die ruppig zurückgeschoben wurden. Der Boden vibrierte unter den schweren Schritten mehrerer Männer. Aus den Augenwinkeln beobachtete Emma die kleine Gruppe gut angezogener Trauergäste, die sich mehr torkelnd als aufrecht in ihre Richtung bewegte.

Der durch die vielen Neubauten in Lichterfelde zu erheblichem Wohlstand gekommene Bauunternehmer Halske und seine drei erwachsenen Söhne wollten offenbar gehen, nachdem alle vier dem Bier stärker zugesprochen hatten, als den Herren gut anstand. Das Gesicht und den kahlen Schädel des Vaters zierte eine ungesunde blaurote Farbe; der jüngste Halske musste von seinen Brüdern gestützt werden, er stierte blicklos vor sich hin.

Emma wünschte, sie hätte diese Leute nicht eingeladen. Aber sie hatte sich verpflichtet gefühlt, weil die Photographie der Halskes eine der letzten von Theodor Thieme gewesen war; besondere Sympathie hegte sie nicht für den Alten, dessen joviale Art ihr schon im Atelier unangenehm aufgefallen war.

»Der Herr Anwalt und das Fräulein Erbin«, trompetete Halske aufgeräumt. »Sie haben schon Recht – über das Geschäftliche kann man nie früh genug reden.«

Überraschenderweise schien der seriöse Doktor Wohlgemuth Gefallen an dem von Herrn Halske aufgeworfenen Thema zu finden – oder er bemühte sich um Freundlichkeit gegenüber einem wichtigen Gemeindemitglied. Vielleicht war der feiste Bauunternehmer auch ein Mandant, dem er um den Bart gehen wollte.

»Man kann gewiss nicht behaupten, dass Sie kein guter Kaufmann wären«, erwiderte der Anwalt. »Deshalb werden Sie mir zustimmen, wenn ich Fräulein Thieme am dringendsten zu einer Eheschließung rate. Natürlich ist eine Verlobung vor Ablauf des Trauerjahres indiskutabel, aber ein Mann an ihrer Seite hat noch keiner Frau geschadet.«

Emma spürte den bohrenden Blick des ältesten Juniors auf sich ruhen. Ein Verehrer war das Letzte, wonach ihr momentan der Sinn stand. Sie war zwar längst im heiratsfähigen Alter, aber sie hatte niemals ein besonderes Interesse an der Ehe gezeigt und würde dies unter den gegebenen Umständen erst recht nicht tun. Es hatte sie ausgefüllt, die Gehilfin, Retoucheuse, Copiererin, Empfangsdame und Haushälterin für ihren Vater zu sein.

Und es sollte ihr erst einmal genügen, ihr eigenes Leben neu zu ordnen, bevor sie daran ging, ein so unsicheres Haus wie eine Ehe zu bauen. Im Gegensatz zu anderen Frauen ihres Alters machte sie sich nichts vor. Die Tragödie um ihre unglückliche Mutter zeigte doch, dass eine Heirat keine Garantie für Sicherheit war. Nicht einmal ein Kind konnte anscheinend daran etwas ändern. Jedenfalls hatte die Existenz einer kleinen Tochter die Mutter nicht von ihrem letzten Schritt abgehalten.

In den Tagen seit Theodor Thiemes Tod war Emma der Verlust auch ihrer Mutter nie gegenwärtig wie in diesem Moment. Ihr fuhr durch den Kopf, wie schön es wäre, keinen Ballast tragen zu müssen. Keine Erinnerungen, keine Vergangenheit und keine Zukunftssorgen.

Der Gedanke an Flucht verstärkte sich. Sie wollte allein sein und ihre Wunden lecken.

»Verzeihen Sie«, brach es aus ihr heraus, »eine Migräne … Ich muss gehen …« Dann riss sie in einer bühnenreifen, theatralischen Geste die Tür auf und stürzte nach draußen. Sollten der Anwalt und die Herren Halske doch denken, sie leide unter Hysterie. Ihr war es egal.

2

Was für ein hübscher Ort!, dachte Dorothee von Hirschberg, als sie aus dem Bahnhofsgebäude auf eine breite, von hohen Kastanienbäumen gesäumte Straße trat.

Über das Kopfsteinpflaster ratterten und rollten zwar einige Automobile und Kutschen, doch war der Verkehr übersichtlicher als im chaotischen Getriebe Berlins. Lediglich die elektrische Straßenbahn erweckte den Eindruck großstädtischer Eile. Die nur einstöckigen, mit Fachwerk, Türmen und Zinnen geschmückten, weiß gekalkten Geschäftshäuser rechts und links der Bahnhofstraße wirkten fast dörflich, und die Besucherin fühlte sich an einen Kurort erinnert. Freilich schienen die vorüberschreitenden Spaziergänger eher frisch aus der Friedrichstraße importiert, Landpartiekleidung trug hier kaum jemand. Damen flanierten in modischen Kostümen mit hüftlangen Jacken und großen, mit Reiherfedern aufgeputzten Hüten an den Schaufenstern vorbei, die Herren trugen meist Uniform, manche vorbildlich geschnittene dunkle Jacketts und Homburg.

Es war eine ziemlich einheitliche Szene wohlhabenden Bürgertums, durchbrochen nur von Kindermädchen und Zofen in ihrer berufsmäßigen Tracht, Handwerkern und Arbeitern in billigen Anzügen. Eine das Bild aufhellende, bunte Künstlerschar wie etwa im heimischen Friedenau zog es offensichtlich nicht nach Groß-Lichterfelde.

Dorothee hob unwillkürlich die Hand zu der schmalen, über ihre Augenbrauen reichenden Krempe der überdimensionalen, haubenartigen Toque auf ihrem Kopf, die aufwendig genug war, um ohne Dekoration auszukommen. Die in Mode befindlichen Pleureuses, Kokarden, künstlichen Vögel und echten Federn waren nicht ihr Stil. Dennoch war ihr Hut zweifellos das auffallendste Kleidungsstück diesseits des Bahnhofsgebäudes. Für eine Dame ihrer Herkunft vielleicht nicht unbedingt das angemessenste Accessoire, aber für eine Musikerin gewiss das Tüpfelchen auf dem i ihrer Aufmachung.

Obwohl erst vierundzwanzig, blickte Dorothee von Hirschberg bereits auf eine fast zwanzig Jahre währende Karriere zurück. In den Konzertsälen zwischen Berlin und Wien, Düsseldorf, München und Triest war sie schon früh als Wunderkind gefeiert worden, als »legitime Nachfolgerin Mozarts«. Gemeint waren mit diesem Lob jedoch nicht ihre Kompositionen, sondern ihre Virtuosität am Klavier. Das Schicksal hatte sie mit einem unvergleichlichen Talent ausgestattet, einerseits Fluch, andererseits Segen. Letzteres vor allem aus finanzieller Sicht, denn Dorothee von Hirschberg war im Laufe der Zeit zu einer berühmten Pianistin avanciert. Sie bestritt den Unterhalt ihrer kleinen Familie inzwischen allein, ihr Vater, ein verarmter Adeliger aus Schlesien, hatte seinen Dienst in einer preußischen Behörde längst quittiert und betreute nur noch ihr Talent, wie er es nannte. Tatsächlich hatte er ihre Begabung früh erkannt und sie gedrillt ... nun, man könnte natürlich auch sagen – er hatte sie *gefördert*.

Jedenfalls hatte ihr alter Herr sie bislang so gut wie nie aus den Augen gelassen. Sie war sein größter Schatz – im wörtlichen Sinne. Seit sich ihre schwere Erkrankung nicht mehr verheimlichen ließ, litt er unter Zukunftsängsten. Der Husten, der sie schon so lange quälte, hatte sie vor einigen Wochen gezwungen, ein Konzert in Leipzig abzubrechen, und ihr Vater hatte sich daraufhin mit einer Herzattacke zurückziehen müssen. Statt Dorothee mit Arsenik zu behandeln, musste sich der herbeigerufene Arzt erst einmal um Hugo von Hirschberg kümmern, für dessen Genesung ein Glas Weinbrand und das Öffnen des Hotelfensters ausreichend waren. Die anschließenden Untersuchungen in der Berliner Charité brachten für Dorothee indes nichts außer der Bestätigung, was das rasselnde Atemgeräusch bedeutete: Sie litt an schwerer Tuberkulose.

Mit dem unerwarteten Angebot, zwei hoch dotierte Konzerte am anderen Ende der Welt zu spielen, kam die erstaunliche Wende. Die in Diamanten angebotene Gage in der Kolonie Deutsch-Südwest verklärte den Blick ihres Vaters. Seltsamerweise schützte er seinen wertvollen Besitz nun nicht mit besonderem Elan, sondern ließ Dorothee tun, wozu sie gerade Lust verspürte. Während sich der alte Hirschberg über den gegenwärtigen Preis der Edelsteine informierte, die Kosten für Schiffspassagen nach Swakopmund und Lüderitzbucht debattierte und als ihr Impresario das Programm zusammenstellte, gelang es ihr, der elterlichen Wohnung in Berlin wenigstens zeitweise zu entkommen. Sie unternahm oft einsame Spaziergänge und suchte die Heilsamkeit der frischen Luft im Tiergarten, an einem warmen Sommertag wagte sie sich sogar ohne Begleitung in die berühmte Badeanstalt am Wilmersdorfer See. Und tatsächlich schien ihre erblühende Selbstständigkeit die beste Medizin zu sein und ihr neue Kraft zu verleihen.

Das Engagement in Afrika indes nahm sie mit deutlich mehr

Gelassenheit als ihr Vater. Es würden Konzerte wie viele sein, sie verlor daran keinen Gedanken. Selbst die Reise besaß nur wenig Reiz, denn sie war in den vergangenen Jahren so viel herumgekommen, dass sie von der Kolonie wenig Neues erwartete. Man hörte schließlich, dass die Auswanderer und Angehörigen der Schutztruppe viel Deutsches in die neue Heimat mitbrachten. Der wesentliche Unterschied zu ihren bisherigen Auftritten bestand für sie darin, dass sie diesmal in der Wüste spielen sollte und das dort zu erwartende trockene, heiße Klima Balsam für ihre Lungen sein würde. Auch die Seereise versprach, heilsam zu sein.

Die dicht belaubten Kastanienbäume in Groß-Lichterfelde taten ihr jedoch auch schon jetzt recht wohl. Sie sorgten für eine frische, gereinigte Luft, spendeten Schatten, und das leise Rauschen der Blätter fiel ihr als harmonische Begleitmusik auf. Dorothee fühlte sich überraschend gesund, nicht einmal einen Hauch Anstrengung empfand sie nach der Eisenbahnfahrt vom Bahnhof Zoologischer Garten hierher. Eine gute Voraussetzung, um einem Photographen Modell zu sitzen, dachte sie und schmunzelte über sich selbst.

Vielleicht lag ihre Zuversicht auch am Glück, das sie erfasste, weil sie sich ganz allein in den Zug Richtung Potsdam gewagt hatte. Ihr kam es vor, als würde sie schweben. Meistens ging es ihr so, wenn sie selbstvergessen am Piano saß und eines ihrer Lieblingsstücke von Frédéric Chopin spielte. Oder wenn sie in der Erinnerung an die Fahrt im Heißluftballon schwelgte, der sie über die stille märkische Landschaft mit ihren tiefblauen Seen, smaragdgrünen Wäldern und sandigen Feldern getragen hatte – an der Seite eines jungen Mannes, den sie seit damals nicht wiedergesehen hatte, der aber unvergessen einen Platz in ihrem Herzen bewohnte.

»Kaiser Wilhelm ernennt vormaligen Innenminister Theobald von Bethmann Hollweg zum Reichskanzler.« Der von einem starken Berliner Akzent geprägte Ausruf eines Zeitungsjungen im Stimmbruch brachte Dorothee in die Gegenwart zurück.

Sie blickte sich suchend um. Welches Gebäude war wohl der Westbazar? In diesem befand sich das *Photographische Atelier Theodor Thieme*, welches das Ziel ihres Ausflugs in die Vorstadt war. Sollte sie einen anderen Passanten danach fragen? Es war jedoch ihre Sache nicht, fremde Menschen anzusprechen. Ein wenig ratlos verharrte sie auf der Stelle.

In diesem Moment sah sie die junge Frau.

Die Person schien völlig aufgelöst. Sie war recht groß und von schmaler Figur, trug einen knöchellangen Bahnenrock aus schwarzem Tuch, dazu eine strenge, taillierte Jacke aus demselben Stoff. Aus dem viereckigen Kragen schaute ein schwarzes Spitzenjabot hervor, das die Trauergarderobe vervollständigte. Das Ungewöhnlichste an ihrer Aufmachung war die Tatsache, dass sie weder Handschuhe noch einen Hut trug. Ihr Haar leuchtete golden in der Sonne und löste sich aus den Schildpattspangen, mit denen es aufgesteckt worden war. Das hübsche, schmale Gesicht war so bleich wie das von Dorothee nach einem Anfall.

Aufgebracht verließ die Unbekannte eine Gaststätte, die sich schräg gegenüber an der Straßenecke befand. Sie rannte und stolperte gleichzeitig unter dem Torbogen hindurch, auf dem ein Schild prangte, das die Lokalität als »Wirtshaus zum Hans Sachs« auswies. Mit einem zufällig vorbeilaufenden Mädchen in Schuluniform stieß sie fast zusammen.

Dorothee hatte sich noch nie so schnell bewegt. Sie konnte es nicht, weil ihre kranken Lungen nicht genug Luft aufnahmen. Aber sie durfte es auch nicht, weil ein derartiges Benehmen ihrer Erziehung und ihrem gesellschaftlichen Stand widersprach.

Umso erstaunter beobachtete sie die andere Frau. Diese wirkte durchaus vornehm, ihre Kleidung war von vorzüglicher Qualität, so etwas erkannte Dorothee auf Meilen.

Warum, um alles in der Welt, führte die sich auf wie ein Gassenjunge, der beim Gemüsehändler nicht nur in die Apfelkiste, sondern auch in die Kasse gegriffen hatte? Unwillkürlich erwartete Dorothee, dass der ungewöhnlichen Person ein Kellner aus dem Gasthaus folgte. Vielleicht war sie eine Zechprellerin. Doch nichts dergleichen geschah.

Ohne sonderlich darüber nachzudenken, schlug Dorothee den Weg ein, den die andere genommen hatte. Sie folgte ihr mit einigem Abstand, da sie zu langsam war, um auf ihren Fersen zu bleiben. Ihre Augen hingen jedoch an der Unbekannten wie Kletten am Rock einer Spaziergängerin im Wald. Dennoch gelang es ihr, die übrigen Passanten zu umrunden und niemandem den Weg abzuschneiden. Auch das Herannahen eines Fuhrwerks änderte nichts an ihrer Zielstrebigkeit, als sie die Straße überqueren musste, um die Verfolgte nicht zu verlieren. Sie beschleunigte ihren Schritt ein wenig und kam ohne Blessuren auf der gegenüberliegenden Seite an.

Im Grunde legte sie keine zweihundert Meter zurück. Dorothees plötzliche Atemlosigkeit war wohl auch eher eine Folge der Aufregung, die ihr ebenso ungewöhnliches wie eigentlich unverständliches Verhalten begleitete. Die körperliche Anstrengung war gewiss nicht verantwortlich für ihre jähe Kurzatmigkeit.

Als sie bemerkte, dass die junge Frau in Schwarz vor einem nahen Ladengeschäft innehielt, drückte der beginnende Hustenanfall trotzdem mit kräftiger Faust gegen ihre Brust.

Die andere bemerkte Dorothee anfangs nicht. Ihre Aufmerksamkeit galt dem Schlüssel, den sie mit zitternden Händen in das Türschloss zu stecken versuchte und dabei mehrmals neu ansetzte.

Erst als Dorothee unmittelbar hinter ihr stand, keuchte, hustete und nach Luft rang, schaute sie sich entgeistert um.

»Ja, bitte?«

»Könnte ich wohl ein Glas Wasser bekommen?«, presste Dorothee hervor.

»Was …? Wieso …?« Ratlos sah sich die Verfolgte um, als suchte sie nach einer Quelle, um den Wunsch zu erfüllen.

»Würden Sie bitte so freundlich sein«, fügte Dorothee mit Nachdruck hinzu.

»Ja… ähm… wir haben geschlossen!« Die Fremde deutete auf das handgeschriebene Schild, das von innen an der Glasscheibe der Eingangstür befestigt war. Ein quadratisches Stück Karton, das die knappe Auskunft der jungen Frau bestätigte.

Endlich wurde Dorothee die Unangemessenheit der Situation bewusst. Welcher Teufel hatte sie geritten, einer Unbekannten aus einer Laune heraus nachzustellen? Die Tatsache, dass sich die andere offenbar in hellster Aufregung befand, war doch kein Grund, die eigene Neugier derart aufdringlich zur Schau zu stellen. Sie war einfach übermütig geworden, weil sie sich frei und gesund gefühlt hatte.

»Verzeihung … ich …«, hob Dorothee schluckend an. Sie hatte Mühe, den noch nicht gestillten Husten zu unterdrücken. In ihren Bronchien kratzte es.

Ihre Augen streiften die Ladenfront. Glastür und Schaufenster wirkten wie leere, blinde Augen durch den feinen weißen Voilevorhang, der den Blick in das Innere des Geschäfts verhinderte. Der in Kurrentschrift auf die Scheibe aufgetragene Name und Zweck des Unternehmens war jedoch deutlich erkennbar: *Photographisches Atelier Th. Thieme.*

Überrascht sah Dorothee zu der jungen Frau, die sie zufällig hergeführt hatte. »Ich bin Dorothee von Hirschberg«, erklärte sie, überzeugt, dass die andere ihre Person einzuordnen wisse.

Schließlich hatte sie schon vor Wochen schriftlich einen Termin vereinbart.

Doch die Antwort war nur ein ratloser Blick aus blaugrünen Augen.

Wieder löste sich der Husten. Jetzt war es eher ein nervöses Hüsteln und erschütterte nicht ihren ganzen Leib wie der Anfall zuvor.

»Ich habe einen Termin mit dem Herrn Photographen vereinbart«, Dorothee atmete vorsichtig ein, um Luft in ihre schmerzenden Lungen zu bringen. »Herr Thieme erwartet mich.«

Ein Seufzer entrang sich der Kehle der jungen Frau, die noch immer in der Ladentür stand und Dorothee auf diese Weise den Weg hinein versperrte. »Es muss sich um einen Irrtum handeln. Das Photoatelier ist geschlossen.« Sie wies noch einmal mit dem Zeigefinger auf das Schild.

Langsam verlor Dorothee die Geduld: »Wenn ich Ihnen sage, dass ich einen Termin mit Herrn Thieme vereinbart habe, dann hat das seine Richtigkeit. Melden Sie mich bitte unverzüglich an. Ich habe nicht die Absicht, auf der Straße herumzustehen und mit Ihnen zu debattieren … Und dann hätte ich wirklich gerne ein Glas Wasser!«

Die andere zögerte einen Moment. Dann kapitulierte sie offenbar vor Dorothees entschiedenem Auftreten: »Also gut. Kommen Sie herein. Ich gebe Ihnen etwas zu trinken. Mein Name ist Emma Thieme.«

3

Eine feine Staubschicht überzog das Gehäuse des Photoapparats. Das Nussbaumholz schimmerte matt unter hellgrauem Pulver und bedurfte einer Politur. Das Messingobjektiv, das im Sonnenschein der Oberlichter wie Gold glänzen sollte, offenbarte weitere Zeichen der jüngsten Verwahrlosung.

Obwohl Emma nach dem Unglück überall die lichtdurchlässigen Vorhänge zugezogen hatte, drang genug Helligkeit in das Atelier, um die plötzliche Vereinsamung sichtbar zu machen. Staub lag auf der Kamera, auf den Beinen und Querverstrebungen des Stativs, auf den Lehnen der Stühle, die für eine gerade und ruhige Haltung beim Photographieren sorgen sollten.

Beim Eintreten sah Emma das Atelier mit den Augen der fremden Frau. Zum ersten Mal seit dem Tod ihres Vaters fiel ihr auf, dass die Apparaturen dringend abgestaubt gehörten. Der schreckliche Unfall hatte ihre Welt abrupt zum Stillstand gebracht. Sie konnte sich nicht weiterdrehen wie zuvor. Doch der Sand des trockenen märkischen Sommers fraß sich ebenso in das Studio wie der Ruß aus den Auspuffanlagen der vorüberfahrenden Automobile und nahen Züge.

Gleich morgen würde sie zu Besen und Staubwedel greifen; allein für die »stempelpflichtige Inventarliste« des Herrn Anwalts war ein wenig mehr Sauberkeit angesagt. Die Reinemachefrau würde sie damit nicht beauftragen. Ihr Vater hatte niemandem erlaubt, seine Ausrüstung zu putzen, nur er selbst oder seine Tochter durften dies, und daran wollte sie nichts ändern.

Die für die Herstellung der Photographien benötigte Technik befand sich im vorderen, durch die großen, über Eck gehenden Schaufenster hellsten Teil des Raumes. Das natürliche Licht konnte durch diese Positionierung ausgenutzt werden. Die Rückwand indes schmückte das farbenfrohe Fresko einer italienisch anmutenden Landschaft. In der seitlichen Nische auf der anderen Seite stand eine kleine Sitzgruppe im Schatten, die meist von Begleitpersonen genutzt wurde, um Wartezeiten zu verkürzen oder der Arbeit des Photographen in Ruhe zuzuschauen.

Emma wies auf einen der mit grünem Samt bezogenen Sessel.

»Nehmen Sie bitte Platz. Ich hole Ihnen ein Glas Wasser. Aber es wäre mir recht, wenn Sie dann gehen würden.«

Dorothee von Hirschberg kam Emmas Aufforderung nicht nach, sondern wanderte aufmerksamen Blickes durch das Atelier. Vor dem dreibeinigen Stativ aus Erlenholz und der darauf befindlichen Balgenkamera blieb sie stehen, um die Gerätschaften einer eingehenden Betrachtung zu unterziehen.

Emma ließ sie nicht aus den Augen. Das versprochene Getränk besorgte sie nicht. Vielmehr überlegte sie, ob die Besucherin eine Betrügerin, Diebin oder Hochstaplerin war. Schon vor der Ladentür hatte sie kurz bedacht, dass Dorothee von Hirschberg eine Person sein könne, die sich unter einem Vorwand Zutritt zum Atelier verschaffen wollte. Es lag auf der Hand, dass sie nicht die Wahrheit sprach: Emma hatte alle Verabredungen, die ihr Vater in seinem Kalender notiert hatte, nach dem Unfall abgesagt.

War es möglich, dass sie eine Sitzung übersehen hatte?, fragte sie sich zögernd. Doch sie war gewissenhaft vorgegangen und sicher, ihre Pflicht erfüllt zu haben.

Dabei wirkte Dorothee von Hirschberg durchaus vertrauenerweckend. Die Krempe ihres extravaganten Hutes fiel ihr zwar ein wenig tief über die sanften bernsteinbraunen Augen, aber ihr schmales, feingeschnittenes, bleiches Gesicht wirkte in seiner Offenheit extrem verletzlich. Eine schöne Frau mit einer fragilen Figur, die es sich leisten konnte, ein modisches Kostüm mit einer mondänen Frackjacke von atemberaubendem Schick zu tragen. Diese Dame gab offensichtlich viel Geld für ihre Garderobe aus, stellte Emma nicht ohne Neid fest.

»Verzeihen Sie meine Frage«, unterbrach sie Emmas Musterung ihrer Person und blickte sie über das Gehäuse der Kamera an, »aber Herr Thieme ist wohl nicht so beschäftigt, wie sein Ruf vermuten lässt.«

Der Staub!

Kostspielige Kleidung schloss ein diskretes Verhalten wohl nicht mit ein, dachte Emma grimmig.

Die Besucherin wurde zu einem Ärgernis.

Emma holte tief Luft, um ein paar Sekunden zu überbrücken, bis ihr eine vernünftige Antwort einfiel. Alles, was ihr gerade durch den Kopf ging, war nicht dazu geeignet, einer wohlerzogenen jungen Dame, noch dazu einer trauernden Tochter, über die Lippen zu kommen.

Schließlich erklärte sie sachlich: »Mein Vater ist vor kurzem verstorben, Fräulein von Hirschberg. Es geschah ganz plötzlich.«

»Das … das ist nicht möglich …«, die Angesprochene erbleichte noch ein wenig mehr und starrte Emma fassungslos an. Für einen Moment schien sie zu schwanken. Sie hob die Hand, wohl, um sich an dem Photoapparat abzustützen …

Mit zwei Schritten stand Emma neben ihr und ergriff ihren Arm. »Das ist kein Möbelstück, an dem man sich anlehnen kann.«

»Oh!« Dorothee von Hirschberg wirkte verstört. »Nein. Natürlich nicht. Verzeihen Sie.«

Sie ließ sich widerstandslos zu der kleinen Sitzgruppe führen, wo sie endlich in den nächststehenden Sessel sank. Auf ihren Gesichtszügen lag Bestürzung, ihre Augen blickten ratlos zu Emma auf.

Plötzlich schimmerte Hoffnung in ihrem Blick. Sie richtete sich auf. »Gewiss habe ich mich geirrt. Wie ungeschickt von mir! Gibt es in Groß-Lichterfelde mehrere Ateliers Ihres Namens? Ich suche den Photographen Theodor Thieme und der …«

»Mein Vater ist tot!«

»Aber unser Termin ...«, die Lider mit den langen, dunklen Wimpern flatterten nervös. »Ich brauche dringend ein gutes Porträt. Herr Thieme war mir empfohlen worden. Ich war so sicher, dass er der Richtige ist ...«

Emma schüttelte traurig den Kopf.

»Wo soll ich einen anderen Bildkünstler auftreiben, der sein Handwerk versteht? Es ist nicht jeder Photograph geschickt im Umgang mit der Drucktechnik. Ich muss Plakate herstellen lassen, verstehen Sie? Meine Konzerte, die Vorbereitungen für Afrika ... ich habe keine Zeit, diese mit der Suche nach einem geeigneten Mann zu vergeuden, nachdem ich endlich die richtige Adresse gefunden hatte. Ich war so stolz, selbstständig einen Termin vereinbart zu haben. Dafür bin ich eigens angereist.«

Der hastig hervorgestoßene Monolog schien die Dame ermattet zu haben. Sie lehnte sich zurück und fuhr sich mit der Hand über die Augen. Ihre Atmung ging stoßweise und erinnerte Emma an das Rattern einer Satiniermaschine, aber wenigstens hatte sich ihr schlimmer Husten gelegt.

Emma fragte sich, ob sie Dorothee von Hirschberg anvertrauen sollte, dass sie mehr als nur die Assistentin ihres Vaters war. Anfangs war sie sein Lehrling gewesen, später seine Gesellin und inzwischen ebenfalls eine Meisterin ihres Fachs, obwohl sie sich niemals Referenzen oder eine Reputation hatte erarbeiten können, denn der Erfolg ging immer zu Ehren von Theodor Thieme. Seine Porträts waren tatsächlich über die Grenzen des Vororts berühmt. Emma war ihm jedoch zur Seite gesprungen, wo immer er ihre Hilfe benötigte. Im Atelier ebenso wie in der Dunkelkammer, beim Versorgen der Kunden mit Kaffee oder anderen Erfrischungen wie auch beim Entwickeln der Glasnegative. Sie liebte diese Arbeit, sie hatte ihr Leben ausgefüllt. Wenn ihre Besucherin eine gute Photographie benötigte, so war sie bei ihr ebenfalls an der richtigen Adresse.

Und doch sagte sie nichts von all dem, als sie leise zu sprechen begann: »Mein Vater starb vorige Woche bei dem Unglück an der Radrennbahn im Alten Botanischen Garten in Berlin-Schöneberg. Vielleicht haben Sie davon in der Zeitung gelesen …«

Dorothee schüttelte stumm den Kopf.

»Es war die Einweihung der Rennbahn. Mehr als sechstausend Menschen waren da – und mein Vater, der die Veranstaltung im Bild festhalten wollte. Ich interessiere mich nicht so sehr für diesen Sport, deshalb nahm er seinen Lehrling mit … und die Reisekamera. Die ist leichter als der Studiophotoapparat, und das Stativ ist zusammenklappbar, wissen Sie …« Emmas Lippen zitterten, und sie rang die Hände.

Zum ersten Mal sprach sie über die Katastrophe, deren Hergang sie selbst vor allem aus dem *Berliner Tageblatt* kannte. Die Polizei hatte ihr die Details erspart, die Leichenschau war schlimm genug erschienen.

Emma redete auf eine wildfremde junge Frau ein, die aufmerksam lauschte, gleichermaßen interessiert und erschüttert. Und Emma spürte, wie wohl es ihr plötzlich tat, in Worte zu fassen, was in schrecklichen Bildern ihre Träume begleitete. Ohne sonderlich darüber nachzudenken, sank sie auf den zweiten Sessel, blickte an Dorothee vorbei ins Leere und fuhr fort:

»Bei dem sogenannten Steherrennen kam es zu einem Überhol- oder Ausweichmanöver, und der Lenker eines Motorrads, welcher der Schrittmacher für ein Fahrradteam war, verlor die Kontrolle über seine Maschine. Der Tank explodierte, und das Motorrad flog wie eine Fackel in die Zuschauer auf der Tribüne an der Nordkurve. Alles brannte, und es brach Panik aus … Und mein Vater wollte doch nur das Rennen von einer Stelle nahe der Bahn photographieren …« Mit erstickter Stimme brach sie ab. Ihre Augen schwammen in Tränen.

Während des Berichts hatte Dorothee entsetzt die Hand vor

den Mund geschlagen. Jetzt ließ sie sie langsam sinken. »Wie schrecklich!«, raunte sie betroffen. »Mein Beileid. Ich konnte ja nicht wissen … nicht ahnen … Ach, wäre ich doch nicht hergekommen!«

Emma wischte sich mit den Daumenballen über die Augenwinkel, als wäre sie noch ein kleines Mädchen. »Nein, nein, es ist schon richtig, dass Sie Ihren Termin wahrnehmen wollten.« Sie fügte nicht hinzu, dass sie sich wunderte, nichts von der Vereinbarung zwischen ihrem Vater und dieser Kundin erfahren zu haben.

»Ich sollte dann gehen«, entschied die Besucherin und erhob sich langsam. »Es mag Ihnen unangebracht erscheinen, aber ich möchte trotzdem fragen, ob Sie mir vielleicht einen anderen Photographen empfehlen könnten. Die Zeit bis zu meiner Abreise in die Kolonie ist vielleicht zu kurz für eine erneute Suche.«

Jetzt wäre der Moment, sich selbst zu empfehlen. Doch Emma schwieg. Die Erlebnisse dieses Tages begannen ihr über den Kopf zu wachsen. Erst die Beerdigung ihres Vaters, dann der Leichenschmaus und die schmerzliche Mitteilung des Anwalts, dass sie ihre Mutter für tot erklären lassen müsse, schließlich die Begegnung mit Dorothee von Hirschberg und die aufwühlende Berichterstattung über die Rennbahnkatastrophe – Emma fehlte die Kraft zur Kundenakquisition. Sie fühlte sich außerstande, das gewünschte Porträt sachlich zu besprechen und einen nahen Termin zu vereinbaren.

Außerdem drängte es sie zurück zum Hans Sachs. Sie sollte sich wenigstens noch einmal zeigen, von den verbliebenen Gästen verabschieden und dem Wirt sagen, dass sie die Zeche morgen bezahlen wollte. Während sie sich ebenfalls erhob, schlug sie deshalb ausweichend vor: »Wenn Sie mir Ihre Adresse geben würden, könnte ich mich melden.«

Dorothee zögerte. Wahrscheinlich war sie enttäuscht, dass sie ihren Ausflug nach Lichterfelde mit buchstäblich leeren Händen beenden musste. Statt eines Lichtbildes hatte sie die Geschichte um das tragische Ende des Photographen erhalten.

»Ich werde Ihnen schreiben«, versicherte Emma, »sobald ich kann, das verspreche ich. Es ist nur jetzt der falsche Zeitpunkt. Heute Vormittag war die Beisetzung meines Vaters, und ich … ich habe einfach keinen Kopf für etwas anderes als meine Trauer.«

»Verzeihen Sie meine Aufdringlichkeit. Natürlich werde ich auf ein Billett von Ihnen warten. Ich wohne in Friedenau am Südwestkorso Nummer …«

»Das muss ich mir aufschreiben.« Emma stand nach wenigen Schritten an dem Sekretär ihres Vaters, der sich in einer hellen Ecke zwischen dem Studioaufbau und der Sitzgruppe befand. Das kleine, aber schwere Möbelstück aus Nussbaumholz schimmerte ebenso matt wie das Gehäuse der Kamera.

Es war zwar auch hier nicht Staub gewischt worden, seit Theodor Thieme den Schreibtisch zuletzt benutzt hatte, doch wirkte alles ordentlich aufgeräumt. Vor dem Verlassen des Ateliers hatte Emmas Vater seine Utensilien noch feinsäuberlich in den Schubladen verstaut. Nur das in schwarzes Leder gebundene Terminbuch lag auf der Schreibunterlage aus flaschengrünem Filz. Den Kalender hatte Emma nach dem Unglück durchgesehen, nicht aber womöglich private Korrespondenz, die er hier verwahrte. Emma war bisher nicht auf den Gedanken gekommen, in Unterlagen zu wühlen, die ihr Vater vor ihren Augen und denen des Buchhalters verbergen wollte. Als sie jetzt die Fächer aufzog und nach einem Zettel und Schreibwerkzeug suchte, fiel ihr zum ersten Mal seit dem Unglück ein, dass sie auch diesen Nachlass durchsehen musste.

Überraschend dicke Stapel mit Briefen versperrten den Blick

auf Bleistifte, Federhalter, Tintenfass und Papier. Theodor Thieme hatte in den Schubladen etliche Kuverts offenbar ungeöffnet und unsortiert abgelegt. Die Schrift verblasste bereits auf den oberen Umschlägen, was auf ein gewisses Alter der Botschaften schließen ließ.

Die Anwesenheit Dorothee von Hirschbergs war plötzlich vergessen. Verwirrt zog Emma eines der Schreiben aus billigem Papier unter dem Haufen hervor, das ihr nur deshalb in die Hand fiel, weil es dicker als die anderen zu sein schien. Es war offenbar neueren Datums, was auch der runde Poststempel bestätigte: »Lüderitzbucht, 21.07.08, Deutsch-Südwestafrika«. Die Marke selbst zeigte ein Dampfschiff in blassem Purpur und das Wertsiegel »10 Pfennig«, über dem Boot stand in großen Lettern noch einmal: »Deutsch-Südwestafrika«.

Ihr Blick wanderte über den unbekannten Briefumschlag, und doch sah sie im ersten Moment nichts als die weit ausholende, ungewöhnlich große, schwungvolle Schrift, in der die Adresse verfasst worden war. Es dauerte eine Weile, bis sie die Buchstaben im Geiste richtig aneinanderreihte.

An
Fräulein Emma Thieme
Photographisches Atelier Theodor Thieme
Westbazar, Bahnstraße
Groß-Lichterfelde …

Mit gerunzelter Stirn drehte Emma das Kuvert um. Von derselben Hand, die ihre Anschrift geschrieben hatte, war auch der Absender verfasst:

Constanze Thieme, Diazstraße, Lüderitzbucht, Deutsch-Südwest

Emma las mehrmals den Namen ihrer Mutter, bevor die Buchstaben vor ihren Augen verschwammen. Sie starrte auf den Umschlag, drehte ihn hin und her, versuchte das Datum des Poststempels mit der Verfasserin des Briefs in Einklang zu bringen.

Durch ihr Gehirn wirbelten Eindrücke und Fragen, Verzweiflung und Hoffnung. Ihr Kopf schien nur noch wie ein buntes Spielrad zu funktionieren, das sich immer schneller drehte, bis die Farben und Muster unkenntlich wurden und in einer Masse zusammenliefen.

»Ihr Vater hat niemals eine Todeserklärung nach Paragraph dreizehn des Bürgerlichen Gesetzbuches im Wege des Aufgebotsverfahrens beantragt. Nach dem Gesetz ist Constanze Thieme noch am Leben.«

Die Stimme von Rechtsanwalt Doktor Wohlgemuth hallte durch Emmas Gehirn. Ihr Schall steigerte sich zu einem dröhnenden Crescendo, welches nur in ihrem Innersten zu vernehmen war. Diese seltsame Lautstärke trommelte schmerzhaft gegen ihre Schläfen, drückte gegen ihre Lider und verschleierte ihre Sicht.

Emma begann, unkontrolliert zu zittern. Übelkeit stieg ihre Kehle hoch. Dann wurde ihr schwarz vor Augen.

4

Zwar hatte Dorothee schon Frauen erlebt, die in Ohnmacht fielen, aber das waren meist Konzertbesucherinnen, entrückt von ihrer Musikalität. Auch kannte sie ältere Damen, die einen vermeintlichen Skandal zum Anlass nahmen, nach ihrem Riechsalz zu verlangen oder sich mit einem Schluck aus der stark nach Weinbrand riechenden Medizinflasche in ihrem Beutel zu beruhigen. Noch niemals war sie jedoch Zeugin eines wahrhaftigen, ernstzunehmenden Zusammenbruchs geworden. Und nie zuvor hatte sie sich derart hilflos gefühlt, erschrocken und fassungslos zugleich, wie gelähmt von der unerwarteten Szene.

Entsetzt beobachtete sie, wie Emma in sich zusammensackte. Völlig reglos saß Dorothee in ihrem Sessel, unfähig, der anderen zu Hilfe zu eilen. Ihr war es, als wäre sie die Zuschauerin einer aufregenden Vorführung im neuen Union-Lichtspielhaus am Alexanderplatz in Berlin und Emma die Hauptfigur des gezeigten Films.

Dorothees Erstarrung löste sich erst, als der Kopf der Bewusstlosen mit einem dumpfen Geräusch auf dem Boden aufschlug.

Sie sprang auf und griff nach ihrer Bügeltasche aus schwarzem Leder, die sie zuvor neben sich abgestellt hatte. Zwar besaß sie nicht die geringste Ahnung von Erster Hilfe, einer plötzlichen Eingebung folgend suchte sie in ihrer Handtasche jedoch fieberhaft nach dem altmodischen silbernen Riechfläschchen, das noch von ihrer nach Dorothees Geburt verstorbenen Mutter stammte.

Es war mit einer geheimnisvollen Mischung gefüllt, die stark nach Pfefferminze roch. Was ihren Lungen nach einem Hustenreiz Befreiung schenkte, war gewiss auch für eine Ohnmächtige nützlich, befand sie und kniete sich mit dem kleinen Gefäß neben die halb auf dem Teppich, halb auf den blanken Holzdielen liegende Emma. Sie hielt ihr das Riechfläschchen unter die Nase.

Während Dorothee darauf hoffte, dass der Balsam seine Wirkung entfaltete, wanderten ihre Augen zu dem Brief, der Emma beim Sturz aus der Hand geglitten war. Obwohl ihre Erziehung jegliche Neugier verbat, wurde sie von dem Schreiben wie magisch angezogen. Sie streckte die freie Hand danach aus …

Emma stöhnte leise. Ihr Arm fuhr hoch und schob das Riechfläschchen zur Seite. Dann schlug sie mit flatternden Lidern die Augen auf. »Was ist los?«, fragte sie. Ihre Stimme klang schläfrig.

»Dieser Brief hier«, Dorothee hob ihn auf, »hat Sie anscheinend echauffiert. Dabei ist er noch nicht einmal geöffnet.«

»Geben Sie her!« Emma entriss der anderen den Umschlag, versuchte sich aufzurichten, sank jedoch unverzüglich wieder zurück. »Oh, ist mir schwindelig.«

Kommentarlos schob Dorothee ihren Arm unter Emmas Kopf.

Eine Weile lang schwiegen die beiden Frauen. Dann sagte Emma leise: »Tut mir leid, ich wollte Sie nicht anschreien. Sie sind sehr nett.«

Dorothee reagierte weder auf die Entschuldigung noch auf das Kompliment. Sie setzte sich auf die Fersen und fragte: »Wollen Sie sich nicht vielleicht besser aufrichten?«

»Ja, das sollte ich. Wenigstens dreht sich jetzt nicht mehr das ganze Atelier um mich.«

Mit tatkräftiger Unterstützung ihrer Besucherin kam Emma auf die Beine. Dorothee war ein wenig überrascht über ihre eigenen Kräfte, denn Emma war größer als sie. Aber es gelang ihr erstaunlicherweise, die andere zu stützen. Schließlich standen sie einander gegenüber – wieder sprachlos und vor allem verlegen.

Dorothee wusste, dass sie gehen sollte. Sie hielt sich schon viel zu lange in dem Photographischen Atelier auf, in dem es keinen Termin für sie gab. Wenn sie länger bliebe, würde sie gewiss die Grenze zu Emmas Privatsphäre überschreiten. Doch aus irgendeinem Grunde schaffte sie es nicht aufzubrechen.

Emma senkte ihren Blick auf den Brief, den sie noch immer fest umklammert hielt. »Der Absender ist meine Mutter«, brach es mit einem tiefen Seufzen aus ihr heraus. »Ich wusste nicht, dass sie lebt.«

»Wie bitte? Sie wussten nicht, dass Ihre Mutter am Leben ist? Das verstehe ich nicht. Über das Schicksal der eigenen Eltern ist man für gewöhnlich doch informiert.«

»Mir wurde gesagt, sie wäre tot.«

»Ach …« Dorothee zögerte, dann sprach sie aus, was ihr spontan durch den Kopf ging: »Wie wollen Sie wissen, ob sie tatsächlich noch lebt?«

Verblüfft starrte Emma sie an. »Was?«

»Na ja … ich meine … Sie haben das Schreiben doch gar nicht gelesen. Vielleicht bedient sich jemand der Adresse Ihrer Mutter, oder es besteht eine Namensgleichheit. Was auch immer: Woher wollen Sie die Wahrheit kennen, ohne über den Inhalt des Briefs Bescheid zu wissen?«

Kaum hatte sie ausgesprochen, errötete Dorothee. Ihre Impertinenz war ungewöhnlich. Meist handelte sie besonnen und benahm sich zurückhaltend. Von Emma Thieme schien sie jedoch seltsam angezogen, fühlte sich ihr vertraut und verbunden.

Dorothee ging durch den Kopf, dass sie sich ein ebensolches Erlebnis wünschte: das Lebenszeichen einer Mutter aufzufinden, die für tot gehalten wurde. Ihre eigene Mutter war im Kindbett gestorben – und sie würde niemals zurückkehren. Vielleicht verhielt sie sich so aufdringlich und neugierig, weil sie – stellvertretend für ihr eigenes Schicksal – an dem Wunder teilhaben wollte, das Emma womöglich erleben durfte. Ohne darüber nachzudenken, schob Dorothee den hohen Hut herunter, und ihr Haar ergoss sich in mahagoniroten Wellen über ihre Schultern. Es war wie eine stumme Bestätigung, dass sie nicht weichen würde, bevor sie nicht alles über den geheimnisvollen Brief erfuhr.

»Meinen Sie, es könnte sich hierbei«, Emma hielt das Kuvert hoch, »um einen Irrtum handeln?«

Im ersten Moment der Enttäuschung ließ sie die Schultern hängen. Dann sank sie in den Sessel, in dem Dorothee zuvor gesessen hatte. Versonnen wog sie den Brief eine Weile in ihren Händen, schließlich riss sie den Umschlag energisch auf und förderte ein dünnes Blatt Schreibpapier zutage …

Mehrere winzige Steine fielen wie Konfetti heraus und sprangen über den Boden. Sie waren milchig weiß wie Kiesel, wenn auch ein wenig durchscheinender. Im Licht erinnerte ihr aufblitzendes Funkeln zwar an winzige Glasmurmeln, doch waren sie eckig und spitz wie Kandiszucker.

»Was ist das denn?«, entfuhr es Emma.

Dorothee bückte sich, da ihr ein Teil des seltsamen Briefinhalts praktisch vor die Füße gefallen war. Nachdenklich betrachtete sie die Steinchen in ihrer Rechten.

»Ich habe nur eine vage Ahnung, worum es sich handeln könnte«, murmelte sie und legte das Geschenk auf den Tisch, »aber ich kann mir eigentlich nicht vorstellen, dass es etwas Kostbares ist. Niemand verschickt etwas von großem Wert einfach mit der Post.«

»Seltsam …«

»Ja, das denke ich auch. Dabei sehen diese Kiesel aus wie Rohdiamanten.«

»Diamanten?«, wiederholte Emma begriffsstutzig.

Sollte Dorothee der anderen erzählen, dass ihr Vater sie seit Wochen mit der Lektüre von Fachbüchern über Mineralien und den Berichten über die Wertsteigerung von Edelsteinen belästigte? Seit ihr die Konzertreise nach Südwestafrika angeboten und die Bezahlung in Diamanten in Aussicht gestellt worden war, gab es für Hugo von Hirschberg kaum ein anderes Thema, wenn sie abends zusammen bei Tisch saßen. Er war wie besessen und ließ sie nicht in Frieden, bevor sie sich nicht ebenfalls eingehend mit der Herkunft und Verarbeitung der Juwelen beschäftigt hatte. Die geologischen Fachbegriffe hatte sie längst wieder vergessen, nicht aber die Beschreibung von Rohdiamanten. Das Faszinierende war für sie nicht der Wert, Geld interessierte sie nicht, denn sie hatte dank ihres Talents niemals sparsam leben müssen. Aufregend war einzig die Vorstellung, dass es Menschen gab, die sich in der Wüste Südwestafrikas nur niederzuknien brauchten, um die Edelsteine aufzusammeln. Einfach so.

»Wo wurde der Brief abgeschickt?«, fragte Dorothee.

»In Deutsch-Südwest. Der Ort hat etwas mit einer Bucht zu tun … ich habe mir das in der Aufregung nicht gemerkt«, Emma lächelte verlegen. Sie griff nach dem Umschlag und deutete auf das abgestempelte Postwertzeichen. »Sehen Sie hier … es heißt Lüderitzbucht.«

»Dann sind diese Steine zweifelsohne echte Diamanten. Wer immer Ihnen geschrieben hat, macht Ihnen damit ein großzügiges Geschenk.«

5

Die Schlange vor dem Schalter des Passagebureaus Max Adler im Nordwesten Berlins reichte bis auf die Neustädtische Kirchgasse hinaus. Manfred von Paschen war als Nächster an der Reihe und spürte die Ungeduld der anderen Wartenden in seinem Rücken. Nur mit Aufbieten allergrößter Disziplin war er selbst in der Lage, in irgendeiner Weise Verständnis für den Herrn vor sich aufzubringen, der seit einer guten halben Stunde mit dem Sekretär der Hamburger Hapag-Reederei verhandelte. Obwohl es Manfred von Paschen zuwider war, kam er nicht umhin, Ohrenzeuge der Diskussion zu werden – und allmählich verließen ihn sein gutes Benehmen und seine sonst vorbildliche Gelassenheit.

»Ich muss auf ein Piano in der Kabine meiner Tochter bestehen!«, donnerte der Kunde in einer Lautstärke, die jedes Sinfonieorchester übertönt hätte. »Wie oft soll ich Ihnen das noch sagen?«

»Wie ich Ihnen bereits sagte«, erwiderte der Sekretär mit einer Geduld, um die ihn Manfred von Paschen beneidete, »gehören Klaviere nicht zu der Ausstattung der Kabinen in der ersten Klasse. Ihr Fräulein Tochter kann sich aber während der Überfahrt auf dem Flügel im Gesellschaftsraum musikalisch betätigen.«

»Meine Tochter betätigt sich nicht musikalisch!«, schnappte der Herr. »Ich verbitte mir derartige Formulierungen. Sie ist eine Künstlerin!«

»Das Instrument wird sicher zur Zufriedenheit Ihres Fräulein Tochter sein. Soviel ich weiß, befindet sich auf der *Windhuk* ein Bechstein.«

»Aber die Leute! Sie kann doch nicht vor fremden Menschen üben. Das ist ganz ausgeschlossen. Können Sie sich überhaupt vorstellen, was die Musikkritiker schreiben werden, wenn bekannt wird, dass ihr auch einmal ein Fehler unterläuft? Ausgeschlossen. Ich bestehe auf einem Piano in ihrer Kabine.«

Der Schlagabtausch erfolgte seit einer Weile zwar in etwas abgeänderter Wortwahl, inhaltlich änderte sich jedoch nichts.

Manfred hob seinen Spazierstock und tippte dem Wutentbrannten mit dem versilberten Knauf gegen die Schulter. »Pardon, mein Herr, kann ich irgendwie behilflich sein, Ihren Disput ein wenig abzukürzen?«

Der andere drehte sich um und starrte ihn unter schweren Lidern mit einer Mischung aus Verblüffung und Ärger an. »Wie meinen?«

»Nun …« Manfred lag auf der Zunge, den Vater der musikalischen Tochter darauf hinzuweisen, dass er den Betrieb aufhielt.

Im richtigen Moment wurde ihm jedoch bewusst, dass sie auf

demselben Schiff reisen würden. Auch er war hier, um eine Passage auf der *Windhuk* zu buchen. Man stritt sich einfach nicht mit Leuten in aller Öffentlichkeit herum, von denen man wusste, dass man mit ihnen wochenlang auf einem überschaubaren Raum eingesperrt sein würde. Und der starrsinnige Wunsch des Fremden nach einem Piano in der Kabine zeugte von einer gewissen Wohlhabenheit, die Manfred außerordentlich ansprechend fand. Kontakte waren für Menschen seines Schlages alles.

Manfred von Paschen gehörte zu den Männern, die mit wenig Aufwand viel erreichen wollten. Zweifellos wäre er in einem anderen Jahrhundert und einem anderen Land besser aufgehoben gewesen, wo Galanterie und Adel noch mehr gezählt hatten als Disziplin und Profit. Ein Edler aus altem brandenburgischem Geschlecht zu sein bedeutete nicht mehr so viel in einer Gesellschaft, die von den vermögenden Freunden des Kaisers und neureichen Industriellen beherrscht wurde. Der schnöde Mammon überwog Esprit und Etikette, Geld schmückte, und ein untituliertes Prädikat vor dem Namen konnte man sich heutzutage damit sogar kaufen. Für Manfred ein erhebliches Problem, denn an nichts mangelte es ihm so sehr wie an einem gut gepolsterten Bankkonto per Geburtsrecht.

Zunächst war er dem scheinbar vorbestimmten Weg vieler zweitgeborener Adelssöhne auf riesigen Rittergütern gefolgt – er ging zum Militär. Manfred meldete sich zum Garde-Schützen-Bataillon in Groß-Lichterfelde bei Berlin. Dabei handelte es sich um das kaiserliche Infanteriekorps, für das hauptsächlich Bürgerliche rekrutiert wurden, dessen Offiziere aber ausschließlich aus altem Adel stammten. Ein Regiment, wie geschaffen für Manfreds Ambitionen. Leider brachte er es nicht so weit wie erhofft, denn seine Karriere endete in einem Skandal.

Sein großer Fehler bestand in seiner Liebe zu den Frauen. Er fühlte sich vom weiblichen Geschlecht angezogen wie von nichts sonst. Schon als Knabe hatte er den Bauernmädchen unter die Röcke gesehen, als Vierjähriger hatte er bereits ein Mädchen im Heu geküsst, zehn Jahre später wusste er, wie sich der nackte Busen der Zofe seiner Mutter anfühlte. Er war attraktiv und charmant und lernte rasch, dass eine schmucke Uniform noch attraktiver und charmanter machte. Besonders Damen der besseren Gesellschaft waren für diese Attribute empfänglich – und ließen sich seine Leidenschaft durchaus etwas kosten. Eine einträgliche Beschäftigung, die seinen Sold aufwertete.

Doch sein Glück stand auf tönernen Füßen. Er war zwar davon ausgegangen, dass sein angenehmes Leben ewig anhielte, doch dann brach das Schicksal wie ein gewaltiges Unwetter über ihn herein. Der dramatische Ehebruch seiner damaligen Geliebten führte vor zwölf Jahren beinahe zu einer Katastrophe; eine unehrenhafte Entlassung konnte er gerade noch abwenden. Als habe sich die Welt nun aber gegen ihn verschworen, geriet er kurz darauf in den Strudel eines Skandals bei Hofe, und er konnte von Glück sagen, dass er nicht in einem Duell getötet worden war.

Richtige Arbeit kam für Manfred von Paschen nicht infrage. Um seinen Lebensstil aufrechtzuerhalten, betreute er ältere Damen und bot sich in den Seebädern zum Zeitvertreib der weiblichen Kurgäste an. Außerdem setzte er in gewissen Etablissements auf sein Glück im Spiel, manchmal, wenn er es sich leisten konnte, besuchte er einen eleganten Club in der Bellevuestraße. Bei all seinen Tätigkeiten ließ er jedoch nicht aus den Augen, dass seine finanzielle Unbequemlichkeit mit einem Mal vergessen wäre, wenn er einen freigebigen Mäzen fand.

Er taxierte sein Gegenüber. Dann schlug er die Hacken zusammen und verneigte sich formvollendet. »Mein Name ist Manfred von Paschen, Leutnant außer Dienst. Ich durfte Zeuge

Ihres Gesprächs werden, mein Herr, und stellte fest, dass wir auf demselben Schiff reisen werden.«

Der Fremde schien ein wenig verwirrt, dann tat er der Höflichkeit Genüge und stellte sich mit einem knappen Nicken seines wohl vor Ärger hochroten kahlen Kopfes ebenfalls vor: »Hugo von Hirschberg.«

»Angenehm«, erwiderte Manfred, was inhaltlich sogar stimmte. Er war dankbar, dass er sich mit dem Herrn auf Augenhöhe befand. Auch dieser trug einen Titel, aber keinen Allerweltsnamen. Dazu die Attitüde von Wohlhabenheit – gute Voraussetzungen für eine einträgliche Bekanntschaft. Wenn ihm nur einfallen würde, wie er das Problem Hugo von Hirschbergs lösen und sich damit als Reisegefährte unentbehrlich machen könnte.

»Junger Mann«, wandte er sich an den Sekretär, obwohl dieser gewiss nicht wesentlich jünger als er selbst mit seinen zweiundvierzig Jahren war, »meinen Sie nicht, Sie sollten einem Gast Ihres Unternehmens ein wenig mehr Entgegenkommen zeigen? Die Pianofrage ist doch gewiss einvernehmlich zu lösen.«

Der Angestellte der Hapag-Reederei zuckte hilflos mit den Schultern. »Es ist leider nicht möglich, ein Klavier nach den Wünschen Herrn von Hirschbergs unterzubringen. Die Ausstattung der Kabinen ist nach bestimmten Richtlinien vorgegeben. Schließlich obliegt es dem Schiffseigner, nicht nur für die Bequemlichkeit, sondern auch für die Sicherheit der Passagiere zu sorgen.«

»Papperlapapp!«, schnaubte von Hirschberg.

»Der Atlantik … gewiss …«, murmelte Manfred und fragte seinen neuen Bekannten, um Zeit zu gewinnen: »Wohin wird Ihre Reise gehen?«

»Nach Lüderitzb…«

»Könnten Sie sich vielleicht woanders weiter unterhalten?«, mischte sich der ungeduldig Wartende hinter Manfred in das

Gespräch ein. »Ich kann nicht ewig hier herumstehen und darauf warten, endlich eine Passage kaufen zu können. Meine Frau wartet sehnsüchtig auf die Fahrkarten. Ein Urlaub zur See ist doch mal etwas Besonderes zur goldenen Hochzeit.«

»Nun, dann wollen wir die Frau Gemahlin nicht länger warten lassen«, flötete Manfred strahlend.

Ihm war eingefallen, wie er Hugo von Hirschbergs Tochter zu Diensten sein konnte. Wie alt mochte sie sein? Dem Alter des Vaters nach war sie kein Mädchen mehr. Irgendwo in seinem Hinterkopf klingelte es, als würde in der Oper Unter den Linden zum ersten Akt geläutet. Die Verbindung des Namens Hirschberg zur Musik erschien ihm plötzlich wie ein Déjà-vu. An irgendetwas erinnerte er sich, aber er konnte den Gedanken nicht fassen. Noch nicht. Manfreds Jagdinstinkt erwachte.

»Wäre es möglich, den Gesellschaftsraum auf der *Windhuk* für einige … na, sagen wir mal … Stunden am Tag ausschließlich Fräulein von Hirschberg zur Verfügung zu stellen?«

»Sie meinen, die anderen Passagiere sollten dann ausgesperrt werden?«, erkundigte sich der Sekretär.

»Ich würde es nicht so streng formulieren.«

»Wunderbare Idee«, lobte Hugo von Hirschberg. »Das ist zweifelsohne eine hervorragende Lösung. Dann kann meine Tochter ihr Übungspensum einhalten, ohne dass sie durch ihr Publikum gestört wird.« Er holte tief Luft und fügte mit vor Stolz geschwellter Brust hinzu: »Schließlich handelt es sich bei ihr um die berühmte Pianistin Dorothee von Hirschberg.«

In Manfreds Hirn schien von unsichtbarer Hand ein Schalter umgelegt zu werden. Mit einem Mal erinnerte er sich an die Soirée in einer Villa an der Drakestraße in Lichterfelde, die einem hochrangigen Mitglied des Hofstaats gehörte. Die Einladung war für ihn ein großer Schritt in die richtigen Kreise gewesen. Es wurde zu einem Klavierabend gebeten, eine blutjunge Pianistin, ein sogenanntes Wunderkind, spielte Schumann. Er erinnerte sich kaum an die Musikerin, denn sie war zu jung als Beute gewesen, aber ihr Name tauchte in seinem Gedächtnis wieder auf. Wie lange war das her? Zehn Jahre? Nein, elf. Es war nicht lange nach dem Drama mit Constanze Thieme gewesen.

Es ist schon seltsam mit der Vergangenheit, fuhr es ihm durch den Kopf, irgendwann holt sie einen immer ein.

Nicht zuletzt befand er sich genau aus diesem Grunde in der Agentur der Hapag-Reederei und auf dem Weg nach Deutsch-Südwest. Die Photographie, die ihm sein ehemaliger Bursche geschickt hatte, schien in seiner Brieftasche zu brennen. Es war die Aufnahme einer kleinen Bucht, ein bisschen Sand zwischen Felsen, darüber ein hübsches Strandhaus, vor dem eine Frau posierte, vermutlich die Eigentümerin. Obwohl sie in einiger Entfernung und nicht im Fokus des Objektivs stand, hatte er sie an ihrer Haltung erkannt. Ein Blick durch die Lupe bestätigte seinen Verdacht: Es war seine ehemalige Geliebte.

Noch einmal würde Constanze seinem Glück nicht im Wege stehen – das hatte er sich geschworen. Die leidenschaftliche Verbindung zu ihr sah er als Auslöser einer Folge von Schicksalsschlägen, die ihn ruiniert hatten. Sie war ihm eine goldene Zukunft schuldig – besser gesagt: eine glänzende Zukunft. Mit Constanzes Hilfe beabsichtigte er, durch den Handel mit Diamanten reich zu werden.

Er straffte seine Schultern. Wenn er sich nur erinnern würde, wie Dorothee von Hirschberg als Backfisch ausgesehen hatte. Eine Klavierspielerin von einigem Ansehen war eine Abwechslung – und die Seereise ziemlich lang.

»Natürlich werden Sie es einrichten können, junger Mann, dass Fräulein von Hirschberg an Bord die nötige Abgeschiedenheit und ein Piano zur Verfügung gestellt werden können«, erklärte Manfred in einem jovialen Ton. »Sie wollen nämlich nicht, dass man sich über Sie bei Ihrem Chef in Hamburg beschwert, nicht wahr?«

Hugo von Hirschberg nickte beflissen. »Ihr Einsatz ist sehr freundlich«, lobte er erneut und griff in seine Jackentasche. »Wenn ich Ihnen einen Gefallen erweisen kann, stehe ich jederzeit zur Verfügung. Hier haben Sie meine Karte, Herr von Paschen.«

»Danke, vielen Dank.« Manfred lächelte unverbindlich, obwohl er sich bereits sicher war, dass er das Angebot irgendwie in Anspruch nehmen würde. An den Mitarbeiter der Reederei gewandt sagte er: »Geben Sie mir eine Kabine in der Nähe von Herrn und Fräulein von Hirschberg. Reisen ist doch so viel angenehmer an der Seite von guten Bekannten.«

Ihm war zwar bewusst, dass ein Aufenthalt in der ersten Klasse sein Budget bei weitem überstieg, zumal Einreisende nach Südwest eine Kaution beim Bezirksamt zu hinterlegen hatten: Er musste nachweisen, dass er mindestens 400 Mark besaß, davon mussten 250 Mark bei der Reederei hinterlegt werden – eine nicht unerhebliche Summe. Andererseits war er überzeugt, sein Geld richtig zu investieren. Man konnte schließlich nie wissen, wozu man berühmte Leute gebrauchen konnte. Außerdem beabsichtigte er, sich von seinem neuen Gefährten und dessen Tochter einladen zu lassen, wenn ihn die Nebenkosten überfordern würden. Manfred von Paschen befand sich endlich wieder auf der Gewinnerseite – davon war der Hasardeur überzeugt.

6

Emma öffnete vorsichtig das Spitzentüchlein, das sie zu einem Säckchen gebunden auf den Schreibtisch des Anwalts gelegt hatte.

Die milchig trüben Steinchen wirkten auf den ersten Blick wie unscheinbare Kiesel, entfalteten jedoch in dem durch den grünen Glasschirm fallenden Licht einen matten Glanz. Auf dem wuchtigen Möbel erschienen sie zwischen den Stapeln von in Leder gebundenen Akten und Kladden aus Pappe verschwindend klein.

Für einen Moment durch den Anblick entrückt berührte Emma die Diamanten mit den Fingerspitzen. Eine fast zärtliche Geste, die mehr der Absenderin galt als dem wertvollen Geschenk.

Obwohl bereits drei Tage seit ihrem Fund vergangen waren, konnte sie noch immer nicht recht glauben, dass ihre Mutter diese Steine in Händen gehalten hatte. Mehr noch als die vielen Briefe, die sie ungeöffnet in den Schubladen ihres Vaters aufgestöbert hatte, schienen diese Kostbarkeiten eine innere Verbindung zu ihrer Mutter darzustellen. Stand der geschliffene Brillant nicht auch als Symbol für ewige Liebe?

Ein feines Lächeln belebte Emmas angespannte Züge. Wahrscheinlich hatte ihre Mutter gar nicht so viel Mystik in ihr Präsent legen, sondern die Tochter einfach nur an einem unfassbaren Erlebnis teilhaben lassen wollen. Zweifelsohne waren Constanzes Zeilen geprägt von der Aufregung, mit der sie die Geschehnisse beschrieb, die nun schon ein Jahr zurücklagen:

Meine über alles geliebte Emma,

es ist etwas passiert. Ich kann es selbst noch nicht fassen. Stell Dir vor: Wir alle werden reich sein und niemals wieder finanzielle Sorgen leiden müssen.

Damit Du nicht denkst, Deine Mutter neige zu Hysterie, übersende ich Dir diese Edelsteine als ein Beispiel dessen, was Dich hier erwartet.

Es ist kein einfacher Quarz, sondern dies sind ungeschlif-

fene Diamanten, und ich habe sie am Rande meines eigenen Gartens gefunden. Denke also nicht, mein Geschenk wäre das Ergebnis eines Diebstahls. Ich brauchte nicht einmal einen Schürfschein zu kaufen, weil ich auf meinem eigenen Land gesucht habe. Damit habe ich die 60 Mark amtliche Gebühr oder sogar viel mehr gespart, denn die Lizenzen an der Bahnlinie Windhuk–Lüderitz werden inzwischen mit rund 1000 Mark unter der Hand gehandelt. Ich mag mir gar nicht ausmalen, was die Rechte am Strand zu meinen Füßen kosten würden. Alle meine Nachbarn und Freunde liegen irgendwo im Sand und sammeln die kostbaren Kristalle einfach ein, als wären es gewöhnliche Kiesel, aber ich brauchte nur vor meine Tür zu treten.

Ich bin so glücklich über meine Entscheidung, mein kleines Haus gekauft zu haben. Du musst mich unbedingt besuchen. Es ist jetzt sehr viel los in Lüderitzbucht, ständig streben neue Ausgräber her. Ich wusste gar nicht, dass so viele Leute in der Kolonie leben. Seit dem ersten Fund vor vier Wochen ist ein wahres Diamantenfieber ausgebrochen. Die Juwelen sind unser neues Zahlungsmittel, manch einer wirft im Kaffeehaus ein paar Steinchen auf den Tresen und sagt »stimmt so«, und dann ist das meist viel mehr Geld, als die Zeche in Münzen gekostet hätte.

Es entstehen allerorts Neubauten und Geschäfte wie in einer richtigen Stadt. Es sind Häuser aus Stein, die mich an die schönen Villen zu Hause erinnern. Von einem verschlafenen Nest kann also nicht mehr die Rede sein, das Sandloch mausert sich zu einer schimmernden Oase. In meinem nächsten Brief werde ich Dir gewiss mehr berichten können.

Wir erwarten jeden Tag den Besuch des Staatssekretärs im Reichskolonialamt zu Berlin. Der Geheime Rat Bernhard Dernburg wird mit dem Automobil von Windhuk aus kom-

men, aber bisher erschwerten die Sandstürme seine pünktliche Anreise. Für den feierlichen Empfang Seiner Exzellenz ist schon alles vorbereitet. Wie gesagt, es geht jetzt hier zu wie in einer bedeutenden Ortschaft. Du musst kommen und Dir den Trubel ansehen, gewiss wirst Du nichts vermissen, was Du gewohnt bist.

Es umarmt Dich

Deine Mutter

Constanzes Atemlosigkeit war förmlich greifbar. Das war so typisch für Theodor Thiemes Frau. Obwohl sie gerade mal neun Jahre alt gewesen war, als ihre Mutter verschwand, konnte sich Emma gut an deren Überschwänglichkeit erinnern. Sie war schnell in Begeisterung zu versetzen, wurde selbst von Harmlosigkeiten über alle Maßen aufgeheitert. Emma war als Kind stets fasziniert gewesen von dieser Lebensfreude, rückblickend dachte sie manchmal, diese Eigenschaft sei auch als Leichtsinn zu bezeichnen.

Angesichts der beschriebenen Diamantenfunde erschien Emma jedoch jede mögliche Übertreibung noch verharmlosend für die Situation in dem ihr unbekannten Ort namens Lüderitzbucht. Sie misstraute nicht einen Moment den Worten in dem Brief – und wenn doch, so hatte Dorothee von Hirschberg jeden Zweifel zerstreut.

Es war ein großes Glück gewesen, dass Emma die Briefe nicht etwa in der Einsamkeit einer schlaflosen Nacht gefunden hatte. Sie war zutiefst dankbar für Dorothees Gesellschaft in einem Moment, der ihr ganzes Leben, ihr Denken und Handeln veränderte.

Nach dem ersten Schock über die Entdeckung hätte sie jubilieren und tanzen mögen. Doch rasch traten die Fragen in den Vordergrund: Warum hatte ihre Mutter nicht nur den Gatten, sondern auch ihr kleines Mädchen verlassen? Warum hatte Theodor Thieme die Wahrheit verschwiegen und einen Selbstmord erfunden? Der Abschiedsbrief, von dem er stets gesprochen, den er Emma aber nie gezeigt hatte, schien nicht zu existieren.

Sie fühlte sich deshalb wie in der Mitte eines Orkans, hin und her gerissen zwischen der Loyalität zu ihrem verstorbenen Vater und dem Zorn auf ihn, weil er ihr die wichtigste Information ihres Lebens verheimlicht und sie noch dazu mit einer schamlosen Lüge gekrönt hatte. Sein Verhalten war ebenso verstörend wie die Erkenntnis, dass ihre Mutter sie nicht verlassen hatte, um in den Tod zu gehen, sondern bei guter Gesundheit am anderen Ende der Welt wohnte.

Dorothees Anwesenheit wirkte beruhigend auf Emma. Die Fremde reagierte und argumentierte sachlich und unvoreingenommen, weil sie keinen der Beteiligten kannte. Sie ließ Emma erzählen, hörte interessiert zu und sprach nur, wenn Emma ihr eine Frage stellte. Sie erschien ihr klug und weltgewandt, vornehm und gebildet. Wenn Dorothee etwas sagte oder Emma gar einen Rat erteilte, hatte dies Hand und Fuß.

Ohne wirklich darüber nachzudenken, fasste Emma Vertrauen zu ihrer neuen Bekannten. Es war zudem eine seltsame Fügung, dass sie die aufwühlende Nachricht ausgerechnet zusammen mit einer Person teilte, die am Ende des Sommers nach Südwestafrika zu reisen beabsichtigte.

Emma besaß eine vage Vorstellung von der Kolonie. Vor einiger Zeit waren im Schützenhaus am Wasserturm »Lebende Bilder aus Deutsch-Südwest« gezeigt worden. Sie hatte gehört, dass auf der Bühne blutige Kämpfe zwischen der weißen Schutztruppe und den Hottentotten nachgestellt worden waren, man Verwundete sah und Sanitäter, die ihre Pflicht erfüllten. Eine Wohltätigkeitsveranstaltung zugunsten des Roten Kreuzes sollte es sein, ziemlich brutal überdies. Emma hatte sich deshalb klaglos gefügt, als ihr Vater sich weigerte, sie zu begleiten, und ihr verbot, die Theateraufführung zu besuchen. Erst durch die Lektüre der Briefe aus Lüderitzbucht begriff sie, warum er wohl tatsächlich so strikt gegen ihren Wunsch gewesen war. Wahrscheinlich wollte er sie nicht nur vor der dargestellten Grausamkeit beschützen – er wusste vielmehr von den Poststempeln der ungeöffneten Briefe, dass sich seine Frau am Ort des Geschehens aufhielt.

Jedenfalls hatte Emma zwar auf ihren Vater gehört, aber sich heimlich ein Programmheft gekauft. Bei trüber Beleuchtung hatte sie sich nachts in ihrem Schlafzimmer die Photographien angesehen: Bilder von kargen Wüstenlandschaften und wenig anheimelnden Ortschaften, von weißen Siedlern, die sich mittels Ochsenkarren fortbewegten, aber auch von ungewöhnlichen, dunkelhäutigen Menschen. Diese standen auf einem Abzug in einer großen Gruppen versammelt eng beieinander, bewacht von Soldaten hoch zu Ross, deren auffälligstes Merkmal der Schlapphut mit einer seitlich hochgeknüpften Krempe war. Es war ihr alles so fremd, dass sie sich nicht hatte vorstellen können, dieses Land jemals zu betreten. Genau genommen war ihr Interesse an Deutsch-Südwest nach dem Durchblättern der Broschüre erloschen.

Die Berichte ihrer Mutter erzählten allerdings von einer anderen Welt. Die Mehrzahl der siebenundzwanzig ungeöffneten Briefe in Theodor Thiemes Sekretär waren in Südwestafrika versendet worden, und Emma hatte die Beschreibungen aufgesogen wie ein Schwamm das Wasser.

Sie las von der Schönheit der Wüste, die nicht weiß wie ein Sandstrand war, sondern orangerot wie ein Sonnenuntergang. Constanze beschrieb Pflanzen, deren Namen Emma nicht einmal buchstabieren konnte, die inmitten der kargen Landschaft wuchsen, und einen Nebel, dessen Feuchtigkeit diese Pflanzen zum Blühen brachte. Vor Emmas geistigem Auge wurden wagemutige Forscher, Abenteurer und Missionare lebendig, sie nahm Anteil am Schicksal einfacher Bauern auf der Suche nach Land und wohlhabenderer Menschen, die der Enge in der Heimat oder einem Skandal entflohen waren. Mit großer Zuneigung erzählte Constanze darüber hinaus von einer Eingeborenen namens Kaaya, die sie begleitete, seit sie vor elf Jahren in die Kolonie gekommen war.

Und dann beschrieb sie ihr kleines Strandhaus, den Blick westwärts über die Klippen und das Meer, an dessen anderem Ende Südamerika lag. »*Nach Norden sehe ich nie*«, behauptete Constanze in einem auf das Jahr neunzehnhundertacht datierten Brief. »*Meine Sehnsucht nach Dir würde mir das Herz brechen.*«

Drei Tage hatte sich Emma Zeit genommen. Sie wusste, dass sie jeden Brief noch etliche Male lesen würde, bevor sie genug von den Worten ihrer Mutter hatte. Für eine Entscheidung genügten die mit Nachdenken ausgefüllten Tage und schlaflosen Nächte trotzdem. Sie hatte den nach der Beerdigung Theodor Thiemes vereinbarten Termin mit Doktor Wohlgemuth verschoben, weil sie eine Weile in Ruhe abwägen wollte, was am besten zu tun sei. Im Grunde stand ihr Entschluss jedoch bereits fest, nachdem sie die Edelsteine gemeinsam mit Dorothee vom Boden des Ateliers aufgelesen hatte.

»Was sind das für Kristalle?«, unterbrach Doktor Wohlgemuth die Grübelei seiner Mandantin.

Sie hob den Blick zu dem alten Anwalt, der verwundert, aber keinesfalls beeindruckt auf die Steine sah, die sie in ihrem Taschentuch auf seinen Schreibtisch gebettet hatte.

»Das sind Diamanten«, erwiderte sie und war selbst erstaunt, wie unaufgeregt sie klang. Dabei saß sie hier, um nichts Geringeres als ihre Pläne für die Zukunft zu realisieren.

»Aber nein! Nicht doch!« Der sonst so ernst wirkende Doktor Wohlgemuth lachte kurz auf. »Es tut mir leid, Sie enttäuschen zu müssen, das sind gewiss keine echten Diamanten.«

Emma schüttelte den Kopf.

»Das sind Quarze«, behauptete Doktor Wohlgemuth.

»Aber ich versichere Ihnen …«

»Ich verstehe zwar nicht viel von Mineralien, aber ich bin mir ganz sicher, dass es sich bei diesen winzigen Kieseln nicht um wertvolle Edelsteine handelt.«

Ja, wollte ihm Emma entgegenrufen, Sie verstehen in der Tat nicht viel von diesen Dingen, Herr Rechtsanwalt. Doch sie enthielt sich ihres wütenden Protests.

Stattdessen wechselte sie das Thema und sagte mit fester Stimme: »Ich möchte, dass Sie den Nachlass meines Vaters verkaufen. So schnell wie möglich, wenn ich bitten darf.«

»Das ist ein guter Gedanke!«, pflichtete ihr Doktor Wohlgemuth bei. »Sie werden diesen Schritt gewiss nicht bereuen. In Ihrem Fall hat das neue Erbrecht wirklich etwas Gutes: Sie können Ihren Vater beerben und den Nachlass nach eigenem Ansinnen verwenden. Das wäre vor zehn Jahren noch nicht so einfach gewesen.«

»Gewiss«, bestätigte sie freundlich, obwohl ihr gleichgültig war, wie sehr sich die Zeiten geändert hatten.

Doktor Wohlgemuth räusperte sich. Er lehnte sich in seinem ledergepolsterten Schreibtischstuhl zurück, die Federn ächzten leise unter seinem Gewicht. Dann legte er die Hände mit den tiefbraunen Altersflecken auf den Tisch und die gespreizten Fingerspitzen pedantisch aneinander. Ein paar Atemzüge lang starrte er stumm darauf. Schließlich wandte er sich wieder seiner Besucherin zu:

»Ich werde Ihren Wunsch ins Auge fassen, Fräulein Thieme, aber Sie müssen zuvor eine traurige Formalität erledigen. Ein zentraler Punkt in der neuen Parentelordnung ist der gesetzliche Anspruch der Ehefrau auf mindestens ein Viertel der Erbschaft. Paragraph neunzehn-einunddreißig. Allerdings kann nach neunzehn-dreiundzwanzig nur Erbe werden, wer zur Zeit des Erbfalls lebt. Vor einem Verkauf des gesamten Nachlasses ist es also notwendig, dass Ihre Mutter für tot erklärt wird.«

Ein Lichtstrahl streifte die Diamanten, und ein Feuer aus buntem Glanz ergoss sich über die Steine. Es erschien Emma wie ein Signal. Ein Lebenszeichen aus Südwestafrika.

»Das von Ihnen neulich angesprochene Aufgebotsverfahren ist nicht nötig. Meine Mutter lebt!« Sie lauschte dem Klang der eigenen Stimme, als könnte sie trotz der Beweise selbst nicht recht glauben, was sie gerade ausgesprochen hatte.

Ihren Rechtsanwalt überzeugte sie offenbar nicht. Mit der nachsichtigen Milde eines Menschen, der Mitleid empfindet, aber trotzdem kurz davor steht, die Geduld mit dem anderen zu verlieren, blickte Doktor Wohlgemuth seine Mandantin an. »Ich kann verstehen, dass Sie ob des Unglücks und seiner tragischen Folgen etwas überreizt sind – für Hysterie besteht jedoch kein Anlass, Fräulein Thieme!«

»Es ist natürlich eine große Überraschung, aber es ist die Wahrheit: Meine Mutter Constanze Thieme wohnt in Lüderitzbucht in der Kolonie Deutsch-Südwest und erfreut sich bester Gesundheit.«

Als er zu einer Erwiderung ansetzte, hob sie die Hand, um ihn zum Schweigen zu bringen. Dann deutete sie auf die Diamanten. »Sehen Sie, diese Steine stammen aus Südwest. Meine Mutter hat sie mir im vorigen Jahr geschickt. Ich habe sie erst kürzlich gefunden, weil mein Vater diesen und unzählige andere Briefe vor mir versteckt hatte …«

»Das ist romantischer Unsinn.«

Stumm schüttelte sie den Kopf.

Er löste seine Hände aus der angespannten Haltung, ließ die Fingergelenke knacken und nahm eines der eckigen Kieselchen zwischen Daumen und Zeigefinger. Mit zusammengekniffenen Augen betrachtete er den milchig schimmernden Stein.

»Hm«, machte er und legte das Beweisstück behutsam zurück auf Emmas Spitzentüchlein. Anschließend schloss er in Gedanken versunken die Augen und wirkte auf Emma dabei wie ein Greis, in der kurzen Zeit seiner Betrachtung erheblich gealtert.

»Herr Rechtsanwalt …«, brachte sie sich in Erinnerung.

»Tja …, liebes Fräulein Thieme, ich muss Sie darauf hinweisen, dass Sie dieses Geschenk nicht werden behalten können, sofern es sich tatsächlich um ungeschliffene Diamanten handelt. Sie machen sich sonst strafbar.«

»Was heißt das?«

»Bodenschätze gehören zunächst einmal dem Staat, in dem sie gefunden werden. Es gibt Sonderregelungen hinsichtlich der Schürflizenzen, aber damit möchte ich Sie nicht verwirren. Die Entnahme von Diamanten in Deutsch-Südwest ist Privatpersonen nur zu Probe-, Versuchs- und wissenschaftlichen Zwecken erlaubt, anderweitig, etwa durch Schenkung, darf nicht darüber verfügt werden. Zuwiderhandlungen werden mit einer Geldstrafe von bis zu fünfhundert Mark geahndet. Paragraph neunzig der kaiserlichen Bergverordnung.«

Emma sog hörbar die Luft ein. »Meine Mutter würde nie etwas Unerlaubtes tun«, protestierte sie.

»Nun«, Doktor Wohlgemuth atmete seinerseits tief durch, »ich möchte keinesfalls Ihre Gefühle verletzen, und es ist auch nicht meine Aufgabe, über Ihre Frau Mutter zu richten, aber ich möchte doch anmerken, dass ihr Verhalten seinerzeit nicht …

wie soll ich es ausdrücken? … den Regeln entsprach. Deshalb kann ich mir durchaus vorstellen, dass sie heute, ähmm…, zu einer kleinen Unregelmäßigkeit imstande wäre.«

Der Glockenschlag einer Turmuhr drang von ferne in die Kanzleiräume. Die Paulus-Kirche, konstatierte Emma. Fünf Schläge zeigten ihr an, dass der Nachmittag schon recht weit fortgeschritten war und sie wohl nichts mehr von dem erledigen würde können, was sie sich eigentlich vorgenommen hatte. Sie hatte nicht damit gerechnet, dass die Verhandlungen mit Doktor Wohlgemuth so schwerfällig und langwierig ablaufen würden.

»Es besteht keine Veranlassung, an der Redlichkeit meiner Mutter zu zweifeln, Herr Anwalt!«, erklärte sie in der Hoffnung, damit das Thema abzuschließen. Doch Emma irrte.

»Hat Ihnen Ihr Vater … Gott sei seiner Seele gnädig … hat er Ihnen jemals gesagt, aus welchem Grund es zu dem Zerwürfnis mit Ihrer Mutter kam?«

Theodor Thieme hatte ihr nie gesagt, welche Tragödie ihre Mutter in den angeblichen Selbstmord getrieben haben könnte. Aus Constanzes Briefen ging ebenfalls nichts dergleichen hervor. Allerdings war der Anwalt nicht die Person, von der Emma erfahren wollte, warum sie von ihrer Mutter verlassen worden war. Die Antwort auf diese Frage wollte sie aus Constanzes Mund hören – von niemandem sonst, seitdem sie wusste, dass ihre Mutter noch am Leben war.

Sowohl ihr Verstand als auch ihr Herz sträubten sich gegen die Redseligkeit des Anwalts. Doch ihre Neugier siegte, und ihre Körpersprache verriet sie: Emma rutschte auf dem Besucherstuhl nach vorn.

»Es ist nichts, was man gegenüber einer Tochter gerne erörtert, mein liebes Fräulein Thieme, aber ich sehe mich nunmehr in der Pflicht, Sie darüber aufzuklären, auch wenn die

Wahrheit eine schwere Last sein muss: Ihre Frau Mutter besaß eine gewisse Affinität für Uniformröcke, wenn Sie verstehen, was ich meine.«

Die Worte hallten in Emmas Ohren nach, und sie benötigte ein paar Sekunden, um sie zu begreifen. Unter den vielen in Groß-Lichterfelde lebenden Offiziere waren gewiss schneidige Kavaliere, aber waren diese Männer so anziehend für eine verheiratete Frau, dass diese einen Ehebruch wagte? Ja, entschied Emma im Stillen, wenn sie unglücklich genug dafür war und die falschen Romane gelesen hatte.

Gleichzeitig rührte sich Widerstand in ihren Gedanken. Effi Briest stammt nicht aus Groß-Lichterfelde, fuhr es ihr trotzig durch den Kopf. Was für eine absurde Geschichte! Hatte Doktor Wohlgemuth diese lächerlichen Anschuldigungen etwa von ihrem Vater? Hatte Theodor Thieme nicht nur die Briefe unterschlagen, sondern auch üble Nachrede betrieben? Zorn wallte in Emma auf. Nicht zuletzt auf Doktor Wohlgemuth, der sie mit dieser Frage konfrontierte.

»Ich kann Ihren Vater auf gewisse Weise verstehen«, behauptete der alte Jurist sanft, als habe er Emmas Gedanken von ihrer angespannten Miene abgelesen. »Es ist natürlich ein Bruch des Gesetzes, einen Selbstmord vorzutäuschen. Aber welcher Ehegatte gibt schon gerne zu, dass ihm Hörner aufgesetzt worden sind und die eigene Frau durchgebrannt ist? Allerdings«, seine Augen schienen für einen Moment durch Emma hindurchzublicken, als könnte er irgendwo hinter ihr eine Erkenntnis gewinnen, »erinnere ich mich, dass der junge Offizier, mit dem Ihre Mutter in flagranti ertappt wurde, bei seiner Einheit blieb.«

Emmas Kehle fühlte sich wie ausgedörrt an. Die Informationen, die Doktor Wohlgemuth ihr gab, überstiegen ihre Kraft und ihr Vorstellungsvermögen.

Sie benetzte ihre Lippen mit der Zunge, bevor sie erklärte:

»Ich möchte nichts davon hören, Herr Rechtsanwalt! Was immer es in dieser Sache zu sagen gibt, möchte ich von meiner Mutter erfahren. Sie ist die einzige Person, die die Wahrheit kennt und sich nicht nur auf Hörensagen beruft.«

»Sofern sie tatsächlich noch lebt«, gab Doktor Wohlgemuth leise zu bedenken.

»Davon werde ich mich persönlich überzeugen. Ich beabsichtige, nach Lüderitzbucht zu reisen.«

»Ich bitte Sie, das ist unmöglich!«

Sie zuckte zusammen, als hätte er sie geschlagen. »Mein Entschluss steht fest.«

»Hm«, machte Doktor Wohlgemuth und wich ihrem Blick aus, indem er die zuoberst liegende Kladde auf dem Stapel vor sich durchblätterte. Mit seinem Zeigefinger markierte er eine Stelle in den Unterlagen. »Es ist nicht genug Geld für eine Reise da.«

Emma schnappte nach Luft. »Das ist nicht wahr. Mein Vater besaß Ersparnisse. Er …«

»Er steckte jeden Pfennig in die Ausstattung des Photographischen Ateliers«, unterbrach der Testamentsvollstrecker. »Jedenfalls jeden Pfennig von dem, was nach Abzug aller Kosten übrig blieb. Es tut mir leid, Fräulein Thieme, aber es ist keine bedeutende Summe vorhanden. Ihr Vater investierte vor Jahren in die Straßenbahn-Gesellschaft in Potsdam und fiel einer Finanzspekulation zum Opfer, die viele Anleger ruinierte. Insgesamt entstand damals ein Schaden von über einer Million Reichsmark.«

Ihre Mutter eine Ehebrecherin, vielleicht sogar eine Diebin, ihr Vater ein Lügner und Bankrotteur …

Doktor Wohlgemuth gab ihr eine Last zu tragen, die schwerer kaum sein konnte. Emma wurde schwindelig bei dem Gedanken, dass die Moral, die ihr letztlich auch von ihren Eltern vermittelt worden war – dass diese Werte gerade wie ein Kartenhaus in sich zusammenstürzten. Sie hatte die Erinnerung an ihre Mutter verklärt und ihren Vater für die Beständigkeit und Fürsorge geliebt, die er ihr in den vergangenen zwölf Jahren geboten hatte. Sollte sie tatsächlich an die falschen Menschen geglaubt haben?

Sie hob die Hand, um ihre plötzlich stark schmerzende Stirn zu massieren. Als wischte sie damit die verstörenden Gedanken fort, fiel ihr wieder ein, was sie von Anfang an gewünscht hatte. Die Lösung lag nah:

»Unter diesen Umständen ist es gewiss von Vorteil, das Atelier samt Inventar zu verkaufen. Da es keines Aufgebotsverfahrens hinsichtlich einer Todeserklärung mehr bedarf, werden Sie die Veräußerung sicher so rasch in die Wege leiten können, dass das Geld für die Reisekosten reicht.« Emma war überzeugt, dass der Wert ihres Erbes deutlich höher lag als der Preis einer Schiffspassage nach Südwestafrika, aber auf diese Diskussion wollte sie sich im Moment nicht einlassen.

»So einfach ist das nicht, mein Fräulein, auch wenn ich persönlich Ihr Anliegen für sehr vernünftig halte. Hinterlässt ein Erblasser mehrere Erben, so wird der Nachlass zum gemeinschaftlichen Vermögen – in diesem Fall von Ihnen und Ihrer Mutter. Paragraph zwanzig-dreiundzwanzig. Es wäre natürlich zu prüfen, ob neunzehn-dreiunddreißig zur Anwendung kommen könnte. Dann müsste bewiesen werden, dass Ihr Vater zum Zeitpunkt seines Todes eine Scheidungsklage wegen Verschuldens der Ehegattin beabsichtigte. Da er seine Frau öffentlich, wenn auch nicht gesetzlich, für tot erklärte, ist diese Möglichkeit in Betracht zu ziehen. Jedenfalls wären Sie dann Alleinerbin und könnten nach Ihren Wünschen über den Nachlass verfügen.«

»Oh nein, das möchte ich alles nicht.« Ihr schwirrte der Kopf vor lauter Paragraphen und Gesetzesauslegungen, die sie gar nicht erst verstehen, geschweige denn anwenden wollte. »Ich möchte nichts anderes als raschestmöglich zu meiner Mutter.«

»Nun echauffieren Sie sich mal nicht so. Ich werde alles in meiner Macht Stehende tun, um im Sinne des Erblassers zu handeln. Und Ihr Vater wollte nur das Beste für Sie, dessen können Sie versichert sein. Doch gut Ding will Weile haben – oder, wie es so schön heißt: So schnell schießen die Preußen nicht«, ihm entrang sich ein aufgesetztes Lachen, und er fügte vertraulich hinzu: »Mit Verwirrung und Spontaneität werden wir nichts erreichen.«

Emma wurde heiß. Sie fühlte, wie ihre Wangen glühten. Die Worte des Anwalts drangen nicht mehr deutlich zu ihr durch, sie fühlte sich wie in dichten Nebel gehüllt. Auch schien ihr Augenlicht unter der Situation zu leiden, denn seine Figur verschwamm vor ihren Blicken.

Ich werde ohnmächtig, dachte sie entsetzt. Im nächsten Moment fiel ihr ein, dass sie in den vergangenen Tagen fast nichts gegessen und getrunken hatte. Sie war zu sehr mit anderen Dingen beschäftigt gewesen. Und dann die ganze Aufregung! Es war definitiv alles zu viel. Viel zu viel.

»Warum schicken Sie Ihrer Mutter nicht einfach einen Brief und setzen ihr die Entwicklung auseinander?«, hörte sie ihn mit ungewohnt blecherner Stimme fragen, als spräche er in ein Rohr. »Möglicherweise verzichtet sie auf ihren Erbanspruch.«

Ihr wurde bewusst, dass ein Rauschen und Klingeln in ihren Ohren den seltsamen Ton auslöste. Unwillkürlich hob sie wieder die Hände an die Schläfen. »Nein«, sie sprach mehr zu sich selbst als zu dem alten Mann und war sich auch nicht sicher, ob er sie verstehen konnte. »Nein. Das kommt nicht infrage.«

»Es ist der beste Rat, den ich Ihnen unter den gegebenen Umständen erteilen kann.«

Sie hatte natürlich darüber nachgedacht, ihrer Mutter zu schreiben. Im ersten Moment hatte sie ihr sogar ein Telegramm schicken wollen. Doch nach einer Weile war ihr klar geworden, dass jedes übermittelte Wort hohl klingen würde. Constanze hatte unermüdlich zwölf Jahre lang Brief um Brief versandt, sie hatte nie ein böses Wort über die fehlenden Antworten verloren, nie geklagt, sondern die Tochter immer voller Liebe in ihr Leben einbezogen, siebenundzwanzig Mal. Keine schriftliche Erklärung konnte ein Gespräch ersetzen. Deshalb beabsichtigte Emma, unangemeldet vor die Tür des Strandhauses im fernen südlichen Afrika zu treten – und ihrer Mutter in die Arme zu sinken.

Plötzlich wallte die bittere Wahrheit in ihr hoch und hinterließ einen schalen Geschmack auf ihrer Zunge. »Sie meinen, es besteht überhaupt keine Möglichkeit für mich, die Fahrt nach Südwest anzutreten?«

»Selbst wenn Sie das Geld besäßen, wäre es ganz ausgeschlossen, dass Sie ohne Begleitung auf Reisen gingen.«

Ihre Augen wurden feucht. Emma ließ die Hände in ihren Schoß sinken, um in ihrem altmodischen Beutel nach einem Taschentuch zu suchen, als ihr Blick zufällig wieder auf den Schreibtisch des Anwalts fiel. Ihr Schnupftuch lag dort ausgebreitet im Schatten von Kladden und Akten. Sie hatte nicht daran gedacht, ein zweites einzustecken. Und sie hatte vor allem die Steine vergessen, die sie darin aufbewahrte. Durch das aufwühlende Gespräch war sie ganz davon abgekommen, welche Möglichkeiten ihr die matt schimmernden Kostbarkeiten aus dem Garten ihrer Mutter boten.

Als habe er wieder ihre Gedanken gelesen, wandte Doktor Wohlgemuth ein: »Hoffen Sie nicht darauf, durch den Verkauf der Diamanten zu Reichtum zu gelangen. Sie würden sich strafbar machen.«

Emma nickte stumm.

»Es ist am besten, Sie lassen die Steine hier. Ich werde mich der Sache annehmen, sie überprüfen lassen und mich mit dem Kolonialamt in Verbindung setzen.«

»Das wird nicht nötig sein.« Aus Furcht, der Anwalt könnte ihr zuvorkommen, griff Emma blitzschnell nach den Diamanten und schloss die Faust um die wertvollen Kiesel. »Wenn ich sie schon nicht wiedersehen kann, möchte ich wenigstens das Geschenk meiner Mutter als Andenken behalten.«

»Fräulein Thieme, das …«

»Das sind nur Quarze – Sie hatten Recht«, unterbrach Emma mit versteinerter Miene. »Niemand wird mir verbieten, diese Erinnerung an meine Mutter in Ehren zu halten. Schließlich besitzen sie nur einen ideellen Wert, nicht wahr?«

Er zuckte mit den Schultern.

7

Als Emma auf ihrem Heimweg unter den Kastanien der Steglitzer Straße entlanglief, meldete sich ihre Vernunft zurück. Die frische Luft vertrieb den flüchtigen Ohnmachtsanfall. Ich muss von allen guten Geistern verlassen sein, dachte sie.

Sie war bereit, Gesetze zu übertreten, um in ein unbekanntes, fernes Land zu einer Person zu reisen, von der sie nicht wusste, ob es die Frau war, die in ihrer Erinnerung lebte. Ohne Rücksicht auf die Angestellten und die Kunden wollte sie das Photographische Atelier schließen und dem Drang nachgeben, ihre Mutter wiederzusehen, die nach siebenundzwanzig unbeantworteten Briefen vielleicht gar nicht so erfreut über ihr Auftauchen sein würde, wie sie schrieb. Statt sich um eine Zukunft in ihrer Heimat zu kümmern, wollte Emma alles hinter sich lassen und in der Fremde nach der Vergangenheit suchen. Der Traum vom eigenen Photoatelier war ausgeträumt.

Das war verrückt. Hysterisch. Romantischer Unsinn. Der Anwalt hatte Recht.

Es wäre besser, umzudrehen und Doktor Wohlgemuth die Diamanten auszuhändigen, riet ihr eine innere Stimme. Überlege nicht, wo du einen Händler auftreiben kannst, der die Steine ohne große Nachfrage und für einen guten Preis erwerben möchte.

Nach einigem Nachdenken hegte sie keinen Zweifel mehr an den Ausführungen des Rechtsanwalts. Sie kam sich ihrer Mutter gegenüber zwar wie eine Verräterin vor, aber sie erinnerte sich plötzlich an einen Nebensatz in dem bislang letzten Brief vom Februar dieses Jahres:

Ein Kanonenboot ist in die Lüderitzbucht entsandt worden, um die Anwohner von den Sperrverfügungen zu überzeugen …

Dann hatte sich Constanze über die schmucken Uniformen der Kadetten ausgelassen, und Emma hatte dem keine weitere Bedeutung beigemessen. Das Wort »Sperrverfügungen« passte im Nachhinein jedoch gut zu dem zitierten Gesetzestext, es ließ sich nicht anders deuten. Paragraph neunzig, dachte Emma grimmig.

Als könnte sie ihre Probleme auf diese Weise bezwingen, schritt sie energischer aus, entfernte sich immer weiter von dem Anwaltsbüro, statt der Vernunft zu folgen. Der Glockenrock wehte um ihre Waden wie bei dem in dieser Gegend häufigen Ostwind. Allerdings versprach es heute ein ruhiger, lauer Abend zu werden, der einen heißen Tag ablöste, und deshalb geriet Emma rasch ins Schwitzen. Oder trieb ihr die Aufregung die Hitze in die Wangen und die Feuchtigkeit unter die Achseln? Die schwarze Bluse klebte bald an ihrem Mieder.

Es herrschte um diese Uhrzeit viel Betrieb. Die Männer in Zivil kehrten von ihren Arbeitsstellen nach Hause, die Offiziere der nahen Gardeschützenkaserne machten sich auf den Weg zu Verabredungen, Damen des gehobenen Bürgertums nutzten den frühen Abend, um am Arm ihrer Kavaliere an den schönen, hinter gepflegten Vorgärten und kleinen Parkanlagen erbauten Villen vorbeizuflanieren, Vordächer aus Glas und Schmiedeeisen oder blühende Rosenranken an einem Eingang zu bewundern, der ein Rundbogen war.

Dieses Bild war ein anderes als etwa in Berlin, wo die neuen, zur Straße gewandten schmucken Häuserzeilen über das Elend in den schier zahllosen, zunehmend verkommenen Hinterhöfen hinwegtäuschten. Die meisten in freundlichem Weiß gestrichenen oder aus Backstein errichteten, zwei- bis dreistöckigen Wohnhäuser in Groß-Lichterfelde besaßen keine Rückgebäude, und wenn, dann nur eines. Auch war dies – sogar jenseits der sogenannten Villenkolonie – eine wohlhabende Gegend.

Emma hatte jedoch an diesem Abend keinen Blick für die Schönheiten ihres Zuhauses, die sie sonst mit dem Auge der Photographin immer wieder aufs Neue genoss. Sie stürmte voran und achtete weder auf die Architektur noch auf die Passanten …

»Hallo, Sie … Entschuldigung …« Im ersten Moment klang der Ausruf nach Empörung, dann nach Verlegenheit.

Kommentarlos rieb sich Emma mit der rechten Hand den linken Oberarm, der bei der Kollision zu Schaden gekommen war. Obwohl sie wusste, dass sie den anderen angerempelt hatte, schämte sie sich nicht für ihre Rücksichtslosigkeit, sondern fühlte sich aufgehalten.

»Guten Abend, Fräulein Thieme«, grüßte der junge Mann

höflich. Er war nur mittelgroß, blässlich, aber nicht unattraktiv mit seinen blitzenden, intelligenten Augen hinter einer Brille mit rundem Metallrahmen. Sein dunkelblondes Haar war mit Pomade zurückgekämmt und sein Anzug vorbildlich, doch auf seiner Hemdbrust leuchtete ein Tintenfleck. »Verzeihen Sie, dass ich Sie beinahe umgerannt hätte«, fügte er unterwürfig hinzu, obwohl ihn überhaupt keine Schuld traf.

Mit einiger Verzögerung erkannte Emma in dem Herrn einen Sohn des Bauunternehmers Halske. Kurt, wenn sie sich richtig erinnerte. Er war der jüngste der drei Brüder. Derjenige, der bei der Trauerfeier für ihren Vater am meisten getrunken und offenbar am wenigsten vertragen hatte, dabei aber glücklicherweise immer ruhiger geworden war. Vor allem aber war ihr Kurt Halske angenehm im Gedächtnis geblieben, weil er ihr niemals Avancen gemacht hatte.

»Ich habe nicht aufgepasst«, berichtigte Emma die Situation.

Seine Wangen färbten sich, er drehte den Hut, den er abgenommen hatte, in seinen Händen. »Eine Dame wie Sie braucht sich nicht zu entschuldigen.«

Emma zuckte mit den Achseln. Ihre unverheirateten Freundinnen hätten unter den gegebenen Umständen gelächelt, geblinzelt, Kurt Halske in ein Gespräch verwickelt, doch ihr stand nicht der Sinn nach gepflegter Umgangsform. Sie starrte auf den Tintenfleck, der ihren Blick wie ein Magnet anzog, und erklärte kurz angebunden: »Ich bin in Eile.«

Zum ersten Mal lächelte er, und in seinen Mundwinkeln tauchten kleine Grübchen auf. »Das habe ich gesehen, Fräulein Thieme. Ich würde Sie gerne ein Stück begleiten, wenn Sie erlauben. Ich könnte dafür sorgen, dass Ihnen niemand mehr in die Quere kommt. So sind Sie gewiss schneller unterwegs.«

»So sehr bin ich nun doch nicht in Eile.«

»Tja, dann …«

Er wirkte so betrübt, dass er Emmas Herz erweichte. Sie ärgerte sich zwar ein wenig darüber, Kurt Halske unterschätzt zu haben. Er machte ihr zweifellos Avancen, sonst würde er sich jetzt verabschieden und seines Weges gehen. Aber er war als Verehrer harmlos, denn der alte Halske würde erst seine anderen beiden Söhne verheiraten wollen, bevor der jüngste an die Reihe kam. Deshalb erwog sie, Kurts Angebot anzunehmen.

Wäre da nur nicht dieser peinliche Tintenfleck, von dem ihre Augen nicht lassen konnten.

»Sie haben da etwas …«

Unwillkürlich sah er an sich hinunter. »Oh!«, machte er nur und unternahm keinen Versuch, etwas gegen den Klecks zu tun. Er schob nicht einmal seine Krawatte oder seine Jacke darüber, sondern wirkte fast stolz – gerade so, als trüge er einen Orden auf der Brust.

Ein vages Interesse an der Geschichte dieses jungen Mannes erwachte in Emma. Hatte sie nicht gehört, dass er die Arbeit im väterlichen Betrieb verweigert hatte? Oder betraf das einen anderen Sohn? Es wurde viel geredet in der Gemeinde, obwohl Groß-Lichterfelde immerhin weit über zwanzigtausend Einwohner besaß, so dass Emma längst den Überblick verloren hatte. Vor allem interessierte sie sich nicht für den Klatsch, was vielleicht daran lag, dass sie als Kind selbst das Opfer mancher Schandmäuler gewesen war. Damals, als ihre Mutter verschwand. Der plötzliche Gedanke, dass Constanzes angeblicher Ehebruch zuvor bereits etliche Kaffeekränzchen beschäftigt haben mochte, erschütterte Emma.

Der offenbar einfühlsame Kurt Halske bemerkte ihre Gefühlsregung sofort. »Geht es Ihnen nicht gut? Verzeihen Sie, wenn dieser Fleck Sie verwirrt. Es ist natürlich nicht richtig, eine Dame in diesem Zustand begleiten zu wollen. Wissen Sie, heute war mein erster Arbeitstag. Ich bin jetzt …«, er unterbrach seinen Redefluss kurz, um dann mit erstaunlicher Selbstsicherheit hinzuzufügen: »Ich arbeite neuerdings bei einer Zeitung.«

Emma beschloss, dass es sie nicht weiterbrachte, wenn ihre Gedanken ständig um ihre Mutter und um die Frage nach dem Verkauf der Diamanten kreisten. Deshalb schenkte sie dem jungen Halske ein freundliches Lächeln und erkundigte sich: »Wo sind Sie denn beschäftigt?«

»Meinem Vater ist es eigentlich nicht recht, dass ich darüber spreche«, erwiderte Kurt ausweichend, zögerte jedoch nicht, ihr seinen Arm zu reichen. »Er hält es nicht für richtige Arbeit. Aber es ist nichts Unehrenhaftes, dessen können Sie gewiss sein, Fräulein Thieme.«

»Offensichtlich sind Sie stolz auf Ihre neue Anstellung. Sie können mir gerne davon erzählen, ich werde auch nichts Ihrem Vater verraten«, plauderte Emma, während sie an Kurts Seite in Richtung Drakestraße schlenderte.

Aus einer Bäckerei wehte ihr der verführerische Duft von frisch Gebackenem entgegen und erinnerte sie daran, dass sie hungrig war. Seit dem Unglück hatte sie manchmal in einen Apfel gebissen oder an einem Brot herumgeknabbert. Auch beim Leichenschmaus war ihr der Appetit vergangen, obwohl das Menü allen ganz vorzüglich schmeckte. Und seitdem hatte sie sich mit so viel Wichtigerem als Essen beschäftigen müssen …

»… Aufstiegschancen in die Redaktion des *Lokal-Anzeigers*«, hörte sie Kurt Halske sagen.

Verwirrt wandte Emma den Kopf. Ihr war entgangen, dass er bereits über seinen Arbeitsplatz sprach. Wie sollte sie ihm erklären, dass sie ihm nicht zuhörte?

»Ihre Tätigkeit klingt sehr interessant«, heuchelte sie. »Das müssen Sie mir alles noch einmal ganz genau erzählen.«

»Wie gesagt, zunächst bin ich in der Anzeigenabteilung beschäftigt, aber ich hoffe, demnächst auch in der Redaktion wenigstens aushelfen zu dürfen. Eigentlich möchte ich ja Journalist werden, aber heutzutage ist es nicht einfach, die geeignete Stelle zu finden …«

»Gewiss.«

»Vor allem wenn man keine Empfehlungen vorzuweisen hat und der eigene Vater nicht bereit ist, einem unterstützend zur Seite zu stehen. Dabei verfügt ein Halske über gute Beziehungen sogar zu den Verlegern Mosse und Ullstein in Berlin. Aber mein alter Herr hält leider nicht viel von Zeitungsleuten.«

Da sie sich zu dieser Berufsgruppe keine Meinung gebildet hatte, schwieg sie. Stumm hielt sie mit ihm Schritt. Wieder drohten ihre Gedanken in eine andere Richtung zu laufen, und sie musste sich konzentrieren, um Kurt zu folgen.

Er missverstand ihr Schweigen. »Ich sollte nicht schlecht über meinen Vater sprechen. Verzeihen Sie bitte meine Unhöflichkeit, Fräulein Thieme.«

Sein Bemühen, den Eindruck eines gefälligen Sohnes zu erwecken, begann an ihren Nerven zu zehren. »Vergessen Sie doch mal Ihren Vater!«, fuhr sie ihn unbeabsichtigt barsch an. »Erzählen Sie lieber weiter von Ihrer Arbeit.«

»Ich nehme die Wünsche der Kunden auf«, erklärte Kurt eilfertig. »Montags und donnerstags ist am meisten los in der Schreibstube, denn Sie wissen ja sicher, dass der *Lokal-Anzeiger* am Mittwoch und am Sonnabend erscheint. Jeder will sein Inserat pünktlich in der neuen Ausgabe finden. Deshalb war heute auch so viel zu tun, dass meine Feder keinen Moment austrocknen konnte.«

»Sie befassen sich also mit Heiratsankündigungen, Geburts- und …«, Emma schluckte, »… Todesanzeigen.«

»Verzeihen Sie, Fräulein Thieme, ich wollte Sie nicht an Ihren schrecklichen Verlust erinnern.«

»Schon gut. Es ist ja Ihre Arbeit.«

»Nein. Nein, das ist es nicht. Wenigstens nicht nur. Die meisten Inserate werden von den Handwerkern im Bezirk aufgegeben, die sich auf diese Weise bekannt machen wollen. Natürlich sind auch die Betreiber der Gaststätten gute Anzeigenkunden, denn die preisen ihre Veranstaltungen an. Häufig möchten ganz normale Bürger etwas zum Verkauf anbieten, Artikel für den täglichen Bedarf, altes Tafelsilber aus Privatbesitz oder Juwelen …«

»Wie bitte?«

Emma war so abrupt stehen geblieben, dass Kurt stolperte und beinahe über die Schienen der Elektrischen Straßenbahn gefallen wäre. Nur mühsam rappelte er sich in seinem Staunen über ihre heftige Reaktion wieder auf. Emma war klar, dass sie auf ihn wirken musste wie vom Donner gerührt.

Gewissermaßen traf das auch zu. Eine Zeitungsanzeige! Das klang nach der perfekten Lösung für ihre Probleme.

»Könnten Sie mir bitte erklären, wie man ein Inserat aufgibt?«

Sie blieb, ungeachtet der Hupe eines Automobils, mitten auf der Straße stehen. Der Fahrer war gezwungen, eine Kurve zu fahren, was wiederum den Unmut eines Kutschers auslöste, der heftig fluchend damit beschäftigt war, sein Pferd im Zaum zu halten. Doch Emma ließ das gefährliche Ausweichmanöver vollkommen kalt. Nicht einmal das Rattern der nahenden Straßenbahn brachte sie in die Wirklichkeit zurück.

»Keene Aujen im Kopp?!«, brüllte irgendwer.

»Sie kommen in die Redaktion, erklären, was Sie verkaufen möchten, oder geben ein Blatt Papier mit dem vorgeschriebenen Text ab und bezahlen die Gebühr …« Das Klingeln der nahenden Straßenbahn unterbrach Kurt. Er nahm Emmas Arm und zog sie überraschend energisch von der Straße auf den breiten Bürgersteig. Dabei plauderte er weiter: »Diskretion ist ein wichtiges Gebot, denn nicht jeder Kunde möchte, dass seine Nachbarn von dem Verkauf erfahren. Deshalb gibt es die Möglichkeit einer anonymen Anzeige. Dann erhalten Sie … nein, eigentlich erhält das Inserat eine Nummer, und Sie können die Antworten, die in der Redaktion eingehen, abholen, ohne dass Ihr Wohnsitz bekannt wird. Aber was rede ich da! Sie möchten ganz gewiss keine Anzeige aufgeben und etwas verkaufen, nicht wahr?«

Sie würde ihn ins Vertrauen ziehen müssen, fuhr es Emma durch den Kopf. War Kurt Halske dessen würdig? Schlimmer noch – würde er Fragen stellen oder schweigen, wenn sie ihn um das Inserat bat? Sie blickte von seinen kurzsichtigen Augen zu dem Tintenfleck auf seiner Hemdbrust und stellte fest, dass die Farben fast identisch waren. Ein Mann, entschied sie, der mit so viel Hingabe seinen ersten Arbeitstag bestritt und stolz darauf war, etwas ohne die Hilfe seines übermächtigen Vaters geschafft zu haben, würde sicher Verständnis für ihre Lage aufbringen.

Den Blick auf den Westbazar gerichtet, in dem sich sowohl das noch immer geschlossene Photographische Atelier als auch ihre Wohnung befanden, fragte sie liebenswürdig: »Würden Sie mir wohl noch ein wenig Gesellschaft leisten, Herr Halske? Ich höre so gerne zu, wenn Sie von Ihrer Arbeit sprechen.«

8

Der Südwestwind, der in unterschiedlicher Stärke ständig um die Hausecken wehte, hatte wieder aufgefrischt. Er zerrte an dem verdorrten Buschwerk und wirbelte den Wüstensand auf. Der Sturm drückte auf die Fenster und trieb den Sand durch Fugen und Ritzen. Er kroch unter hochgeschlossene Kleidung, blies die feinen Körnchen in Augen und Ohren, selbst auf der Zunge lag ein Geschmack nach Holz. Der unangenehmste Monat des Jahres stand bevor, der Höhepunkt des Winters auf der südlichen Halbkugel der Erde.

Das Wetter war kühl in diesen Tagen. In der vergangenen Nacht war es sogar richtig kalt geworden. Da jedoch seit Wochen der Regen ausblieb, war es staubtrocken. Trotz des Sturms schien die Luft zum Atmen zu fehlen. Es war die erste Trockenzeit, die Paul Borchart in Lüderitzbucht erlebte. Sie übertraf alles, wovor ihn sein Doktorvater an der Friedrich-Wilhelms-Universität zu Berlin gewarnt hatte, als er nach Dissertation und Disputation in den Dienst der Deutschen Diamanten-Gesellschaft getreten war.

Für einen frisch promovierten, ehrgeizigen Geologen gab es derzeit sicher keinen interessanteren Arbeitsplatz als den in Südwest, aber in den kalendarischen Sommermonaten wurde das Wetter zur Belastungsprobe. Paul Borchart tröstete sich mit dem Wissen, dass ihm hier wenigstens selbst in der Regenzeit jene Tropenkrankheiten erspart blieben, denen schon erschreckend viele Forschungsreisende in den kaiserlichen Kolonien Togo, Kamerun und vor allem in Ostafrika zum Opfer gefallen waren. Diese Gefahren lauerten jedenfalls nicht in der kleinen Bucht, von den portugiesischen Entdeckern Angra Pequena genannt.

Das Pfeifen des Windes verband sich mit dem Rauschen des Meeres, die Wellen brachen sich krachend an den Granitfelsen in Pauls Rücken, während er sich gegen das Unwetter stemmte und die einsame Diamantenbergstraße bergan marschierte. Der Sand knirschte unter den Sohlen seiner Stiefel. Als Paul schneller ging, schlug der Stiel des Schürfhammers, der in seinem Gürtel steckte, im Laufrhythmus gegen seinen muskulösen Schenkel.

Er zuckte zusammen, als in seiner Nähe Stoff auf Holz klatschte. Es klang wie eine heftige Maulschelle. Wahrscheinlich eine Segeltuchplane, die, etwa zum Schutz frischen Mörtels, vom Sturm gegen das Gerüst eines der vielen Neubauten in der

Stadt geschleudert wurde. Irgendwo meckerte eine Ziege in ihrem Verschlag.

Paul begegnete niemandem auf seinem Weg zum Café Emma. Und falls außer ihm zu dieser Abendstunde noch ein Mann unterwegs sein sollte, so schluckten Dunkelheit und dichter Nebel seine Gestalt. Doch es war spät, und die meisten Gäste schliefen sicher von der harten Arbeit des Tages erschöpft und nach einem Schlummertrunk entweder bereits im eigenen Bett oder auf einem Lager im örtlichen Freudenhaus, oder aber sie genehmigten sich ein letztes Bier in einer Spelunke am Hafen. Dies war eigentlich keine Uhrzeit, ein Kaffeehaus zu besuchen.

Beim Gedanken an das Bordell schmunzelte Paul. Irgendwer hatte ihm erzählt, in der Anfangszeit, vor etwa zwanzig Jahren, habe es sich in einem Holzschuppen befunden, der auf einem Felsen thronte. In einer Sturmnacht wie dieser sei die Hütte einfach umgeblasen worden. Randale im Inneren mochte dazu beigetragen haben, dass das Haus zusammenfiel, aber dieses Detail klang nicht besonders mystisch, deshalb wurde es häufig in den Geschichten *vergessen*, genau wie der Verbleib der Menschen, die sich darin aufgehalten hatten. Inzwischen war das Freudenhaus in einer dem sogenannten Jugendstil des Kaiserreichs nachempfundenen prachtvollen gemauerten, grün gestrichenen Villa in weniger gefährlicher Lage untergebracht. Es war nicht einmal weit dorthin, doch Paul folgte nicht seinem körperlichen Bedürfnis, sondern dem Wunsch nach einer kultivierten Unterhaltung und Herzenswärme. Außerdem war er um Constanzes Sicherheit besorgt.

Für die meisten Siedler, Wissenschaftler, Abenteurer und Soldaten, die es in diese Breiten verschlagen hatte, war das Café Emma zu einem zweiten Zuhause geworden. Vor allem die Neuankömmlinge kehrten auf der Suche nach Heimat bei der schönen Wirtin ein. Die Frau, die nicht Emma, sondern Constanze hieß, hatte ein gemütliches Wohnzimmer für die Männer geschaffen, in dem man sich traf und auch mal die eigene Ehefrau mitbringen konnte, sofern diese in der Kolonie weilte. Hier ging es relativ leise und vor allem gesittet zu, nicht einmal der dunkelhäutigen Kellnerin wurde nach dem Busen gegrapscht. Wer eine solche Unverfrorenheit wagte, den verwies Constanze des Lokals. Im Gegenzug verlangte sie von den Einheimischen, ihren Leib züchtig zu bedecken. Allerdings vermutete Paul, dass die meisten männlichen Gäste ohnehin die Besitzerin anhimmelten und nicht an einem Vergnügen interessiert waren, das es anderswo ohne Ärger gab. Vielleicht schloss er aber auch nur von sich auf andere.

Durch die Buntglasfenster des Cafés fiel gelbes Licht und tränkte den dichten, stickigen, nach feuchter Asche riechenden Nebel. Wie ein goldener Hauch, kam es Paul in den Sinn.

Vor seinem geistigen Auge formte sich das Bild wunderschöner Tänzerinnen, deren Requisit ein Stück Chiffon war. Als Student hatte er für Frauen wie Isadora Duncan oder Maud Allen fast mehr geschwärmt als für Gesteinsproben. Schleiertänze waren in Europa gerade in Mode, ebenso die weniger künstlerischen Entkleidungsnummern in den Varietés. Doch mehr als das, was sie auf der Bühne zu zeigen bereit waren, hatte er von den berühmten Damen leider nie gesehen.

Sein Lächeln bewahrte die Erinnerung, als er die Tür aufstieß und mit der freien Hand den Hut abnahm.

»Oh, verdammt!« Der wütende, wenig damenhafte Ausruf kam aus Constanzes Mund.

Die Wirtin des Kaffeehauses saß einsam an dem runden Tisch in der Mitte des Raumes. Sie hatte die blütenweiße Spitzendecke zur Seite geschoben, um auf der nunmehr glatten Oberfläche zu schreiben. Die Blätter, die sie vor sich gestapelt hatte, wurden vom Luftzug aufgewirbelt und flatterten wie weiße Schwalben umher, während das Windspiel über dem Eingang seine liebliche Melodie begann.

Constanze war zehn oder zwölf Jahre älter als Paul. Das wusste er, weil sie ihm von ihrer inzwischen erwachsenen Tochter in Berlin erzählt hatte, deren Namen das Café trug. Anfangs hatte Paul geglaubt, dass es sich bei Kind und Gatten im fernen Reich um eine Erfindung handeln könnte, um allzu aufdringliche Verehrer abzuhalten. Anzusehen war ihr ein Alter um die vierzig jedenfalls nicht, und deshalb änderte ihr mögliches Geburtsdatum auch nichts an ihrer Anziehungskraft.

Sie war von großer Statur und besaß eine ansprechende Figur, sofern dies durch die schlichten dunklen Leinenröcke und hochgeschlossenen Blusen, die sie stets trug, erkennbar war. Ihr Haar war in einem dichten aschblonden Kranz um ihr schmales, fein geschnittenes Gesicht gelegt. Sie war zweifellos eine Schönheit, eine Frau, die auf den ersten Blick mehr an eine anbetungswürdige Statue erinnerte. Doch ihre funkelnden Augen sprühten vor Lebendigkeit, und ihr natürlicher Charme verwandelte die Marmorfigur in einen leidenschaftlichen Menschen. Im Moment allerdings eher in eine zähnefletschende Hyäne.

»Es ist geschlossen!«, fauchte sie.

Paul riss sich von ihrem Anblick los, um die Tür endlich zu schließen. Er musste sich dagegenstemmen, da der Wind auf den Eingang drückte.

»Was tust du hier?«, fragte sie, während sie die losen Blätter einsammelte. Ihre Stimme wurde weicher und einen Hauch freundlicher, als sie hinzufügte: »Ich dachte, du wärst an der Küste unterwegs.«

»Melde mich hiermit aus Elisabethbucht zurück.«

»Ich wäre dir dankbar, wenn du die Wüste nicht mitgebracht hättest.«

Paul blickte zu Boden. Zu seinen Füßen türmten sich kleine

Sandhaufen, die der Wind durch die offene Tür hereingeweht hatte. Bei der herrschenden Witterung war es unmöglich, ein Haus zu betreten, ohne dass jede Sauberkeit in Minutenschnelle passé war.

»Tut mir leid«, murmelte er und fügte hinzu: »Hattest du schon gefegt?«

Seine Frage war überflüssig, denn die meisten Kolonialfrauen schwangen andauernd den Besen. Selbst wenn sie über ausreichend Personal verfügten, mussten sie häufig persönlich Hand anlegen, da sie den Standstürmen sonst nicht trotzen konnten.

»Was dachtest du?«

»Dann mach ich das hier weg«, schlug er vor und deutete auf die Miniaturwüste zu seinen Füßen.

Kommentarlos legte Constanze die Papiere auf den Tisch und trat hinter die Theke, wo in einer Ecke der Feger an der Wand lehnte. Als sie zurückkehrte, um das Putzzeug noch immer schweigend weiterzugeben, berührten sich ihre Hände – und seine Finger umschlossen die ihren mit festem Griff. Sein Hut fiel herunter.

Paul zog sie mit sanfter Gewalt an sich. Nur der Besenstiel war noch zwischen ihnen, den sie wie einen Schutzschild vor der Brust hielt. In ihren Augen loderte ein Feuer, das Paul nicht einzuschätzen wusste. War es Schalk? Machte sie sich über ihn lustig? Oder hatte er es endlich geschafft, so etwas wie Leidenschaft in ihr zu entfachen? Vielleicht war es auch nur reine Wiedersehensfreude, die er da aufflackern sah. Es war ein Spiel zwischen ihm und dieser Frau, dessen Ausgang für beide ebenso rätselhaft blieb wie ihre Gefühle.

Von ihrem Haar ging ein Duft nach Lavendelseife aus, der sich mit dem Tropfen eines kostbaren Parfüms mischte, den sie sich mehrmals täglich hinters Ohr tupfte. Paul sog die Süße in sich auf.

Im selben Moment öffnete Constanze den Mund – und ein feiner Geruch hochprozentigen Alkohols strömte ihm entgegen.

Stirnrunzelnd ließ er sie los, nahm ihr jedoch den Besen ab. »Geht es dir nicht gut?«, fragte er besorgt.

Constanzes Hände flogen zu ihrer Frisur. »Sehe ich etwa so aus?«

»Du bist sehr schön«, er lächelte ihr aufmunternd zu, während er den Sand zusammenkehrte. »Ich wundere mich nur, dass du so spät noch im Café bist. Was tust du hier, anstatt dich zu Hause von Kaaya bedienen zu lassen? Außerdem ist es nicht ungefährlich für eine Frau, bei diesem Wetter nachts allein durch Lüderitzbucht zu streifen.«

»Eben dachte ich, es wäre weitaus gefährlicher, mit dir hier zu sein«, gab sie lachend zurück.

Grinsend stützte er sich auf den Besen und versuchte, ihren Blick festzuhalten, doch sie wandte sich ab.

»Ich wollte noch ein wenig schreiben«, erklärte sie ernst. »Meine Tochter wartet sicher bereits auf einen neuen Bericht. Im Februar sandte ich ihr den letzten Brief, das ist ein halbes Jahr her.«

Die Fröhlichkeit verschwand aus seinem Gesicht. Erst einige Zeit nach ihrem Kennenlernen hatte Constanze ihm gestanden, dass ihre Tochter niemals antwortete. Aus Respekt vor der Mutter hatte er seine Meinung für sich behalten: Constanze sollte nicht erfahren, dass er ihre Emma für selbstsüchtig, ignorant und unverschämt hielt, ihr Verhalten für absolut unentschuldbar. Seine Freundin indes verklärte die Erinnerung an ihr Kind, von dem sie ein Bild in sich trug, das wohl kaum den Menschen charakterisierte, der aus der kleinen Emma geworden sein mochte. Aber auch das sagte er ihr nicht.

Wenn er Constanze jetzt mit ihren strahlenden Augen neben

den Blättern mit dem offenbar angefangenen Schreiben stehen sah, zerriss es ihm das Herz. Obwohl er den Inhalt der Briefe nicht kannte, die sie nach Groß-Lichterfelde bei Berlin schickte, vermutete er, dass es sich letztlich um den verzweifelten Wunsch nach Vergebung und die Sehnsucht nach Liebe handelte. Die Tatsache, dass Constanze ihre Worte neuerdings offenbar mit der Unterstützung von Branntwein formulierte, machte die Sache nicht besser. Was mochte sie ihrer Emma angetan haben, dass diese das Flehen überhörte?

Um nicht von dem schwierigen Thema gefangen zu werden wie im Netz einer giftigen Spinne, konzentrierte er sich wieder auf den Sand zu seinen Füßen. »Könntest du mir bitte eine Schippe geben?«

Am liebsten hätte er sie jedoch gefragt, ob ihre Tochter überhaupt das Porto auf den Briefen wert war.

Doch Constanze schien zufrieden, dass er nicht weiter insistierte. Sie holte rasch Schippe, Handbesen und einen Eimer, auf dessen Boden Kaffeesatz trocknete, und kniete sich dann neben ihn hin. Eine Weile fegten sie schweigend Seite an Seite den Boden. Sie arbeiteten gut zusammen, und die Stille war keine Belastung, sondern ein Beweis für die Einheit zweier Menschen, die sich auch ohne Worte verstanden. Paul schwang den Besen, während sie den Sand aufkehrte und in den Abfall rieseln ließ.

»Für einen Mann bist du ziemlich geschickt im Haushalt«, stellte sie schließlich fest. »Das ist sehr ungewöhnlich.«

Paul klopfte mit dem Besen auf den Boden. »Den Umgang damit habe ich in den praktischen Seminaren an der Universität gelernt. Geologen legen Gesteinsproben frei. Wie, meinst du, machen sie das wohl?«

»Veralbere mich nicht«, Constanze kicherte vergnügt. »Ich dachte, Geologen benötigen nur diesen bedrohlich wirkenden

Hammer, den du immer im Gürtel trägst. Sag mir nicht, dass du heimlich einen ganz normalen Besen mit dir rumschleppst – ich wäre zutiefst enttäuscht.«

»Mit dem Hammer werden Gesteinsproben aufgespalten«, erwiderte er nach einem knappen Seitenblick auf seine Hüfte. »Er ist kein Mordinstrument.«

»Aber beeindruckend genug, um alle Bösewichte abzuschrecken und eine Dame wohlbehalten nach Hause zu bringen«, behauptete Constanze, während sie Putzzeug und Eimer wieder an den angestammten Platz hinter der Theke stellte. In einer fast verlegenen Geste strich sie mit ihren Händen über ihren Rock. »Willst du noch etwas trinken, bevor wir aufbrechen?«

»Wenn du mir keinen Schlummertrunk in deinem Haus anbieten möchtest – ja.«

Es war ein Geplänkel unter Freunden. Paul war sich wohl bewusst, dass die Grenzen ihres Flirts fließend waren und er diese jederzeit mit Freude überschreiten würde, wenn Constanze es ihm gestattete. Dennoch beabsichtigte er nicht, ihre Situation zu seinem Vorteil auszunutzen. Einer Affäre haftete Flüchtigkeit an, eine Freundschaft hingegen versprach Dauer.

Constanze nahm aus dem Regal hinter sich zwei Gläser, holte eine nur noch halbvolle Flasche südafrikanischen Branntwein unter der Theke hervor und schenkte großzügig ein. »Die neue Eislieferung erwarte ich erst morgen. Deshalb gibt es heute nur noch warmes Bier, und das möchte ich dir nicht anbieten. Dann schläfst du mir auf der Stelle ein, und *ich* darf dich nach Hause tragen.«

»Eine wunderbare Vorstellung, lohnt direkt einen Versuch«, Paul grinste sie an und prostete ihr zu. Er war über eins neunzig groß und Constanze mehr als zwanzig Zentimeter kleiner. Über den Rand seines Glases beobachtete er, wie sie mit dem Durst eines Minenarbeiters trank. Er nippte nur von dem Alkohol.

»Wie man hört, campiert ein Mann in deinem Garten. Wer ist das?«, fragte er nach einer Weile.

Sie schenkte ihm ein bezauberndes Lächeln. »Bist du eifersüchtig, Paul Borchart?«

»Constanze Thieme, ich bin nur besorgt!«

»Das brauchst du nicht zu sein«, sie hob ihr Glas und trank noch einmal einen großen Schluck. Dann erzählte sie: »Ich wüsste nichts gegen Herrn Schulz vorzubringen. Er war bei der Schutztruppe. Jetzt ist er Taucher und erforscht den Meeresboden in der Bucht …«

»In wessen Auftrag?«

»Das weiß ich nicht. Er *campiert* jedenfalls nicht in meinem Garten, wie du dich auszudrücken beliebst. Er deponiert dort nur die ganzen Geräte, die er gerade zum Tauchen braucht. Und wo er seine Nächte verbringt, interessiert mich nicht.«

»Hm.« Paul fuhr sich nachdenklich mit der Hand über das unrasierte Kinn. Dann griff auch er zu seinem Branntwein und nahm mehr als beim ersten Mal. Mit einem leisen Poltern stellte er das Glas wieder ab. »Das ist eine merkwürdige Geschichte, Constanze. Glaubst du dem Mann?«

»Ja. Natürlich. Ja. Er war schließlich Soldat.«

»Die Diamanten ziehen die seltsamsten Gestalten an«, erwiderte er ausweichend.

»Ach, seit den Sperrverfügungen sind deutlich weniger Glücksritter in Lüderitzbucht gestrandet«, behauptete Constanze, und Paul fand ihre Einschätzung insgeheim ein wenig naiv.

Doch selbst wenn er ihre Meinung widerlegen wollte, so kam er nicht dazu, denn sie wechselte überraschend das Thema, wobei ihre Stimme einen ernsten, tiefen Unterton annahm: »Paul, du bist der einzige Mensch, mit dem ich offen reden kann … Ich mache mir schreckliche Vorwürfe – und Sorgen um das Wohl meiner Tochter.«

»Was ist passiert?«

Sie zögerte, setzte das Glas an, hielt inne, stürzte den Inhalt dann in ihre Kehle. Paul beobachtete sie und wunderte sich, dass sie sich nicht verschluckte. Auch der erwartete Hustenanfall blieb aus – ein Zeichen, dass Constanze diese Art des Trinkgenusses gewohnt war.

Erstaunlich nüchtern antwortete sie: »Als nach den ersten Funden die große Begeisterung ausbrach und ich auch ein paar Klippies am Rande meines Gartens fand, habe ich sie ihr in einem Brief geschickt. Viele Lüderitzbuchter brachten solche Geschenke für die Daheimgebliebenen damals zur Post …«

Paul nickte wissend.

»Inzwischen ist der Besitz von Rohdiamanten bekanntlich verboten, und es würde Emma ziemlich viel Ärger einbringen, wenn sie die Steine auch nur schleifen lassen wollte. Ich habe sie verleitet, gegen das Gesetz zu verstoßen. Diese Vorstellung ist eine furchtbare Belastung für mich. Es wäre besser gewesen, ich hätte ihr das Geld geschickt.«

Er hätte gern nach ihrer Hand gegriffen, aber er fürchtete, dass diese Geste bereits zu viel Nähe für Constanze bedeuten könnte. Statt sie zu berühren, sagte er begütigend: »Das ist Unsinn. Dein Brief ist über ein Jahr alt. Deine Tochter wird den Inhalt unverzüglich verkauft oder zu Schmuck verarbeitet haben. Und damals war das legal. Es besteht kein Grund zu der Annahme, Emma sei deinetwegen kriminell geworden.«

»Meinst du?« Ein tiefer Seufzer entrang sich Constanzes Kehle. Sie schob ihr Glas auf dem Tresen im Kreis, als wollte sie damit die runde Architektur eines Eingeborenenkrals nachzeichnen. »Ich habe das Gefühl, meine Tochter schon wieder in Schwierigkeiten zu bringen und dann im Stich zu lassen.«

»Es ist alles gut, Constanze. Keine Frau lässt Diamanten ein Jahr lang ungenutzt. Du hast es schon richtig gemacht. Bestimmt besitzt deine Tochter jetzt entweder eine beachtliche Mitgift oder nennt Juwelen ihr Eigen, die ein Vermögen wert sind.«

Constanze ließ sich jedoch nicht so leicht von ihrer Meinung abbringen. Sie starrte eigensinnig die imaginären Muster auf der Theke an und schwieg.

Ihre Nervosität begann für Paul zur Prüfung zu werden. Schließlich gestattete er sich doch, ihre Hand mit seinen Fingern zu umschließen. Allerdings lag es weniger an dem Bedürfnis, ihr Trost zu spenden, als an dem Wunsch, sie möge damit aufhören, mit Glas auf Holz herumzufahren. Überraschenderweise schüttelte sie ihn nicht ab.

»Warum erzählst du mir davon, wenn du meine Sichtweise gar nicht hören willst?«

Sie hob ihren Kopf und sah ihn an. Entsetzt bemerkte er, dass sich der Glanz in ihren Augen verwandelt hatte. Das Funkeln, das sein Herz stets erfreute, war verschwunden. Ihre Blicke schwammen in Tränen.

Mit zitternden Lippen murmelte sie: »Emma hat nicht geantwortet, Paul. Nicht einmal nach den Diamanten hat sie *Danke* gesagt. Dabei hoffte ich, dass sie wenigstens auf diesen Brief reagieren würde.«

Ihre Verzweiflung berührte ihn. Bisher hatte sie immer so getan, als wäre es fast eine Selbstverständlichkeit, dass ihre Tochter schwieg. Vielleicht ließ der Branntwein sie klarer sehen und den Selbstbetrug erkennen, dem sie zum Opfer gefallen war. Paul kannte Trinker, die dem Alkohol zusprachen, um die Wahrheit zu vergessen. Constanze war offenbar anders.

Einem plötzlichen Impuls folgend nahm er sie in seine Arme und zog ihren schmalen, bebenden Körper an sich. Diesmal war er ganz sicher, dass sie sich nicht gegen seine Nähe wehren würde.

9

Im Spiegel beobachtete Dorothee, wie eine Tür geöffnet wurde und eine Mitarbeiterin des sogenannten Kaiser-Bazars eintrat. Dorothees Augen blieben jedoch nur kurz an der Unbekannten hängen und wandten sich rasch wieder der eigenen Person zu. Ihr Anblick war derart ungewöhnlich, dass sie sich kaum sattsehen konnte. Zum ersten Mal spürte sie so etwas wie Vorfreude auf die Reise nach Südwestafrika.

Sie trug das Tropenkostüm aus hellem Leinen, das man ihr zuletzt aus dem Ladenbereich in das Spiegelkabinett gebracht hatte. Sie hatte sich bei Gebrüder Gerson nach angemessener Kleidung für ihre bevorstehende Reise umgesehen, die Auswahl an Konfektionsware erschien ihr in dem größten Geschäft für Modeartikel Berlins vielversprechender als in dem exklusiven Salon, in dem sie ihre Alltagsgarderobe und die Abendkleider anfertigen ließ, die sie bei ihren Konzertauftritten trug. Und sie wurde nicht enttäuscht. Seit Stunden probierte sie mit wachsendem Vergnügen allerlei Modelle in verschiedenen Größen. Die Probiermamsell hatte sie fortgeschickt, das An- und Ausziehen bereitete ihr größeren Spaß als eine Modenschau. Dennoch war sie inzwischen ziemlich angestrengt. Die kleinen Hustenanfälle häuften sich. Aber ihre Augen strahlten wie braune Turmaline im Sonnenschein.

»Verzeihen Sie bitte die Störung, Fräulein von Hirschberg«, die junge Frau im Hintergrund deutete einen Knicks an, »Ihr Herr Vater möchte wissen, wie lange die Anprobe noch dauern wird und wann er Sie abholen darf.«

Dorothee ließ sich mit einer Antwort Zeit. Immerhin musste zunächst die stille Frage beantwortet werden, ob sie restlos mit dem zufrieden war, was sie sah.

Sie zog den sandfarbenen Tropenhelm, den ihr das Personal aus der Hutabteilung besorgt hatte, tiefer in die Stirn und betrachtete sich eingehend. Ihr Gesicht wirkte auf diese Weise umschattet noch bleicher, und ihre Nase trat spitz hervor. Nach einer Weile schob sie den Hut auf den Hinterkopf zurück. Das wirkte zweifellos ein wenig lächerlich. Also setzte sie ihn gerade auf, dann in einem Anflug von Verwegenheit ein wenig schräg.

Ohne sich umzudrehen, murmelte sie: »Es wird nicht mehr lange dauern. Ich habe mich eigentlich entschieden … Nur dieser Hut … ich weiß so gar nicht, ob er das Richtige ist …«

»Sie sollten sich keinesfalls ohne Tropenhelm der afrikanischen Sonne aussetzen«, bemerkte eine tiefe Stimme.

Im Spiegel nahm sie einen Mann wahr, der sich an der Angestellten vorbeidrängte und hinter sie trat. Wahrscheinlich der Direktor, dachte sie und schenkte ihm weiter keine Beachtung.

»Ich sehe aus wie ein Polizist«, sagte sie mehr zu sich selbst, während sie den Hut wieder gerade schob, so dass die schmale Krempe ihre Stirn bedeckte.

»Kein einziger der Schutzleute ist auch nur annähernd so schön wie Sie, Fräulein von Hirschberg.«

Dorothee warf ihm ob seiner Fantasielosigkeit einen leicht verärgerten Blick zu. Warum verwendeten die männlichen Angestellten von Modehäusern nur immerzu dieselben albernen Floskeln? Die Bemerkung war darüber hinaus sogar ziemlich impertinent und entsprach sicher der Wahrheit, was nicht einmal ein Kompliment war. Die Gesetzeshüter galten in Berlin als ausgesprochen rüde, unfreundlich und aggressiv wie bissige Schäferhunde. Sie nahm den Tropenhelm ab und reichte ihn, ohne sich umzuwenden, nach hinten, in der Annahme, der Mann werde herbeispringen, um danach zu greifen. »Besorgen

Sie mir ein anderes Modell.« Als sie die Kopfbedeckung losließ, fiel sie zu Boden.

»Ja, tun Sie das«, wies der Fremde die etwas ratlos im Hintergrund abwartende Verkäuferin an, die seit Stunden Dorothees Wünschen folgte. »Sie führen doch Panamahüte, nicht wahr? Ein Autoschleier könnte auch nützlich sein …«

Durch den Spiegel beobachtete Dorothee, wie er sein Monokel ans Auge klemmte und sie eingehend musterte. Dabei legte er den Kopf leicht schief.

Seine Art war geschmeidig, zweifellos ein Mann mit Charme. Darüber hinaus war er sehr gutaussehend: groß, schlank, scharf geschnittenes, schmales Gesicht mit zwei attraktiven Falten, die sich zwischen Nasenwurzel und Mundwinkel eingegraben hatten, nicht mehr ganz jung, das schwarze Haar von grauen Strähnen durchzogen. Er war tadellos gekleidet. Alles Attribute, die zu dem Geschäftsführer eines Modehauses passten. Doch etwas an seinem überlegenen Auftreten irritierte Dorothee. Vielleicht verriet ihn die Tatsache, dass er ihr nicht automatisch den Tropenhelm aus der Hand nahm, wie sie es erwartet hatte. Er war es ganz offensichtlich nicht gewohnt, den Laufburschen für noble Kundinnen zu spielen.

»… und holen Sie einen Wagenradhut«, fügte er hinzu.

Langsam drehte sich Dorothee zu ihm um. Sie deutete mit dem ausgestreckten Zeigefinger auf ihn. »Sie, mein Herr, sind kein Mitarbeiter der Gebrüder Gerson!«

Jetzt war er verblüfft. Das Monokel fiel herab. »Nein. Natürlich nicht. Nein.«

»Was tun Sie dann in meiner Garderobe?«

»Ich erlaube mir, Sie beim Kauf eines Hutes zu beraten.«

Dorothee errötete – nicht aus Verwirrung oder Schüchternheit, sondern aus Zorn. Die Aufregung raubte ihr einen Moment lang den Atem, ein Hustenanfall löste sich. Ihr Körper erbebte.

»Ein Glas Wasser. Schnell«, herrschte er die Verkäuferin an, die auf dem Weg in die Hutabteilung gerade durch die Tür wollte. Die zweite Mitarbeiterin war offenbar bereits auf dem Rückweg zu Hugo von Hirschberg.

Dann trat der Fremde noch dichter an Dorothee heran, schob seinen Arm unter den ihren und reichte ihr mit der freien Hand sein Taschentuch. Er kam ihr so nah, dass sie seine Wärme spürte, die seltsamerweise wie ein beruhigender Strom durch ihren Körper zu fließen begann. Auch die spontane Berührung – natürlich eine Dreistigkeit sondergleichen! – tat ihr wohl. Er hielt sie, stützte sie, verlieh ihr Kraft. Sie konnte sich nicht erinnern, wann sie sich zuletzt dermaßen umsorgt gefühlt hatte. Seine Zuwendung war eine andere als die ihres Personals oder von Krankenschwestern. Sie war viel intimer.

Bei diesem ungewöhnlichen Gedanken stieß sie ihn empört von sich. Der Anfall hatte sich auch tatsächlich wieder gelegt. »Sie gehen zu weit, mein Herr! Was fällt Ihnen ein?«

Wie zur Kapitulation hob er die Hände. »Pardon. Ich versuchte nur, Ihnen zu helfen. Bei der Wahl Ihres Hutes ebenso wie bei Ihrer Genesung.«

Er wich nicht von ihrer Seite. Der Blick in seine Augen wühlte sie auf, denn diese erinnerten an glühende Kohlen. Von der Unterwürfigkeit, mit der er sprach, war nichts darin zu erkennen.

Nervös tupfte sie mit dem Taschentuch über ihre Lippen. Zu spät bemerkte sie, dass es nicht ihr gehörte. Die Berührung ihres Mundes mit seinem Facelet kam ihr vor wie ein Kuss. Eine weitere Intimität, die ihr die Sprache verschlug. Was war nur los, dass sie sich von diesem fremden Mann so aus der Fassung bringen ließ? Mit aufflammender Verlegenheit senkte sie die Lider und starrte auf den weißen Batist.

»Ich werde es Ihnen ersetzen«, versprach sie und zerdrückte das Tuch wie ein Stück Papier trotzig in ihrer Faust.

»Das brauchen Sie nicht.« Er rührte sich nicht vom Fleck. Während er sprach, streifte sein Atem ihre Wange.

Sie fühlte sich, als würde sie sich sehenden Auges verführen lassen.

»Das Wasser, gnädiges Fräulein …«, die Worte der Verkäuferin, die wieder auf der Bildfläche erschien, durchbrachen den Zauber.

Erschrocken trat Dorothee einen Schritt zurück – und direkt in den Tropenhelm, der noch immer unbeachtet auf dem Boden lag. Der Absatz ihres Schuhs blieb prompt in dem Kern aus Kork stecken. »Huch!«, entfuhr es ihr.

Aus ihren Augenwinkeln sah sie, dass der dreiteilige Spiegel ihr Malheur in verschiedenen Facetten auffing und zurückwarf. Wie peinlich! Ohne sonderlich darüber nachzudenken, versuchte sie, den Hut abzuschütteln – als wäre es ein Hund, der sich in ihrem Fuß festgebissen hatte.

»Ach Gott … Verzeihen Sie …«, stammelte die Verkäuferin, drückte Dorothee das Glas in die Hand und schickte sich an, die prominente Kundin aus ihrer misslichen Lage zu befreien.

Doch der Fremde kam ihr zuvor. Nach einem bühnenreifen höfischen Kniefall zog er den schwarzen Lackschuh von ihrem bestrumpften Fuß. Dorothee fand diese Geste völlig unnötig, aber auch seltsam aufregend. Auf einem Bein stehend blickte sie schweigend zu dem Mann hinab, der mit einem Griff den Absatz aus der dicken Korkschicht löste.

Ein amüsiertes Lächeln umspielte seine Lippen, als er den Schuh in seiner Hand wog. »Prinzessin oder Aschenputtel?«

»Werden Sie nicht albern!«, gab Dorothee zurück. Obwohl sie die Situation ausgesprochen kompromittierend fand, konnte sie sich ein Schmunzeln nicht verkneifen.

Die Verkäuferin hatte inzwischen den Tropenhelm aufgehoben. »Der kommt ja nun nicht mehr infrage«, ihr Ton war zuvorkommend. »Wenn Sie mich bitte entschuldigen wollen, Fräulein von Hirschberg. Ich werde in der Hutabteilung rasch nach den anderen Modellen suchen, die der Herr vorge…«

»Nein. Warten Sie!«

Dorothee sah zu dem Mann hinab, der noch immer vor ihr kniete. Da war etwas, das sie ungewöhnlich stark anzog – und gleichzeitig fürchtete sie sich vor ihm. Sie wollte unter gar keinen Umständen allein mit ihm sein. Nicht in einem Spiegelkabinett, dessen Tür allzu leicht ins Schloss fallen konnte. Es war ein durchaus geeigneter Rahmen für einen Annäherungsversuch, eine kleine Zudringlichkeit.

»Wer sind Sie eigentlich?«

Er ließ sich Zeit mit einer Antwort.

Ihr Herz begann heftig zu schlagen, als er ihren Fuß umfasste und den Schuh darüberstülpte. Als sie wieder auf zwei Beinen stand, atmete sie tief durch.

In einer großartigen Geste verwandelte er seinen Kniefall in einen Kratzfuß. »Manfred von Paschen. Stets zu Diensten, Demoiselle«, stellte er sich endlich vor, als wäre er ein Höfling aus dem achtzehnten Jahrhundert. Dann erhob er sich und klaubte imaginäre Fussel von seiner Hose.

»Was führt Sie zu mir, Herr von Paschen?« Sie durchforstete ihr Gedächtnis, konnte sich aber nicht erinnern, diesen Namen jemals gehört zu haben. »Abgesehen von Ihrer Beratung in Modefragen.«

»Ich bin ein Bekannter Ihres Herrn Vaters. Wir trafen uns zufällig jenseits der Vorführsalons in der Abteilung für Herrenausstattung. Da er ein wenig mit seinem Herzleiden zu kämpfen hat, schlug ich vor, an seiner Stelle nach Ihnen zu schauen. Man möchte sich ja nicht immer nur auf das Personal verlassen«, fügte er hinzu.

Obwohl sie ihn noch nie gesehen hatte, zweifelte Dorothee

nicht an Manfred von Paschens Worten. Seine Ausführungen passten sehr gut zu der gewohnten Kontrolle durch ihren Vater, der zudem gerne Aufgaben delegierte. Sie bedauerte nur, dass sie dem gutaussehenden Fremden nicht unter gesellschaftlich akzeptableren Umständen vorgestellt worden war. Die Situation war alles in allem reichlich unangenehm, wenn auch unkonventionell, aufregend, atemberaubend – und unvergesslich.

»Dann wollen wir meinen Vater nicht länger warten lassen«, verkündete sie, während sie die Verkäuferin näherwinkte. »Für heute habe ich genug. Die Hüte für meine Reise suche ich mir ein anderes Mal aus.«

»Natürlich, Fräulein von Hirschberg.«

»Schade«, ließ sich von Paschen vernehmen. »Es ist wirklich schade, dass Sie mir nicht erlauben, Ihnen bei der Wahl eines Sonnenschutzes behilflich zu sein. Ich wüsste zu gerne, wie Sie mit einem Panamahut aussehen.«

Dorothee lächelte ihn an. »Wenn Sie es wünschen, werde ich Ihnen eine Photographie zukommen lassen.«

Ein großzügiges Angebot, eigentlich eher leichtfertig dahingesagt als ernst gemeint. Manche Verehrer baten sie flehentlich um eine Aufnahme, aber Dorothee verschenkte Bilder nur sehr selten, da die Herstellung eines speziellen Papierabzugs recht teuer war. In diesem Fall würde sie aber gerne eine Ausnahme machen, fuhr es ihr durch den Kopf.

»Oh, das wird nicht nötig sein!« Von Paschen legte eine Pause ein, um seine Worte wirken zu lassen. Schließlich erklärte er: »Ich reise ebenfalls auf der *Windhuk* nach Lüderitzbucht. Unsere Kabinen liegen direkt nebeneinander. Ihr Herr Vater und ich waren zufällig zur selben Zeit in der Schiffsagentur und haben die Passagen nach Südwest reserviert.«

»Der Zufall führt Sie und meinen Vater auffallend oft zusammen.«

»In der Tat.« Er blickte ihr in die Augen. »Man könnte es auch Schicksal nennen.«

Es kam Dorothee vor, als würde der Boden, auf dem sie stand, weicher werden und schwanken. Parkett und darauf ein riesiger Orientteppich, registrierte sie, als wäre der Belag plötzlich von Bedeutung. Sie schien zu schweben und hatte das eigenartige Gefühl, ihre Knie würden nachgeben. Obwohl Manfred von Paschen zuvor sogar dichter bei ihr gestanden hatte, sog sie erst jetzt den feinen Duft von Lavendel und Tabak auf, der von ihm ausging.

Sie sah ihn an und atmete ihn ein. Es war, als wäre sie völlig benommen davon, gleichzeitig aber hellwach und mit all ihren Sinnen auf diesen Mann konzentriert. Um sie her schien die Welt stillzustehen.

Nach einer gefühlten Ewigkeit räusperte er sich und wandte den Blick ab. »Photographien sind eine hervorragende Idee«, meinte er in fast schmerzhaft sachlichem Tonfall. »Sie könnten ein Buch über Ihre Konzertreise nach Neudeutschland schreiben und es entsprechend bebildern.«

Dorothee hatte nicht die geringste Ahnung, wovon er sprach. Sie war vielmehr damit beschäftigt, ihre Gefühle und Gedanken mit der Realität in Einklang zu bringen. Hatte sie nicht eben noch wie besinnungslos im Himmel verweilt? Mit heiserer Stimme fragte sie: »Wie meinen?«

»Ich spreche davon, dass Sie nicht nur Photographien von sich in Tropengarderobe herstellen lassen sollten, sondern ein Tagebuch mit den dazugehörenden Bildern führen könnten.«

Erst langsam dämmerte ihr, dass sie selbst das Thema angestoßen hatte. »Ja, das wäre sicher eine schöne Erinnerung«, murmelte sie.

Von Paschen hob die Arme und ließ sie resigniert fallen. »Leider ist mir weder das Wissen noch das Geschick vergönnt, einen

Photoapparat zu bedienen. Ich denke, es könnte mir eher gelingen, Sie zu zeichnen. Dabei dürfte mein bescheidenes Talent allerdings nicht ausreichen, um Ihrer Schönheit gerecht zu werden, Fräulein von Hirschberg. Ich fürchte, mein Vorschlag ist nichts als das unsinnige Gerede eines verzauberten Mannes.«

Sein Charme verfehlte zum ersten Mal seine Wirkung. Dorothee war viel zu angetan von der Idee einer bebilderten Reisebeschreibung, die bei näherer Betrachtung durchaus Vorzüge besaß. Sie würde lange unterwegs sein und damit sicher vortrefflich ins Gedächtnis ihres Publikums in Europa zurückkehren, falls sie während ihres monatelangen Afrika-Aufenthaltes in Vergessenheit geraten sollte. Ein Buch der berühmten Pianistin Dorothee von Hirschberg würde zweifellos für einiges Aufsehen sorgen. Vor allem waren Photographien von Klavierkonzerten in der Wüste etwas völlig Neues. Die Professionalität der erfolgreichen Musikerin, die Dorothee seit ihrer Kindheit in Fleisch und Blut übergegangen war, ergriff wieder von ihr Besitz. Sie deckte den Traum der Frau von Sehnsucht, Begehren und Leidenschaft sorgfältig zu.

»Stellen Sie Ihr Licht nicht so in den Schatten, Herr von Paschen«, sagte sie freundlich. »Ihre Idee ist eine Überlegung wert. Ich werde mit meinem Vater sprechen … und mich auf die Suche nach einem Schriftsteller machen, der uns begleiten möchte«, beschloss sie nachdenklich.

Er schlug die Hacken zusammen und verbeugte sich. »Stehe jederzeit zu Ihren Diensten.«

Dorothee war überrascht. »Sind Sie Schriftsteller?«

»Ich könnte es jederzeit werden«, behauptete er kühn. »Die Dichtkunst dürfte nicht so schwer zu erlernen sein wie das Handwerk der Photographie. Für diese Technik habe ich, wie gesagt, kein Talent.«

»Nun, in dieser Sache können wir wohl auf Ihre Begabung

verzichten. Vor einigen Tagen war ich in einem Photographischen Atelier, dessen Be…«

Die Ernsthaftigkeit, mit der sie an die Umsetzung seines Vorschlags heranging, schien ihn zu verstimmen. »Ich wäre untröstlich, wenn ich Ihre Aufmerksamkeit teilen müsste, Fräulein von Hirschberg.«

Seine Worte trafen sie nicht. Auch das darin versteckte Kompliment verfehlte wieder seine Wirkung. Grenzenlose Begeisterung über die Idee der Buchveröffentlichung hatte Dorothee erfasst. Vor ihr geistiges Auge war längst das Bild von Emma Thieme getreten, wie diese durch das Photographische Atelier ihres verstorbenen Vaters wanderte. Dorothee dachte an ungeöffnete Briefe, an Diamanten und das Schicksal einer kleinen, unglücklichen Familie.

Wenn es einen Menschen gab, dem sie die Überfahrt nach Südwestafrika bezahlen würde, dann war es die junge Frau aus Groß-Lichterfelde. Die Gegenleistung – ein paar Photographien in der Wüste herzustellen – erschien Dorothee angesichts des auf diese Weise inszenierten Wiedersehens zwischen Mutter und Tochter wie ein Staubkorn in einem Meer aus Sand. Deshalb zweifelte sie nicht einen Moment, dass Emma ihrem Angebot zustimmen würde.

»Ihre Eifersucht ehrt Sie, ist aber nicht nötig«, konstatierte Dorothee überraschend kokett. »Vielmehr wird es – wenn überhaupt – wohl an mir liegen, eifersüchtig zu sein … Eine Freundin wird mich begleiten. Sie ist gelernte Photographin und eine Meisterin in ihrem Fach.«

Eine Freundin, wiederholte Dorothee in Gedanken. Das klang hübsch. Sie hatte noch nie eine Gefährtin besessen, wie diese in Jungmädchenromanen beschrieben wurde. Für diese Person war in ihrem Leben zwischen Übungsstunden, der Bemutterung durch ihren Vater und Konzertauftritten kein Platz gewesen. In der Erinnerung an ihre Begegnung erschien ihr Emma mehr als geeignet, die vakante Stelle einzunehmen. Gleich morgen würde sie ihr eine Nachricht schicken.

Dorothees Herzschlag beschleunigte sich wieder. Diesmal sah sie Manfred von Paschen unverblümt in die grauen Augen. Sie lächelte glücklich. »Ich nehme Ihr Angebot an, mein Herr, benötige aber nur einen Schriftsteller. Für die Photographien ist bereits gesorgt.«

10

Emma kühlte ihre erhitzte Stirn an der Scheibe. Sie hatte einen Sitzplatz am Fenster der Stadtbahn ergattert, die sie in jenen Teil Berlins brachte, in den eine junge Frau ihrer Herkunft üblicherweise keinen Fuß setzte. Nie zuvor war sie jenseits des Königsviertels unterwegs gewesen. Der Alexanderplatz mit dem beeindruckenden Backsteingebäude des Polizeipräsidiums und der erleuchteten Fassade des Kaufhauses Hermann Tietz markierte eine unsichtbare Grenze, die sich zwischen dem gehobenen Bürgertum und den armen Leuten wie eine Mauer erhob, und damit das Ende von Emmas bisher bekannter Welt.

Der Zug ratterte über die Jannowitzbrücke, gleich unter dem Abteilfenster floss die Spree träge zur Havel hin. Auf der im Sonnenschein lapisblau schimmernden Wasserader fuhren Lastkähne, die Kohle aus Sachsen, Holz aus Brandenburg, Korn und andere in der Millionenstadt benötigte Waren herbeischafften. Daneben wirkten die Ausflugsboote wie Spielzeugschiffchen in einem Wassertrog. Das Bild des sommerlichen Flusslebens wurde jedoch rasch von der Einfahrt in den Bahnhof getrübt, dessen gläserne Überdachung grau war von dem Dampf der Lokomotiven und dem Elend der Umgebung.

Emmas Magen drehte sich für einen Moment, als sie sich von ihrem Sitzplatz der zweiten Klasse erhob, die Waggontür aufstieß und auf die Plattform trat. Diese war nicht so sauber wie die Bahnsteige, die sie kannte. Obwohl das Glasdach nicht die gesamte Anlage überdeckte und die Nähe zum Wasser für einen steten Wind sorgte, herrschte ein beißender Geruch nach Ruß und Urin. Ihr erster Blick fiel auf einen Bettler undefinierbaren Alters, der in Lumpen gehüllt auf dem schmutzigen Boden kauerte und mit blinden Augen, wahrscheinlich apathisch vor Hunger, vor sich hin stierte.

Zögernd sah sie auf ihren Beutel. Sie hätte dem Invaliden gern eine Münze gegeben, doch dafür hätte sie ihre verkrampften Finger lösen müssen. Sie hielt ihren Besitz so fest, dass die Gelenke weiß hervortraten. Die Angst vor einem Dieb war größer als der Schmerz. Wenn sie nach Kleingeld suchen wollte, würde sie ihre Tasche öffnen müssen und geschickten Händen den Zugriff auf den Inhalt ermöglichen, vor allem auf die Diamanten, die sie bei sich trug. Deshalb entschied sie sich gegen die Wohltat, aber ihr Herz zog sich zusammen angesichts des armen Mannes.

Die Menge auf dem Bahnsteig verstreute sich bereits, als der Zug seine Fahrt zum Schlesischen Bahnhof fortsetzte. Es waren Arbeiter zur nächsten Schicht unterwegs oder kamen mit hängenden Schultern heim, eine alte Waschfrau versuchte, einen viel zu schweren Korb die Treppe zur Straße hinunter zu balancieren, ohne dass das Linnen in Schmutz und Staub fiel. Kleine Jungen in Hosen, die so oft geflickt waren, dass sie gleich auseinanderzufallen drohten, spielten mit der Mütze eines abseits heulenden Kameraden Fangen. Es war eine bittere, harte Welt, die sich vor Emma öffnete.

Sie trug nicht ihr bestes Kleid, aber ihr war bewusst, dass sie zwischen den einfachen Leuten hervorstach wie ein Leuchtturm. Als sie das Verkaufsgesuch im Lichterfelder *Lokal-Anzeiger* aufgegeben hatte, war ihr klar gewesen, dass sich keiner der Juweliere aus der Leipziger Straße melden würde, sondern eher Hehler aus dem Stralauer oder dem Scheunenviertel. Wie bedrohlich die fremde Umgebung auf sie wirken könnte – daran hatte sie nicht gedacht.

Der Blick vom eisernen Viadukt hinab auf die grauen Mietskasernen der Arbeiter und die viel zu engen, alten Behausungen der ostjüdischen Einwanderer und ihrer Schlafburschen verstärkten ihr mulmiges Gefühl. Es war nicht nur die Gegend der Arbeiter, sondern auch der Lumpensammler, Engelmacherinnen und Huren, wo das Elend zu Hause war und selbst übelste Verbrecher ungesehen von der andernorts allgegenwärtigen Schutzpolizei und den »Geheimen« des Kaisers untertauchen konnten. Natürlich hatte sie sich Gedanken gemacht, aber ihre Vorstellungen wirkten verklärt angesichts der Realität.

Kurt Halske hatte ihr seine Begleitung aufgedrängt, und tatsächlich erwog sie kurz, die Diamanten in seinem Beisein zu verkaufen. Schließlich entschied sie sich dagegen. Er hatte ihr schon genug geholfen, indem er Verständnis zeigte, das Inserat unter Chiffre aufgab und Stillschweigen bewahrte. Sie waren Verbündete geworden, es hatte sich ein erstaunlich tiefes Vertrauensverhältnis zwischen ihnen eingestellt. Trotzdem wollte Emma ihn in den verbotenen Handel nicht hineinziehen. Sie hatte ihm sogar einen anderen, späteren Tag für ihre Fahrt zu dem Hehler genannt, um sicherzugehen, dass er ihr nicht folgte.

Mehr trotzig als mutig straffte sie die Schultern. Sie war bis hierhin gekommen, sie würde auch die nächsten Schritte unternehmen, um ihr Ziel zu erreichen. Es war helllichter Tag, ein sonniger Vormittag im August – was sollte ihr da schon geschehen?

Und wenn sie erst die Diamanten in bare Münze umgesetzt und die Passage nach Südwestafrika bezahlt hatte sowie die Tropenkamera, die sie sich von dem Erlös noch kaufen wollte, würde sie sich vielleicht einen Bummel durch das elegante Kaufhaus Wertheim oder das exklusive Konfektionsgeschäft der Gebrüder Gerson gönnen, die immerhin Hoflieferanten waren.

Mit diesen Plänen im Kopf stieg Emma vorsichtig über die ausgestreckten Beine des Bettlers, die ihr den Weg zum Ausgang versperrten. Sie redete sich Zuversicht ein, während ihre Augen auf der Suche nach Ungemach hektisch umherwanderten und ihre Hände die Tasche umklammerten, als hinge ihr Leben davon ab, was ja auch irgendwie stimmte.

Am Fuß der Treppe traf sie auf einen Mann ihres Alters, der ebenso wenig in diese Gegend passte wie sie. Er war viel zu gut gekleidet, sein Hemd war blütenweiß, seine Hautfarbe gesund, sein Aussehen blendend, das blondgelockte Haar gepflegt. In Gedanken versunken nestelte er an einem Knopf seiner Weste und schien sie nicht zu beachten. Da er ihr im Weg stand, verlangsamte sie ihre Schritte, um ihn zu umrunden.

Unwillkürlich fragte sie sich, ob dieser junge Herr ebenfalls mit Hehlerware zu tun hatte. Vielleicht hatte er aber auch die preiswerten Dienste einer willigen Weibsperson in Anspruch genommen. Dabei sah er aus, als gehörte er zu den vornehmen Männern, die sich die Gefälligkeit einer Dame von zweifelhaftem Ruf eher in Schöneberg erkauften.

Wie ungewöhnlich, dass sich der Blick auf andere Menschen in einer fremden Umgebung so stark wandelte, fiel ihr jäh ein. Über die möglichen Freizügigkeiten Wildfremder hätte sie sich in den vertrauten Vierteln niemals Gedanken gemacht.

Emmas Augen blitzten kurz auf, und ein Lächeln umspielte ihren zusammengekniffenen Mund.

Mit raschen Schritten folgte sie der Alexanderstraße in nordöstlicher Richtung. Sie hatte die Wegbeschreibung auswendig gelernt, die der Kaufinteressent geschickt hatte. Das war ihr vernünftig erschienen, sonst hätte sie an jeder Ecke stehen bleiben und auf das Blatt mit der Nachricht schauen oder einen anderen Passanten um Hilfe bitten müssen.

Es herrschte wenig Betrieb. Ein Wasserträger in jugendlichem Alter taumelte an ihr vorüber, der unter dem Gewicht seiner Last torkelte wie ein Betrunkener. Auf der Fahrbahn gab es so gut wie keinen Verkehr, es rollte ein mit Fässern beladener Karren vorbei, der nicht von einem Pferd, sondern von einem Mann gezogen wurde. Eine stark geschminkte Frau mittleren Alters kam ihr entgegen, musterte sie scharf und ging dann weiter, um hinter ihr auszuspucken. Emma erschauerte.

»Na, Fräuleinchen, haben Se sich verlofen?«

Sie zuckte zusammen. Der Schutzmann war wie aus dem Nichts vor ihr aufgetaucht.

»Nein. Ich ... Nein. Vielen Dank ...«, stammelte sie und packte ihre Tasche noch ein bisschen fester. Der Polizist würde sie sicher nicht bestehlen, aber er könnte konfiszieren, was von Rechts wegen dem Kaiser gehörte. Paragraph neunzig, dachte sie grimmig.

Emma schluckte und fügte mit fester Stimme hinzu: »Ich möchte einen Besuch machen. Das ist doch hoffentlich nicht verboten, oder?«

»Wenn Se nich uff Herrenjeschäft sind, jeht das in Ordnung.«

Verblüfft starrte sie den Wachmann an. »Was für ein Geschäft?« Beinahe hätte sie noch erklärend hinzugefügt, dass sie in ein Photographisches Atelier gehörte, aber diese Bemerkung verkniff sie sich.

»Nu tun Se mal nich wie die Unschuld vom Lande.« Er hob seinen Zeigefinger, jedoch nicht – wie befürchtet – zur Drohung, sondern um damit in den Himmel zu zeigen. »Watn Glück, dass die Sonne scheint. Wenn Se nachts ohne Begleitung durch die

Straßen schlawinern würden, müsste ich Se mit uffs Revier nehmen. Zwecks der Hyjiene, wissen Se.«

Sie wusste zwar nicht, was er meinte, nickte aber verständnisvoll, um die Unterhaltung zu beenden.

Der Schutzmann betrachtete sie von ihrem kleinrandigen unmodernen Strohhut, den sie sich von ihrer Haushälterin geliehen hatte, bis zu den Spitzen ihrer vorbildlich geputzten, hochwertigen schwarzen Schuhe. Schließlich schenkte er ihr eine wohlwollende Miene, womöglich war es sogar ein Lächeln, aber das konnte sie zwischen dem tief in die Stirn gezogenen Helm und dem dichten, gezwirbelten Bart nicht erkennen. »Na, dann jehen Se mal. Vielleicht sind Se ja nich uff Kuppelei aus. Ick fraje mich nur, was eene wie Euer Hochwohljeboren in dieser Jejend für Besuche zu machen hat.«

»Ich bin in einer familiären Angelegenheit unterwegs«, erklärte Emma, die langsam begriff, dass der Polizist sie angesprochen hatte, weil er sie für ein leichtes Mädchen hielt.

»Arme Verwandtschaft, wat?«

»Ja. Ganz genau.« Sie räusperte sich. »So ist es.«

»Na, dann jehen Se mal. Aber passen Se uff die Kollejen von der Sitte uff. Die Jeheimen fackeln nicht lange. Und sehen Se zu, det Se vorm Abend nach Hause kommen.«

Nichts hatte sie so sehr vor wie dies. Die Aussicht, in der Dämmerung durch die einsamen, düsteren Straßen mit den hohen, grauen Häuserzeilen und den verkommenen Hinterhöfen laufen zu müssen, wirkte derart abschreckend, dass sie am liebsten sofort kehrtgemacht hätte. Allerdings erwartete sie nicht, dass der Handel mehr als eine Stunde Zeit in Anspruch nehmen würde. Jedenfalls wollte sie keinesfalls länger als nötig bei dem Hehler verweilen. Trotzdem sank ihr Mut. Ach, hätte sie doch nicht auf Kurt Halskes Begleitung verzichtet!

»Rosenau's Warenhandel«, stand in großen Lettern über dem Laden im Erdgeschoss eines schmalen Vorderhauses, das seine besten Zeiten hinter sich gelassen hatte. Von den Mauern blätterte der Putz, die Fensterrahmen waren vom Regen ausgewaschen und verwittert, die Scheiben blind vom Schmutz. Das morsche Tor stand offen und gewährte Emma einen Blick auf die mit Unkraut überwucherte Einfahrt, die offenbar als Lager diente. Dort waren Kisten so hoch gestapelt, dass sie jeden Moment einzustürzen drohten. Schrott aller Art lag herum, wild durcheinandergeworfene Reste von Stahlverstrebungen, Kutschenräder und Automobilteile, alte Fahrräder und Blecheimer, zersägte Rohre und durchlöcherte Regenrinnen. Im kargen Schaufenster hing ein Schild vor einer zerschlissenen Samtportiere, welche die Geschäfte im Inneren des Ladens wohl vor allzu Neugierigen abschirmen sollte: *An- und Verkauf von Metallen aller Art, Edelsteinen und Mineralien, Pfandleihanstalt.*

Emma atmete tief durch. Dann stieß sie die Tür auf. Im nächsten Moment erklang die Melodie eines Windspiels, und ein intensiver Geruch wehte ihr entgegen. Kohl, Knoblauch, Bienenwachs und süße Rosen, stellte sie stumm fest und trat zögernd näher, während ihr Magen wieder tiefer sackte. Sie zuckte zusammen, als die Tür ins Schloss fiel.

Der Ladenraum war in fast vollständige Dunkelheit getaucht. Durch den Samt drang kaum Tageslicht, und die Dochte der beiden Öllampen waren so weit heruntergedreht, dass ihre Funktion beinahe sinnlos war. Die lange Wand hinter dem Tresen zierte ein altes Regal, das Emma mit den vielen Schubladen, kleinen Kästchen und braunen Flaschen an einen Apothekerschrank erinnerte. Dieser Eindruck wurde durch eine große Waage aus Messing verstärkt, die auf einem Tisch an der Seite stand. Weitere Details der Einrichtung verschwammen bei der diffusen Beleuchtung zu einem undefinierbaren Hintergrund.

Aber auch wenn sie nur wenig sah, Emma war ganz sicher, dass sich außer ihr niemand in dem Geschäft befand. »Entschuldigung!«, rief sie und erschrak fast über den Klang der eigenen Stimme in der Stille. Insgeheim erwartete sie, dass sich hinter der Ladentheke ein Gespenst aus dem Schatten lösen und auf sie zukommen würde.

Das Gefühl, sich in einem Geisterhaus zu befinden, nahm unverzüglich ab, als sich eine in die Regalwand eingelassene Tür öffnete, die Emma zuvor nicht bemerkt hatte. Sonne flutete herein und umkränzte das weiße Haar des kleinen, drahtigen Mannes im Rahmen wie ein Heiligenschein. Da er im Gegenlicht stand, konnte Emma nur seine Statur ausmachen, eine schwarze Hose und ein weißes Hemd mit schwarzen Ärmelschonern.

»Verzeihen Sie, mein Fräulein, es ist gleich Mittagszeit, und ich habe nicht mehr mit Kundschaft gerechnet. Ich hoffe, Sie mussten nicht allzu lange warten«, er klang wie im Stimmbruch, was alten Männern häufig widerfuhr, dabei aber zuvorkommend und freundlich, erstaunlich vertrauenerweckend sogar. Ein Händler, der sich offenbar auf sein Geschäft verstand.

»Ich komme wegen des Inserats.«

Er schritt behände zu den Lampen und drehte den Docht höher. Im nächsten Moment wirkte die Ladeneinrichtung gemütlich und nicht mehr so gespenstisch. Während Emma sich umsah, fragte sie sich, was sie mehr überraschte – die vorherrschende Sauberkeit oder das Alter des Inhabers, dessen Gesicht von Dutzenden Falten durchzogen war. Seine Augen waren wässrig, begegneten jedoch aufmerksam und intelligent ihrem Blick.

»Sie möchten etwas verkaufen«, erwiderte er verständnisvoll. »Ich nehme an, Sie befinden sich in einer Notlage.«

»Nun …« Emma zögerte, dann: »So könnte man es nennen. Gewiss … Sie hatten mir geschrieben, dass Sie Interesse an meinem Angebot haben. Jedenfalls ist es so, wenn Sie Herr Rosenau sind.«

»Ja, das bin ich. Stets zu Ihren Diensten.« Er stand hinter seinem Ladentisch, das Gesicht wieder im Schatten, da das Licht durch die noch immer offene Tür auf seinen Rücken fiel.

Emma wunderte sich, dass Rosenau nicht nach ihrem Namen fragte, und sie überlegte, ob sie dem ersten Impuls folgen und sich ihrerseits vorstellen sollte. Nach einer Weile, in der ihre Erziehung mit der neu gewonnenen Vorsicht in Wettstreit lag, entschied sie sich gegen das gesellschaftlich Gebotene.

Rosenau drang nicht in sie, sondern wartete ruhig und geduldig ab, was sie als Nächstes zu tun gedachte.

Vorsichtig stellte sie ihre Tasche auf den Tresen. Ihre Finger fühlten sich steif an, als sie den Beutel öffnete und nach dem Taschentuch kramte, in dem sie die Diamanten aufbewahrte. Im ersten Moment war sie versucht, das Tüchlein mit dem kostbaren Inhalt vor dem Händler auszubreiten wie auf dem Schreibtisch vor Doktor Wohlgemuth. Doch einer Eingebung folgend fingerte sie nur nach einem Stein und legte diesen direkt in den auf die Theke fallenden Sonnenstrahl.

»Ah!«, machte Rosenau. »Ich erinnere mich. Sie sind die Person aus Groß-Lichterfelde, die ein diskretes Geschäft tätigen möchte. Ich hoffe, es ist Ihnen niemand gefolgt.«

Emma erstarrte. »Wie bitte?« Sie hatte sich nicht ein einziges Mal umgesehen. Genau genommen hatte sie gar nicht damit gerechnet, beobachtet zu werden. Von wem denn auch? »Ich bin nur einem Schutzmann begegnet, niemandem sonst.«

»In dieser Gegend ist man vor Spitzeln auch nicht mehr so sicher wie in der guten alten Zeit«, in seinem Ton schwang tiefstes Bedauern mit. »Sogar im Städtischen Asyl lungern die Geheimen heutzutage rum. Angeblich, um die Obdachlosen zu einem sittlichen und ordentlichen Lebenswandel zu ermahnen, aber der eigentliche Grund ist das nicht … Aber Sie wirken auf mich nicht so, mein Fräulein, als wüssten Sie davon. Dann werde ich mir mal ansehen, was Sie mitgebracht haben.«

Sprachs und holte ein kleines, mit schwarzem Samt bezogenes Tablett und eine Lupe aus einer der kleinen Schubladen in dem Apothekerschrank. Beides legte er auf den Tisch. Dann zog er aus einer Schachtel einen Lappen, eine kleine Blechdose und ein winziges Porzellanschälchen der Art hervor, mit dem Mädchen für gewöhnlich in ihren Puppenhäusern spielten. Schließlich nahm er den Stein zwischen seine Fingerspitzen und betrachtete ihn mit bloßem Auge. »Woher, sagten Sie, stammt Ihr kleines Mitbringsel?«

Emma hatte bisher nichts davon erwähnt. »Deutsch-Südwest«, erwiderte sie leise. Ihr Magen vollführte regelrechte Kapriolen vor Aufregung und Angst.

Rosenau nickte stumm. Er legte den Diamanten zurück auf das Tablett, um mit dem Inhalt der Dose, dem Kinderspielzeug und dem Feudel zu hantieren. Emma beobachtete jeden seiner Handgriffe – und hatte nicht die geringste Vorstellung, warum er das Porzellan mit einer dickflüssigen Creme einstrich, die wie Haarpomade aussah.

Verwundert sah sie zu, wie der Händler den Kiesel in die Schale legte und diese anschließend rasch hin- und herschwenkte. Der Stein rollte oder fiel durch die Bewegung nicht, es schien, als wäre er festgeklebt. Um nicht aufzuschreien, hob Emma die Hand an den Mund. War dies der Taschenspielertrick eines Betrügers, um ihr Eigentum an sich zu bringen?

»Fett zieht nur Diamanten magnetisch an«, Rosenau hob seine Augen und lächelte begütigend. »Es ist die einfachste Methode, um festzustellen, ob ein Stein echt ist oder nur ein Quarz.«

Was für eine unerwartete Antwort auf ihre stumme Frage! Emma fühlte sich, als fielen riesige Brocken von ihrem Herzen. Sie erwiderte sein Lächeln mit jener Wärme und Sympathie, die sie für den alten Mann empfand.

Die Untersuchung war jedoch noch nicht beendet. Nachdem Rosenau die Ware wieder in seine Hand genommen hatte, wischte er die Rückstände vorsichtig ab und musterte den Kiesel unter der Lupe, hielt ihn ins Sonnenlicht. Dann ging er damit zu seiner Waage.

»Waren Sie in der Kolonie?«, erkundigte er sich, während er kleine Messinggewichte in die eine Waagschale warf und den Diamanten in die andere legte.

Sie schüttelte, ohne nachzudenken, den Kopf.

»Das Präsent eines jungen Mannes, der in der Schutztruppe Dienst tat. Ihr Verlobter? Es geht mich nichts an, aber es tut mir für Sie leid, wenn er im Kampf gefallen ist und Sie in diese Notlage gebracht hat.«

Anscheinend missverstand er ihre dunkle Garderobe und ihre Beweggründe.

»Es ist ein Geschenk meiner Mutter«, erklärte Emma. »Sie … meine Eltern leben in Lüderitzbucht.« Die Anwesenheit auch ihres Vaters in Südwest erschien ihr plausibler. Die Geschichte einer Frau, die allein in Afrika lebte, war nicht so leicht erzählt und würde zu Nachfragen führen, fürchtete sie.

Im nächsten Moment ärgerte sie sich, dass sie überhaupt aufrichtig war. Sie würde Rosenau niemals wiedersehen. Wen kümmerte es, wenn sie seiner Annahme folgte und einen verstorbenen Bräutigam nebst Schwangerschaft erfand? Nervös drehte sie den Griff ihrer Handtasche in den Händen.

Die alten, klugen Augen blickten prompt skeptisch zu ihr her. Rosenau zuckte mit den Achseln. Er glaubte ihr offensichtlich kein Wort.

»Keine Einschlüsse, fünf Karat«, seine krächzende Stimme war sachlich. »Ein ordentliches Stück. Ich gebe Ihnen sechshundert Mark dafür.«

Emmas Mund fühlte sich plötzlich trocken an. Ihr Herz begann zu rasen, als würde es in Windeseile vor ihr her nach Südwestafrika stürmen, ohne dass sie es einzuholen vermochte. »Sechshundert Mark?«, wiederholte sie fassungslos.

»Mehr kann ich Ihnen nicht geben, mein Fräulein. Sie sind zu mir gekommen, weil Sie wissen, wie die Gesetzeslage ist, nicht wahr?«

»Ja, ich dachte …«

Er schnitt ihr mit einer Handbewegung das Wort ab. »Es ist ein Klippie. Geschliffene Brillanten sind deutlich mehr wert, verlieren durch die Bearbeitung aber auch meist ganz erheblich an Gewicht, und die Kosten für die Bearbeitung müssen auch berücksichtigt werden. Deshalb kann ich Ihnen leider nicht mehr geben.«

Sie hatte eigentlich sagen wollen, dass sie nicht im Traum daran gedacht hätte, in ihrem Beutel Werte von insgesamt fast sechstausend Mark herumzutragen. Es war eine Summe, die ihr den Atem nahm, hoch genug, um etwa ein gutes Photographisches Atelier einzurichten.

Vor Emmas Augen tanzten imaginäre Sterne. Was für ein Geschenk hatte ihre Mutter ihr gemacht! Hatte Constanze gewusst, dass sie Emma per Post die Mittel für ein selbstständiges Leben sandte? War dies ihre Absicht gewesen? Oder hatte sie ihre Tochter mit einer großzügigen Mitgift ausstatten wollen? Emma konnte sich nicht erinnern, dass sich ihre Mutter viel aus Geld gemacht hätte. Wenn sie überdies an die Briefe dachte und an die Leichtsinnigkeit, von der Doktor Wohlgemuth sprach, war schwer vorstellbar, dass Constanze mit ihrem Souvenir große wirtschaftliche Pläne verband. Jedenfalls war der Gegenwert der

Diamanten mehr als ausreichend für die Schiffspassage und den Erwerb einer Tropenkamera.

»Wussten Sie, dass ein Diamantschleifer manchmal ein Jahr und mehr benötigt, um die Anzahl der Facetten in einem einzigen Stein zu berechnen?«, hörte sie den Hehler fragen. »Dann erst besitzen die Steine das richtige Feuer. So bezeichnet man die Brechung des Lichts.«

»Nein«, sagte Emma aufgeregt, »das wusste ich nicht.«

Sie schluckte den in ihrem Hals aufsteigenden Kloß hinunter. »Ich bin einverstanden«, sagte sie und wunderte sich über die Kraft, die plötzlich durch ihren Körper strömte. »Ich bin einverstanden, wenn Sie mehr als einen Stein kaufen.« Und im Geiste überschlug sie, wie viele sie verkaufen müsste, um ihre Kosten zu decken.

Rosenau lächelte verständnisvoll, als habe er erwartet, dass sie nicht nur einen Diamanten aus Südwestafrika zu ihm brachte.

11

Kaum war die Wohnungstür hinter ihr ins Schloss gefallen, ließ Emma ihre Tasche auf den Boden fallen und vollführte einen Luftsprung. Im nächsten Moment strömten Tränen über ihre Wangen.

Die Erleichterung bahnte sich einen Weg aus ihrem Gefühlschaos, das ein Durcheinander an Furcht, Aufregung, Scham und Dankbarkeit war. Gleichzeitig wallte Erschöpfung in ihr auf. Sie schlug die Hände vor das Gesicht und lehnte sich gegen die Wand neben der Garderobe, an deren Haken noch ein Hut ihres Vaters hing. Ihre Brust hob und senkte sich bei jedem ihrer schweren Atemzüge, und ihre Handinnenflächen waren bald nass vom Weinen.

Ein Nervenzusammenbruch, fuhr es ihr durch den Kopf.

Sie kam sich vor wie eine zweite Person, die sich selbst zusah, wie sie vollkommen hysterisch wurde. Jedoch war sie nicht in der Lage, den Tränenfluss unter Kontrolle zu bringen.

In ihrem Beutel befanden sich ein Bündel von Reichsbanknoten im Wert von je fünfhundert Mark und ein Säckchen mit Münzen. Alles in allem knapp sechstausend Mark. Eine Summe, für die ein Arbeiter jahrelang schuften musste und die er wahrscheinlich trotzdem niemals zu Gesicht bekommen würde. Geld, das Rosenau mit der Selbstverständlichkeit des gewieften Hehlers aus einem Hinterzimmer geholt und vor ihren vor Staunen geweiteten Augen auf dem Ladentisch ausgebreitet hatte. Noch nie in ihrem Leben hatte Emma so etwas gesehen.

»Verwahren Sie das gut! Und halten Sie Ihre Tasche fest!« Rosenaus Stimme war eindringlich gewesen. »Mein Lehrling wird Sie bis zur Haltestelle der Stadtbahn begleiten, aber auf dem Rest Ihres Weges müssen Sie selbst auf sich aufpassen.«

Die Anspannung war fast unerträglich gewesen. Schlimmer noch als mit dem Taschentuch voller Diamanten in ihrem Beutel fürchtete sich Emma nun mit dem vielen Geld vor Gesindel und Straßendieben. Rosenaus junger Gehilfe erwies sich als überraschend bulliger Kerl, der wie ein Leibwächter neben ihr einherschritt und sie am Bahnhof Jannowitzbrücke sicher in ein Abteil der zweiten Klasse setzte. Im Zug presste sie ihren Besitz fest an ihre Brust. Doch als ihre Fahrt am Potsdamer Fernbahnhof erst einmal endete, wo sie in den Vorortzug nach Lichterfelde umsteigen musste, schnürte ihr die Angst fast die Kehle zu.

Hier war sie allein auf sich gestellt zwischen unendlich vielen Menschen. Der dreiflügelige große Kopfbahnhof war ein Umschlagplatz von Tausenden. Unter den italienischen Arkaden drängten sich Touristen wie Einheimische, Arm und Reich, kaisertreu oder sozialdemokratisch, Zeitungsausrufer, Schutzleute, fliegende Händler. Es war ein Sammelsurium der unterschiedlichsten Leute, und Emma schien es, als sähe sie diese Vielfalt zum allerersten Mal.

Unbehelligt war sie zu ihrem Zug gekommen und erreichte ihr Ziel schließlich ohne Komplikation. Mit zitternden Fingern schloss sie die Wohnungstür auf, nachdem sie zunächst vergeblich geklingelt hatte, bis ihr einfiel, dass es der freie Nachmittag der Haushälterin war. Und nun rutschte sie heulend auf den Dielenboden, weil ihre Knie nachgaben angesichts des Sturms in ihrem Herzen.

Sie konnte nicht fassen, dass alles gutgegangen war, sie nur noch eine Schiffspassage zu kaufen brauchte und dann auf dem Weg zu ihrer Mutter sein würde. Zwölf Jahre Trauer lösten sich auf …

Langsam versiegte der Tränenstrom. Emma wischte sich über die Augen, blickte zu ihrer Tasche hin, und ein breites Lächeln zog über ihr Gesicht.

Zufällig streiften ihre Augen das Garderobentischchen, auf den die täglich eingehende Post gelegt wurde. Es hatte sich ein kleiner Stapel angesammelt, weil Emma diesen Briefen seit der Beerdigung ihres Vaters nur flüchtige Beachtung schenkte. Es handelte sich ohnehin meist um Trauerkarten, ein Kuvert mit der bunten Marke und dem Stempel aus Deutsch-Südwest befand sich nicht darunter. Und das war eigentlich die einzige Nachricht, die sie noch interessierte. Nun bemerkte sie, dass am Vormittag offenbar ein dicker Umschlag eingegangen war. Die Haushälterin musste ihn in ihrer Abwesenheit angenommen haben, sie hatte ihn zuoberst auf den anderen Schreiben platziert.

Emma richtete sich auf, um das Kuvert an sich zu nehmen.

Eine schöne, schwungvolle Schrift hatte ihre Adresse verfasst. Der Blick auf den Absender rief unverzüglich zwiespältige Gefühle wach: Sie freute sich, dass Dorothee von Hirschberg an sie schrieb, aber es stellte sich sofort ihr schlechtes Gewissen ein, weil sie sich nach dem ereignisreichen Tag ihrer ersten Begegnung nicht mehr bei ihrer neuen Bekannten gemeldet hatte. Dabei hätte die Pianistin ein Lebenszeichen verdient. Vor allem jetzt, da sie das Geld für die gemeinsame Überfahrt nach Südwest besaß.

Ungestüm öffnete sie den Umschlag. Ein dicht beschriebener Bogen Papier fiel heraus und flatterte trotz der guten Qualität mit der Leichtigkeit eines Blattes im Wind zu Boden, so dass Emma nur noch in Händen hielt, was den Brief so dick erscheinen ließ.

Auf den ersten Blick war erkennbar, dass es sich um ein wichtiges Dokument handelte. Es hatte etwas Amtliches durch diverse Stempel, Wasserzeichen und Wappenprägungen.

Bei näherer Betrachtung stellte Emma fest, dass es sich um eine Schiffspassage handelte. Die Bestätigung der Hapag-Reederei über die Buchung einer Kabine der ersten Klasse von Hamburg nach Lüderitzbucht. Dazu gehörte eine Urkunde der Kolonialbehörde, aus der hervorging, dass die Einreise nach Deutsch-Südwest bewilligt und eine Kaution hinterlegt worden war. Und die Reiseunterlagen lauteten auf den Namen *Emma Thieme*.

Für einen Moment dachte Emma, sie sei bereits ohnmächtig und träume. Im nächsten Augenblick fürchtete sie, tatsächlich das Bewusstsein zu verlieren.

Litt sie unter Wahnvorstellungen? Befand sie sich in einem Albtraum? Sie forschte in ihrem Gedächtnis, ob sie jemals die Begriffe Nervenzusammenbruch und Geisterglaube in einem Zusammenhang gehört hatte. Sie wusste, dass im Varieté sensationelle Beispiele von Telepathie gezeigt wurden, aber Dorothee von Hirschberg war Musikerin und keine Zauberkünstlerin …

Wieder knickten Emmas Beine ein. Sie sank erneut auf den Boden.

In der Hocke kauernd griff sie nach dem Brief, der ihr zuvor aus den Händen geglitten war. Sie überflog die Zeilen, las den Text noch einmal, versuchte Dorothees Anliegen zu verstehen.

Und dann brach sie in schallendes Gelächter aus.

12

Versonnen beobachtete Constanze, wie der Sekt in ihrem Glas schäumte und die Kohlensäurebläschen an die Oberfläche stiegen, wo sie zerplatzten.

Das Prickeln des Perlweins hatte sie von jeher fasziniert. Selbst als sie noch ein kleines Mädchen gewesen war und heimlich zugeschaut hatte, wie sich ihr Vater nach jedem angeblich besonders gelungenen Geschäft betrank und mit halbseidenen Frauen feierte – bis er irgendwann pleiteging und in der Verheiratung seiner Tochter mit einem gutsituierten, wesentlich älteren Mann die einzige Rettung sah. Für Constanze ebenso wie für sich selbst, da er in Theodor Thiemes Wohnung Kost und Logis fand. Er starb jedoch bald nach Constanzes Hochzeit bei einem Unfall, und es wurde nie geklärt, ob er sich selbst vor die Eisenbahn geworfen oder jemand ihn auf die Gleise gestoßen hatte oder ob er in angetrunkenem Zustand tatsächlich nur gestolpert war.

Ihre Mutter war zu diesem Zeitpunkt lange tot. Constanze nahm an, dass sie ihrem gebrochenen Herzen erlegen war, weil sie den finanziellen Leichtsinn und das ehebrecherische Verhalten ihres Gatten nicht mehr ertragen konnte. Trotzdem hatte sich Constanze immer mehr zum Übermut ihres Vaters hingezogen gefühlt, zu seiner Kreativität, seinem Witz, seinem Charme. Er war das Gegenteil der Bürgerlichkeit und Rechtschaffenheit, die der zuverlässige Theodor Thieme ausstrahlte – und besaß all das, was Constanze am anderen Geschlecht faszinierte.

»Hoch soll sie leben, hoch soll sie leben, drei Mal hoch«, sang der vierstimmige Chor, der sich um ihren Esstisch versammelt hatte.

Constanze blickte in die Runde ihrer Gäste und hob ihr Glas. Ihre engsten Freunde waren der Einladung zu ihrer Geburtstagsfeier gefolgt. Vier Menschen, die ihr die Nächsten in Lüderitzbucht waren – und sehr viel mehr Personen hätten auch gar nicht in den kleinen Wintergarten gepasst, den sie an das Strandhaus hatte anbauen lassen. Ein Raum, den sie liebevoll mit Möbeln aus Peddigrohr eingerichtet hatte. Gerade mal einen Tisch, sechs Stühle und eine zimmerhohe Palme in einem Tonkübel konnte sie hier unterbringen. Wenn sich Lothar Schulz noch zu ihnen gesellte, waren sie zu sechst, und das bedeutete bereits die Grenze jeder Gemütlichkeit.

Insgeheim hoffte die Gastgeberin, der Mann, der ihren Garten als Stützpunkt für seine Untersuchungen nutzte, werde sie versetzen. Wenn sie sich jetzt umsah, stellte sie fest, wie wenig dieser Einzelgänger zu den anderen Geladenen passte.

Paul Borchart war als Geologe ebenfalls Forscher, wirkte aber viel gebildeter, intelligenter und attraktiver, ebenso Hannes Graeff, der Arzt, der im Lazarett auf der Haifischinsel praktizierte. Arthur und Ruth Rohrbach waren Abenteurer, er ein Flugpionier, sie Malerin, die es sich dank ihres ererbten Vermögens leisten konnten, in Südwestafrika ein Leben nach den eigenen Vorstellungen von Freiheit zu führen. Da die exzentrische Ruth kaum den Vorbildern etwa der tapferen Farmersfrau, der tüchtigen Krankenschwester oder der eloquenten Beamtengattin entsprach, hatte sie sich fast zwangsläufig mit Constanze angefreundet, deren Platz in der Kolonialgesellschaft ebenfalls nicht so einfach einzuordnen war.

Unwillkürlich machte sich Constanze Vorwürfe: Sie hätte nicht so freundlich sein und Lothar Schulz einladen dürfen.

Der einfache, grobschlächtige Mann würde sich in diesem Kreis von Bohemiens wie ein Außenseiter fühlen. Constanze war allerdings der Meinung, dass er nicht vor den Fenstern ihres hell erleuchteten Wintergartens stehen und einer Dinnerparty zusehen sollte. Natürlich würde er bei Nebel und Dunkelheit wohl nicht mehr als einen gelben Schein wahrnehmen, der aus den bodentiefen Fenstern nach draußen fiel. Aber es entsprach nicht ihrem Verständnis von Gastfreundschaft, den Fremden auszuschließen. Nun, vielleicht wurde er durch eine glückliche Fügung aufgehalten …

»Meiner treuesten Freundin alles, alles Liebe«, wünschte Ruth Rohrbach und umarmte Constanze, »viel Glück und ein langes Leben bei bester Gesundheit.«

»Ich bin sicher, dafür wird unser Doktor hier schon sorgen, vor allem, da man von der besten technischen Ausrüstung Afrikas in seiner Klinik hört«, schmunzelte ihr Mann und küsste die Luft neben Constanzes Wangen. »Herzlichen Glückwunsch.«

»Hoffen wir, dass ich unser Geburtstagskind niemals mit den X-Strahlen durchleuchten muss«, gab Hannes Graeff gut gelaunt zurück. »Ich bin zwar sehr froh, wenn der sogenannte Röntgenapparat mit dem nächsten Schiff aus Hamburg ankommt, aber ich würde Constanze trotzdem ungern als Patientin sehen. Bleib gesund!« Er stieß mit dem Rand seines Sektglases gegen den Kelch der Gastgeberin, und das Kristall klirrte leise und melodisch.

»Ihr seid alle so lieb zu mir«, Constanze strahlte ihre Freunde an. Ihr Blick blieb an Paul hängen. »Und was wünschst du mir?«

Er ergriff ihre linke Hand und führte sie an seine Lippen. »Dasselbe wie alle Anwesenden. Gott schütze dich, Constanze.«

Während sie von dem südafrikanischen Champagner trank, beobachtete sie den großen, schlanken Mann über den Rand ihres Glases hinweg. Paul war sehr schlank, seine Bewegungen waren trotz seiner Größe geschmeidig und elegant. Heute Abend hatte er sein sonst wirres Haar mit Morgan's Pomade aus der Stirn gekämmt, es duftete nach Zedernholz und Bienenwachs. Sein feingeschnittenes, schmales Gesicht war sonnenverbrannt, der braune Schnauzbart ebenso frisch gestutzt wie die dichten Brauen über seinen tiefblauen Augen. Wirkte er in seiner Arbeitskleidung eher verwegen, so konnte er im Gesellschaftsanzug durchaus als Salonlöwe durchgehen.

Für einen Moment schlich sich in Constanzes Gefühle Bedauern ein. Paul Borchart gefiel ihr, keine Frage, und seine Verehrung schmeichelte ihr, aber sie würde seine Annäherungsversuche niemals erhören. Eine gelegentliche Umarmung unter Freunden war das Höchste an Nähe, das sie ihm gestattete. Obwohl er nicht verheiratet war, würde eine Affäre mit ihm ihre hart erkämpfte Stellung in der Gemeinde gefährden. Der Altersunterschied war skandalös. Einer Frau, die mit einem deutlich jüngeren Mann poussierte, wurde ebenso wenig verziehen wie einer, die ihrem deutlich älteren Mann Hörner aufsetzte.

Außerdem spielte ihr die Fantasie heimliche Streiche, wenn sie sich vorstellte, dass Paul eher zu ihrer Tochter passen könnte. Mit ihren inzwischen zweiundzwanzig Jahren war Emma längst im heiratsfähigen Alter. Constanze hoffte, dass Emma einen zuverlässigen, liebenswürdigen Gatten gefunden hatte. Einen Mann, der nicht so alt und langweilig war wie Theodor Thieme, sondern wusste, wie man eine Frau glücklich machte. Damit sie niemals Gefahr lief, den honigsüßen Worten eines anderen Glauben zu schenken.

Constanze schüttete sich fast den ganzen Inhalt ihres Glases in die Kehle. Die Kohlensäure prickelte am Gaumen, stieg ihr in die Nase, und sie musste tief durchatmen, um nicht zu niesen. Sie trank in letzter Zeit mehr, als gut für sie war. Sie dachte auch mehr als früher an Emma. Daran muss ich etwas ändern, ging es ihr durch den Kopf.

Um sich von ihrer eigenen Tragödie und der Anziehungskraft Paul Borcharts abzulenken, wandte sie sich an den Arzt: »Was ist das für ein Untersuchungsgerät, dessen Lieferung du erwartest, Hannes?«

»Du hast also noch nichts davon gehört. Wird in deinem Café kein Klatsch verbreitet?« Hannes Graeff grinste schelmisch, bevor er ernsthaft fortfuhr: »In Europa wird mit einem Apparat experimentiert, der nach seinem Erfinder Conrad Wilhelm Röntgen benannt wurde. Leider ist das Gerät sehr teuer, so dass es nicht überall eingesetzt werden kann. Es ist aber zweifellos die Revolution in der Diagnostik.«

»Tatsächlich?«

»Man kann mittels der X-Strahlen in den Körper eines Patienten schauen und Schäden an den Knochen und Organen feststellen.«

»Jetzt weiß ich, warum ausgerechnet hier so ein Röntgengerät benötigt wird«, mischte sich Ruth ein. »Wenn die Digger auf diese Weise untersucht werden können, brauchen die armen Kerle wenigstens nicht mehr geknebelt nach den Diamanten zu graben. Selbst wenn die Männer die Klippies verschlucken sollten, findet der Minenbesitzer sie wieder.«

»Meine Liebe, es geht um Medizin und nicht um Wirtschaftlichkeit«, wehrte der Arzt ab. »Ich werde nicht zulassen, dass der Apparat zu etwas anderem als zu seiner eigentlichen Bestimmung benutzt wird.«

»Ruths Vorschlag ist aber nicht von der Hand zu weisen.« Arthur lächelte seine Frau voller Zuneigung an. In seinem Blick lag eine Liebe, die Constanze für einen Moment ins Herz stach, weil sie selbst niemals in solche Augen sehen durfte.

»Die Arbeitsbedingungen wären weniger restriktiv und die

Verfolgungsjagden auf die schwarzen Schürfer weniger unmenschlich«, fügte er hinzu. »Die Möglichkeit des Durchleuchtens würde viele Probleme lösen.«

»Oh!«, machte Paul überrascht. »Hegst du neuerdings sozialistische Gedanken, Arthur? Das hätte ich von dir eigentlich nicht gedacht.«

Der Angesprochene zuckte gelangweilt mit den Schultern. »Ich kann es mir leisten, mein Personal gut zu behandeln.«

Constanze fühlte sich verpflichtet, ein gutes Wort für die Soldaten der Schutztruppe einzulegen: »Die Buschmänner haben allerdings einen erheblichen Vorteil gegenüber unseren Leuten: Sie laufen so schnell und ausdauernd, dass sie sogar Wild zu Tode hetzen können. Deshalb ist ihre Verfolgung nicht immer einfach.«

»Heute ist wieder ein Minenarbeiter getürmt«, berichtete Hannes und seufzte. »Meines Wissens befindet er sich noch auf der Flucht.«

Für einen Moment herrschte Schweigen. Jeder hing seinen Gedanken nach. Irgendwo im Haus klappte ein Fenster zu. Unwillkürlich fragte sich Constanze, ob sie nach dem Lüften noch einmal in ihr Schlafzimmer gekommen war. Sie konnte sich jedoch weder erinnern, dies getan, noch, es vergessen zu haben. Bestimmte Handgriffe erledigten sich meist wie von selbst, dazu gehörte der Umgang mit dem ständigen Durchzug. Bestimmt hatte sie an alles gedacht.

Wahrscheinlich brauchte Kaaya in der Küche nur etwas Frischluft bei der Zubereitung des Geburtstagsessens. Schon vor Stunden hatte Constanzes Köchin das Antilopenfleisch in Buttermilch eingelegt und Omajova-Pilze geputzt, außerdem würde es Galjoenfilets in Sherrysauce geben. Es würde köstlich schmecken. Der Duft des frisch gebackenen Maisbrots zog wie zur Bestätigung bis in den Wintergarten.

Zufrieden kam Constanze auf das ursprüngliche Thema zurück: »Wenn es der Mann bis zu seinem Kral geschafft hat, wird er in seiner Sippe untertauchen und unauffindbar sein.«

Paul entfuhr ein bitteres Lachen. »Das ist einerlei. Die Schutztruppe brennt das Dorf nieder und bringt alle Einwohner um. Auf diese Weise treffen sie garantiert den Richtigen.«

»Na ja«, überlegte Ruth, nachdem auch sie von ihrem Sekt genippt hatte, »immerhin ist er ein Dieb oder noch Schlimmeres. Wisst ihr, ich verstehe nicht, was in den Köpfen der Neger vorgeht. Die saßen Tausende von Jahren auf den Diamanten. Sie hätten ungestört danach greifen können. Aber kaum kommen wir und erkennen den Wert dessen, was unter ihren Füßen in der Wüste herumliegt, schon stehlen und morden sie …«

»Von Mord war nicht die Rede«, erinnerte Arthur sanft und berührte wie zur Beruhigung ihren Arm.

»Auch unter unseren Landsleuten gibt es Räuber«, meinte Hannes. »Warum sonst werden wohl die Schiffe so streng kontrolliert, die nach Mosambik auslaufen? Wer es bis dahin schafft, kann die Klippies an die portugiesischen Kolonialherren verkaufen. Bei uns ist das unmöglich, wie ihr wisst, und dank De Beers in Südafrika ebenso.«

»Aber es sollen doch überall die Geheimen des Kaisers sein und nach gestohlenen Diamanten suchen, sogar an Bord der Schiffe«, warf Constanze ein, wobei sie den Sturm der Aufregung in ihrem Inneren kaum unterdrücken konnte.

»Selbst diese wachsamen Augen sehen nicht alles«, erwiderte Paul leichthin. »Außerdem hat niemand von uns vor, Lüderitzbucht auf einem Schiff in Richtung Mosambik zu verlassen, oder? Mir würde schon davor grauen, das Kap der Guten Hoffnung bei Wind und Wetter umfahren zu müssen, geschweige denn, Regen und Tropenfieber bei den Portugiesen ertragen zu müssen«, fügte er schmunzelnd hinzu.

»Ein Volk, das ständig traurige Lieder vom Weltschmerz singt, und ein Land, das im Tropenregen ertrinkt, ist auch nichts für mich«, erklärte Arthur und hob sein Glas. »Bleiben wir also lieber hier und genießen unsere Freiheit. Auf dein Wohl, Constanze, und auf Lüderitzbucht!«

Sein Trinkspruch fand ein Echo bei Constanzes Gästen, und sie lächelte erleichtert, weil das für sie schwierige Thema der gestohlenen Diamanten offenbar beendet war.

»Für wen ist eigentlich das sechste Gedeck?«, fragte Ruth.

Constanze hatte vor lauter Grübelei gar nicht bemerkt, dass ihre Gäste die Gläser geleert hatten und nun auf ihr Stichwort warteten, um am Tisch Platz nehmen zu dürfen. Ein verlegenes Lächeln huschte über ihr Gesicht. Sie war schon immer eine Träumerin gewesen, aber ihr fiel seit geraumer Zeit auf, dass ihre Gedanken öfter und länger abschweiften und sie Mühe hatte, sich auf eine Arbeit oder auf bestimmte Menschen zu konzentrieren.

»Ich habe Lothar Schulz eingeladen. Das ist der Mann, der vom Strand hier zu Forschungen aufbricht.«

Paul stöhnte leise auf, enthielt sich aber eines weiteren Kommentars.

»Wenn er bei dir haust, wird es Zeit, dass wir den Herrn kennenlernen«, stellte Hannes fest.

»Unbedingt«, pflichtete Arthur ihm bei.

»Ein Mann in Constanzes Garten!« Ruth lachte fröhlich auf und setzte zwinkernd hinzu: »Wie aufregend! Wer hätte das gedacht?!«

Constanze konnte nicht verhindern, dass ihr Blick wie von selbst zu Paul flog. Er wich ihr jedoch aus.

»Ich bitte dich«, konterte sie schließlich die zweideutige Bemerkung ihrer Freundin, »Herr Schulz ist weniger als ein Untermieter. Ich wollte einfach nur freundlich sein. Vielleicht kommt er auch gar nicht, er wäre ja bereits viel zu spät. Deshalb sollten wir nicht auf ihn warten. Setzt euch bitte schon einmal hin. Ich werde Kaaya bitten, die Vorspeise aufzutragen.«

Während in ihrem Rücken Füßescharren und die Geräusche von zurechtgeschobenen Stuhlbeinen darauf schließen ließen, dass ihre Gäste Platz nahmen, schwebte Constanze hinaus.

In der Diele blieb sie kurz stehen, betrachtete sich in dem schmalen Spiegel neben der Eingangstür. Sie erblickte eine schöne Frau mit einem alterslosen Gesicht. Selbst die Härte des Lebens, der Kampf um den Alltag in Afrika, Wind und Sonne hatten ihrer feinporigen Haut nichts anhaben können. Außer ein paar Lachfältchen an ihren Augenwinkeln wies nichts darauf hin, dass sie heute ihren vierzigsten Geburtstag feierte. Auch ihre Frisur war noch immer der Goldkranz, der sogar Theodor Thieme einmal fast zum Schwärmen gebracht hatte …

Das Licht des kleinen Kristalllüsters an der Decke fiel so ungünstig auf ihr Haupt, dass sie ein einzelnes graues Haar an ihrer Schläfe bemerkte. Verblüfft starrte sie auf diesen Beweis, dass die Jahre doch nicht spurlos an ihr vorübergingen.

Energisch zog sie nicht nur dieses eine Anzeichen ihres Alters heraus, sondern riss eine schmale Strähne mit. Ihre Kopfhaut schmerzte höllisch, und sie biss sich entsetzt auf die Unterlippe. Doch dann sah sie in den Spiegel und lächelte.

Wann immer Emma kam, sie sollte keine alte Frau besuchen, sondern die Mutter wiedersehen, von der sie vor zwölf Jahren verlassen worden war. Das hatte sich Constanze geschworen.

13

Der Rauch hüllte den Bahnsteig in weißen Dunst. Ungeachtet dieser Behinderung hasteten die Reisenden und Bediensteten eilig an den Waggons vorbei, schoben und drängelten, als wäre nicht noch ausreichend Zeit für die Suche nach einem freien oder dem reservierten Platz. Es herrschte ein unüberschaubares Gedränge auf dem prunkvollen Lehrter Bahnhof, und Emma hätte nie für möglich gehalten, dass die bevorstehende Abfahrt des Fernzuges nach Hamburg für ein derartiges Chaos sorgen würde.

Koffer und Körbe wurden durch die Abteiltüren der zweiten und dritten Klasse gereicht, greinende Kinder über Köpfe gehoben, vor dem Gepäckwagen der ersten Klasse stauten sich Träger, überladene Handkarren, Zofen und Diener. Mittendrin versuchten fliegende Händler, Proviant zu verkaufen. Das Stimmengewirr war ohrenbetäubend und übertönte sogar das Geräusch der Dampfmaschine.

Obwohl sie sich vorgenommen hatte, den Abschied von Berlin mit größter Gelassenheit zu vollziehen, pochte Emmas Herz so laut, dass sie fürchtete, ihr Brustkorb würde wie Porzellan zerspringen. Immer wieder schaute sie sich zu der großen Uhr unter dem gigantischen Tonnengewölbe aus Stahl und Glas um. Aufregung, Reisefieber und Angst vor der eigenen Courage schnürten ihr die Kehle zu.

Ihre Finger krallten sich in den Tragegriff der eckigen Umhängetasche aus derbem Sackleinen, die innen mit Filz ausgeschlagen war. Obwohl sie sich in der Menge damit behindert fühlte, hatte sie sich geweigert, dieses Gepäckstück dem Träger anzuvertrauen. Sie wollte die Tasche bis zu ihrer Ankunft in Lüderitzbucht keinem Fremden in die Hand geben, denn sie war ihr kostbarster Besitz. Darin befand sich nicht nur ihr kleines, verbliebenes Vermögen, sondern auch die Tropenkamera aus Mahagoni, die sie im Kaufhaus Tietz erstanden hatte, Glasplatten für die Negative und entsprechende Kopierrahmen. Das zusammenklappbare Stativ hielt sie unter den Arm geklemmt.

Was für ein Glück, dass sich Kurt Halske um den Koffer mit ihrer Garderobe und die große Reisetasche kümmerte!

Eigentlich hatte sie sich von Kurt bereits in Lichterfelde trennen wollen, doch er hatte ihr seine Gesellschaft aufgedrängt, und inzwischen war sie dankbar für seine Begleitung. Wie hätte sie nur ohne seine Hilfe ihr ganzes Gepäck sicher zum richtigen Bahnsteig bringen sollen? Sie war so damit beschäftigt, ihre neue Ausrüstung vor allzu kräftigen Ellenbogen oder den Ecken großer Schrankkoffer zu schützen, dass sie ohne seine Fürsorge ihr restliches Hab und Gut wahrscheinlich irgendwo in der Menge verloren hätte.

Ihren Freundinnen und den Angestellten des Photographischen Ateliers hatte sie verboten, sie weiter als bis zur Stadtbahn zu bringen. Tränenreich und mit zahllosen Abschiedsgeschenken beladen – Andenken, Toilettenartikeln, Lektüre und Verpflegung – sagte Emma auf Wiedersehen. Sie wollte nicht länger als etwa sechs Monate fort sein, versprach sie.

So lange sollten jedenfalls ihre Wohnung und das Studio erhalten bleiben, die Haushälterin würde das eine, ein Mitarbeiter ihres Vaters das andere instand halten. Sie hatte ihre Wünsche bei einem sichtlich verwirrten Doktor Wohlgemuth schriftlich niedergelegt und ein wenig Geld für alltägliche Kosten hinterlassen. Wie mit Theodor Thiemes Nachlass endgültig verfahren werden sollte, würde sie nach ihrem Wiedersehen mit ihrer Mutter gemeinsam entscheiden. Dann würde sie auch absehen können, ob ihr Platz fortan in Lüderitzbucht bei Constanze war oder der Westbazar in Lichterfelde ihr Zuhause blieb. Doch diesen Gedanken hatte sie den Daheimgebliebenen nicht verraten. Nicht einmal ihren neuen Freund Kurt hatte sie eingeweiht.

Vor der Tür zu einem Abteil der ersten Klasse staute sich die Menge plötzlich zu einer Mauer, an der kein Vorbeikommen war. Reisende drängten sich hier, aber wohl vor allem Schaulustige, die sich eines besonderen Spektakels erfreuten. Emma wurde gezwungen, abrupt stehen zu bleiben. Die Phototasche schlug durch die unbedachte Bewegung schmerzhaft gegen ihre Hüfte.

»Was ist denn los?« Kurts blasses, freundliches Gesicht tauchte neben Emma auf. Seine Worte waren bei dem herrschenden Stimmengewirr jedoch kaum zu verstehen, und natürlich antwortete ihm niemand. Emma zuckte nur hilflos mit den Schultern.

»So lassen Sie mich doch durch!«, dröhnte eine Männerstimme ungehalten im Hintergrund, doch niemand folgte der Aufforderung.

Emma stellte sich auf die Zehenspitzen und reckte ihren Hals. Da sie relativ groß war, konnte sie über die Schultern spähen. Auch gelang es ihr, ein Guckloch zwischen den Hüten der weiblichen Reisenden zu finden. Dennoch war es nicht leicht, das Objekt des allgemeinen Interesses auszumachen. Erst als sie die modische Toque erkannte, wurde ihr bewusst, dass offenbar Dorothee von Hirschberg für das Aufsehen sorgte.

Ihre berühmte Freundin balancierte abreisebereit auf der Treppe zu ihrem Abteil, die Tür stand offen. Anscheinend hatten sich ihre Bewunderer zum Abschiednehmen versammelt, um der Pianistin eine Art Geleit aus Berlin zu geben. Emma wusste, dass die Zeitungen über Dorothees Konzerttournee nach Südwest berichtet hatten. Sie hatte jedoch nicht mit dieser überwältigenden Popularität gerechnet.

»Einen Moment, bitte!«, rief irgendwer im Gedränge. »Wenn

Sie bitte für eine Photographie kurz ganz still stehen würden, Fräulein von Hirschberg.«

Unwillkürlich fühlte Emma einen kleinen Stich in ihrem Herzen. Irgendwo vor der Abteiltür hatte sich ein Photograph aufgebaut. Emma konnte die Person von ihrem Platz aus zwar nicht sehen, aber die Anweisungen waren eindeutig. Wahrscheinlich ein Mann von der Presse, dessen Anwesenheit neben Dorothees Person für sich genommen eine Sensation auf dem Bahnsteig darstellte.

Sie blickte zu Kurt, der ebenfalls in der Menge zu entdecken suchte, was für so viel Beachtung sorgte. Er hatte die Stirn in Falten gelegt, und Emma fragte sich, ob er so gern wie sie an der Stelle des unbekannten Reporters wäre.

»Geben Sie doch endlich den Weg frei!« Die Männerstimme von zuvor versuchte noch immer vergeblich, sich Gehör zu verschaffen.

Emma ging durch den Kopf, dass sie nicht neidisch sein sollte, weil jemand anderer die letzten Photographien von Dorothee am Lehrter Bahnhof schoss. Sie würde in Afrika viel ungewöhnlichere Aufnahmen machen können. Immerhin hatte Dorothee sie, Emma Thieme, für die Dokumentation ihrer Reise angestellt und niemand anderen. Gehörte dann nicht auch ein Bild vom Abschiednehmen dazu?

Im Geheimen fiel ihr auf, dass sie daran gar nicht gedacht hatte. Sie würde also noch einiges lernen müssen, um ihrer bevorstehenden Aufgabe gerecht zu werden.

»Würden Sie mich bitte vorbeilassen, junge Dame?«, fragte die inzwischen bekannte Männerstimme dicht neben Emmas Ohr.

Sie drehte ihren Kopf – und blickte in ein Paar graue Augen.

Augen, die von vielen kleinen Fältchen umgeben waren und bei anderer Gelegenheit so sanft wirkten mochten wie Samt.

Jetzt blickten sie mit offensichtlicher Verärgerung an ihr vorbei. Im nächsten Moment sahen sie ihr jedoch ins Gesicht – und weiteten sich erstaunt.

»Wir würden selbst gerne einsteigen, mein Herr, aber ein Vordringen zu dem Abteil ist gerade nicht möglich«, wandte Kurt höflich ein.

»Ja…«, murmelte die eben noch so aufgebrachte Stimme plötzlich ruhig, fast träumerisch, »ja… dann … warten wir eben …«

Der Mann sah Emma forschend an, schien jeden Zentimeter auskundschaften zu wollen, der von ihrem Antlitz unter der breiten Krempe ihres Wagenradhutes sichtbar war.

Sie erwiderte seinen Blick, angezogen von der Eindringlichkeit, mit der er sie betrachtete. Ihr Gefühl sagte ihr, dass sie diesem Herrn schon einmal begegnet war. Niemand musterte einen anderen Menschen auf diese Weise, vor allem keine Frau, wenn man nicht wenigstens eine alte Bekanntschaft vermutete. Sie suchte in ihrem Gedächtnis nach den durchaus attraktiven Zügen, konnte sich jedoch nicht erinnern. Womöglich handelte es sich um einen früheren Kunden ihres Vaters, den sie vergessen hatte.

»Fräulein Emma …«, meldete sich Kurt wieder zu Wort, unterbrach sich aber, als er bemerkte, dass sie ihn nicht beachtete.

»Verzeihen Sie bitte meine Aufdringlichkeit«, der Fremde versuchte, sich vor Emma zu verbeugen, was ihm in der Menge nur schwer gelang, »Sie erinnern mich an jemanden. Genau genommen sind Sie der Person wie aus dem Gesicht geschnitten.«

»Solche Zufälle soll es geben.«

»In der Tat, das tut es wohl.« Er schmunzelte, und es war deutlich, dass er nur sie mit diesem Lächeln beschenken wollte und niemanden sonst einschloss. »Sie beabsichtigen, auch nach Hamburg zu reisen, gnädiges Fräulein?«

»Wenn ich in mein reserviertes Abteil einsteigen könnte, wäre es so – ja.«

Er lüftete seinen Hut, was ihm zwischen all den Menschen eingepfercht erst nach einigen Umständen gelang. Eine Geste, die bei anderer Gelegenheit gewiss eleganter ausfiel. Dann: »Es ist natürlich ein etwas ungewöhnlicher Ort, sich vorzustellen, aber ich möchte es trotzdem nicht versäumen: Mein Name ist Manfred von Paschen.«

»Ich heiße Halske«, sagte Kurt und versuchte es gar nicht erst mit einem formellen Gruß. Besitzergreifend umfasste er Emmas Ellenbogen: »Das ist Fräulein Emma Thieme.«

Manfred von Paschens funkelnde Augen weiteten sich wieder leicht. Er sah nur sie an und würdigte ihren Begleiter keines Blickes. »Emma Thieme«, wiederholte er in einer Art, als ließe er jede Silbe ihres Namens auf seiner Zunge zergehen wie den Geschmack eines besonders alten und edlen Tropfens. »Ich freue mich sehr …« Falls er noch etwas hatte sagen wollen, so ging dies im Applaus der Menge unter.

Obwohl es unhöflich war, wurde Emma wie von selbst von Neugier getrieben. Sie wandte den Kopf und reckte den Hals, um zu erkunden, was den spontanen Beifall ausgelöst hatte. Auf Anhieb war dies nicht ersichtlich, doch als sie sah, dass Dorothee Kusshände verteilte und hoheitsvoll winkte, klärte sich die Situation offenbar ebenso rasch auf, wie sich die Masse zerstreute: Der Abschied war gekommen, die Sensation vorbei. Kurz darauf verschwand Dorothees Toque im Abteil, und Hugo von Hirschberg erschien in der Tür, gestikulierend und vermutlich mit einer Reihe von Anweisungen auf den Lippen.

Nun drängten die Menschen fort. Einige weiter den Bahnsteig entlang, die meisten aber zurück in die Richtung, aus der sie gekommen waren. Durch diesen Gegenverkehr fühlte sich Emma plötzlich wie mitten in einer Stromschnelle. Wohl wissend, dass sie vorwärts musste, wurde sie zurückgetrieben – und war vollkommen machtlos dagegen. Sie umklammerte ihre Tasche, hielt diese schließlich schützend gegen die Brust gepresst.

Kurt hatte sie verloren. Er war in der Menge verschwunden. Sie entdeckte flüchtig seinen Kopf, der über den Leuten auftauchte, als der Freund hochsprang und sich hektisch umblickte, wohl auf der Suche nach ihr. Wahrscheinlich gewahrte er nichts anderes als ein Meer verschiedener Hutmodelle. Da sie ihre Tasche und das Stativ umarmte, konnte sie keine Hand heben, um auf sich aufmerksam zu machen. Rufen war in dem Lärm aus Stimmen und Dampfmaschine zwecklos. Wäre da nicht die Furcht gewesen, das von Dorothees Vater reservierte Abteil nicht mehr zu finden und die Abfahrt des Zuges nun tatsächlich zu verpassen, hätte Emma die Situation eigentlich komisch gefunden.

Sie spürte, wie sich ein Arm um ihre Taille schob und sie mit sanfter Gewalt vorwärtsschob. Unwillkürlich erstarrte sie. Im nächsten Moment teilten sich ihre Lippen zu einem Entsetzensschrei.

»Ich bringe Sie zu Ihrem Abteil«, brüllte Manfred von Paschen.

Dankbar für seine Ritterlichkeit schloss sie den Mund. Er nahm sich mit der Berührung zwar eine Ungeheuerlichkeit heraus, aber sie fühlte sich erstaunlicherweise umgehend beschützt.

Mit der freien Hand versuchte von Paschen, die Menge zu teilen, was ihm jedoch nur schwer gelang. Er hielt Emma fest, um nicht von ihr durch unachtsam dahineilende Passanten getrennt zu werden. Nach dem ersten Ansturm verliefen sich die Leute, das allgemeine Gedränge auf dem Bahnsteig so kurz vor der Abfahrt des Fernzuges hielt weitgehend an. Es war nach wie vor nicht einfach, sich einen Weg durch Reisende und ihre Gepäckstücke, Sensationshungrige und fliegende Händler sowie Angestellte der Eisenbahngesellschaft zu bahnen.

»Woher wissen Sie …?«, hob Emma überrascht an, als von Paschen vor dem richtigen Abteil der ersten Klasse stehen blieb.

Er streckte sich nach dem Türknauf. »Fräulein von Hirschberg nannte mir den Namen ihrer Reisebegleitung«, erwiderte er und zog die Tür auf, »da ich mich ebenfalls zu diesem illustren Kreis zählen darf.«

»Oh«, machte Emma nur. Ihr ging durch den Kopf, dass er sie wohl so vertraut behandelte, weil er ein Bekannter der Hirschbergs war. Im nächsten Moment erinnerte sie sich, dass er sie überrascht angestarrt hatte, bevor er erfuhr, wie sie hieß. Emma zog nachdenklich die Augenbrauen zusammen. Warum nur erschien ihr dieses Zusammentreffen mit Manfred von Paschen so seltsam?

»Bitte!«, unterbrach er ihre Gedanken. »Bitte, steigen Sie ein, gnädiges Fräulein.«

»Ja … ähmm… ja … natürlich …«

Plötzlich fiel Emma ein, dass sie Kurt Halske vergessen hatte. Aus den Augen, aus dem Sinn, dachte sie unglücklich. Suchend blickte sie sich um.

»Haben Sie Ihr Gepäck in der Menge verloren?«, erkundigte sich von Paschen sofort fürsorglich.

»Nein … ich …« Wie sollte sie ihm erklären, dass ihr Koffer sicher im Gepäckwagen verstaut war, aber der junge Mann abgängig, der dafür gesorgt hatte, dass ebendies getan wurde? Emma schwirrte der Kopf.

Er berührte ihren Arm, nicht so energisch wie zuvor, als er sie sicher durch die Menge gelotst hatte, aber dennoch drängend. »Wir sollten einsteigen. Der Zug fährt gleich ab.«

»Natürlich, aber ich …«

»Gewiss fällt Ihnen der Abschied schwer«, unterbrach er. »Sie sollten jedoch nach vorn blicken. Ihnen steht eine aufregende Reise bevor. Ich bin sicher, wir werden unvergessliche Tage an Bord verbringen.«

Übersah von Paschen geflissentlich, dass sie zuvor in anderer Begleitung unterwegs gewesen war? Kurt hatte sich ihm doch vorgestellt! Emma überlegte flüchtig, ob von Paschen absichtlich so tat, als erinnerte er sich nicht an den jungen Mann. Dann fiel ihr sein Alter auf, und sie fragte sich, ob man jenseits der vierzig bereits zu Gedächtnisschwäche neigte? Ihr Vater war allerdings siebzig Jahre alt geworden und hatte keinerlei Anzeichen dafür gezeigt.

Vielleicht legte es von Paschen darauf an, sich in den Vordergrund zu spielen. Was meinte er bloß mit der Aussage *wir werden unvergessliche Tage verbringen*? Bedeutete das, dass sie ihre Zeit diesem Herrn widmen sollte? Eigentlich hatte sie erwartet, mit Dorothee und Hugo von Hirschberg beisammen zu sein, und war nicht noch auf andere Mitreisende eingestellt.

Fast ein wenig ruppig machte sich Emma von ihm los und trat zurück auf den sich langsam leerenden Bahnsteig. »Setzen Sie sich bitte schon in das Abteil. Wenn Sie so freundlich wären, Fräulein von Hirschberg auszurichten, dass ich gleich komme.«

Zögernd und dann mit einem kapitulierenden Achselzucken folgte er ihren Wünschen. Es blieb ihm auch nichts anderes übrig, wie Emma zufrieden registrierte. Neben ihr auszuharren wäre unentschuldbar aufdringlich gewesen. Und wirklich schlechtes Benehmen traute sie Manfred von Paschen eigentlich nicht zu.

In diesem Moment entdeckte sie Kurt – und der Ältere verschwand unmittelbar aus ihren Gedanken.

Kurt rannte atemlos den Bahnsteig entlang. Er wirkte, als sei er den gesamten Lehrter Bahnhof hinauf- und wieder hinuntergelaufen; Emma hatte irgendwo einmal gehört, dass die Bahnhofshalle an die zweihundert Meter in der Länge maß. Er umrundete Gruppen von Daheimbleibenden, die sich vor den Abteiltüren zum Abschiednehmen versammelt hatten, stolperte beinahe über einen anscheinend vergessenen Korb mit Wäsche, seine Krawatte war aus der Weste gerutscht und flatterte im Wind. In seiner Hektik wirkte Kurt aufgelöst und auf eine Weise rührend, die Emma ins Herz schnitt.

»Fräulein Emma, Fräulein Emma!«, versuchte er auf sich aufmerksam zu machen. Er fuchtelte wild mit einem kleinen Gegenstand herum, und Emma entdeckte, dass er einen Blumenstrauß in der Hand hielt. Selbst auf die Entfernung und an den vielen Leuten vorbei konnte sie erkennen, dass es Vergissmeinnicht waren. Offenbar hatte er es in dem Durcheinander geschafft, dieses Abschiedsgeschenk für sie zu erstehen.

Warum fiel ihr eigentlich erst so spät auf, was für ein netter Kerl Kurt Halske war? Er war in den vergangenen Wochen zu einem guten Freund geworden, zu einem Vertrauten – mehr aber nicht. Und jetzt sah sie ihn über den Bahnsteig laufen mit wehender Krawatte und zerzaustem Haar – und wünschte sich nichts sehnlicher, als diesem klugen Tölpel an den Hals sinken zu dürfen.

Aus den Augenwinkeln sah Emma, wie der Schaffner ein Megaphon an seine Lippen legte. »Alles einsteigen! Der Zug fährt ab!«

Unglücklicherweise fiel einem älteren Passagier vor einem anderen Waggon gerade in diesem Moment eine Tasche aus der Hand, und der Inhalt kullerte auf den Bahnsteig. Ein unüberwindliches Hindernis für Kurt.

Emmas Augen flogen hin und her.

Dorothees Kopf erschien in der Abteiltür. »Emma, wo bleibst du denn?«

»Ja, ja…« Verzweifelt beobachtete sie, wie sich Kurt nach den

Habseligkeiten des ungeschickten Reisenden bückte, um diese rasch zusammenzuklauben. Seine Höflichkeit war verschwendete Zeit, dachte sie traurig. Sie hätte ihm so gerne gesagt, was sie fühlte, und ihn gebeten, dass er auf sie warten möge.

»Emma, nun komm doch!«, erinnerte Dorothee.

Der Schaffner sah auffordernd zu Emma her. Er hob die Hand zum Mund, in der sich nun seine Pfeife befand.

Sie musste fort. Ohne sich zu verabschieden. Sie wollte zu ihrer Mutter. Und konnte dem Menschen nicht danken, der ihr so sehr auf dem Weg dahin geholfen hatte.

Am liebsten wäre Emma in Berlin geblieben. Doch sie wandte sich um und folgte Dorothees Aufforderung. Kaum hatte sie ihre Füße in das Abteil gesetzt, drängte sich Manfred von Paschen vor und zog die Tür hinter ihr zu.

Ein schriller Pfiff gellte über den Bahnsteig.

Durch die Scheiben sah Emma ihren Kavalier, der nun endlich auf ihrer Höhe angekommen war und neben dem anfahrenden Zug herlief. Sie wollte gerade das Fenster öffnen, als sich Dorothees Hand auf ihre legte.

»Bitte nicht«, flehte Dorothee. »Der Fahrtwind ist Gift für meine Lungen.«

Emma nickte ergeben. Sie drückte ihre Wange gegen das Glas und hoffte, Kurt werde die Geste verstehen.

Zufällig sah sie dabei kurz zu von Paschen hin, der dicht neben ihr stand. Wahrscheinlich wartete er darauf, dass er ihre Tasche mit der Photoausrüstung im Gepäcknetz verstauen durfte.

»Nicht traurig sein«, riet er sanft. »Er wird auf Sie warten.«

Vielleicht, sinnierte Emma in Gedanken versunken. Vielleicht wird er das. Womöglich wiederholte sich aber nur das Schicksal ihrer Mutter. Auch Constanze war nach Afrika aufgebrochen, ohne sich zu verabschieden.

Sie nickte stumm und wandte sich zu Dorothee und Hugo von Hirschberg um, die sie noch nicht begrüßt hatte.

14

Constanzes Bett schwankte. Es bewegte sich auf und ab wie eine Schiffskoje bei starkem Sturm. Übelkeit drückte auf ihren Magen, ihre Zunge schmeckte pelzig, ihr Kopf enthielt nur noch einen schmerzenden, verklumpten Brei.

Sie war nicht seefest. Schon die Überfahrt von Hamburg nach Swakopmund war katastrophal verlaufen, auf ihrem feuchten Strohlager in der dritten Klasse hatte sie sich entsetzlich elend gefühlt. Die beengten, einfachen Verhältnisse an Bord setzten ihr ebenso zu wie der schwere Seegang. Wochenlang wünschte sie sich, lieber tot zu sein. Sie verfluchte den Zeitungsartikel, der sie auf die Möglichkeiten aufmerksam gemacht hatte, die einer jungen Frau in der Kolonie Deutsch-Südwest angeblich winkten. Willigen Auswanderinnen wie ihr wurde sogar die Passage bezahlt. Die Flucht ans andere Ende der Welt war ihr wie die vom Himmel geschickte Lösung ihrer Probleme erschienen. Doch der Weg dorthin erwies sich als die reinste Hölle.

Als sie schließlich in Swakopmund an Land ging, war sie allein für die Berührung ihrer Füße mit festem Grund so dankbar, dass sie beinahe auf die Knie gesunken wäre. Selbst der damals noch recht karge Ort und das ungewohnte Klima änderten nichts daran. Das Glücksgefühl währte jedoch nur kurz, denn die tiefe Traurigkeit, die während der langen Schiffsreise dem niemals abflauenden Brechreiz unterlegen war, kehrte mit jedem Schritt im Schatten des damals neuen Leuchtturms mächtiger zurück.

Jetzt fühlte sie sich wieder wie auf dem schlingernden Schiff.

Ihre Matratze hob und senkte sich. Genau wie damals. Es roch allerdings besser als in der Kajüte, die sie mit fünf anderen Frauen geteilt hatte. Es duftete nach Zitronen und nicht nach Moder. Auch waren die Geräusche andere: kein Schnarchen oder Würgen und leises Schluchzen vor Heimweh. Irgendetwas rauschte. Vielleicht das eigene Blut in ihren Ohren. In der Ferne toste die Brandung.

Constanze wusste nicht, wo sie sich befand und was sie aus einem ohnmachtsgleichen Schlaf geweckt hatte. Die Bilder verschwammen vor ihrem inneren Auge. Erinnerungsfetzen, Dämonen der Vergangenheit bemächtigten sich ihrer. Sie versuchte, die Geister abzuschütteln, indem sie die Augen aufschlug. Eine falsche Entscheidung, denn nun schwankte nicht nur das Bett – es drehte sich das Zimmer um sie.

Rasch schloss sie die Lider. Das linderte jedoch ihr Elend nicht. Sie kam sich vor, als wäre sie zu einem Ball geschrumpft, der durch die Wüste rollte. Eine Düne hinab, die andere mit Schwung wieder hinauf. Und dabei füllte sich ihr Kopf mit Steinen, die gegen die Schläfen schlugen.

Sie versuchte es mit einem Blinzeln, aber das änderte nichts an ihrem Zustand. Auch die Frage nach ihrem Aufenthaltsort wurde auf den ersten Blick nicht eindeutig geklärt.

Es war fast dunkel um sie her. Hinter den weißen Baumwollvorhängen vor den Fenstern waberte Nebel, der die Nacht unheimlich, aber nicht vollkommen finster wirken ließ. Als sich ihre Augen an das schwache Licht zu gewöhnen begannen, nahm sie die Umrisse des Mobiliars wahr. Ihre Hände strichen nach Bestätigung suchend über die weiche Bettwäsche.

Sie war zu Hause. In Sicherheit. Sie brauchte sich nicht zu sorgen, keinen Seegang und keine Entbehrungen zu fürchten. Es war nur ein Traum gewesen. Ein Albdruck, entstanden durch zu viel Alkohol.

Diese Erkenntnis brachte zwar keine Besserung ihres körperlichen Leidens, aber sie fühlte sich nicht mehr so niedergeschlagen. Die Verzweiflung fiel von ihr ab, obgleich ein unangenehmer Nachhall in ihrem Hirn verblieb, als wollten sich Vergangenheit und Gegenwart nicht voneinander lösen. Wie Liebende, bei denen der eine nicht vom anderen lassen kann und die sich noch an den Fingerspitzen berühren, wenn sich die Hände längst hätten trennen müssen.

Mit einem leisen Stöhnen wälzte sich Constanze auf den Rücken. Sie schloss die Lider wieder, in der Hoffnung, die Kopfschmerzen dadurch zu lindern. Doch das Trommeln hinter Stirn und Schläfen, der schale Geschmack in ihrem Mund, Schwindel und Übelkeit verringerten sich nicht. Sie hatte eindeutig zu viel getrunken gestern Abend.

Der Wein war von hoher Qualität gewesen. Eine Flasche von einem Gut in Südafrika. Jeder Schluck hatte von den liebevoll angebauten und gepflegten Reben erzählt, von Trauben, die gekeltert wurden wie die exquisitesten Erzeugnisse in Europa. Constanze hatte in den vergangenen Jahren in der Kolonie gelernt, einen guten Tropfen von einem minderwertigen und einen süffigen von einem erstklassigen zu unterscheiden. Wein war relativ billig, weil er haltbarer war als etwa in Fässern gelagertes Süßwasser und daher leichter in die Wüstenregion zu transportieren. Wasser war das teuerste Gut in Lüderitzbucht. Daran änderte auch der inzwischen im Hafen erbaute riesige Kondensator nichts, der mittels Destillation Meerwasser trinkbar machte. War es unter diesen Umständen nicht verständlich, dass sie dem Wein stärker zusprach, als gut für sie war?

Nein, dachte sie grimmig. Nein. Sie wusste, dass sie weniger trinken sollte. An ihrem Geburtstag hatte sie sich für ihr neues Lebensjahr vorgenommen, weniger tief ins Glas zu schauen. Im Ergebnis trank sie mehr als je zuvor.

Es ist der Spuk der Vergangenheit, fuhr es ihr durch den Kopf. Die Erinnerungen wurden durch den Alkohol verklärt. Vor allem der hochprozentige Constantia war das beste Mittel gegen die Schmerzen in ihrem Herzen und auf ihrer Seele, der südafrikanische Dessertwein half sogar gegen Kopfweh. Jedenfalls so lange, bis die Wirkung nachließ und sie aus dem Rausch erwachte.

Und diese Wirkung hatte durchaus fatale Folgen. Gestern erst hatte Constanze es wieder gespürt. Sie hatte sich wohlgefühlt im Kreis ihrer Freunde und Bekannten im Café Emma. Ein Gast hatte ein Akkordeon mitgebracht und Musik gemacht. Er hatte Schlager gespielt wie »Die Berliner Luft«, die Heimweh in ihr entfachten, oder »Da geh ich zu Maxim«, ein Lied, das wegen des leicht frivolen Textes Sehnsüchte in ihr weckte, die sie lieber im Verborgenen ließ. Mit dem steigenden Alkoholkonsum wuchs jedoch das Verlangen sowohl nach Lichterfelde wie auch nach einem Mann, der »sehr intim« mit ihr werden wollte, wie es in dem Gassenhauer von Franz Lehár hieß.

Ihr Körper forderte sein Recht auf Liebe. Eigentlich hatte sie geglaubt, dass die Lust mit dem Alter verlorenging. Mit der Zeit hatten sich ihre Bedürfnisse auch tatsächlich geändert. Freunde als Ersatz für die zurückgelassene Familie waren wichtiger geworden als eine flüchtige Erfüllung. Plötzlich aber war es wieder da, das Begehren. Vielleicht war Paul Borcharts Schwärmerei das Übel, das ihren Sinn für zärtliche Hände schärfte, die ihre Leidenschaft zu Wollust steigerten. Seine Verehrung erinnerte sie an den Liebhaber, dem sie einst verfallen war.

Decke und Nachtgewand scheuerten leicht an ihren Brüsten. Ihre Fantasie vollendete die Berührung. Ihre Brustwarzen wurden hart. Unwillkürlich zog sie die Knie an, drückte ihr Kreuz durch.

Mit den Fäusten schlug sie auf die Matratze ein. Sie wagte

nicht, die Hand zwischen ihre Beine zu legen. Das war eine noch größere Sünde als der Ehebruch. Doch sie wusste, dass sie ihrer Sehnsucht nur so begegnen konnte. Oder mit einem leibhaftigen Mann.

Sollte sie nicht doch Paul in ihr Bett lassen?

Nein, beantwortete sie diese Frage im Stillen. Nein, nein, nein. Niemals. Er war nicht nur zu jung für sie, sondern darüber hinaus ein Mann zum Verlieben. Das war gefährlich. Sie durfte sich diese blinde Vernarrtheit nicht noch einmal erlauben. Auch wenn ihr Paul charakterfester erschien als der Geliebte von einst, so erinnerte er sie ein wenig an damals, wenn auch nur durch die Tatsache, dass Manfred von Paschen irgendwann im selben Alter gewesen war.

Es wäre sicher viel unverfänglicher, wenn sie eine Affäre mit Lothar Schulz begann, dem Mann in ihrem Garten. Er war in ihrem Alter, raubeinig und daher auf gewisse Weise unverbindlich. Natürlich nicht das Kaliber Paul Borcharts, aber in seiner Einfachheit nützlicher. Er war nicht so vornehm und würde daher wohl nicht viel Aufhebens um die Sache machen. Sein Ehr- und Pflichtgefühl war sicher nicht so ausgeprägt wie bei einem kultivierten Herrn.

Sie würde ihn in der Dunkelheit in ihr Haus holen und ihn vor Tagesanbruch fortschicken. Im Nebel würde ihn niemand sehen. Am nächsten Morgen würde von ihm nur ein Abdruck seines pomadierten Haares auf ihrem Kissen zurückbleiben. Und der schale Nachgeschmack einer Liebesnacht, die ihr nur kurze Befriedigung verschaffte.

Constanzes Hand wanderte zwischen ihre Schenkel. Ihre Finger ertasteten die krausen Haare und das zarte, feuchte Fleisch darunter.

Das war wohl doch besser, als wieder den falschen Mann in ihr Bett zu lassen. Auf jeden Fall würde sie für ein paar Minuten

Kopfschmerzen, Übelkeit und Erinnerungen auslöschen können. Vielleicht schaute ja Gott weg und bestrafte sie nicht auch noch für die Sünde der Selbstbefleckung.

15

Die Melodie plätscherte bezaubernd wie das sanfte Perlen eines Springbrunnens dahin, entfaltete sich nach einigen Takten zu einem prickelnden Wasserfall … und – brach ab.

Im nächsten Moment war es so still im Salon der ersten Klasse, dass der leise rasselnde Atem der Pianistin wie das fehlende Crescendo klang. Das Stampfen der Schiffsmaschinen war monoton und fiel nach den ersten Tagen an Bord kaum noch auf, und das stöhnende Puffen des Dampfes im Schornstein drang ebenso wenig in den verschwenderisch mit Stuckornamenten und Deckenfresken ausgestatteten Raum wie das Rauschen des Atlantiks oder die Stimmen der Passagiere, die sich auf dem Promenadendeck beim Shuffleboard amüsierten.

Langsam hob Dorothee eine schmale, feingliedrige Hand zu den Noten, die Adern drückten blauviolett durch die weiße Haut. Doch statt zu blättern, hielt sie fast bewegungslos in der Luft an, wie ein Vogel, der ohne Flügelschlag still zu stehen schien.

Es war nicht auszumachen, ob Dorothee nur unschlüssig auf das Blatt starrte und nicht wusste, was sie als Nächstes tun sollte, oder ob sie in der Klavierausgabe las wie in einem Buch. Nach einer Weile sank ihre Rechte wieder in ihren Schoß.

Manfred von Paschen beobachtete sie unter halb geschlossenen Lidern und fragte sich, wie lange er diese Folter noch ertragen würde. Sie war eine attraktive Frau, gewiss, aber auch an Schönheit konnte man sich irgendwann sattsehen. Vor allem dann, wenn Gehör und Nerven auf eine harte Geduldsprobe gestellt wurden.

Sie hatte ihn eingeladen, ihr bei ihrer täglichen Übungsstunde Gesellschaft zu leisten. Sie sagte tatsächlich *Stunde*, aber sie verschwieg, dass sie mindestens die doppelte Zeit in dem dann für sie reservierten Salon verbrachte. Doch das war nicht die einzige Enttäuschung.

In seiner Fantasie hatte er sich ausgemalt, dass dies die perfekte Szenerie war, sie zu verführen. Ein von ihrer Musikalität überwältigter Verehrer, der vor ihr kniete und sie anflehte, ihn zu erhören. Er war sich sicher, Dorothee von Hirschberg würde seinem Verlangen nicht widerstehen. Er hatte allerdings nicht damit gerechnet, dass sie ihm keinerlei Beachtung schenkte, sondern sich ganz auf ihr Klavierspiel konzentrierte. Der einzige Mann, an den sie überhaupt einen Gedanken verschwendete, hieß Robert Schumann und war der Komponist des Stückes, das sie in einer endlos erscheinenden Folge von Wiederholungen perfekt zu interpretieren versuchte. Für Manfred hatte sie nicht einen einzigen Blick übrig, seit er sich in einem der gepolsterten Sessel in Sichtweite des Flügels niedergelassen hatte. Ihm kam es vor, als sei er für sie unsichtbar.

Dabei war dies die erste Gelegenheit, sie außerhalb der Gesellschaft ihres allgegenwärtigen Vaters anzutreffen. Hugo von Hirschberg hatte sich zur Behandlung seines Herzleidens in die Obhut des Schiffsarztes begeben. Eine Erkrankung, von der Manfred allerdings vermutete, sie rühre eher vom üppigen Abendessen und vom Branntweingenuss als von einem organischen Schaden her. Jedenfalls wollte er die Chance nicht ungenutzt lassen, Dorothee an sich zu binden. Er benötigte dringend die finanzielle Unterstützung einer wohlhabenden Frau, denn seine Mittel schrumpften in der Leichtigkeit des Seins an Bord noch rascher als befürchtet.

Sollte er ihre Gedankenpause nutzen, um ihr seine Liebe zu gestehen?

Er fürchtete jedoch, sie gegen sich aufzubringen, wenn er ihre Konzentration unterbrach.

Dorothee richtete sich auf.

Automatisch stellte sich ein verzaubertes Lächeln auf seinem Gesicht ein. Die Begeisterung galt der Eleganz ihrer Bewegungen, aber vor allem der Tatsache, dass sie sich nun von der Klavierbank erheben, sich zu ihm wenden werde und seinen Beifall für ihre Fingerübungen erwartete … Doch nichts dergleichen geschah.

Sie stand nur weit genug auf, dass sie das Metronom erreichte. Dann zog sie an der Feder und stellte so den Musikchronometer auf das vorgegebene Tempo der Notenwerte ein. Ein schnelles Ticktack erfüllte den Raum. Daraufhin sank Dorothee wieder auf ihren Platz, hob die Hände und begann zu spielen. Eine Melodie wie das fröhliche Plätschern eines Springbrunnens, das sich nach einigen Takten zu einem prickelnden Wasserfall entfaltete …

Manfred hielt abwartend die Luft an.

Er stieß den Atem erleichtert aus, als sie zum ersten Mal seit einer gefühlten Ewigkeit nicht wieder bei einem bestimmten Takt abbrach, um von vorn zu beginnen. Sie spielte weiter – und er riskierte einen verstohlenen Blick auf seine Taschenuhr.

In diesem Moment verklang der letzte Ton.

Ertappt und etwas verlegen sah Manfred zum Piano.

Doch Dorothee hatte nicht seinetwegen aufgehört zu spielen. Sie schenkte ihm noch immer keinerlei Beachtung. Nach wie vor wirkte sie wie versunken. Ihr Haar hatte sich aus der Hochsteckfrisur gelöst und fiel ihr in dicken Flechten auf die Schultern. Es leuchtete wie polierte Kastanien im Licht der durch die Fenster einfallenden Sonne. Ihr Profil wirkte angespannt, ihre Nase sonderbar spitz.

In der Stille schlug das Pendel weiter den zuvor eingestellten Takt.

Manfred sollte die Pause endlich nutzen und ihr zumindest Beifall spenden – möglicherweise konnte er ihr Herz über seine Begeisterung für ihre Virtuosität erweichen. Er schickte sich an zu klatschen …

Dorothees Finger wirbelten unvermittelt über die Tastatur. Eine fröhliche Melodie gleich einer Fontäne, die sich in einen Wasserfall ergoss. Manfred wusste, dass das Stück »Von fremden Ländern und Menschen« hieß. Er hatte es anfangs ausgesprochen passend als Auftakt eines Konzerts in Südwestafrika gefunden. Die Musik war wundervoll, und seiner Auffassung nach war es Dorothee von Hirschbergs Klavierspiel eigentlich auch.

Was er nicht wusste, war, wie lange er noch die Geduld aufbrachte, in Ruhe den Wiederholungen zu lauschen.

Emma hatte sich einen Liegestuhl an Deck ausgesucht, von dem aus sie die Möwen beobachten konnte, die das Schiff die Küste entlang begleiteten.

Vor einem tiefblauen Himmel, den durchscheinende Wolkenfetzen betupften, wirkten die weißen Vögel mit ihren aschgrau gefiederten Flügeln wie Scherenschnitte vor farbigem Hintergrund. Sie schienen gesellig zu sein und sich mittels ihrer kräftigen Laute auszutauschen. Manchmal aber waren sie ganz still, wenn sie sich im Aufwind treiben ließen. Dann bedauerte Emma aus ganzem Herzen, dass der neue Photoapparat noch unausgepackt in der Tasche in ihrer Kabine lag, da sie nicht die Disziplin aufbrachte, auch nur an ihre Arbeit zu denken. Allerdings wusste sie nicht, ob die Schiffsbewegungen überhaupt eine vernünftige Belichtung ermöglichten. Es konnte durchaus sein, dass sie die kostbaren Glasplatten mit verschwommenen Bildern verschwendete. Eine scharfe Aufnahme erschien ihr unmöglich.

Obwohl das Meer recht ruhig war, fühlte sie sich bereits seekrank, auch wenn dies nur eine Vorahnung sein mochte. Das ständige Schaukeln, dieses leichte Schwanken und Schlingern, brachte ihren Kopf durcheinander und den Inhalt ihres Magens in Wallungen. Genau genommen war die Fahrt mit der Eisenbahn kaum angenehmer gewesen, aber die hatte Emma als nicht so belastend empfunden. Da gab es ja noch nicht die ziemlich reale Frage, wie es wohl jenseits Portugals weit draußen auf dem Atlantik sein mochte. Wie heftig konnte es wohl kommen, wenn ihr bereits jetzt diese stete Übelkeit die Tage an Bord zu verderben drohte?

Sie hatte sich in den Liegestuhl gesetzt, weil sie das Unwohlsein an Deck besser ertrug als in einem geschlossenen Raum. Es war ihr zwar ein wenig peinlich, dergestalt niedergeschlagen zwischen den anderen Passagieren zu verweilen, von denen die meisten die Seereise zu genießen schienen, aber die Luft tat ihr gut. Sie sog den würzigen Duft des Meeres in sich auf, diese einzigartige Mischung aus Salz, Tang und Frische. Nur auf die Wellen durfte sie nicht schauen, die sich bis zum Horizont hin in einem satten Dunkelblau kräuselten, gekrönt vom weißen Schaum aufspritzender Gischt. Wenn sie den Seegang zu lange beobachtete, fühlte sie Schwindel in ihrem Kopf aufsteigen. Deshalb sah sie unverwandt zu den Vögeln.

»Der Flug der Möwen ist schöner als die Bewegungen der meisten Menschen«, stellte eine Männerstimme in ihrer Nähe fest.

Emma wandte sich zu einem jungen Herrn, der auf dem Deckchair neben dem Ihren Platz genommen hatte und in den Himmel starrte.

Sofort beschlich sie ein flüchtiges Déjà-vu. Auf den ersten Blick kam ihr dieser Mitreisende bekannt vor. Sie blinzelte, als habe sie ein imaginäres Körnchen Meersalz im Auge. Doch klarer konnte sie danach auch nicht sehen. Er war etwa in ihrem Alter, ein attraktiver junger Mann. Seine Kniehosen und das Sportjackett waren ebenso wie die Schirmmütze auf seinen blonden Locken sehr modisch. Irgendwie passend für das Promenadendeck, auch wenn er an Bord keinen Fahrradausflug oder gar eine längere Wanderung unternehmen konnte. Er wirkte sympathisch, aber sie konnte sich nicht erinnern, wo sie ihm schon einmal begegnet war.

Da sie nicht wusste, ob er sie angesprochen hatte oder Selbstgespräche führte, zögerte sie mit einer Antwort.

In ihr Schweigen hinein sagte er wie zu sich selbst, jedoch laut und vernehmlich: »Möwen sind ausgezeichnete Segelflieger. Selbst bei starkem Wind machen sie über dem Meer eine wundervolle Figur.«

Ein Ornithologe, dachte Emma und war sich im selben Moment sicher, dass sie sich täuschte. Wenn sie jemals zuvor einen Vogelkundler kennengelernt hätte, würde sie sich daran erinnern. Menschen, die einer anderen Leidenschaft frönten, als es in ihrem gesellschaftlichen Umfeld üblich war, interessierten sie.

»Sind Sie Tierforscher, mein Herr?«, erkundigte sie sich zaghaft.

Er drehte sich zu ihr um, lächelte sie an und richtete sich auf. Durch die Bewegung knisterte die Zeitung, die er zu seinen Füßen abgelegt hatte. Er war so höflich, seine Mütze abzunehmen, bevor er zurückfragte: »Wie kommen Sie darauf, dass ich Zoologe wäre?«

»Nun …«, sie deutete auf die kreischenden Vögel, »wegen der Möwen. Sie wissen anscheinend viel über sie.«

»Ich kann Ihnen sogar sagen«, erwiderte er ernst, »dass Möwen über Schwimmhäute zwischen den Zehen verfügen, weshalb manche Arten auf See und nicht nur an der Küste leben.«

»Das klingt beeindruckend.«

»Ja, nicht wahr? Tatsächlich bin ich Reiseschriftsteller, und unterwegs lernt man allerlei, wenn man die Augen offen hält.« Er erhob sich behände und verneigte sich. »Ernst Keller mein Name.«

Sie reichte ihm ihre Hand. »Ich heiße Emma Thieme.«

»Hoch erfreut, gnädiges Fräulein.«

»Ganz meinerseits«, fügte sie hinzu, und diese Floskel war nicht einmal gelogen.

Flüchtig ging ihr die überraschende Erkenntnis durch den Sinn, was für interessante junge Männer es doch gab. Kurt Halske hatte sich auch als besonderer Kavalier entpuppt und nun … Emma lächelte in sich hinein, als sie daran dachte, dass ihr gewisse Vorzüge fremder Herren zu Lebzeiten ihres Vaters nie so stark aufgefallen waren.

Unwillkürlich meldete sich ihr schlechtes Gewissen mit der Botschaft, dass sie Kurt einen Brief schuldete. Der nächste Hafen war Las Palmas auf Gran Canaria, und wenn sie das Schreiben von dort absenden wollte, musste sie sich beeilen. Offenbar hatte sie kein glückliches Händchen mit dem Verschicken von Billetts – und dem Annehmen ihrer Post. Ihre Miene verdüsterte sich.

Ernst Keller schwieg, wohl verunsichert durch ihren veränderten Gesichtsausdruck. Er stand neben ihrem Liegestuhl, und sein Blick wanderte von ihr zu den Möwen am Himmel. Der Wind fuhr in die aufgeschlagene Zeitung auf seinem Deckchair, und die Seiten knisterten leise. Vom Shuffleboard-Spielfeld wehten die aufmunternden Rufe der männlichen Teilnehmer herüber und das etwas zu schrille Lachen einer jungen Frau.

Der Reiseschriftsteller räusperte sich.

»Möwen trinken trotz des hohen Salzgehalts am liebsten Meerwasser«, erklärte er übertrieben heiter. »Darf ich Ihnen etwas bestellen, das Ihren Durst ebenfalls löscht?«

Ihre Kehle fühlte sich tatsächlich ein wenig ausgedörrt an.

Limonade vertrug ihr Magen jedoch nicht so gut, deshalb entschied sie sich für Tee.

Keller nickte beflissen, setzte seine Mütze verwegen auf den Hinterkopf und begab sich mit raschen Schritten auf die Suche nach einem Steward.

Nachdenklich verfolgte Emma seinen Weg, bis er aus ihrem Blickfeld verschwand. Hatte sie gerade einen Verehrer gewonnen? Einen Mann, der ihr den Hof machte und die Überfahrt nach Südwest zu einem amüsanten Abenteuer werden ließ?

Was für erstaunliche Überlegungen sie da hegte, fuhr es ihr im nächsten Moment durch den Kopf. Sie war in Kurt Halske verliebt und auf dem Weg zu ihrer Mutter. Eine Reisebekanntschaft war das Letzte, worauf sie Wert legte. Ihre Verwirrung musste von Manfred von Paschen herrühren, einem Mann, der wahrscheinlich doppelt so alt wie sie war, von dem jedoch eine gewisse Gefahr ausging. Er machte Dorothee schöne Augen, das war unübersehbar, aber er tat auch sehr vertraut mit Emma. Dieses Verhalten wirbelte ihre Gedanken durcheinander – und es gab niemanden, mit dem sie darüber sprechen konnte. Am wenigsten Dorothee, die seine Bewunderung anscheinend genoss. Vielleicht war es daher hilfreich, wenn sie, Emma, ihre Aufmerksamkeit einem anderen Herrn schenkte. Ernst Keller, zum Beispiel …?!

Auf der Suche nach einem Gesprächsthema für seine Rückkehr beugte sie sich zu dem anderen Liegestuhl und griff nach der Zeitung, die er aufgeschlagen liegen gelassen hatte. Es war die *Berliner Morgenpost*, die Ausgabe von dem Tag, als die *Windhuk* in Hamburg abgelegt hatte. Offensichtlich hatte Keller sich gerade mit den Lokalnachrichten beschäftigt, als die Möwen sein Interesse weckten.

Es war die Seite mit den kleineren, wahrscheinlich weniger wichtigen Meldungen. Dort wurde über Diebstähle in Gegenden der Stadt berichtet, wo Raubüberfälle an der Tagesordnung waren. Die Überschrift einer Nachricht war fetter gesetzt als die anderen und unterschied sich auch inhaltlich:

HEHLER VERHAFTET! WARE VON DER SCHUTZPOLIZEI KONFISZIERT!

Emmas Augen wanderten über den Zeitungsbericht. Es waren die sachlich formulierten Worte eines Reporters, der seine Leserschaft darüber informierte, dass einem gewissenlosen Betrüger das Handwerk gelegt worden war. Der Mann hatte in einem Laden nahe der Jannowitzbrücke Messing als Gold verkauft und Kristalle als Edelsteine, darüber hinaus hatte er eine Pfandleihanstalt betrieben und war ein Wucherer. Dank des mutigen Eingreifens der Gesetzeshüter landete der Gauner im Gefängnis von Moabit. Er hieß Jakob Rosenau.

Das freundliche Gesicht eines alten Händlers tauchte vor Emmas innerem Auge auf. Es war unzweifelhaft dieselbe Person. Ja, er war ein Betrüger. Emma konnte das bezeugen. Rosenau hatte ihre Diamanten in dem Bewusstsein erworben, dass sie diese eigentlich gar nicht verkaufen durfte. Aber er war nett zu ihr gewesen …

Ein tiefer Seufzer entfuhr ihr. Gut und böse auseinanderzuhalten war gar nicht so einfach. Sie besaß ein sicheres Auge für Photographien, aber ihr Objektiv offenbarte nicht die Seele und den Charakter der Personen vor der Kamera.

Als würde sich kurz ein Schleier lichten, fiel ihr plötzlich ein, wo sie Ernst Keller schon einmal gesehen hatte. Doch gerade als ihre Gedanken sich zu formen begannen, war die Erinnerung schon wieder verschwunden – wie ein Stein, der über Wasser hüpft und schließlich auf den klaren Grund sinkt, sichtbar, aber nicht in allen Facetten zu erkennen.

»Fräulein Emma, da sind Sie ja!« Hugo von Hirschberg schien wie aus dem Nichts auf dem Promenadendeck aufzutauchen.

Dorothees Vater wirkte leicht außer Atem, sein Gesicht war rot vor Anstrengung, Aufregung oder dem Sonnenbrand. »Nach der Begegnung mit diesem schrecklichen Schiffsarzt sind Sie ein wahrer Lichtblick, Fräulein Emma. Ist der Liegestuhl hier noch frei?« Ohne eine Antwort abzuwarten, ließ er sich mit einem tiefen Schnaufen nieder. »Der Doktor hat mir Fußbäder empfohlen«, rief er entrüstet aus, während er seinen schweren Körper bequem zu platzieren suchte. »Warme und kalte Wechselbäder. Also wirklich!«

»Vielleicht ist das eine gute Medizin«, murmelte Emma gedankenverloren.

»Papperlapapp! Das ist modernes Zeug. Ich halte nichts davon … Ahhh! Wie ich sehe, haben Sie gerade Zeitung gelesen. Sind Sie fertig, meine Liebe? Dann würde ich gerne mal einen Blick auf Ihre Lektüre werfen.«

Ehe Emma sich's versah, hatte Hugo von Hirschberg die alte Ausgabe der *Morgenpost* ergriffen, die ihr aus der Hand gefallen war. Ebenso rasch wurde die Seite mit den Lokalnachrichten zugeschlagen. Dorothees Vater wandte sich zunächst der Schlagzeile zu. Den Zwicker in einem Auge las er konzentriert die nicht mehr ganz so neuen Hauptnachrichten.

Mit einer gewissen Belustigung beobachtete Emma ihn. Hugo von Hirschberg wirkte immer ein wenig zerstreut. Dabei war er ein ehrgeiziger Förderer seiner Tochter und ein vortrefflicher Geschäftsmann, wie Dorothee ihr anvertraut hatte. Sie mochte ihn, denn er war so anders als ihr eigener rechtschaffener, etwas langweiliger Vater.

»Oh!« Das war Ernst Keller, der wieder an Emmas Seite erschien und zu seinem offensichtlichen Missvergnügen feststellte, dass sein Liegestuhl samt seiner Zeitung in Besitz genommen worden waren. Er räusperte sich, da ihm die Worte für eine Zurechtweisung des älteren Mitreisenden zu fehlen schienen.

»Darf ich vorstellen?«, beeilte sich Emma, die Herren bekannt zu machen. »Ernst Keller – Herr von Hirschberg, der Vater meiner Freundin Dorothee von Hirschberg, der Pianistin.«

»Ist das Ihre Zeitung, junger Mann?«, brummte Hirschberg und blickte kaum hinter dem Blatt hervor. »Verstehen Sie etwas von Wirtschaft? Dann erklären Sie mir mal, wieso nach dem Zusammenbruch der Börse in New York vor zwei Jahren bereits wieder Vertrauen in die amerikanische Wirtschaft …«

Emma hörte nicht weiter zu.

Ihre Reisebekanntschaft indes erwärmte sich anscheinend für das Thema des älteren Herrn. Ernst Keller lehnte sich gegen die Reling und begann mit von Hirschberg über die Entwicklung der Industrie diesseits und jenseits des Atlantiks zu diskutieren.

Es war Emma egal, worüber die beiden Männer sprachen. Ihre Stimmen klangen angenehm und lullten sie ein. Dabei wanderten Emmas Augen über den wie eine Glaskuppel wirkenden Himmel und beobachteten die Möwen.

Sie dachte an den Hehler Rosenau und fragte sich, wie es wohl im Gefängnis sein mochte. Nie zuvor hatte sie einen Menschen gekannt, der eingesperrt worden war. Ihre erste Begegnung mit Ernst Keller hatte sie wieder vergessen. Und die aufflammende Seekrankheit war plötzlich nicht mehr so schlimm.

16

Nachdenklich betrachtete Paul den Inhalt eines feinmaschigen Siebes, das einer der Ovambos ihm zeigte.

Auf den ersten Blick war dies eine Handvoll Schotter, Grawel genannt, die übliche Mischung aus Kieselsteinen, Salzkristallen,

Sand und Guano, all das, was sich für gewöhnlich in den Felsspalten an der Atlantikküste sammelte.

Es fehlten nur noch zwei Handgriffe, und sie würden feststellen, ob diese Proben Diamanten enthielten. Aufgrund bisheriger Versuche zweifelte Paul eigentlich nicht daran. Doch das war für ihn kein Anlass zur Freude. Er war nicht hier, um neue Schürffelder abzustecken. Seine Aufgabe bestand vielmehr darin, die dringende Frage nach der eigentlichen Herkunft der Diamanten zu beantworten. Erst wenn das Muttergestein nachgewiesen werden konnte, war die Quelle der Vorkommen weitgehend geklärt. Es war ein Wettlauf zwischen der Diamanten-Gesellschaft und anderen Unternehmen, die auf diese Weise nach der ertragreichsten Mine suchten.

Unter der Hutkrempe bildete sich auf seiner Stirn ein salziger Film aus Meerwasser und Schweiß. Ein feiner Tröpfchenregen hing in der Luft, den die Gischt aufwirbelte und weit über die Felsen trug. Unwillkürlich hob er den Arm, um die Feuchtigkeit mit dem Handrücken abzuwischen. Dabei blickte er zufällig auf einen Kormoran, der mit eleganten Schwüngen im Aufwind über das Ufer glitt, das Gefieder schimmerte im hellen Sonnenlicht metallisch wie flüssiges Gold, Stahl und Bronze.

Das Wetter war ungewöhnlich klar. Ausnahmsweise waberte kein Nebel über der Küste. Der Himmel spannte sich in einer wolkenlosen azurfarbenen Kuppel über dem zyanblauen Meer. Draußen auf See peitschten Sturm und Strömung die Wellen auf, die über die Sanddünen schlappten und sich an den Riffen brachen. Die Wassermassen donnerten mit atemberaubender Gewalt gegen die Küste, umspülten die Gesteinsbrocken und sammelten sich unter dem Rund des riesigen Bogenfelsens. Gegen das laute Tosen klangen das Bohren und Hämmern der Arbeiter wie eine liebliche Melodie.

Mit dem Blick auf den Vogel schweiften Pauls Gedanken ab.

Es gab zweifellos kaum einen anderen Platz auf der Welt, der für einen Geologen so vielversprechend war wie Deutsch-Südwest. Unwirtlich, aber aufregend. Jedenfalls im Moment. Eines Tages würde er weiterziehen, denn seine Zukunftspläne beinhalteten keine Farm in der Kolonie. Die Wüstenlandschaft urbar zu machen oder Karakulschafe zu züchten entsprach nicht seinem Wesen.

»Baas!«, rief einer der Arbeiter in seiner Sprache, der wie die meisten in Pauls Trupp in Südafrika angeworben worden war, da diese Männer bereits Erfahrungen in den dortigen Diamantminen gesammelt hatten. Der Kap Boy winkte Paul aufgeregt zu und deutete auf die unterhalb gelegenen Felsen. Offenbar hatte er etwas entdeckt, verwunderlich nur, dass es sich einige Meter entfernt von den ausgehobenen Gräben und Probebohrungen befand.

Paul schob seinen Hut wieder tiefer in die Stirn. Die feinen Salzkristalle rieben auf seiner sonnenverbrannten Haut wie Schmirgel. Seine Augen folgten dem zum Bogenfels deutenden Arm des Schwarzen.

Ein dunkler Punkt bewegte sich in den Felsen. Es war kein Tier, sondern ein erstaunlich behände durch das aufgetürmte Gestein kletternder Mensch. Ein Weißer. Ein Mann, dessen Griffe und Tritte so sicher wirkten, als habe er mindestens einen Alpengipfel erklommen. Durchaus beeindruckend. Die Frage war nur, warum die Person ausgerechnet in dem von der Kolonialverwaltung festgelegten Sperrgebiet kraxelte.

Mit einer knappen Handbewegung schob Paul das dargereichte Sieb zur Seite und trat an den Felsrand, von dem ihn nur wenige Schritte trennten. Der Unbekannte hatte die steilste Stelle des Kliffs bereits überwunden. Inzwischen konnte er fast aufrecht über das Geröll steigen. Ein kräftiger Mann, nicht sehr groß und möglicherweise auch nicht mehr sehr jung, obwohl sein wettergegerbtes, grobes Gesicht kaum zuließ, sein Alter zu schätzen. Er trug die Kleidung der meisten Weißen in Südwest, die sich ihr Auskommen durch ihrer Hände Arbeit oder als Abenteurer und nicht in der Verwaltung verdienten: Hemd und Hose aus derbem Khaki, auf dem Kopf einen Tropenhelm.

»Guten Morgen«, grüßte Paul höflich, wobei er brüllen musste, um das Rauschen der Brandung zu übertönen. »Was machen Sie hier?«

Der Schotter knirschte bedrohlich, als der Fremde neben Paul auftauchte. Kiesel lösten sich aus dem Boden und rieselten auf den steinigen Strand hinunter. »Frisch, frei, fröhlich und fromm ertüchtige ich meinen Leib«, antwortete er in einem Tonfall, der seine Heimat in Sachsen vermuten ließ. Er zögerte, dann fügte er hinzu: »Lothar Schulz heiße ich. Und mit wem habe ich die Ehre?«

»Sie …«, begann Paul, unterbrach sich aber, als ihm einfiel, woher er den Namen des Mannes kannte. »Sind Sie der Gast in Constanze Thiemes Garten?«

»Mein Zelt steht am Strand unterhalb vom Gartenzaun von Frau Thieme.«

»Hmmm…« Paul strich sich über das Kinn, zufrieden über die Grenze, die Lothar Schulz durch die Korrektur seiner Frage zog. Er überlegte, ob er den anderen sympathisch fand, und beschloss sogleich, diese Entscheidung aufzuschieben.

Dennoch streckte er schließlich die Hand aus. »Mein Name ist Paul Borchart. Ich bin ein Freund von Constanze Thieme. Erstaunlich, dass wir uns noch nicht kennengelernt haben. Neulich zur Dinnerparty bei Frau Thieme sind Sie ja nicht erschienen …«

»Bedauere. Geschäfte.« In einer jovialen Geste umschloss Schulze Pauls Finger mit beiden Händen. »Und was tun Sie hier so?« In seinen Augen flackerte unverhohlene Neugier.

»Nichts, was einen Spaziergänger interessieren könnte. Das ist Sperrgebiet, Herr Schulz.«

»'tschuldigung. Da muss ich mich wohl verlaufen haben, bin immer am Strand lang, und da sah ich das Felsentor. Das machte mich neugierig.«

Paul nickte. »Frau Thieme erzählte, dass Sie Forschungen an der Küste durchführen. Darf ich fragen, worum es sich dabei handelt?« Aus der Nähe betrachtet wirkte Constanzes Gartennachbar nicht wie ein Wissenschaftler. Deshalb fügte er hinzu: »Ich arbeite als Geologe.«

»Und? Haben Sie hier schon etwas gefunden?«

»Darüber darf ich keine Auskunft geben.«

»Dann nicht.« Schulz zuckte gleichmütig mit den Achseln. »Wissen Sie, eigentlich sitzen wir im selben Boot. Sie erforschen die Bodenverhältnisse an Land, ich schaue mich im Meer um. Was macht den Unterschied?«

»Das kommt auf den Auftraggeber an.«

Schulz schwieg einen Moment. Er richtete seinen Blick in die Ferne, als könnten ihm die an den Strand rollenden Wellen eine Antwort geben. Ohne Paul anzusehen, bemerkte er nach einer Weile: »Ihr Kollege Professor Scheibe sagt, dass die Diamanten mit der Flut aus dem Meer gespült wurden …«

»Es gibt eine andere Theorie«, unterbrach Paul rasch, »nach der die Strömung längst eingetrockneter Flüsse vor Jahrtausenden die Steine aus dem Landesinneren hierhergetragen haben könnte. Und bislang lässt sich weder die eine noch die andere These beweisen.« Noch nicht, fügte er still hinzu.

»Aber es gibt Leute wie Sie und mich!« Schulz wandte den Kopf und strahlte ihn an. »Wie gesagt, Sie arbeiten im Trockenen, ich im Wasser – und am Ende sind wir beide klüger«, er fand seine Bemerkung offenbar sehr lustig und brach in schallendes Gelächter aus.

Paul konnte diese Heiterkeit nicht unbedingt teilen. Dennoch zwang er sich zu einem halbherzigen Grinsen und schlug eher aus Höflichkeit und um Schulz abzuwimmeln vor: »Lassen Sie uns doch mal ein Bier trinken gehen, und dann erzählen Sie mir von Ihren Tauchgängen.«

»Warum nicht?! Sie sind doch bestimmt auch Stammgast im *Grünen Haus.*«

»Nein«, entfuhr es Paul brüsk. Im selben Moment ärgerte er sich – er hätte sich denken können, dass ein Mann wie Lothar Schulz sein Heimweh im Freudenhaus von Lüderitzbucht zu bekämpfen suchte. Und das war weniger ungewöhnlich als dessen Suche nach dem Ursprung der Diamanten. Deshalb wiederholte er in aufgeräumten Ton: »Nein. Bedauere. Da zieht es mich nicht so hin.«

»Ihnen hat es wohl die schöne Frau Thieme angetan«, Schulze grinste anzüglich und fügte vertraulich hinzu: »Ja, da kann so mancher Mann schwach werden, nicht wahr?«

Pauls Augenbrauen hoben sich. Er enthielt sich eines Kommentars.

Offenbar bemerkte Schulz seinen Unmut, denn er entschied sich zum Rückzug. »War nett, Sie kennengelernt zu haben, Herr Borchart. Ich muss dann mal wieder …«

»Doktor Borchart«, korrigierte dieser.

Bereits im Gehen deutete Schulz auf die Afrikaner, die bedächtig ihrer Arbeit nachzukommen schienen, mit ihren Augen aber bei den beiden weißen Männern waren. Er wandte sich noch einmal zu Paul um.

»Wenn Sie wissen möchten, wie der Meeresboden beschaffen ist, Herr Doktor Borchart, bin ich Ihnen gerne behilflich. Mit dem nächsten Schiff kommt die neue Ausrüstung an. Damit kann der Meeresboden aufgewühlt und an die Wasseroberfläche gesaugt werden. Modernste Technik. Vom Feinsten.«

»Klingt interessant«, erwiderte Paul und beschloss, sich wenigstens im Büro der Konzessionsgesellschaft nach Lothar Schulz zu erkundigen. »Wir reden bei einem Bier darüber. Ich weiß ja, wo ich Sie finden kann.«

Als Schulz längst aus seinem Blickfeld verschwunden war, stand Paul noch immer wie zur Salzsäule erstarrt am Rand der Klippen und sah dem vierschrötigen Mann nach. Der war ihm suspekt, seit er von dessen Auftauchen in Lüderitzbucht erfahren hatte.

Er war sich zwar nicht sicher, ob dieses starke Gefühl einer Bedrohung nicht eine Konsequenz seines Ärgers darüber war, dass Schulz in einer despektierlichen Art und Weise über Constanze sprach. Aber die Vorahnung einer Gefahr nistete sich in ihm ein wie Termiten in totem Holz. Von einem Mann, der von der Regierung oder einer der zugelassenen Gesellschaften beauftragt worden war, den Meeresgrund zu erforschen, hätte er längst erfahren. Irgendetwas stimmte da nicht. Wieso fiel das nur ihm, Paul Borchart, auf und anscheinend sonst niemandem in Lüderitzbucht?

17

»Gran Canaria ist die drittgrößte der zu Spanien gehörenden Kanarischen Inseln und steht im Schatten von Teneriffa«, zitierte Hugo von Hirschberg aus seinem *Baedeker*. »In den vergangenen Jahrzehnten hat sich die Hauptstadt Las Palmas zu einem bedeutenden Handelsplatz entwickelt. Fast alle Dampfschiffe auf dem Weg in die westafrikanischen Kolonien laufen den Hafen an … Deshalb sind ja auch wir hier, nicht wahr?«

Dorothee hörte zwar den Klang seiner Stimme, aber die Bedeutung seiner Worte drang nicht zu ihr durch. Es interessierte sie herzlich wenig, durch welche Straßen die Kutsche rollte, in der sie saß. Der Ausflug selbst war es, der sie bezauberte, gleichgültig, wohin er ging.

Mit all ihren Sinnen erlebte sie eine Situation, die so atemberaubend war, dass sie davon völlig vereinnahmt wurde. Sie hatte sich auf dem ledernen Rücksitz einer etwas altmodischen Barutsche niedergelassen und im ersten Moment nicht bemerkt, dass sich Manfred von Paschen an ihre Seite drängte und ihren alten Herrn auf den Platz auf der gegenüberliegenden Bank verwies. Zunächst hatte sie bedauert, dass Emma an Bord geblieben war, um einen Brief zu schreiben. Inzwischen tat sie dies nicht mehr.

Denn nun spürte sie förmlich die ungeteilte Aufmerksamkeit von Paschens. Das feine Tuch seines hellen Anzugs streifte ihren nackten Unterarm, der aus dem schmalen Puffärmel ihres dem Empirestil nachempfundenen zitronengelben Sommerkleids hervorlugte. Ohne hinzuschauen, registrierte sie seine rechte Hand, die neben ihrer Linken auf dem Sitz lag – und wurde magisch von dem Verlangen angezogen, danach zu greifen.

Wenn die Räder über eine Unebenheit in der Straße rollten und die Kutsche ruckte, trafen sich ihre Finger, lösten sich aber sofort wieder. Eine aufregende Berührung, die Dorothees Herz schneller schlagen ließ.

Zufall? Eine unüberlegte Handlung? Doch dann wiederholte sich dieser fast flüchtige Körperkontakt, und sie fragte sich, ob von Paschen die Gelegenheit mit Absicht nutzte.

Ihre Augen starrten auf die mancherorts heruntergekommenen, aber insgesamt prächtigen Häuserzeilen der Altstadt. Doch sie schenkte den zumeist in der Renaissance erbauten Palästen kaum Beachtung. Das Gewirr aus schmalen Gassen, schönen Plätzen und ansehnlichen Straßen beeindruckte sie kaum.

Sie spürte den Fahrtwind in ihrem Gesicht, die Wärme des Tages auf ihrer Haut und die Sehnsucht nach Zärtlichkeit in jeder ihrer Poren. Ihr mit Federn aufgeputzter Hut beschattete trotz der modisch aufgebogenen Krempe ihre Miene, so dass sie sich unbeobachtet fühlte. In Gedanken ging sie daher unbesorgt in einer anderen Welt spazieren, während der Hauptdarsteller ihrer Fantasie vorgeblich interessiert den Ausführungen ihres Vaters lauschte.

»Es ist natürlich auch die Insel berühmter Seefahrer. Christoph Kolumbus machte meines Wissens auf drei seiner vier Fahrten nach Amerika Halt in Las Palmas. Viele andere Entdecker taten es ihm gleich. Insofern befinden wir uns auf der Route einiger bedeutenden Männer der Weltgeschichte.«

Von Paschen kommentierte Hugo von Hirschbergs Monolog mit einem beeindruckten »Hm«, »Oh« oder – seltener – mit einem verständnisvollen »Ach ja«.

Nach seinem letzten Einwurf fuhr Dorothees Vater mit etwas gesenkter Stimme fort: »Es ist erstaunlich, wie prächtig sich die Inselbevölkerung in den vergangenen fünfzig Jahren von ihrer Vergangenheit erholt hat. Nicht nur Piraten und die Pest setzten den Leuten zu, sondern auch eine Art Blutzoll, der noch im achtzehnten Jahrhundert verlangt wurde: Ab hundert Tonnen Warenausfuhr mussten fünf kanarische Familien ihre Heimat in Richtung Neue Welt verlassen. Natürlich gibt es diese Handelsbeschränkungen nicht mehr, Gran Canaria genießt schließlich Freihandelsstatus. Bis heute ist aber trotzdem mehr als ein Viertel der Bevölkerung nach Amerika emigriert. Dafür ist es noch ganz schön voll in den Straßen …«

Eine Bodenwelle und der lautstarke Fluch des Kutschers unterbrachen den Redeschwall.

Dorothees Finger suchten Halt bei Manfred von Paschen, doch diesmal ertastete sie Leere. Kalte Enttäuschung schickte ein Frösteln durch ihren Körper.

Wahrscheinlich hatte sie sich geirrt. Ihre Berührungen waren zufällig gewesen. Sie interpretierte zu viel hinein in die Aufmerksamkeiten ihres weltgewandten Reisegefährten. Wenn er sie tatsächlich verehrte, dann nahm er sicher nur die Künstlerin wahr und nicht die junge Frau. Ein gewohntes Terrain. Wie peinlich, dass sie sich dermaßen geirrt hatte. Aber ihr fehlte nun einmal die Erfahrung im Umgang mit Männern, deshalb war es ihr nicht gleich aufgefallen: Manfred von Paschen unterschied sich kein bisschen von den vielen Herren, denen Dorothee am Rande ihrer Konzerte, bei Empfängen und anderen gesellschaftlichen Ereignissen begegnete.

Trotzig schob sie ihr Kinn vor. Sie drehte sich so auf ihrem Sitz, dass sie ihrem Nachbarn den Rücken zuwandte. Es hatte den Anschein, als verlangten die pittoresken Gebäude ihre ganze Beachtung.

Dorothees Blick fiel auf ein Tor, wie sie es nie zuvor gesehen hatte. Der schmückende Rahmen einer mit Schmiedearbeiten verzierten Tür reichte über zwei Etagen und mochte mit seinen Ornamenten, Stuckabsätzen, Wappen und steinernen Torhütern ein Vorgeschmack auf die spanischen Eroberungen auf den südlichen Kontinenten sein. Dorothee fand das Portal einfach nur bombastisch und in seiner Schönheit tief beeindruckend.

»Man nennt Las Palmas auch *die königliche Stadt der Palmen*«, plapperte ihr Vater. »Ein feiner Name, möchte ich sagen. Ein paar mehr Palmen zwischen den Palästen würden den Ort gewiss noch ansehnlicher machen.«

»Hm«, machte Manfred von Paschen.

»Das muss der Gouverneurspalast sein. Imposantes Gebäude, die Spanier wissen schon, wie sie ihre wichtigen Leute unterbringen. Alles hochherrschaftlich.«

Im Vorüberfahren erspähte Dorothee hinter einem Torbogen üppiges Grün, von tiefroten Blüten getupft. Die Flügeltür zu dem Innenhof stand offen und gab den Blick frei auf einen stillen Garten, der ihrer Vorstellung von einem Paradies glich. Sie wollte gerade darum bitten, anzuhalten und sie aussteigen zu lassen, als ein mit Fässern beladenes Fuhrwerk an der Kutsche vorbeigezogen wurde und ihr die Sicht versperrte. Bedauern erfasste sie, dass sie »ihr« Paradies mitten im Häusermeer nun nicht aus der Nähe bewundern durfte, die zarten Blüten nicht berühren konnte – vielleicht Hibiskus – und nicht den Duft aufsaugen würde, der so berauschend zu sein versprach wie die Gefühle, die sie verwirrten.

»Man muss aber trotzdem sagen, dass es sinnvoll wäre, wenn die Leute hier gelegentlich ein wenig mehr zu Farbe und Pinsel griffen. Allerdings darf man natürlich nicht vergessen, dass König Alfons gerade große politische Probleme hat. In Marokko kämpfen spanische Soldaten, auf dem Festland wurden mehrere Tausend Reservisten gegen Demonstranten aus der eigenen Bevölkerung einberufen. Gewalt an allen Orten. Was für ein Glück, dass wir hier wenigstens Ruhe gefunden haben.«

Die Stimme ihres Vaters begann Dorothee einzulullen. Das Klappern der Hufe auf den mit groben Kieseln gepflasterten Gassen wurde zur Begleitmelodie. Erbarmungslos stach die Sonne vom Himmel, obwohl es bereits der blauen Stunde entgegenging und die Temperaturen sanken. Das Licht allerdings begann sich schon von der flirrenden Klarheit des Tages zu verabschieden und verwandelte sich zu einer sanfteren Beleuchtung, tauchte dieses Durcheinander an Renaissance-, Barock- und Jugendstilarchitektur in pastellenen Schimmer. Selbst das abblätternde Mauerwerk des einen oder anderen Gebäudes war kein Zeichen von Verwahrlosung mehr, sondern wirkte malerisch.

Ermattet sank Dorothee in das Polster. Sie schloss die Augen, spürte den Fahrtwind auf ihren Wangen und wünschte, sie könnte ihre Handgelenke in Eiswasser tauchen, um sich abzukühlen. Dabei war sie sich nicht ganz sicher, ob sie tatsächlich nur ihren Puls oder eigentlich vielmehr ihr Gemüt beruhigen wollte.

Um nicht an den Mann an ihrer Seite denken zu müssen, der ihr körperlich so nah war und doch so entfernt schien, zwang sie sich zu der stummen Frage, was Emma wohl gerade tun mochte.

Saß die Freundin wie meist in einem Liegestuhl auf dem Promenadendeck, stumm vor sich hin sinnierend? Für Dorothee war Emmas Verhalten unverständlich. Wie konnte jemand beim leichtesten Schlingern des Schiffs bereits behaupten, von Seekrankheit geplagt zu sein? Sie hatte Emma vor ihrer Abreise für tatkräftig und keinesfalls für zimperlich gehalten. Doch nun entpuppte sie sich in ihrem stillen Leiden als entsetzlich langweilig.

Dabei hatte Dorothee auf eine Wesensverwandte gehofft, die ihr die freie Zeit an Bord mit all den unwichtigen Dingen vertrieb, die Freundinnen angeblich so machten und die sie nicht kannte: plaudern, kichern, Kaffee trinken, Karten spielen, über einen gemeinsam gelesenen Roman sprechen. Auch schien Emma wenig Interesse an den Vergnügungen an Bord und den anderen Passagieren zu haben, selbst diesem jungen Reiseschriftsteller, der auffallend oft in ihrer Nähe auftauchte, schenkte sie kaum Beachtung. Es machte Dorothee traurig zu sehen, dass ihre Gefährtin offenbar zufrieden damit war, sich ausschließlich mit den eigenen Gedanken zu befassen. Ihr selbst ging es an Bord gesundheitlich so gut, dass sie in ihrer Freizeit jenseits ihrer regelmäßigen Übungsstunden darauf brannte, alles Mögliche zu unternehmen.

Noch eine menschliche Enttäuschung!

Ohne darüber nachzudenken, wandte Dorothee automatisch den Kopf zu ihrem zweiten Missgriff – und zuckte wie ertappt zurück.

Manfred von Paschen sah sie aufmerksam an. Er verzog ein wenig den Mund, aber es war nicht klar, ob er lächelte.

Unwillkürlich errötete sie.

»Das Abendlicht lässt Sie erstrahlen.«

Ihr Herz schien einen Schlag auszusetzen. Hatte von Paschen ihr tatsächlich in aller Ernsthaftigkeit dieses wundervolle Kompliment gemacht?

Dorothee fiel plötzlich auf, dass die Stimme ihres Vaters verklungen war. Verlegen blickte sie zu ihm hin, denn die Worte ihres Begleiters waren ihr vor ihrem alten Herrn peinlich.

Hugo von Hirschberg hatte das Intermezzo jedoch nicht bemerkt. Zu Dorothees Erleichterung war er eingeschlafen. Offenbar hatte ihn sein Monolog angestrengt, das Klima oder die Meeresluft taten ein Übriges. Das Kinn war ihm auf die Brust gesackt, und ein leises Schnarchen begleitete sein Atmen.

»Sie sind sehr schön«, raunte Manfred von Paschen.

Klang er aufrichtig oder spöttisch? War sein Tonfall nicht ein wenig rau? Wies dies auf eine Lüge oder Ergriffenheit hin?

Dorothee hielt seinem Blick stand und blendete alles aus, was um sie her geschah. Ihr kam es vor, als schwebte sie losgelöst von der Wirklichkeit über der Realität. Sie folgte dem Schatten, den die Krempe seines Strohhuts auf sein Gesicht zeichnete, sah die Falten in seinen Augenwinkeln wie durch ein Vergrößerungsglas, bemerkte, dass seine Pupillen klein waren und der Kranz darum wie perlgrauer Samt wirkte, wie von braunen Fäden durchzogen.

Einer heftigen Eingebung folgend hob sie leicht ihre Hand, hielt sie in der Luft wie sonst nur am Klavier, wenn sie darauf wartete, dass der letzte Ton verklang.

Manfred reagierte mit Verzögerung, aber keine Sekunde zu spät. Es schien, als habe er den richtigen Zeitpunkt erwartet. Seine Finger umschlossen ihre Hand mit zärtlichem Griff. Dann zog er ihre Linke langsam an seine Lippen. Bevor er sich zu einem Kuss darüberneigte, prickelte sein Atem auf ihrer Haut.

Einen Herzschlag später fühlte sie seinen Mund und gleichzeitig Schmetterlinge, die über ihren Leib tanzten.

»Wenn mich jetzt ein Blitz treffen würde«, flüsterte er, als er sie freigab, »dürfte ich nicht unglücklich sein. Den wundervollsten Moment meines Daseins habe ich eben erleben dürfen …«, er unterbrach sich, senkte bekümmert die Lider und fügte nach einer kurzen Gedankenpause hinzu: »Es würde mich nur Trauer erfassen, weil die Hoffnung auf ein noch größeres Geschenk mit mir sterben müsste.«

Dorothee verschränkte die Arme vor ihrer Brust. Wenn sie sich nicht an sich selbst festhielt, bestand die Gefahr, dass sie ihm um den Hals fiel. Er fand stets so schöne Worte, die ihre Seele trafen wie die Erste Geige den richtigen Ton bei einem Sinfoniekonzert.

Bildete sie es sich ein oder erklang von irgendwoher Musik? Wehmütige, schmachtende Töne begleiteten das Klappern der Hufe und das Knarren der Räder. Rechts und links erhoben sich Häuser, die nicht ganz so prachtvoll wirkten wie die Paläste zuvor, in denen aber anscheinend mehr Lebendigkeit herrschte. Balkone mit Brüstungen wie in Stein gemeißelte Spitzenmuster zierten hier und da das Mauerwerk, kleine Handwerksbetriebe säumten die Straße.

Der Schatten der Gebäude tauchte den Weg der Kutsche in Dämmerlicht, und Dorothee stellte sich vor, wie es wohl wäre, wenn sich der Abend über die Stadt senkte, die Straßenlaternen entzündet würden und dazu diese fast tragisch anmutende Melodie aus einem Fenster wehte. Sie lauschte dem Klang einer Gitarre, erkannte eine metrische Struktur in der Komposition, die in ihren rasch wechselnden Tempi für ihr Gehör recht ungewöhnlich waren, aber deshalb nicht weniger aufwühlend.

»Was ist das für Musik?«

Ihr wurde erst durch die Reaktion ihres Vaters klar, dass sie ihren Gedanken laut ausgesprochen hatte. Hugo von Hirschberg schnaufte, hüstelte, räusperte sich. Sein Kopf schnellte hoch, und er starrte sie so verblüfft an, als hätte er ihren Anblick vergessen. »Was hast du gefragt, mein Kind?«

»Hörst du nicht dieses Lied, Papa? Ich finde es ziemlich ergreifend.«

»Ach«, er machte eine wegwerfende Handbewegung, zog sein Taschentuch heraus und wischte sich damit über die Augen, »das ist die hiesige Volksmusik. Man nennt es *Flamenco*. Andalusische Einwanderer sollen diese Zigeunergesänge nach Las Palmas gebracht haben. Das Viertel Triana wurde von den Leuten aus Sevilla gegründet und nach einem Stadtteil ihrer Heimat benannt. Sie spielen irgendwelche primitiven Liebeslieder. Nichts, worüber du dir den Kopf zerbrechen solltest, Dorothee.«

»Liebeslieder! So, so …«, murmelte sie und wunderte sich wieder, dass sie nicht schwieg.

»Ich finde die Melodie auch sehr schön«, pflichtete ihr Manfred von Paschen bei.

Sie drehte wieder den Kopf zu ihm hin.

Er lächelte sie an, und diesmal erreichte dieses Strahlen auch seine Augen, aber es lag kein Spott darin, sondern überzeugende Fröhlichkeit.

Ihre Blicke tauchten in die seinen, und sie war sich mit einem Mal absolut sicher, einen Seelenverwandten gefunden zu haben.

Das Abendrot verwandelte das Blau des Firmaments in flüssiges Gold. Ein paar Schäfchenwolken trieben im auffrischenden Wind über den Himmel, in ihren Farben den Perlen nicht unähnlich, die Dorothee zu einer langen Kette geknotet um den

Hals geschlungen trug. Weiß, rosa, grau, bis sie sich über dem Meer auflösten. Die letzten Strahlen der Sonne malten breite Streifen in den tiefdunklen Bronzeton des Hafenbeckens. Wie auf einem Scherenschnitt zeichnete sich die Kulisse der Stadt vor dem gelborangen Himmel ab. Eine Stadt, deren Geschichte eng mit den Schiffen verbunden war, die hier vor Anker lagen und in diesem Licht wie exakte schwarze Zeichnungen auf buntem Grund wirkten, mehr Abbilder von Takelung und Schornsteinen als Wirklichkeit.

Leise schlappten die Wellen gegen den Rumpf der *Windhuk*, ein angenehm monotones Geräusch, unterbrochen nur vom Schrei der Möwen. Eigentlich gerade recht, um Dorothees Erregung zu beruhigen. Doch der weiche Klang der Geigen, die im Speisesaal der ersten Klasse zum Menü aufspielten und deren Töne durch irgendein offenes Fenster in die Dämmerung wehten, brachte ihre Gedanken an den mit weißem Leinen und Tafelsilber gedeckten Tisch zurück, an dem nun ein Platz frei blieb.

Ihr Vater diskutierte mit Manfred von Paschen wahrscheinlich gerade ein Thema, das sie nicht interessierte. In ihrer ziemlich realistischen Vorstellung hatte Emma neben Hugo von Hirschberg Platz genommen, flankiert von ihrem neuen Verehrer, diesem netten Herrn Keller mit den überraschend vorbildlichen Manieren und den viel zu geschliffenen Umgangsformen für einen Bürgerlichen. Wäre sie bei ihrer Reisegesellschaft, würde sich Dorothee an den Gesprächen nicht beteiligen, sondern still ihrer Erinnerung an die Stadtrundfahrt nachhängen, würde erröten, wenn Manfred sie ansah, womöglich sogar zittern. Und wenn er seinen Blick nicht auf sie richten würde, wäre sie eifersüchtig auf alles und jeden, dem er Aufmerksamkeit schenkte.

Sie hatte sich selbst ausgeschlossen, um den Landausflug in ihren Gedanken immer wieder neu zu erleben. Sie verspürte keinen Hunger, keine Lust auf Gesellschaft. Nichts konnte den Wunsch ersetzen, ihre geheimen Träume und die Erlebnisse dieses Nachmittags zu einem Ganzen zu sortieren. Ihre Gedanken wurden so sehr von Manfred von Paschens Worten, seiner Nähe, seinem Anblick beherrscht, dass sie sich nicht in der Lage wähnte, in seiner und der Gegenwart anderer auch nur mit einem vernünftigen Satz zur Unterhaltung beizutragen. Vielleicht hätte eine Stunde am Klavier sie in die Realität zurückgebracht, aber der Salon stand ihr um diese Zeit nicht zur Verfügung. Ein öffentliches Konzert indes war das Letzte, was ihre Aufregung dämpfen könnte. Deshalb hatte sie sich zu einem einsamen Spaziergang an Deck entschieden.

Die Brise strich über ihr Dekolleté. Sie trug ein extravagantes Kleid aus weich fließendem, altrosa Seidensatin, dessen Schnitt an eine römische Toga erinnerte. Einen Moment erwog sie, die über ihre Schulter fallende lange Stoffbahn anzuheben und ihre nackte Haut damit zu bedecken. Doch einen Atemzug später fragte sie sich, ob es wirklich die frischere Luft war, die sie frösteln ließ, oder vielmehr die Frage, wie sie die bevorstehenden Tage an Bord meistern sollte, solange diese erwartungsvolle Unruhe in ihrem Herzen loderte.

Eine klagende Frauenstimme drang an Dorothees Ohr. Anfangs nur ein unverständliches Durcheinander an fremdländischen Sätzen, die immer deutlicher wurden, weil sie offenbar näher kamen. Schließlich begriff Dorothee, dass es sich um die Landessprache handelte.

Sie lauschte eine Weile, bis sie erkannte, dass die spanischen Worte zu einer Melodie geformt wurden. Plötzlich begleiteten die Griffe auf einer Gitarre den Gesang.

Und mit einem Mal erinnerte sie sich an diese Musik. Es war ein Liebeslied – und es berührte ihre Seele so stark wie zuvor in der Altstadt von Las Palmas. Über ihren Körper zog ein Schüttelfrost, der definitiv nichts mit der Tageszeit oder dem Wetter zu tun hatte.

Es war nicht nötig, dass sie sich von ihrem Aussichtsposten an der Reling fortdrehte. Ohne die Bewegungen oder auch nur einen Schatten wahrgenommen zu haben, spürte sie die Künstler in ihrem Rücken, eine Sängerin, einen Gitarristen.

Dorothee verharrte still auf ihrem Platz, weil sie fürchtete, mit der kleinsten Reaktion den Zauber des Augenblicks zu durchbrechen. Sie fühlte sich vollkommen entrückt von der Welt jenseits des Decks, ganz allein mit sich, ihren Gefühlen und dieser aufwühlenden Musik, die nur für sie gespielt wurde. Es war wie in einem Traum, der sie viel weiter forttrug als bis in den Süden Afrikas.

Unverändert starrte sie auf den Hafen. Die Silhouetten verschwammen mit der wechselnden Farbe des Himmels. Es wurde allmählich Nacht, der Goldrausch verwandelte sich in ein dunkles Grün, in Lila und Grau, und Dorothee dachte, dass dieser leicht durchbrochene Ton exakt den Augen von Manfred von Paschen glich.

Als sie seine Stimme hörte, war dies wie ein selbstverständlicher Teil der Inszenierung aus Abendlicht, erstem Sternenglanz und schwermütiger Melodie.

»Es ist schön, dass wir noch nicht auslaufen. Andernfalls hätte ich die Musikanten nicht an Bord holen können. Sie spielen nur für Sie!«

»Psst!«, machte sie, weil Worte überflüssig waren.

Seite an Seite lauschten sie dem Lied, in dem es vermutlich um Liebesleid, Sehnsucht, Trauer und ein unerfülltes Schicksal ging.

Alle Liebeslieder handeln davon, dachte sie. Lag das daran, dass das Leben diese Geschichten schrieb und es womöglich kein langes Glück mit dem geliebten Menschen gab? Nie zuvor hatte sie sich diese ernsthaften Gedanken gemacht. Erst jetzt, da sie selbst das verzehrende Wunder spürte, verstand sie sogar den Text, obwohl er in einer fremden Sprache gesungen wurde.

Manfred stand so dicht neben ihr, dass sie sich kaum zu bewegen brauchte, um ihn zu berühren. Ohne ihn anzusehen, tasteten ihre Finger nach seiner Hand.

Es war dieselbe Sekunde, in der er nach ihr greifen wollte. Der zarte Körperkontakt ließ ihre Wangen glühen.

Jeder Takt brachte ihn ihr näher. Sie ließ es zu, dass er ihre Hand hielt, lauschte dem leisen Rauschen der Wellen und dem Klang des Flamencos, der vergessen machte, dass im Salon ein anderes Orchester wahrscheinlich gerade Walzer spielte. Es war ihr, als würde Manfreds Wärme mit ihr verschmelzen und sich anschließend in ihrem Leib ausbreiten. Ihre Empfindungen waren so stark, dass sich Tränen in ihren Augen sammelten.

Als der letzte Ton verklang, war es Dorothee, als würde er in ihrem Innersten nachhallen. Sie hörte wohl, wie sich die Künstler zurückzogen, bemerkte die Abschiedsgeste, ein flüchtiges Winken, mit der Manfred sein spezielles Engagement beendete. Doch der Zauber war nicht durchbrochen. Dorothee hielt beinahe den Atem an, um den Augenblick ein Weilchen festzuhalten.

Manfred trat noch dichter an sie heran. Vorsichtig berührten seine Lippen die Stelle unterhalb ihres Halses, wo die Toga über ihre Schulter fiel. Er blies auf die Seide über ihrer Haut, und Dorothee erschauerte.

Unwillkürlich legte sie den Kopf in den Nacken und wandte ihm ihr Gesicht zu. Es war zu dunkel, um in seinen Zügen zu lesen. Das Weiß seiner Augen blitzte kurz auf, bevor er seine Lider senkte. Er zögerte, wartete offensichtlich auf ihre Reaktion. Doch sie war viel zu aufgeregt, um irgendetwas zu tun, rührte sich nicht, atmete flach, obwohl ihr Herz wild gegen ihren Busen pochte. Flüchtig ging ihr die Frage durch den Sinn, wieso sie nicht längst ohnmächtig geworden war.

Es waren verzehrende, verstörende Sekunden, Minuten – Dorothee wusste nicht, wie lange er sich Zeit ließ, bis sein Mund endlich den ihren zu einem tiefen Kuss fand. Begierig sog sie seine Zärtlichkeit auf, schenkte ihm Leidenschaft und Sinnlichkeit. Bevor sie sich dem Rausch ihrer Empfindungen ergab, wunderte sie sich, dass sie in der Lage war, ihr Verlangen so ungehemmt zu zeigen.

Er hatte geahnt, dass sich Dorothee von Hirschberg nicht nur am Piano stark erregte. Manfred hatte zwar ein wenig das Gefühl, von ihr mit Haut und Haaren verschlungen zu werden, aber ihr Kuss ließ immerhin auf eine verheißungsvolle Zukunft schließen. Langweilig versprach diese Affäre nicht zu werden. Und gewiss ließ sie sich nicht lumpen. Das Trinkgeld für die Straßenmusiker war gut angelegt, befand er, während er gleichzeitig hoffte, nicht an ihrer Zunge zu ersticken. Dumm nur, dass er inzwischen fast ständig von dem Gedanken an eine andere beherrscht wurde.

18

Als Kind wäre Emma beinahe ertrunken. Eine Verkettung unglücklicher Umstände war schuld daran, dass sie beim Schlittschuhlaufen auf dem Stavensee einbrach. Sie war allein gelassen worden, weil ihre Mutter noch rasch etwas besorgen wollte. Es war ein kalter Wintertag, und sie drehte verträumt ihre Kreise, während die Zeit verging und die wenigen Personen, die außer ihr am See waren, längst die Kufen abgeschnallt hatten und nach Hause gegangen waren. An viel mehr konnte sie sich nicht entsinnen. Jedenfalls nicht daran, wie der Unfall geschehen und wie sie gerettet worden war. Ihr Erinnerungsvermögen setzte erst wieder ein, als sie fiebrig in ihrem Bett lag und einen Streit ihrer Eltern anhören musste: Ihr Vater warf ihrer Mutter Verantwortungslosigkeit und Schlimmeres vor, Constanze weinte bitterlich ob dieser Vorwürfe und wahrscheinlich auch, weil sie sich um Emma sorgte.

Ihre Gedanken daran waren im Lauf der Zeit verblasst und irgendwann ganz verschwunden ebenso wie der Stavensee, der dem Bau des Teltowkanals zum Opfer fiel. Emma dachte nicht mehr an ihr Missgeschick, da kurz danach ihre Mutter fortgegangen war und diese Tragödie die andere weit übertraf. Zurück blieb jedoch eine unbewusste Furcht vor großen Wasserflächen.

Emma hatte bislang gut damit leben können, am Ufer des Wannsees nur zu flanieren und niemals ein Strandbad zu besuchen. Auf die vielen Wasserläufe in Berlin sah sie nur von Brücken, und auf Bootsausflüge verzichtete sie ganz. Dieses Verhalten war alltäglich für sie.

Als sie die Überfahrt nach Südwest geplant hatte, war ihr nicht ein einziges Mal durch den Kopf gegangen, dass ihr Gedächtnis ihr einen Streich spielen könnte, sobald sie an Bord eines großen Dampfschiffs ging, das sie eigentlich für eine Art schwimmendes Hotel hielt. Sie hatte nicht erwartet, dass schon nach kurzer Zeit auf See die alten Bilder vor ihrem geistigen Auge auftauchen würden. Nun holte Emma die Vergangenheit also ausgerechnet auf der wichtigsten Reise ihres Lebens ein, auf dem Weg zu ihrer Mutter.

Offenbar war ihr deshalb zumute, als würde sie ständig schwanken, obwohl es selbst in der gefürchteten Biskaya, die von erfahrenen Mitreisenden wichtigtuerisch »Fegefeuer der Seekrankheit« genannt wurde, nicht besonders stürmisch war. Wenn Emma auf dem Promenadendeck herumspazierte oder es sich in einem Liegestuhl bequem machte, fürchtete sie jedoch, der Boden würde ihr unter den Füßen weggezogen und der Dampfer einfach untergehen, versinken in der Dunkelheit einer unbekannten, tödlichen Welt. In ihrem Innersten begann ein Wettkampf zwischen der Panik, die sie zur Umkehr trieb, der Sehnsucht, die sie nur nach vorn schauen ließ, und der Vernunft, die Zweifel an ihrem Geisteszustand nährte.

Um sich nicht von ihren Reiseplänen abbringen zu lassen, blieb Emma in Las Palmas an Bord. Sie fürchtete, in ihrem labilen Zustand könnte ihr der Mut fehlen, in ihre Kabine zurückzukehren, wenn sie erst einmal einen Fuß an Land gesetzt hätte. Außerdem war der Aufenthalt auf dem Schiff im Angesicht des Hafens leichter zu ertragen. Sie verbrachte die Zeit damit, einen Brief an Kurt zu schreiben, in dem sie in leuchtenden Farben von ihrer Überfahrt berichtete; ihre Ängste erwähnte sie nicht. Das Billett händigte sie dem Zahlmeister zur Weiterleitung aus, anstatt es selbst im Postbüro der Reederei aufzugeben.

Gleich nach Sonnenaufgang am nächsten Morgen legte die *Windhuk* wieder ab. Je weiter südlich das Schiff durch die Wellen pflügte, desto ruhiger wurde das Meer. Der Atlantik wirkte inzwischen fast so glatt wie der Wannsee an einem Hochsommertag. Eine riesige blaue Fläche, in der sich die Farbe des Himmels spiegelte. Die Sonne tupfte goldene Sprenkel auf das Wasser, die kleinen Gischtkronen wirkten wie schwimmende Wattebäuschchen. Am Horizont verliefen die See und das Firmament in einer weichen, wabernden Linie, die Küste war längst nicht mehr in Sichtweite. Das Schiff schien ein einsamer Punkt auf der ewigen Landkarte zu sein.

Das waren die Momente, in denen Emma die *Windhuk* allein auf der Welt wähnte. Eine Arche Noah, die statt im Regen der Sintflut über den sonnigen Atlantik schipperte. Es waren die Momente, in denen immer wieder Panik ihren Hals zuzuschnüren begann und Emma fürchtete, von einem Sog erfasst zu werden und zu ertrinken.

Es gab keine Medizin gegen diese Übermacht schrecklicher Gedanken. Und selbst wenn, es hätte nichts geändert, da sie es ablehnte, den Schiffsarzt zu konsultieren. Eine Erkrankung war undenkbar, denn die hätte möglicherweise ihre Ankunft in Südwest verzögert. Was wäre, wenn ihr der Doktor einen längeren Aufenthalt zur Genesung an einem anderen Ort als Lüderitzbucht verordnete? Schlimmer noch: Er diagnostizierte womöglich eine Krankheit, die sie ab dem nächsten Hafen zwingen würde, die Kabine nicht mehr zu verlassen.

Derartige Befürchtungen brachten sie dazu, sich, soweit es eben ging, zusammenzureißen und über ihre angeschlagene Gesundheit still nachzudenken, während es den anderen Passagieren an nichts zu fehlen schien. Die nämlich genossen ganz offensichtlich die fröhliche Stimmung an Bord, die üppigen Mahlzeiten, Gesellschaftsspiele, Tanzveranstaltungen im Salon und sonstigen Vergnügungen an Deck.

Emma zog sich leidend auf »ihren« Liegestuhl zurück, ein Buch aus der Schiffsbibliothek in Händen, tatsächlich aber im günstigsten Moment nur träumend. Die Enge ihrer Kabine setzte ihr zu, obwohl diese zur Außenseite hin lag, und deshalb hielt sie sich länger als ihre Reisegefährten an Deck auf. Die frische Luft tat ihr gut, reinigte auf irgendeine Weise ihren Geist, so dass sie die Erinnerung an ihr Unglück auf dem Stavensee schließlich vernünftigerweise mit ihrer panischen Angst vor einem Untergang der *Windhuk* in Verbindung brachte.

Allerdings musste sie noch eine Weile an Bord durchhalten, bis sie ihr Ziel erreicht hatte. Sie musste versuchen, sich zu arrangieren, wenn sie nicht tatsächlich noch den Verstand verlieren wollte. Am Ende war es Manfred von Paschen, der sie aus dem Sog zu befreien begann.

Er war irgendwie ständig um sie. Seine Aufmerksamkeit überraschte Emma, da es kaum noch zu ignorieren war, dass er eigentlich Dorothee den Hof machte. Sie nahm jedoch an, dass er sich bei ihr als Freundin seiner Angebeteten beliebt machen wollte. Sicher besetzte er deshalb regelmäßig den Liegestuhl neben Emma und verwickelte sie in irgendwelche Gespräche, die ebenso unwichtig wie ablenkend waren. Von Paschen unterhielt sie mit albernen Anekdoten, die sie gleich wieder vergaß, die sie aber zum Lachen brachten.

Dorothee gesellte sich manchmal zu ihnen, machte sich aber zunehmend rarer, als der Kurs weiter gen Süden ging. Ihr anfänglich guter Gesundheitszustand verschlechterte sich zusehends. Die *Windhuk* steuerte inzwischen die westafrikanische Küste an, und die hohe Luftfeuchtigkeit, die das Klima nunmehr bestimmte, setzte ihr stark zu. Hatten ihr die leichten Atlantikwinde und die trockene Wärme Südeuropas und Nordafrikas noch gutgetan, so verschlimmerten sich die Hustenanfälle mit jeder Seemeile entlang französischer und britischer Besitzungen, der deutschen Kolonie Togo und dem Freistaat Monrovia.

Tatsächlich meinte auch Emma, dass die schwere, heiße Luft dem Dunst einer Wirtshausküche erschreckend nahe kam und wie ein nasses Hemd auf ihrem Körper lastete. Es beschlich sie das Gefühl, unter freiem Himmel wie unter einer Glocke zu leben, und der Wunsch verstärkte sich, endlich wieder ungehindert atmen zu dürfen. Manchmal dachte sie, dass das Wetter an Land leichter zu ertragen wäre, doch der Zahlmeister, den sie danach fragte, belehrte sie eines Besseren. Dennoch litt sie weit weniger Qualen als Dorothee, deren Lungen unter der Belastung schmerzten und ihren Dienst zu verweigern drohten.

Dorothee verbrachte die meiste Zeit in ihrer Kabine. Dabei hielt sie den Steward mit ihren ständig wechselnden Bitten auf Trab, den Ventilator an- und kurz darauf wieder auszuschalten.

Ein Zuviel an kühler Luft war nun einmal auch Gift für ihre Atemwege. Darüber hinaus waren ihre Nerven zum Zerreißen gespannt, wie sie Emma anvertraute. Und sie vermisste Manfred von Paschen, den sie natürlich nicht in ihre Kammer einladen konnte.

Emma fand die Verbindung von Dorothee zu dem wesentlich älteren Mann ein wenig ungewöhnlich, doch ihre Freundin erblühte unter der Bewunderung dieses Kavaliers: Ihre Bernsteinaugen bekamen in von Paschens Gegenwart einen tieferen Glanz, ihre blassen Wangen überzog eine sanfte Röte, wenn sie nur seinen Namen erwähnte. Also sagte Emma nicht, was sie über diese Liebelei dachte, sondern versprach Dorothee sogar, den Herrn in ihrer Abwesenheit zu unterhalten.

Während das Schiff dem afrikanischen Festland und dem ersten deutschen Hafen dort entgegendampfte, musste sich nicht nur Dorothee immer mehr von ihrer Reisegesellschaft zurückziehen. Ihr Vater war ebenfalls leidend, da er der festen Meinung war, das Klima gehe ihm aufs Herz. Hugo von Hirschberg blieb den Mahlzeiten fern und ließ sich das Menü in die Kabine bringen, hatte aber – im Gegensatz zu Dorothee – seinen guten Appetit nicht verloren.

»Herr von Hirschberg war sehr angetan von dem Mittagsmenü heute«, berichtete der Steward auf Manfred von Paschens Nachfrage. »Ich servierte ihm die Kraftbrühe, Steinbutt mit holländischer Sauce, eine Portion Schmorbraten, Kartoffelauflauf, grüne Bohnen mit geräucherter Ochsenzunge, Entenbrust mit Kompott und Salat, anschließend Aprikosentorte, Käse und Früchte. Er ließ nichts davon übrig.«

Es fiel von Paschen offensichtlich schwer, das Gehörte ohne ein breites Grinsen zu kommentieren. Er zwinkerte Emma vergnügt zu und bemühte sich um einen ernsten Ton für ein beiläufiges: »Oh, tatsächlich?!«

Der Steward deutete eine kleine Verbeugung an und schenkte Tee aus silbernen Kannen nach, während die Bordmusiker im Hintergrund zur Unterhaltung der Passagiere aufspielten.

»Hoffentlich werden Fräulein und Herr von Hirschberg bald genesen sein und im nächsten Hafen an Land gehen können«, plauderte Emma, nachdem sich der Kellner entfernt hatte. »Es wäre so schade, wenn beide das Bett hüten müssten.«

Sie war allerdings nicht nur besorgt um Dorothee und deren Vater, sondern bekümmert, weil ihr der Landausflug verwehrt blieb, wenn ihre Begleitung den Aufenthalt in der Kabine vorzog. Es war unmöglich, sich allein auf den Weg zu machen und die Kolonie Neukamerun zu erkunden. Emma war der Gedanke ein wenig unheimlich, ihren Fuß zum ersten Mal ganz allein auf afrikanischen Boden zu setzen. Sie reiste schließlich nicht aus Lust am Abenteuer. Andererseits drängte es sie danach, dem Schiff für ein paar Stunden den Rücken kehren zu dürfen. Die Gefahr, dass sie nicht wieder an Bord kommen würde, bestand bei dem bevorstehenden Aufenthalt in der noch jungen Kolonie gewiss nicht.

»Wenn ich mich richtig entsinne, war eine Besichtigungstour geplant«, erwiderte von Paschen. »Die sollten Sie auf keinen Fall verpassen, Fräulein Emma. Wie ich hörte, ist Victoria einer der landschaftlich schönsten Plätze Westafrikas.«

Ernst Keller lächelte Emma aufmunternd zu. »Auch ich hatte die Absicht, die Liegezeit zu nutzen, um mir anzusehen, was deutsche Kaufleute und Farmer am Kamerunberg alles erreichen. Darf ich mir erlauben, Ihnen vorzuschlagen, dass wir uns zu einer Rundreise zusammenschließen?«

»Kaufleute und Farmer?«, wiederholte von Paschen gelangweilt. Und dann an Emma gewandt: »Interessieren Sie sich denn für die Arbeit von Händlern und Bauern?«

Bevor sie antworten konnte, fuhr Keller unbeeindruckt fort:

»Meines Wissens ließ die Frucht-Compagnie kürzlich Bananenschößlinge aus Westindien kommen und in Kamerun anpflanzen. Sobald die Stauden Früchte tragen, soll die große Nachfrage im Reich befriedigt werden. Vielleicht finden wir auf dem örtlichen Markt schon einige Exemplare, und Sie dürfen die erste deutsche Banane aus Afrika probieren.«

»Ach was!«, wehrte von Paschen ein wenig ungehalten ab und unterstrich seine Ablehnung mit einer wegwerfenden Geste. »Lassen Sie sich gesagt sein, Herr Keller, dass Sie einer jungen Dame ganz gewiss nicht mit den Bestrebungen des Kolonialministeriums imponieren.«

»Vielleicht beeindrucken Fräulein Thieme aber die Bananen.«

Emma blickte zwischen ihren Tischnachbarn hin und her und fragte sich, warum ihr das Wortgefecht der beiden vorkam, als buhlten die Männer wie Balzhähne um ihre Gunst.

Sie lachte gekünstelt. »Sicher sind die Bananen aus Kamerun schmackhaft und gesund. Fräulein von Hirschberg wird der Genuss gut bekommen. Aber es gibt in Victoria doch bestimmt noch mehr zu besichtigen, nicht wahr?«

»Ja, natürlich. Der Botanische Garten soll durchaus sehenswert sein.«

Doch nicht nur Bananen, fuhr es Emma amüsiert durch den Kopf. Sie schenkte Keller ein anerkennendes Lächeln. »Hoffen wir also, dass sich Hirschbergs bis zu unserer Ankunft erholt haben und wir gemeinsam zu diesem Ausflug aufbrechen können.«

»Herr und Fräulein von Hirschberg sollten bei diesem Klima keinesfalls ihre Kabinen verlassen, wenn sie nicht bei Kräften sind«, mischte sich der Verehrer ihrer Freundin prompt in die unerwartete Einigkeit der beiden jüngeren Leute. »In den Tropen lauern überall Gefahren. Selbst für einen gesunden Menschen kann das Unheil bedeuten, wenn man nicht aufpasst, aber für jemanden, der sich nicht wohlfühlt …«, er brach in beredtem Schweigen ab.

Emma schüttelte unwillig den Kopf. »Ich bitte Sie, malen Sie nicht den Teufel an die Wand. Wie sollen Hirschbergs den Aufenthalt in Südwest überstehen, wenn es schon in Victoria so katastrophal zugeht? Neukamerun liegt doch deutlich näher an Europa!«

»Diese Entfernung spielt keine Rolle, mein liebes Kind. In Westafrika befinden wir uns in den Tropen, wie Sie an der hohen Luftfeuchtigkeit bemerken können. Der Süden jedoch ist Wüstenregion – heiß, trocken und sehr gesund.«

»Also, ich werde keinesfalls ohne Fräulein von Hirschberg von Bord gehen.«

»Sie wird nicht wollen, dass Sie ihretwegen auf den Landgang verzichten«, widersprach von Paschen eilfertig, »und ich werde mich dafür verbürgen, dass Ihnen nichts geschieht, Fräulein Emma. Seien Sie unbesorgt – ich werde Sie wohlbehalten auf das Schiff zurückbringen.«

Bevor sie antworten konnte, ertönte am Flügel ein Tusch. Die Gespräche unter den Gästen im Salon brachen ab. Auch Emma wandte den Kopf zu den Musikern hin, während das Stimmengewirr verstummte. Porzellan klirrte leise, als Tassen abgesetzt oder Kuchengabeln niedergelegt wurden.

Einer der Musiker stand neben seinem Kollegen am Piano und verkündete: »Meine Damen und Herren, als Einstimmung auf den nächsten Hafen möchten wir Sie mit der Kamerun-Polka aus der beliebten Operette ›Der Walzerkönig‹ unterhalten.« Dann setzte er sich ebenfalls auf die Klavierbank.

Im Salon herrschte erwartungsvolle Stille, die sich zu einer grotesken Pause hinzog, als die beiden Pianisten leise miteinander diskutierten.

Emmas Gedanken schweiften ab. Sollte sie ohne die Begleitung von Dorothee und deren Vater einen Ausflug mit Manfred von Paschen unternehmen? Sie hatte einerseits keine Bedenken, sich ihm anzuvertrauen. Andererseits plagte sie schon jetzt ein schlechtes Gewissen, wenn sie daran dachte, Ernst Keller allein zurückzulassen. Offenbar schätzte von Paschen die Gesellschaft des jungen Mannes nicht besonders. Aber es war nun auch nicht so, dass sie auf die Gegenwart des Reiseschriftstellers verzichten wollte …

Warum überlegte sie aufs Neue, dass ihre beiden Tischnachbarn Widersacher sein könnten? Das war doch unmöglich, absolut lächerlich.

Plötzlich stellte sich wieder dieses Gefühl ein, hilflos durch Nebel zu tappen. Am Lehrter Bahnhof war es ihr für einen Moment so ergangen, und jetzt beschlich sie erneut ein Déjà-vu.

Sie hatte Manfred von Paschen schon einmal gesehen. Es bestand kein Zweifel. Die Erinnerung zog sie in einen dunklen Untergrund …

Eine beschwingte Melodie riss Emma aus ihren quälenden Gedanken. Die verschwommenen Bilder verblassten, bevor sie danach greifen konnte. Unter dem aufbrandenden Beifall der Passagiere begannen die beiden Künstler am Piano, vierhändig zu spielen und dazu ein schwungvolles Lied zu singen: »Nach Afrika, nach Kamerun, nach Ki-Ka-Kamerun …«

Aus den Augenwinkeln sah sie zu von Paschen. Der lehnte entspannt in seinem Stuhl und lauschte mit einem amüsierten Lächeln dem Text.

Es ist ein Irrtum, ging es Emma durch den Kopf. Ich kenne ihn nicht. Ich habe ihn nie zuvor gesehen. Wahrscheinlich werde ich wohl doch langsam verrückt und bilde mir Sachen ein, die es gar nicht gibt.

Als Ernst Keller sie zum Tanz aufforderte, nahm sie dankbar

an. Bald darauf hüpfte sie mit ihm im Zweivierteltakt ausgelassen über das Parkett. Dass ihre Blicke dabei immer wieder ungewollt zu Manfred von Paschen flogen, konnte sie nicht verhindern.

19

»Hast du diese Anzeige schon gesehen?«, fragte Ruth Rohrbach und tippte mit dem Finger auf ein Inserat in der *Südwestafrikanischen Rundschau.* »Jetzt kommt endlich richtige Kultur zu uns.«

Constanze hob ihren Kopf von der eigenen Lektüre, dem örtlichen Konkurrenzblatt *Lüderitzbuchter Zeitung*. Schmunzelnd gab sie zurück: »Was hast du gegen den Männergesangsverein?«

»Ich bitte dich! Wenn ich die Kerle noch einmal ›In Angra Pequena, da ist es wunderschön‹ schmettern höre, fange ich an zu schreien. Nichts für ungut, wir leben hier sehr angenehm, aber schön ist unsere Bucht nun wirklich nicht.«

»Der Stammtisch des MVG spült eine Menge Geld in meine Kasse«, erwiderte Constanze belustigt und sah sich demonstrativ nach möglichen Zuhörern um, obwohl sie allein mit Ruth im Café Emma saß. »Deshalb würde ich mich niemals abfällig über die Herren äußern. Ich kann mir doch kein Urteil über meine besten Gäste erlauben.« Insgeheim fand sie jedoch auch, dass die Vorträge der Lüderitzbuchter Sänger nicht unbedingt als Kunstgenuss zu bezeichnen waren.

Ruth zuckte mit den Achseln. »So oder so, unsere Sangesbrüder sind nichts im Vergleich zu der Berühmtheit, die demnächst in Kapps Hotel absteigen wird«, sie schob ihre Zeitung über den Tisch näher zu Constanze, damit diese einen Blick auf das Blatt werfen konnte.

Die Malerin wartete einen Moment auf eine Reaktion ihrer Freundin, doch als diese nichts sagte, las sie laut vor: »Klavierkonzert im Theatersaal von Kapps Hotel – Schumann, Schubert, Chopin, dargeboten von der bekannten Pianistin Dorothee von Hirschberg aus Berlin … Also wirklich, Constanze, das dürfen wir uns auf keinen Fall entgehen lassen, ist doch endlich mal etwas anderes als Dinnerpartys, Pferderennen und Maskenbälle.«

Constanze nickte noch immer lächelnd. Tatsächlich hatte sie sich längst gefragt, wie eine weltgewandte Frau, selbst Künstlerin, auf Dauer mit dem entbehrungsreichen Alltag in Südwest zurechtkam. Sicher, Ruth und Arthur hatten sich in Lüderitzbucht ein bequemes Leben nach ihren eigenen Vorstellungen eingerichtet, sie bewohnten ein imposantes Haus und konnten dort – fernab aller gesellschaftlichen Zwänge der Heimat – tun und lassen, was und wie es ihnen beliebte. Dennoch hatte sich Constanze schon eine Weile gewundert, warum es nur sie in Gedanken nach Berlin ziehen sollte, zu den Theatern, Konzerthäusern und Ballsälen.

»Na ja«, meinte sie leichthin, »vielleicht haben wir Glück und die berühmte Pianistin stattet uns einen Besuch ab. Ich meine, dem Kaffeehaus.«

»Das wird sie sicher. Was sollte sie in ihrer Freizeit in Lüderitzbucht denn sonst tun, nachdem sie nicht einmal mehr Diamanten aus dem Sand suchen darf?«

Die beiden Frauen sahen sich an und brachen gleichzeitig in schallendes Gelächter aus.

»Ich könnte mir allerdings vorstellen«, kicherte Ruth und wischte sich die Tränen aus den Augen, »dass ich irgendwen bitten werde, mich mit Dorothee von Hirschberg bekannt zu machen. Ich werde sie einladen und malen.«

Während Constanze kurz darüber grübelte, ob sich die ihr

unbekannte Pianistin wohl auf einem modernen Porträt in leuchtenden Goldtönen, Rot und Schwarz und mit kantigem, versetzt dargestelltem Gesicht verewigt wissen wollte, zwinkerte Ruth vergnügt und wandte sich noch einmal der *Südwestafrikanischen Rundschau* zu. Sie zog sich das Blatt wieder heran und schlug die Seite um, überflog die Aufmacher und Nachrichten.

Nach einer Weile bemerkte sie: »Ach, sieh mal an, die Passagierliste des nächsten Dampfers, der aus Hamburg erwartet wird, ist hier abgedruckt. Darüber werden sich eine Menge Leute freuen, die jetzt nicht mehr auf die telegrafischen Informationen der Ankömmlinge warten müssen. Ob wohl jemand an Bord der *Windhuk* ist, den wir kennen?«

»Es kommt niemals ein Reisender an, den ich kenne«, entfuhr es Constanze.

Sie erschrak über ihre eigene Bitterkeit, warf einen raschen Blick zu ihrer Freundin. Doch Ruth schien so in den Artikel vertieft, dass sie die heftige Reaktion gar nicht bemerkte hatte. Die Stirn in Falten gelegt las Ruth konzentriert in der Zeitung.

»Das ist das Schiff, mit dem Dorothee von Hirschberg anreist«, murmelte Ruth mehr zu sich selbst, als für ihre Zuhörerin bestimmt.

Constanze atmete erleichtert auf. Sie verlor immer häufiger die Nerven, und es war ihr nicht recht, wenn dies allzu offenkundig war. Vor allem wollte sie das Beisammensein mit Ruth, das bisher so fröhlich verlaufen war, nicht mit Traurigkeit erfüllen.

Es kam nicht allzu oft vor, dass ihre beste Freundin morgens vorbeischaute. Das passierte eigentlich nur, wenn Markttag war oder Arthur eine wichtige Besorgung in der Gemeindeverwaltung oder bei der Afrikabank zu erledigen hatte und Ruth sich die Zeit vertreiben wollte. Dann saßen die beiden Frauen zusammen, tauschten Neuigkeiten aus oder lasen Zeitung, so wie jetzt – einträchtig, wie sie dies zu einer anderen Zeit in einer anderen Stadt vielleicht niemals getan hätten. Und Constanze wollte diese Stunden nicht missen, in denen es im Café so ruhig war wie in ihrem Wohnzimmer am Strand.

»Ich koche uns einen frischen Kaffee«, schlug sie vor. Sie war im Begriff aufzustehen, als Ruths Hand plötzlich vorschnellte.

Ruths Finger umschlossen Constanzes Arm mit eisernem Griff. »Warte!«

»Was ist los? Du tust mir weh!«

Ihr Atem ging schwer, als die Freundin antwortete: »Schau dir die Passagierliste an! Anschließend wirst du etwas Stärkeres brauchen als einen Kaffee.«

Das altersschwache Laufrad im Motor des Deckenventilators schnarrte bei jeder Drehung ein wenig. Aus der Küche drang das Klappern von Töpfen und Schüsseln in die Gaststube. Kaaya erledigte den morgendlichen Abwasch, der notwendig war, nachdem Constanze das erste Kuchenblech in den Ofen geschoben hatte. Durch die gegen die Hitze und die ständigen Sandstürme geschlossenen Fenster wirkte der Lärm auf der Straße wie dumpfe Geräusche. Im Grunde war es still im Café Emma. Ruths hektisches Ein- und Ausatmen wirkte dabei so laut wie das Schnaufen eines Schiffsschornsteins.

Ein paar Herzschläge später ließ Constanzes Schrei die Wände erzittern. Es war kein gellender Ausdruck ihrer Freude darüber, dass der Name ihrer Tochter auf der Passagierliste stand. Entsetzen bemächtigte sich ihrer, Verzweiflung über die Anwesenheit einer anderen Person auf demselben Schiff.

Sie schrie und dachte an die üblen Gespenster, die im Gott der Eingeborenen wohnten, an die Widersprüche, die sie im Lauf der Jahre nicht nur in Kaayas Glauben erkannt hatte.

Emma Thieme und Manfred von Paschen waren als Gäste der

ersten Klasse auf der *Windhuk* erfasst. Gut und böse. Sonne und Schatten. Leben und Tod.

Dann wurde Constanze schwarz vor Augen, und sie brach zusammen.

20

Wie eine smaragdgrüne Wand erhoben sich die riesigen Vulkankegel aus dem Golf von Guinea. Einem gewaltigen Tor gleich lagen auf der Steuerbordseite die Insel Poo und backbords der fast senkrecht in den wolkenverhangenen Himmel ragende Große Kamerunberg auf dem Festland. Im wechselnden Licht der Sonne, die mal vom Dunst verdeckt wurde, dann wieder gleißend auf die Landschaft brannte, wirkte das haffartige Becken der Ambasbucht wie ein riesiger Opal, schimmerte an einigen Stellen tiefblau, dann türkis und näher zur Küste, wo sich die Mangrovenwälder im ruhigen Wasser spiegelten, wie Jade. Schroffe Felsen ragten hier und da wie verlorene Steine aus dem Meer, auf einer winzigen, bewaldeten Insel herrschte offenbar Leben. Fischerboote, klapprigen Kähnen ähnlicher als Trawlern, lagen am Strand, Netze trockneten auf dem schwarzen Sand.

Als die *Windhuk* sich dem Hafen näherte, entdeckte Emma eine scheinbar planlos in die Lichtung des Urwalds geworfene Ansammlung weiß gekalkter, hübscher Häuser mit roten Ziegeldächern, Faktoreien, eine imposante Villa auf einem Hügel und einen Kirchturm, der neben vier oder fünf riesigen Palmen in den Himmel ragte. Vor dem Gebirgsmassiv sahen die Gebäude aus wie das Spielzeug eines kleinen Kindes.

Ein Ort wie aus Bauklötzen errichtet, kam es Emma in den Sinn, als sie vom Promenadendeck aus das Anlegemanöver beobachtete. Kaum zu glauben, dass dieser Hafen einer der wichtigsten Handelsplätze in Westafrika war.

Dennoch berührte sie der Anblick von Victoria auf ungewöhnlich heftige Weise. Es war nicht nur, dass sie endlich wieder einem Hafen entgegenfuhr. Eine solche üppige Vegetation hatte sie noch nie gesehen. Und diese Farben! So viele Grüntöne, die durch die verschiedenen Pflanzen, aber auch den wechselnden Lichteinfall ermöglicht wurden und ein geheimnisvolles Spiel der Schatten darstellten. Ihr schien es, als vereinte dieser Küstenabschnitt alles Schöne, das die Erde zu bieten hatte, auf einem einzigen Fleck.

Afrika, dachte Emma bezaubert, es nimmt einen auf Anhieb gefangen.

Ein hölzerner Landungssteg streckte seinen Arm in die stille Bucht. Emma war dankbar für diese Bequemlichkeit, denn sie war sich nicht sicher, ob sie bei einem Ausschiffen auf Reede nicht doch lieber an Bord geblieben wäre. Der Schweiß brach ihr aus allen Poren, aber die Feuchtigkeit, die ihren Rücken hinabperlte und sich unter ihren Achseln sammelte, hatte nichts mit ihrer Angst vor dem Ertrinken zu tun. Das Klima erinnerte an den Dampf eines heißen Kessels.

Neben ihr wischte sich Manfred von Paschen mit einem Taschentuch über das Gesicht. »Fräulein von Hirschberg tut gut daran, in ihrer Kabine zu verweilen«, bemerkte er in einem Anflug von Leiden.

»Sie verpasst aber eine wunderschöne Landschaft«, murmelte Emma, die gerade verwundert entdeckte, dass die knorrigen Wurzeln und Stämme der Mangrovenbäume am Ufer seltsam verdreht aus dem Wasser ragten.

»Ja. Ja, Sie haben Recht. Deshalb bin ich froh, dass Sie sich entschieden haben, den Ausflug nach Victoria einem Aufenthalt unter dem Ventilator vorzuziehen.«

Emma hörte kaum zu, denn jetzt waren sie der Küste so nah, dass sie Verkaufsstände am Strand ausmachen konnte und sich die bunten Punkte auf dem Basalt in Menschen verwandelten. Kleine Boote dümpelten im seichten Wasser, kaffeebraune Männer, in einen locker um die Hüften geschlungenen Lendenschurz gekleidet, trugen willkürlich zusammengezimmerte Kisten an Land, deren Inhalt in allen Silbertönen schimmernde, wild mit den Flossen schlagende Fische waren. Andere Handelsgüter wurden in atemberaubend großen Bündeln auf den Köpfen von dunkelhäutigen Frauen balanciert, die ihre Blöße mit einer längeren Variante der Tücher bedeckten. Dazwischen schoben sich Afrikaner in europäischer Kleidung durch das Gedränge, manche hatten Arbeiterhosen an, andere trugen überraschenderweise Gehrock und Zylinder und standen den weißen Herren zumindest optisch in nichts nach. Selbst auf die Entfernung hin wehte ein chaotischer Lärm durch das Puffen des Schornsteins und das Rattern der Maschinen auf das Schiffsdeck, begleitet von einem rhythmischen Trommeln.

»Offensichtlich treffen wir pünktlich zum Wochenmarkt ein«, stellte Ernst Keller an Emmas anderer Seite fest.

»An Motiven wird es Ihnen hier gewiss nicht mangeln«, fügte von Paschen hinzu. »Sicher fehlt es auch nicht an Bananen.«

Keller öffnete den Mund zu einer Antwort, doch Emma kam ihm rasch zuvor, indem sie mit aufgesetzter Fröhlichkeit verkündete: »Wenn wir an Land gehen, möchte ich zuerst eine Photographie von Ihnen beiden machen, meine Herren. Zur Erinnerung an meine Begleiter auf meinem ersten Ausflug in Afrika.«

Von Paschen verneigte sich leicht. »Ich stehe jederzeit zur Verfügung.«

»Ach, nein«, wehrte Keller brüsk ab. »Lassen Sie mich da lieber außen vor …« Als er Emmas erstaunten Blick auffing, schloss er in versöhnlicherem Ton: »Es wäre mir lieber, wenn Sie kein Bild bräuchten, um sich an diesen Augenblick zu erinnern.«

»Wie Sie wünschen …«

»Ich werde Ihre Ausrüstung tragen, wohin Sie auch verlangen. Ihr Stativ und Ihre Kamera und was Sie sonst noch zum Photographieren brauchen.«

Unwillkürlich lachte Emma auf. »Sehr viel mehr benötige ich nicht. Und es genügt, wenn Sie mir das Stativ abnehmen. Den Photoapparat und die Bildplatten habe ich in dieser Tasche.« Sie klopfte auf den kleinen Koffer, den sie an einem langen Gurt um die Schulter gehängt hatte.

Von Paschen wischte sich noch einmal mit seinem Taschentuch über das Gesicht. »Hoffentlich kommen Ihre Gerätschaften bei diesem Klima nicht zu Schaden.« Er klang ein wenig, als hätten die Temperaturen seine Person längst in Mitleidenschaft gezogen.

»Ich habe eigens eine Tropenkamera gekauft«, erklärte Emma stolz.

»Oh, wie vernünftig!« Plötzlich schien von Paschen das Jammern zu vergessen, denn er fuhr überraschend lebhaft fort: »Ich wusste nicht, dass es solche technischen Mätzchen überhaupt gibt. Was unterscheidet bitte eine Tropenkamera von einem Photoapparat, wie ich ihn aus den verschiedenen Ateliers in Berlin kenne?«

»Das Gehäuse wird aus anderem Holz gefertigt«, erwiderte Emma, erfreut über sein Interesse. »Man benutzt dafür meistens Mahagoni, also ein Material aus den Tropen. Es quillt bei Feuchtigkeit nicht so schnell auf, wie es etwa beim herkömmlichen Nussbaumholz der Fall wäre.«

Er erwiderte ihr Lächeln und tauchte dabei mit seinen Blicken in ihre Augen ein, als wären sie beide ganz allein auf der

Welt. »Sie wissen viel über Ihr Fach, Fräulein Emma. Ich bin wirklich beeindruckt.«

»Ich habe das Photographieren von meinem Vater gelernt. Eine lebenslange Ausbildung sozusagen.«

»Es klingt sehr schön, wie Sie darüber sprechen. So voller Begeisterung. Wenn Sie mir diese Lektion erteilen würden und es Ihnen nicht zu albern erscheint, einen ziemlichen naiven Mann in Ihre Kunst einzuführen, wäre es mir eine große Freude zu sehen, wie die Technik funktioniert.«

Warum schaute sie nicht endlich weg? Es bestand kein Grund, ihm mit dieser Intensität in die Augen zu sehen. Sie spürte in ihrem Rücken die Unruhe, die Ernst Keller erfasste. Doch sie fühlte sich außerstande, sich ihrem zweiten Begleiter zuzuwenden. Sie war wie gebannt von Manfred von Paschens Aufmerksamkeit.

»Vielleicht sollten wir gleich am Strand eine erste Platte belichten«, sagte sie. »Der Markt wird sich als Kulisse sehr gut eignen.«

»Ich werde Ihnen für Ihre Photographie Bananenstauden besorgen«, brachte sich Ernst Keller in Erinnerung.

Emma schmunzelte. Sie sah Manfred von Paschen an, der ob Kellers Bemerkung ebenfalls breit grinste. Und dann lachten sie gemeinsam ein sehr vertrautes, fröhliches Lachen, in das schließlich auch Keller einfiel. Dabei kam es Emma vor, als wäre der junge Mann ein Außenstehender und könnte den zarten Kokon nicht einreißen, den der Ältere eben um sie beide gewoben hatte.

An Land war es noch schwüler als auf dem Wasser. Es roch nach Fisch, ranzigem Fett, Algen, Brackwasser, verdorrten Blumen und faulendem Obst, nach dem Rauch des Schiffsschornsteins und dem Ruß kleiner Grillroste, die am Strand für eine

Mahlzeit sorgten. Und doch nahm Emma vor allem den süßen Duft von Frangipani wahr, Orangenblumen, Oleander, Magnolien und Rosen. Mit den staunenden Augen eines kleinen Kindes, das zum ersten Mal in seinem Leben einen reich geschmückten, im Kerzenlicht erstrahlenden Weihnachtsbaum wahrnimmt, erfasste sie das Markttreiben in Victoria mit all ihren Sinnen.

Sogar ihr Tastsinn war gefordert, denn die Wege waren voller Menschen, die sich mit kaum vorhandener Zurückhaltung Platz zu schaffen versuchten. Was von Deck aus nur unübersichtlich gewirkt hatte, erwies sich nun als eine Art Chaos, in dem sich die Einheimischen offensichtlich problemlos zurechtfanden. Rücksichtsloses Schubsen gehörte hierzulande anscheinend ebenso zum Alltag wie ohrenbetäubendes Schwatzen, Feilschen, Schimpfen und Lachen.

Ihr ging kurz durch den Kopf, dass Dorothee gut daran tat, in der luxuriösen Umgebung ihrer Erste-Klasse-Kabine zu verbleiben. Das hier war gewiss nichts für eine vornehme Dame mit labiler Gesundheit. Dorothee wäre wahrscheinlich schockiert. Emma indes faszinierten die Andersartigkeit und das Abenteuer, auf das sie sich einließ.

Die Szenerie erschien Emma lauter und greller als jedes andere Bild, das sie jemals leibhaftig gesehen hatte. Für diesen Eindruck waren nicht nur die Männer in ihren bunten Tüchern und die Frauen mit ihren voluminösen Kopfbedeckungen verantwortlich. Emma kam es vor, als hätte Gott bei der Erschaffung der Welt mehrere Farbtöpfe über dieser Landschaft ausgegossen, die anderswo irgendwie fehlten. Die von Palmen, Mangroven, mannshohem Gras und Gummibäumen gesäumten Berge erhoben sich scharf konturiert hinter dem Küstenstreifen; dagegen ähnelte Emmas Erinnerung an ihr Zuhause einem blassen Pinselstrich.

Keller hüstelte angewidert. »Ich hörte, dass eine neue Wasserleitung die Stadt mit sauberem Gebirgswasser versorgt. Eine ordentliche Kanalisation wäre wohl angebrachter.«

»Bieten Sie der Dame Ihr Taschentuch an, wenn Sie es für richtig halten, aber jammern Sie nicht herum«, zischte von Paschen.

Er umfasste Emmas Arm mit festem Griff. Eine gut gemeinte Geste, die ihr wohl Schutz und Sicherheit bieten sollte, die sie allerdings als bevormundend empfand. Konnte sie nicht gehen, wohin sie wollte? Kopfschüttelnd machte sie sich los und kämpfte sich durch die Menge zu dem nächstbesten Händler vor. Zufällig fand sie sich vor einem Warenangebot mit für ihren Geschmack ungewöhnlichem Kunsthandwerk wieder.

Der Verkäufer war ein alter Mann, seine überraschend glatte Haut etwas dunkler als milchkaffeebraun, nicht schwarz, seine Augen waren funkelnd und wach, Bart und Haare grau, fast weiß. Er trug einfache Hosen und ein Hemd, das wie ein Sack an seinem mageren Körper hing. Er saß hinter seinen Gütern. Sie lagen ausgebreitet auf einer Matte, die in Form und Farbe den Tüchern glich, mit denen sich die meisten seiner Landsleute gewandeten.

Emma lächelte ihn entschuldigend an. »Es tut mir leid, ich kaufe nichts«, begann sie, ohne sich darüber im Klaren zu sein, dass der Händler sie womöglich gar nicht verstand. »Ich möchte mir die Sachen hier nur ansehen.«

Sie deutete auf die Schnitzereien, die der Mann feilbot: große, maskenartige Holzfiguren, einige mehr als einen Meter hoch, andere nur unwesentlich kleiner. Sie stellten überdimensionale strenge Gesichter dar, Köpfe, aus denen Arme und Beine wuchsen, aber auch Federbüsche waren exakt herausgeschnitzt. Manche dieser Kunstwerke waren bunt bemalt, die meisten jedoch naturbelassen.

Vorsichtig ließ Emma einen Finger über die fast samtweich geschliffene Oberfläche eines Objekts gleiten, das den Kopf eines Elefanten darstellte, einschließlich Stoßzähnen und Rüssel. Seltsamerweise war die Figur so schmal wie ein Rohr und nicht breit, wie man es bei diesem Motiv erwartet hätte.

»Das dürfte etwas zu groß sein, um es auf das Schiff und dann nach Lüderitzbucht zu transportieren«, meinte Manfred von Paschen, der mit reichlich Verspätung neben ihr auftauchte.

»Ich bewundere das Handwerk. Als Andenken eignet sich dieser Elefant gewiss so wenig wie die Figuren mit den furchteinflößenden Gesichtern.«

»Sie dienen dazu, böse Geister abzuhalten. Dafür wäre ein freundliches Aussehen ungeeignet.«

Emma sah ihn mit einer Mischung aus Überraschung, Unglauben und Bewunderung an. »Woher wissen Sie das?«

»Ein Besuch im Museum für Völkerkunde zu Berlin«, erwiderte er. »Wissen Sie, Fräulein Emma, es ist recht hilfreich, wenn man sich vor einer Reise in die Kolonien ein wenig bildet … Mich wundert übrigens, dass unser Reiseschriftsteller nicht tropenerprobter ist. Er kommt mir vor, als hätte er nicht die geringste Ahnung von dem, was ihn in Afrika erwartet.«

Diese erneute Stichelei gegen Ernst Keller blieb von Emma unkommentiert. Im ersten Moment dachte sie, dass Manfred von Paschen sich impertinent und schikanös benahm, dann musste sie jedoch im Stillen zugeben, dass er Recht hatte.

Unwillkürlich warf sie einen Blick über die Schulter auf der Suche nach ihrem zweiten Begleiter. Keller trug ihr Stativ, seit sie von Bord gegangen waren, und sie war sich nicht sicher, welchen Verlust sie mehr bedauern würde.

Tatsächlich schien die Menge sowohl den jungen Mann als auch ihr unverzichtbares Arbeitsgerät verschluckt zu haben. Ob er sich auf der Suche nach Bananen befand? Sie würden sich nur schwer wiederfinden in diesem chaotischen Treiben. Verärgert stellte Emma für sich fest, dass sie sowohl auf die Früchte wie auch auf den Überbringer derselben sehr viel besser verzichten konnte als auf das Gestell ihrer Kamera. Sie stieß einen tiefen Seufzer aus.

Ihre heftige Reaktion berührte den Afrikaner offenbar. Vielleicht glaubte er, dass sich ihr Stöhnen auf sein Warenangebot bezog, möglicherweise wollte er ihr auch Trost spenden. Er erhob sich von seinem Stuhl, der sich als weiteres Beispiel der örtlichen Schnitzkunst erwies. Leoparden, Krokodile, Schlangen und Vögel zierten die Holzlehnen, perfekt zusammengefügt zu Ornamenten. Emma starrte verzückt auf das Sitzmöbel, während sich der Besitzer über einen großen, aus Palmblättern geflochtenen Korb bückte und Gegenstände einsammelte, die er schließlich neben den Masken auf seiner Verkaufsmatte ausbreitete. Dann richtete er sich auf und deutete mit einer Geste an, sie möge sich die Dinge näher betrachten.

»Das nenne ich Geschäftstüchtigkeit«, lobte von Paschen. »Diese Erinnerungsstücke sind wesentlich leichter zu verstauen. Gefällt Ihnen etwas davon, Fräulein Emma?«

Zu ihren Füßen lagen handtellergroße Signalhörner, aus Elfenbein geschnitzt, kleine Eisenwaren wie kunstvoll geschmiedete Messergriffe, Speerspitzen und Nägel. Daneben befanden sich Handarbeiten aus Leder, Messerscheiden, Säckchen für Münzen, Perlen oder andere Werte, und winzige Taschen. Letztere waren besonders aufwendig verarbeitet und mit Goldprägungen versehen.

»Am liebsten würde ich das alles nur photographieren, aber anscheinend ist Herr Keller mit meinem Stativ abhandengekommen.«

»Dieser Trottel«, zischte von Paschen und fügte lauter hinzu: »Ich werde ihn suchen gehen, aber rühren Sie sich nicht von der Stelle, damit wir uns in diesem Getümmel nicht auch noch verlieren.«

Bevor sie ernsthaft daran dachte, ihn aufzuhalten, hatte sie schon die Hand gehoben und ihre Finger in den Ärmel seines Jacketts gekrallt. »Nein, bitte. Bleiben Sie!«

Sie wusste selbst nicht, warum sie ihn dazu aufforderte. Fürchtete sie sich wirklich allein? Oder war ihr seine Nähe so angenehm, dass sie sie nicht missen wollte? Es ist das Klima, dachte sie. Die schwüle Hitze steigt mir zu Kopf.

»Dann mache ich eben keine Photographie.«

Von Paschen lächelte sie an und nahm ihre Hand zärtlich in die seine. »Also bleibt nur ein Souvenir. Suchen Sie sich etwas aus. Ich möchte es Ihnen schenken.«

»Das kann ich nicht annehmen«, erwiderte sie wohlerzogen, obwohl ihre Augen diese Worte Lügen straften und bereits begierig über die kleinen Täschchen wanderten, die ihre Neugier und Fantasie am meisten anregten. Alle anderen Waren erschienen ihr doch etwas zu martialisch.

»Unsinn. Sie würden mich glücklich machen, wenn Sie eines dieser bescheidenen Andenken an unseren ersten Landgang in Afrika von mir annehmen würden.«

Noch immer seine Hand haltend ging Emma in die Hocke, um sich die Auslagen näher zu betrachten. Ihr rascher Herzschlag verband sich mit dem Trommeln, das über den Strand wehte, und sie fragte sich, ob die Berührung schuld daran war oder die Tatsache, dass sie sich ein Geschenk aussuchen durfte. Von einem Mann, der sie verwirrte und anzog und viel zu alt für sie war und überhaupt doch Dorothee von Hirschberg verehrte und … Sie zog ihre Hand zurück.

»Gris-gris«, erklärte der Händler. »Gut gegen böse Geister.«

»Oh, davon habe ich gehört«, behauptete Manfred von Paschen und kniete sich neben Emma. »Das ist ein Talisman, der mit allerlei geheimnisvollen Düften und magischen Wassern getränkt ist. Er dient gewiss auch dazu, eine schöne junge Frau auf einer weiten Reise zu beschützen.«

»*Gris-gris* klingt nett und gar nicht nach bösen Geistern«, befand Emma und fingerte zwischen den kleinen Täschchen herum auf der Suche nach der Handarbeit, die ihr am besten gefiel. Als sie nach einem Beutel greifen wollte, schüttelte der Händler energisch den Kopf und deutete auf einen anderen. »Wahrscheinlich doch böse Geister«, resümierte Emma lachend.

»Nehmen Sie das Angebot des Mannes an. Vermutlich ist er selbst Schamane und weiß, was seinen Kunden gut bekommt.«

Emma nickte und richtete sich wieder auf. Dabei fiel ihr Blick zufällig hinter Manfred von Paschen.

In seinem Rücken stand Ernst Keller, seine Miene war konzentriert, seine Stirn unter den blonden Locken von Falten zerfurcht. Er sah sie nicht an, sondern starrte anscheinend konzentriert auf den von Tausenden von Füßen zerstampften Basalt. Unwillkürlich wanderten ihre Augen an ihm hinab, und sie atmete erleichtert auf, als sie bemerkte, dass er ihr Stativ im Arm hielt wie einen Säugling. Mit der freien Hand nestelte er an seinem Hemd, was seine Gedankenverlorenheit erklären mochte. Vielleicht verlor er gerade einen Knopf.

Während von Paschen ihren Einkauf bezahlte, beobachtete sie weiter den jüngeren Mann, bis dieser schließlich die Lider hob und ihren Augen begegnete.

Keller zuckte zusammen, dann lächelte er und verkündete: »Ich habe einen Stand gefunden, wo Limonenwasser in ausgehöhlten Kürbishälften angeboten wird.«

»Das ist zumindest eine bessere Idee als der Verzehr mehliger Bananen«, entschied von Paschen und nahm wieder besitzergreifend ihren Arm. »Kommen Sie, Fräulein Emma, wir folgen Herrn Keller durch das Getümmel – sonst geht er uns verloren, und wir verdursten, wogegen möglicherweise nicht einmal Ihr neues Gris-gris helfen kann.«

Ihre Finger schlossen sich um das weiche Leder. Der Händler hatte ein Band durch zwei Löcher in dem Täschchen gezogen, doch sie hatte den Kopf geschüttelt, als er es ihr um den Hals hängen wollte.

»Der Zauber erfüllt Euch einen Wunsch, Missi«, erklärte der alte Mann in stockendem Deutsch. »Er beschützt Euch, aber er erfüllt Euch auch einen großen Wunsch. Ihr müsst den Beutel tragen, sonst verliert er seine Wirkung.«

»Später«, versprach Emma. Dabei dachte sie, dass ihr größter Wunsch im Begriff war, sich zu erfüllen – sie würde ihre Mutter wiedersehen! Und dann sah sie zu Manfred von Paschen auf, und ihr ging durch den Sinn, dass es vielleicht noch andere Träume gab, die sich zu verwirklichen lohnten.

21

Die Afrikaner beteten gen Osten, der aufgehenden Sonne zugewandt. Sie glaubten, dass ihr Schöpfer im morgenroten Himmel mit den Seelen ihrer Ahnen wohnte.

Constanze kehrte der Sonne den Rücken.

Das lag nicht an mangelnder Achtung, sondern daran, dass sie den klaren Blick über das Meer so liebte – und das befand sich nun einmal im Westen, selten genug nicht von Nebel bedeckt.

Ihr kam nicht in den Sinn, dass die Fürbitte in die falsche Richtung möglicherweise ihr Ziel verfehlte. Schließlich war es einer dieser Morgen, an dem der Himmel in einem lichten Blaugrau wie eine große Glaskugel über dem Atlantik hing. Das Wasser schimmerte so intensiv wie das Petroleum in einer Öllampe, der Strand war wie eine glatte goldene Fläche, und im Geröll funkelte es geheimnisvoll im frühen Licht. Der Seegang war ruhig, und die Wellen brachen sich mit einem leisen Murmeln an den Felsen und nicht mit donnerndem Rauschen, als wollte Neptun die mystische Stimmung dieses Sonnenaufgangs nicht zerstören.

Wie die Eingeborenen war Constanze in der Dämmerung aufgestanden, um *Tsui-//goab* gnädig zu stimmen. Ihr christlicher Heiland hatte ihr Flehen nicht nur nicht erhört, sondern ins Gegenteil verkehrt. Deshalb wandte sie sich in ihrer Not an den gütigen Schöpfergott der Hottentotten. In ihr Vertrauen mischten sich jedoch Zweifel.

Vielleicht, sinnierte sie, ist der andere, rächende Gott aber in jeder Religion stärker. Die Schwarzen fürchteten ihn, weil er Tod, Dürre und Krankheiten brachte. Dieser *Gâuab* lebte im dunklen Nachthimmel mit den Geistern jener Verstorbenen, die nicht zur Ruhe kamen. Deshalb waren fast alle Gräber nach Osten ausgerichtet. Was nützte diese Rücksichtnahme aber, wenn schon die Lebenden zurückkamen und alles zerstörten?

Sie wusste zwar, dass die Afrikaner glaubten, zwischen den Göttern bestehe ein Gleichgewicht, das nur die Menschen vernichten konnten. Tatsächlich hatte sie selbst auf gewisse Weise die Harmonie ihres Lebens zerstört. Aber der Lauf der Dinge war eben auch vorbestimmt gewesen. Genauso, wie es sich ihrer Verantwortung entzog, dass ihre Tochter und Manfred von Paschen mit demselben Schiff nach Lüderitzbucht reisten. Sie hatte Emma eingeladen, nicht aber den Liebhaber von einst. Von dem hatte sie seit dem Skandal nichts mehr gehört, wusste nicht einmal, dass er überhaupt noch lebte.

Constanze spürte die ersten Sonnenstrahlen auf ihrem verspannten Rücken. Der Atlantikwind strich über die Küste, kräuselte leicht die Wellen und blies ihr in das nach traditionellem

Muster mit roter Farbe bemalte Gesicht. Es war das einzige Ritual, dem sie sich öffnen wollte.

Nichts lag ihr so fern, wie Tieropfer darzubringen oder ein Feuer zu entzünden, um sich durch den Rauch mit Gott zu verständigen.

Ihrer Ansicht nach würde eine andere Liebesgabe sehr viel nutzbringender sein als der Götzendienst. Deshalb bückte sie sich und begann, mit bloßen Händen in der von der Trockenzeit ausgezehrten, nur aus Sand und Steinen bestehenden, lockeren Erde zu graben.

Die scharfen Kanten der Kiesel schnitten in ihre Finger, der trockene Sand schürfte die Haut an ihren Händen ab. Trotz der Verletzungen hörte sie nicht auf, im Geröll zu wühlen. Sie war wie von Sinnen, verlor ihr Zeitgefühl. Es war wie ein Rausch – und gleichsam ein seltsames heidnisches Blutopfer.

Hundegebell störte sie aus ihrer Trance auf. Als sich ein Schatten über sie legte, sah sie verwirrt hoch.

Zuerst wurde sie der glänzenden Reitstiefel gewahr, dann des braunen Leinenrocks, der glockig über die Waden der anderen Frau fiel. Ein Mieder schob die vollen Brüste in den Ausschnitt der weißen Bluse, die nur auf den ersten Blick so unschuldig wie ihre Farbe wirkte. Da die Person gegen die Sonne stand, waren ihre Züge nicht auszumachen, doch ihr mit Henna gefärbtes volles Haar leuchtete vor der Morgensonne wie ein Heiligenschein. Im Arm hielt sie ein kläffendes weißes Fellbündel.

Die Wirtin des Freudenhauses von Lüderitzbucht. Constanze kannte sie flüchtig, war aber wegen ihres Rufs darauf bedacht, in der Öffentlichkeit Abstand zu wahren. Der Strand am Morgen war ein sicherer Ort für ein heimliches Treffen. Unwillkürlich lächelte sie.

»Die Farbe in Ihrem Gesicht ist nicht besonders kleidsam, meine Liebe, jedenfalls nicht für eine Weiße«, befand die etwa gleichaltrige Frau statt einer Begrüßung. Sie nannte sich seit ihrer Ankunft in Südwestafrika *Lilly,* und Constanze hatte nicht die geringste Ahnung, wie sie in ihrem Leben davor geheißen haben mochte, aber letztlich interessierte sie das auch nicht, denn enge Freundinnen würden sie nie werden.

»Ich hoffe, das Rot erfüllt seinen Zweck«, gab Constanze lakonisch zurück, während sie sich aufrichtete.

»Falls Sie meinen, dass diese Bemalung Ihrem Teint nützt, kann ich Ihnen nur abraten. Nicht fettig genug …«, sie unterbrach sich, tätschelte den Kopf des kleinen Terriers, der daraufhin verstummte. Dann fuhr sie fort: »Probieren Sie mal einen neuen Stift. Großartige Erfindung. Ein Freund aus der Heimat brachte ihn mir mit. Schon etwas von *Labello* gehört?«

Constanze zuckte mit den Achseln. »Mir genügt Nivea-Seife und ein wenig Glycerincreme.« Sie versuchte, Lilly in die Augen zu sehen, was ihr nicht gelang, weil die Sonne inzwischen hoch am Himmel stand. Sie kniff die Lider zusammen. »Wenn man so lange wie ich in Südwest lebt, lernt man, mit dem auszukommen, was es vor Ort gibt.«

»Wir sollten mal ausprobieren, ob Klippies an einem Labello haften«, Lillys Ton war verschworerisch wie der eines jungen Mädchens, das ein Geheimnis mit seiner besten Freundin teilte. Sie kicherte albern wie ein Backfisch.

Aus den Augenwinkeln bemerkte Constanze den Schatten eines Vogels, der mit hektischen Flügelschlägen aus der Felswand aufstieg. Einen Herzschlag später knirschte der Kies unter schweren Füßen. Sie schloss automatisch ihre Faust fester um die Steinchen, die sie aufgesammelt hatte.

Lothar Schulz näherte sich mit großen Schritten, und der Hund begann wieder zu bellen.

Constanze fühlte sich ertappt. Bei ihrem heidnischen Gebet ebenso wie bei dem Zusammentreffen mit der Hure. Seit Schulz an diesem Strandabschnitt zeltete, brachte er Unruhe über sie und ihre stille Welt. Es schien, als dränge er mit aller Macht in ihr Leben ein, nähme Einfluss auf ihre Wünsche und Hoffnungen. Sie wollte nicht, dass er sie so sah. Er war ein Fremder, der nichts von ihren heimlichen Gebeten in der Morgendämmerung zu wissen brauchte. Und sie wollte auch nicht, dass er allzu viel in ihre Bekanntschaft mit Lilly hineininterpretierte.

Bei seinem Anblick verspannte sich ihr Rücken. Ein undefinierbarer Schmerz kroch ihre Wirbelsäule hoch.

»Das nenn ich mal einen schönen Anblick!«, rief Lothar Schulz den beiden Frauen gut gelaunt entgegen. »Guten Morgen, die Damen.«

»Tja, Morgenstund hat Gold im Mund«, zwitscherte Lilly.

Constanze war sich sicher, dass Lothar Schulz dem grünen Haus regelmäßige Besuche abstattete. Die Art, wie Lilly plötzlich an ihrem Mieder zupfte und ihr Gewicht von einem Bein auf das andere verlagerte, machte deutlich, dass die »Mutter der Lüderitzbuchter Freudenmädchen« einen Kunden wiedersah.

Den beiden schien diese Begegnung weniger peinlich als ihr. Gutmütig strich die große Pranke des Mannes über den kleinen Hundekopf, und der Terrier gab wieder Ruhe. Constanze war dies jedoch ein wenig zu viel an Harmonie.

Ohne darüber nachzudenken, trat sie einen Schritt zurück und von Lilly und Lothar Schulz fort.

Lillys Hände schnellten vor und packten sie bei den Schultern, rissen sie heran, so dass Constanze taumelte und der anderen Frau plötzlich so gut wie in den Armen lag. Der Hund landete mit vorwurfsvollem Winseln zu Füßen seines Frauchens.

»Sind Sie des Teufels? Wollten Sie sich in die Tiefe stürzen?«, schrie Lilly, während sie Constanze in eine Position schob, in der diese ihr Gleichgewicht wiedererlangte, und sich mit ihr aus der gefährlichen Nähe des Abgrunds wegbewegte.

Constanze wurde schwarz vor Augen. Sie hatte zu lange in die Sonne gesehen, dunkle Sterne tanzten vor ihren Blicken und verschmolzen zu einer finsteren Masse. Aber das allein war es nicht. Sie brauchte sich gar nicht umzuschauen, sie kannte jeden Meter an diesem Küstenstrich.

Vielleicht hatte Lilly ihr gerade das Leben gerettet. Mit Sicherheit hätte sie sich schwer verletzt, wenn sie von den Klippen auf die Steine am Strand gefallen wäre. Ein Zittern lief durch Constanzes Körper, als sie sich bewusst machte, wie nah Gesundheit und Krankheit beieinanderlagen.

Ihr Mund fühlte sich trocken an, als sie zu sprechen anhob. »Danke«, wisperte sie heiser.

Lothar Schulz rieb sich über das stoppelige Kinn. »Meine Güte, da haben Sie mir aber einen Schrecken eingejagt, Frau Thieme. Sie sollten mehr auf sich achtgeben.«

»Ja … ja … das werde ich tun …« Sie starrte verlegen auf ihre schmutzigen, mit blutigen Schrammen überzogenen Hände. Eine davon war unverändert zur Faust geballt. Unvermittelt spürte sie einen Krampf in ihren Fingern, als kehrte erst jetzt die Lebendigkeit in alle ihre Glieder zurück.

»Gehen Sie nach Hause und waschen Sie sich endlich diese unattraktive Farbe aus dem Gesicht«, schlug Lilly tief durchatmend vor. »Dieser ganze afrikanische Hokuspokus macht mich ganz wirr.« Sie bückte sich, um das Hündchen wieder auf den Arm zu nehmen.

»Ich bringe Sie zum Haus«, erbot sich Schulz.

Constanze war sich sicher, dass er lieber in der Gesellschaft der offenherzigen Hure und ihres kleinen Terriers bleiben würde. Deshalb schüttelte sie stumm den Kopf, versuchte zum Abschied ein Lächeln, das ihr nicht besonders gut gelang.

Sie raffte ihren Rock mit der freien Hand. Die Geste einer jungen Constanze, die damals die viel längeren Röcke ihrer modischen Kleider ein wenig angehoben hatte, um einem Verehrer einen Blick auf ihre hübschen Fesseln zu schenken. Ein Insekt, das sich in ihrem Saum verfangen hatte, wurde durch die Bewegung erschreckt und fiel auf den Boden.

Eine Gottesanbeterin. Ein schmales, nicht sonderlich hübsches Tierchen, das die Einheimischen als Erscheinung Gottes betrachteten und das niemals getötet werden durfte.

Constanze starrte auf die Fangschrecke, und ein kalter Schauer lief trotz der zunehmenden Wärme dieses klaren, sonnigen Tages über ihren Rücken. In Kaayas Religion brachte eine Gottesanbeterin zuweilen Glück, meistens trat sie aber als Vorbotin drohenden Unheils auf.

Das Schicksal ist auf dem Weg, dachte Constanze.

22

»Herr von Paschen ist bestohlen worden!« Dorothee mühte sich, den durch die Aufregung hervorgerufenen Hustenreiz zu unterdrücken. Es gelang ihr kaum, den Anfall zu kontrollieren, und schließlich prustete sie so hilflos und heftig, als habe sie sich verschluckt.

Sie hatte sich mit Emma in den Salon geflüchtet, da an Deck gerade ein großes Hallo herrschte. Zur Belustigung der Passagiere wurde die alte Tradition der Äquatortaufe wiederbelebt, ein etwas grotesker Schabernack, den man an den neuen Mitgliedern der Mannschaft zelebrierte. Doch für Dorothees Geschmack war das alte Ritual primitiv und wenig unterhaltsam, sie befand, es sei höchstens etwas für männliche Zuschauer.

Tatsächlich hatten sich sowohl ihr Vater als auch Manfred von Paschen den Reisenden angeschlossen, die den rauen Seemannssitten etwas abgewinnen konnten. Die vornehmen Landratten der ersten Klasse fanden Vergnügen daran zuzuschauen, wie ein Matrose nach dem lauthals verkündeten Urteil eines als Meeresgott verkleideten Kameraden mit Fischöl, einer Salbe aus Küchenabfällen und anderen stinkenden Substanzen eingeseift wurde. Dazu gab es reichlich Alkoholisches zu trinken, was bei diesem Klima nicht allen gut bekam.

Umso zufriedener war Dorothee, den Salon fast für sich allein zu haben. Nur ein älteres Ehepaar saß an einem der runden Tische neben den Fenstern – er las Zeitung, und sie befasste sich mit einer Stickarbeit. Dorothee hatte weit entfernt von den Fremden neben der deckenhohen, üppigen Pflanzendekoration in der Mitte des Raumes Platz genommen. Sie war dankbar, dass Emma ihr Gesellschaft leistete. Allein hätte sie sich trotz allem ausgeschlossen gefühlt, denn das Geschrei, Gelächter und immer wieder aufbrandender Applaus an Deck waren immerhin noch zu ahnen. Die Geräusche drangen nur gedämpft herein, aber laut genug, um sich ohne Begleitung ein wenig einsam zu fühlen.

»Der Ärmste hat seine Brieftasche eingebüßt und ist nun vollkommen mittellos«, keuchte Dorothee, während sie mit ihrem Taschentuch den Bronchialschleim von ihren Lippen tupfte.

Emma schenkte Eiswasser aus der bereitstehenden Karaffe in Dorothees Glas und reichte es ihr. »Wie konnte das denn passieren?«

»Hast du es nicht bemerkt?«, gab Dorothee verwundert zurück, nachdem sie einen Schluck getrunken und sich beruhigt hatte. Im nächsten Moment korrigierte sie sich jedoch und fügte hinzu: »Nein, natürlich hast du nichts davon gewusst. Herr von Paschen möchte auch, dass niemand von seinem Malheur erfährt …«

»Warum erzählst du es mir dann?«

»Nun … ja …«, Dorothee zögerte, da sie einsah, dass Emmas Frage durchaus berechtigt war. Sie konnte kaum zugeben, dass ihr Bedürfnis, über die zarte Blüte ihrer Liebe zu sprechen, übermächtig wurde. Nichts lag ihr so sehr auf der Seele wie der Wunsch nach Mitteilsamkeit. Irgendwie wird der Zauber wahrhaftig, wenn man darüber redet, sinnierte sie nicht zum ersten Mal.

Das Problem war, dass sie selbst nicht mehr an das glaubte, was sie während des Landausflugs in Las Palmas und danach an Bord gefühlt hatte. Da sie wegen der klimatischen Bedingungen viel zu häufig an ihre Kabine gebunden war, kam es ihr vor, als habe ihre Krankheit das Band durchtrennt, das sich damals auf Gran Canaria um Manfred und sie geschlungen hatte. Bei nüchterner Betrachtung gab es natürlich keinen Anlass anzunehmen, alles sei nur ein Traum gewesen. Andererseits waren da so viele unerfüllte Sehnsüchte, Wünsche, Hoffnungen … Deshalb hatte sich Dorothee geschmeichelt gefühlt, als er sie ins Vertrauen zog und von seinem Malheur berichtete. Konnte es einen besseren Beweis für ihre enge Verbindung geben?

Sie schluckte, räusperte sich, dann sagte sie leise: »Du warst dabei, als er bestohlen wurde. Man hat ihn in Victoria ausgeraubt.«

Emmas Augen weiteten sich. »Ach? Wirklich?«

»Herr von Paschen berichtete, dass großes Gedränge in der Stadt herrschte. Der Markttag sei für die Einheimischen eine Attraktion, sagte er, Tausende waren auf den Beinen, um ihre Waren zu verkaufen und sich mit dem einzudecken, was sie nicht selbst herstellen.«

»Ich kann mich nicht erinnern, dass es eine brenzlige Situation gegeben hätte.«

Dorothee ärgerte sich über Emmas arglosen Einwand, der die Behauptung des Opfers irgendwie in Zweifel zog. »Leider konnte ich mich nur kurz an Deck aufhalten, als wir im Hafen von

Victoria lagen, aber ich habe am Strand das schlimmste Durcheinander beobachtet, das mir je untergekommen ist«, protestierte sie. »Bei einem solchen Andrang erscheint es mir mehr als leicht, einen Mann um seine Börse zu bringen!«

»Wenn du es sagst …«, murmelte Emma. Es war ihr anzusehen, dass vor ihrem geistigen Auge der Tag in Kamerun wie ein Film ablief. Ein Ausflug, um den Dorothee sie von Herzen beneidete.

Eine Weile lang schwiegen die beiden jungen Frauen, jede tief versunken in den eigenen Gedanken. Es war still im Salon, das Rascheln der Zeitung, wenn der Mitreisende am Fenster eine Seite umblätterte, war neben Dorothees rasselndem Atem das einzige Geräusch.

Durch die Fenster wehte plötzlich Musik. Die Bordkapelle hatte ein Seemannslied angestimmt, das Dorothee nicht kannte. Sie dachte unwillkürlich an den Flamenco und an ihr zurückgezogenes, behütetes Leben an der Seite ihres Vaters, der ihr außer den klassischen Klavierkonzerten niemals irgendwelche Volksweisen nähergebracht hatte. Außer den Melodien, die sie manchmal auf den Straßen Berlins von einem Leierkasten aufschnappte, kannte sie keine Gassenhauer. Natürlich auch keines der Shantys, in deren Rhythmus die Leute an Deck jetzt klatschten. Manfred gewiss auch …

Sie bedauerte mit einem Mal, nicht über den eigenen Schatten gesprungen zu sein und sich zu ihm gesellt zu haben.

»Taschendiebe gehen wohl nicht so vor, dass es jedem auffällt, wenn sie einen ehrlichen Menschen bestehlen«, sagte sie unwillig.

»Sicher. Ich dachte nur …«, Emma brach ab, eine zarte Röte überzog ihre Wangen. Dann gestand sie leise: »Herr von Paschen hat mir auf dem Markt ein kleines Andenken an meine ersten Schritte in Afrika gekauft. Ich hoffe nicht, dass ihm seine Börse dabei abhandengekommen ist. Wenn doch, würde ich mich irgendwie schuldig fühlen.«

Dorothee schnappte nach Luft, hustete wieder. »Was ist es denn? Warum hast du es mir nicht gezeigt?« Ihre Stimme überschlug sich.

»Nichts Besonderes«, antwortete Emma schnell und wiederholte etwas ruhiger: »Es ist nichts Besonderes. Nur ein afrikanischer Talisman. Ich habe ihn zu meinen Sachen gelegt und … und … vergessen. Ja, ich hatte ihn vergessen und dir deshalb nichts gesagt.«

Seltsam, dachte Dorothee, sonst stottert Emma nicht. Unwillkürlich fühlte sie einen Stich in der Herzgegend. Sah ihre Freundin in Manfred von Paschen etwa mehr als ein Mitglied ihrer Reisegesellschaft? Emma unterhielt sich viel mit ihm, das war Dorothee wohl aufgefallen, aber es war lachhaft, wenn sie den beiden mehr als höfliches Geplauder unterstellen wollte – oder nicht? Was sollte ein charmanter, weltgewandter Mann auch von einer durch ihr Schicksal zutiefst verstörten jungen Frau erwarten, die zwar hübsch war, ihm aber nicht annähernd so viel Esprit bieten konnte wie eine berühmte Pianistin? Es war albern, wenn sie, Dorothee, annahm, Manfred würde ihr eine andere vorziehen. Außerdem war er kein Filou, der erst einer Dame den Hof machte und dann einer anderen. Ganz bestimmt nicht.

Um die Situation klarzustellen, entschied sie sich, nicht näher auf Emmas Glücksbringer einzugehen, sondern verkündete mit überraschend fester, in Anbetracht des älteren Ehepaares in Hörweite gesenkter Stimme: »Selbstverständlich habe ich unserem Bekannten aus der Patsche geholfen, aber ich wäre dir dankbar, wenn du Papa nichts davon erzählen würdest. Es ist natürlich peinlich, wenn sich ein Herr finanziell aushelfen lassen muss.«

»Ach, das tut mir leid. Herr von Paschen ist so nett, und ich …«

»Psst!«, machte Dorothee verschwörerisch und neigte den Kopf leicht in Richtung der anderen Gäste. »Bitte nicht so laut!«, raunte sie. »Es wäre ihm gewiss nicht recht, wenn das ganze Schiff Bescheid wüsste.«

»Aber du …«, Emma unterbrach sich mitten im Satz. Sie sah Dorothee forschend an. »Du magst ihn sehr, nicht wahr?«, fragte sie leise.

Dorothee hielt die Luft an. »Du nicht?«, presste sie zwischen den Zähnen hervor.

»Ja … natürlich … ich … Er ist ein feiner Herr, charmant und gebildet, sehr attraktiv. Wenn er nicht so alt …«, wieder unterbrach sich Emma. Verlegen senkte sie den Blick und biss sich auf die Unterlippe.

Es war natürlich ein Affront, Manfreds Jahre anzusprechen, doch Dorothee nahm diese Mitteilung erleichtert auf. Sie stieß den Atem aus und dachte, wie gut es war, dass Emma ihn offenbar als zu betagt empfand. Dorothee störte der Altersunterschied wenig. Sie liebte neben seinem Charme vor allem die Gelassenheit des erfahrenen Mannes. Ja, dachte sie fast ein wenig verwundert, ich liebe ihn.

Sie streckte die Hand nach Emmas Fingern aus, die, den Silberlöffel ihres Teegedecks umklammernd, Kreise auf dem blütenweißen Leinentuch zeichneten.

»Natürlich kommt er als Kavalier für dich nicht infrage«, stellte sie fest. »Dass du deine Meinung mir gegenüber offen ansprichst, ist aber keine Unhöflichkeit. Es ist gut so, wie es ist!«

»Ist es das?«, gab Emma zurück und entzog der Freundin ihre Hand.

»Warum sollte es das nicht sein? Herr von Paschen und ich …

ach, Emma, ich bin so glücklich!« Im nächsten Moment fragte sie sich, ob dem wirklich so war.

Emma starrte sie an. »Hat er ... hat er dich ... hat er dir einen Antrag gemacht?«

»Warum stotterst du eigentlich die ganze Zeit?«, wunderte sich Dorothee, wartete jedoch keine Antwort ab, sondern verscheuchte mit einem Kopfschütteln die Unsicherheit und fuhr fort: »Nein, er hat sich mir noch nicht erklärt. Das liegt an seiner vornehmen Zurückhaltung. Gewiss nimmt er auch Rücksicht auf meinen Vater und dessen schwaches Herz. Aber ich bin mir sicher!«

Als sie diese Worte aussprach, war sie selbst überzeugt. Alle Zweifel waren so rasch ausgelöscht wie eine ausgeblasene Kerze. Es war gut und richtig, mit Emma über Manfred zu reden. Die heimlichen Küsse, die Dorothee mit ihm getauscht hatte, waren von einer Leidenschaft, die nichts anderes bedeuten konnte als den Wunsch nach ewigem Zusammensein.

»Bestimmt wird er mir in Südwest einen Diamanten schenken wollen ... wenn du verstehst, was ich meine.«

»Was wird aus deiner Karriere, wenn du dich mit ihm verlobst?«, fragte Emma prompt.

Dorothee stutzte. »Wie bitte?«

»Ist es überhaupt möglich, dass du auftrittst, wenn du verheiratet bist?«

Eine Hochzeit würde für Dorothee tatsächlich eine dramatische Veränderung ihrer Gewohnheiten, eigentlich ihres ganzen Lebens darstellen. Warum hatte sie bislang nicht daran gedacht? Genau genommen wusste sie nicht einmal, wie es um das Vermögen ihres künftigen Gatten stand und ob er ihr das Leben bieten konnte, das sie sich am Piano erspielte. Sie nahm zwar an, dass er wohlhabend war, aber ob er als reich zu bezeichnen war, wusste sie nicht. Eine Ehe mit Manfred von Paschen oder mein

Klavier, meine Musik, meine Konzerte, mein Publikum – mein Vater!, fuhr es ihr durch den Kopf, und sie erschrak über diesen Gedanken, der naheliegend war, aber doch so weit fort mitten auf dem Ozean.

»Ich kann dir leider nicht antworten«, wich sie aus. Sie zwang sich zu einem fröhlichen Lachen. »Jedenfalls nicht, solange ich bei neunzig Prozent Luftfeuchtigkeit kaum atmen, geschweige denn über meine Zukunft nachdenken kann.«

Wieder schien der Faden ihres Gesprächs abgerissen. Dorothee verschränkte die Finger in ihrem Schoß.

Sie fühlte sich der Freundin fern. Dabei wollte sie ihr nahe sein, sich mit ihr austauschen über die Irrungen und Wirrungen der Liebe. Emma war zwar jünger, hatte aber gewiss mehr Erfahrung im Umgang mit Herren als sie, nicht zuletzt, weil sie durch ihre Arbeit im Photostudio zu einer Beobachterin der Kunden ihres Vaters geworden war.

»Ach, Emma, du hast es gut«, entfuhr es Dorothee. »Du hast die Wahl zwischen dem netten jungen Mann, der dich zum Bahnhof gebracht hat, und deinem Verehrer hier an Bord, und es spielt für dein Leben überhaupt keine Rolle, wem du deine Hand gibst, nur für dein Herz.«

»Nun, ich denke nicht, dass …«

Dorothee interessierte sich nicht für das, was Emma dachte. Sie erwärmte sich vielmehr für einen Monolog über die Zukunft der Freundin und war froh, ein Thema gefunden zu haben, mit dem sie von ihren eigenen Träumen ablenken konnte. Mit einem Mal war es ihr keine Herzensangelegenheit mehr, über ihre Liebe zu plaudern. Das Schicksal ihrer Mitreisenden erschien ihr würdiger, diskutiert zu werden: »Herr Keller macht sich in letzter Zeit ziemlich rar, wie ich finde. Leidet er auch unter dem Klima?«

»Das glaube ich eher nicht«, Emma schüttete sich vor Lachen

aus und beruhigte sich erst, als sich der alte Herr am Fenster indigniert räusperte, weil er sich offenbar in seiner Lektüre gestört fühlte.

Sie wischte sich die Tränen aus den Augen und erklärte kichernd: »Ihm ist auch ein Missgeschick in Victoria passiert, und ich denke, dass ihm dies ebenfalls sehr peinlich ist. Es ist auch viel alberner als das, was Herrn von Paschen widerfuhr.«

Mit hochgezogenen Augenbrauen wartete Dorothee schweigend auf die Erklärung.

»Herr Keller war leider ziemlich unvorsichtig, als wir die Regierungsplantage besichtigten. Dort wurde vor ein paar Jahren ein botanischer Garten angelegt, in dem natürlich auch wilde Tiere leben. Und Herr Keller wurde von einem kleinen Affen in den Finger gebissen. Es war so komisch …« Ihre nachfolgenden Worte gingen in dem Versuch unter, ein erneutes Lachen zu verschlucken.

Dorothee fand die Geschichte überhaupt nicht lustig. Der Stachel der Eifersucht drang tief in sie. »War Herr von Paschen dabei?«, erkundigte sie sich ernst.

»Natürlich. Wir waren schließlich während des ganzen Landgangs zusammen.«

»Oh!«, machte Dorothee nur und schwierig. Wieso hatte Emma diese unvergesslichen Augenblicke mit dem Mann erlebt, der eigentlich zu ihr gehörte? Was für eine Ungerechtigkeit!

In Dorothees Hinterkopf meldete sich leise die Erinnerung, dass sie selbst es gewesen war, die Emma ermuntert hatte, ihn zu unterhalten. Doch diesen Gedanken schob sie rasch zur Seite. Stattdessen wallte Ärger auf die Freundin in ihr auf, die sich vergnügte, während sie um jeden Atemzug kämpfte und ihr Vater ebenfalls bettlägerig war. Unter den gegebenen Umständen konnte sie ja froh sein, dass sie Emma wenigstens davon abgehalten hatte, sich die Äquatortaufe an Manfreds Seite anzusehen!

Der Druck, der auf ihren Lungen lastete, weitete sich in ihrer Brust zu einem Schmerz aus, der zu einem Klumpen in ihrem Bauch wurde. Unwillkürlich löste sich ein neuerlicher Hustenanfall, und sie presste ihr Taschentuch fester auf den Mund. Dabei dachte sie, dass es wohl besser sei, Emma nicht weiter ins Vertrauen zu ziehen.

23

Emma spürte, dass Dorothee sich von ihr abwendete, aber sie hatte nicht die geringste Ahnung, warum. In den ihrem Gespräch während der Äquatortaufe folgenden Tagen empfand sie eine seltsam wachsende Einsamkeit. Sie fühlte sich wie verloren. Das lag nicht nur an der Veränderung im Verhalten der Freundin, sondern auch an Hugo von Hirschberg, dessen Gesundheit sich in der südlichen Hemisphäre deutlich zu bessern schien und der nun Manfred von Paschen mit Beschlag belegte, als wäre dieser eine Art Gouvernante für ihn. Ernst Keller indes blieb in seinem Schmollwinkel, in den er sich nach dem Biss des Äffchens zurückgezogen hatte, und schließlich begegnete Emma ihren Reisegefährten nur noch bei Tisch. Ansonsten war sie für sich.

Dabei bedurfte sie gerade jetzt mehr der Gesellschaft. Je näher die *Windhuk* ihrem nächsten Ziel kam, desto mehr nahm die Aufregung von ihr Besitz, die das baldige Zusammentreffen mit ihrer Mutter begleitete. Sie lag auf ihrem Deckchair, starrte auf den tiefblauen Atlantik und fragte sich ein ums andere Mal, ob sie nicht doch besser erst hätte schreiben oder telegrafieren sollen, bevor sie sich Hals über Kopf auf den Weg nach Südwest machte. Schmetterlinge wirbelten durch ihren Leib und verursachten eine leichte Übelkeit, als wäre sie seekrank.

Doch das Meer war nur eine endlose, von niedrigen Wellen schwach aufgewühlte Fläche, auf der das Schiff ruhig südwärts dampfte.

In diesen Momenten erfasste sie das Gefühl der Einsamkeit noch stärker – und die Erinnerung an den Sog, der sie dem Grund der Finsternis nahe brachte, kehrte unerbittlich zurück. Mit Glück entdeckte sie dann ein anderes Boot am flirrenden Horizont, doch das war meist so weit weg, dass sie mit bloßem Auge nicht einmal die Beflaggung ausmachen konnte. Die sichere Erkenntnis aber, nicht allein auf dem endlos erscheinenden Ozean zu sein, beruhigte sie etwas, und die Erinnerung an das Unglück in ihrer Kindheit verblasste. Wie damals war es ihre Mutter, die zurück in den Vordergrund ihrer Gedanken trat. Jedenfalls bei Tage.

Emma schlief nicht mehr gut. Sie wälzte sich in ihrem Bett, schwitzte die Laken nass und – träumte immer wieder von Manfred von Paschen. Eine Tatsache, die sie schließlich nicht mehr ignorieren konnte. Denn dieser Mann war es, der sie vor dem Ertrinken errettete, und wenn sie aufwachte, erfüllte sie tiefe Dankbarkeit und eine unbestimmte Sehnsucht. Es war alles so verwirrend, und Emma wünschte, sie könnte sich in Ruhe über ihre Gefühle klar werden – da veränderte sich das Wetter dramatisch.

Die hohe Luftfeuchtigkeit löste sich auf, und die Temperaturen sanken, die Reisenden hatten jedoch kaum Gelegenheit, sich von dem anstrengenden Klima zu erholen. Es frischte ein Sturm auf, der das Meer aufpeitschte, Gischtfontänen auf die Decks spritzte und das stolze Dampfschiff wie ein Spielzeugboot hin und her warf. Die meisten Passagiere wurden von der Windstärke über kurz oder lang seekrank in ihre Kojen gezwungen, und auch Emma war plötzlich mehr mit ihrem körperlichen als ihrem seelischen Unwohlsein beschäftigt.

Jetzt waren es nicht mehr Albträume, die sie aus dem Schlaf rissen, sondern die Wellenbewegungen, wenn die Brecher auf den Schiffsrumpf trafen und den Bug anhoben. Der Steward hatte sie gelehrt, genau auf den Seegang zu achten. Tatsächlich linderte es ihre Beschwerden, wenn sie sich vorstellte, wie die Brandung gegen die *Windhuk* schlug, und die Sekunden bis zum nächsten Aufprall zählte. Darüber schlief sie dann auch meist wieder ein.

Als sie in dieser Nacht hochschreckte, war jedoch nicht das Schlingern des Dampfers schuld daran. Irgendetwas war anders …

Sie lauschte auf das Rauschen des Meeres, aber der Wind hatte sich wohl etwas gelegt, denn ihr kam es vor, als stampfe die *Windhuk* ruhiger durch die aufgewühlte See. Dann nahm sie ein leises Vibrieren wahr, das die Wände und Böden erzittern ließ. Möglicherweise kam dies aus dem Bauch des Schiffs, von tief unten aus dem Maschinenraum. Sie glaubte, das Puffen aus den Schornsteinen sei intensiver als zuvor.

Für einen Moment erwog Emma aufzustehen und sich nach dem Vorkommnissen zu erkundigen. Sie richtete sich in ihrem Bett auf und spähte aus dem Bullauge, hinter dem tintenschwarze Nacht herrschte.

Kein Licht war zu erkennen, der Mond leuchtete möglicherweise auf der anderen Bordseite, selbst die unzähligen Sterne, die Emma vor Westafrika beobachtet hatte, schienen den Himmel verlassen zu haben. Meer und Firmament verschmolzen und deckten die Erde zu wie mit undurchdringlichem Samt.

Eisige Kälte griff nach ihren Armen, zog ihren Rücken hinunter, umfasste ihre Schultern. Obwohl es warm war, spürte sie ihre Gänsehaut. Das war die Finsternis, vor der sie sich die ganze Zeit gefürchtet hatte.

Der Entsetzensschrei steckte bereits in ihrem Hals, als sie

Stimmen vernahm und eilige Schritte. Dann erklang das Nebelhorn. Die Schiffshupe stieß drei kurze Signale nacheinander aus, dann drei lange und wieder drei kurze.

Sie zählte mit und fühlte sich mit jedem Ton mehr in Sicherheit. Ihr donnernder Herzschlag verlangsamte sich, als sie sich überlegte, was der Grund für das Signal sein könnte. Sie kannte sich nicht aus mit der Seefahrt und dachte in Ermangelung tatsächlicher Kenntnis über die plausibelste Möglichkeit nach.

Wahrscheinlich hatte der Kapitän ein anderes Boot ausgemacht, das er vor irgendetwas warnen oder begrüßen wollte, je nachdem. Vielleicht war dies auch ein Willkommenszeichen, weil sie die Gewässer der deutschen Kolonie erreicht hatten. Gab es gar Piraten vor der Küste, die durch den Klang des Nebelhorns verschreckt werden sollten? Dieser etwas abenteuerliche Gedanke hallte in ihrem Kopf nach und brachte sie zum Lachen. Erleichtert sank sie zurück in ihre Kissen.

Dass sie sofort eingeschlafen sein musste, bemerkte sie, als sie wieder erwachte. Ihr kam es vor, als habe sie kein Auge zugetan. Aber selbst hinter ihren geschlossenen Lidern nahm sie die Helligkeit in ihrer Kabine wahr.

Als sie aufsah, erkannte sie, dass der erste Anschein trog. Durch das Bullauge waberte graues Dämmerlicht, keine Spur von der klaren Morgensonne, die sie erwartet hatte. Statt Dunkelheit herrschte undurchdringlicher Dunst. Aber immerhin war die Nacht vorüber.

Noch etwas hatte sich verändert. Es bedurfte einiger Atemzüge, bevor Emma begriff, was es war: Die Wellen rauschten intensiver, die Schiffsbewegungen waren anders. Und an Bord herrschte Stille!

Während sie darüber grübelte, warum der Motor verstummt war, vernahm sie plötzlich Türenschlagen auf dem Gang. Erst eilige, dann verhaltene Schritte, schließlich Stimmengewirr, gedämpft zwar und unverständlich, aber doch so deutlich, dass die Aufregung bis zu ihr durchdrang.

Ohne sonderlich über ihr Tun nachzudenken, sprang sie aus dem Bett. Mit einer fahrigen Bewegung ordnete sie ihr Haar mit den Händen, bevor sie ihre Kabinentür aufriss und ihren Kopf hinausstreckte.

Auf dem Flur hatte sich eine kleine Gruppe Passagiere versammelt, die offenbar ebenso aufgeschreckt waren wie Emma. Herren in seidenen Morgenmänteln, unrasiert und ein wenig zerzaust, leicht schwankend im Seegang, dazwischen die energische ältere Dame aus der Innenbordkabine gegenüber, die ihren in Südwest lebenden erwachsenen Kindern einen Besuch abstatten wollte, wie Emma gehört hatte. Sie erkannte den grauen Schädel Hugo von Hirschbergs inmitten der anderen Gäste und seine Stimme, die sich über die Zustände an Bord beklagte.

In diesem Moment öffnete sich die Tür zur Nachbarkabine. Manfred von Paschen trat heraus. Er trug einen dunkelblauen Pyjama, was sie an den Hosenbeinen feststellen konnte, die unter dem Saum des langen Hausmantels aus bordeauxrotem Samt erkennbar waren. Im Gegensatz zu den anderen Herren wirkte er weniger aufgelöst, das Haar hatte er ordentlich zurückgekämmt und sich mit einem Eau de Cologne parfümiert, dessen herbfrischer Duft wie eine Brise durch den Gang wehte.

»Gehen wir unter?«, erkundigte er sich amüsiert.

Trotz der deutlichen Ironie entfuhr Emma ein kleiner Aufschrei.

Er drehte sich zu ihr um. »Machen Sie sich keine Sorgen, Fräulein Emma«, sagte er. Sein Ton klang ernst und ruhig. »Ich habe nur einen Spaß gemacht. Bitte regen Sie sich nicht auf.«

»Ich habe deutlich gehört, wie der Anker heruntergelassen wurde«, verkündete einer der Passagiere um Dorothees Vater.

»Von Land ist jedoch nichts in Sicht, wir befinden uns auf offener See …«

»Wahrscheinlich haben wir einen Maschinenschaden«, vermutete ein anderer Herr.

»Unerhört!«, schimpfte Hugo von Hirschberg.

»Ich habe noch nie gehört, dass ein Dampfschiff mitten auf dem Meer anhält …«

»Heute Nacht hörte ich das neue SOS-Zeichen, das für Notfälle eingeführt wurde …«

»SOS? Was soll das sein? Das internationale Seenotrufzeichen ist CQD, was *come quick – danger* heißt und sich als sehr nützlich erwiesen hat …«

»Nein, nein, das ist das alte Signal der Briten. Mit den neuen Geräten der Firma Telefunken wird von allen deutschen Schiffen SOS gefunkt …«

»Dreimal kurz, drei lang, drei kurz?«, mischte sich die Dame ein. »Das Nebelhorn …«

»Das Nebelhorn ist kein Funkgerät, gnädige Frau …«

Binnen Minuten schwoll das Stimmengewirr an und wurde zu einem unverständlichen Kauderwelsch der verschiedenen Eindrücke und Meinungen.

Emma starrte zu ihren Mitreisenden hin und konnte nicht begreifen, wieso sich die Leute stritten, während möglicherweise Gefahr in Verzug war. Ob sie vorschlagen durfte, dass sich jemand auf die Suche nach einem Steward begeben sollte, um sichere Informationen einzuholen?

Das Herz klopfte ihr bis zum Halse. Man hörte immer wieder von schweren Schiffsunglücken mit vielen Opfern, aber sie hatte diese Katastrophen bisher nicht mit ihrer eigenen Reise in Verbindung gebracht. Wenn sie es recht überlegte, war es auch nicht nur die Angst vor einem Schiffbruch, die sie in Aufregung versetzte. Ähnlich hatte sie sich auf dem Weg zu dem Händler

Rosenau gefühlt, der nun im Zuchthaus in Moabit saß. Flüchtig ging ihr durch den Kopf, dass sie kaum noch wahrnahm, wie stark das Schiff schaukelte. Zu sehr beschäftigten sie die Ereignisse an Bord.

»Sie sind ganz bleich, Fräulein Emma. Fallen Sie mir jetzt nur nicht in Ohnmacht.«

Manfred von Paschen stand neben ihr, drückte ihre Kabinentür auf und legte seinen Arm in einer beschützenden Geste um sie.

Ebenso verwundert wie regungslos registrierte sie, wie er jede gesellschaftliche Grenze überschritt. Sie trug nichts als ein dünnes Nachthemd aus Batist an ihrem Körper – es gehörte sich nicht, dass er sie umarmte. Noch dazu standen sie im Eingang ihres Schlafraums, und es war nur ein kleiner Schritt hinein …

Sie hätte ihn fortstoßen, sich empören müssen.

Aber sie hatte sich nie zuvor dermaßen geborgen gefühlt. Seine Erscheinung strahlte Kraft und Sicherheit aus, als könne er alle Gefahren von ihr nehmen.

Verwirrt blickte sie zu ihm auf. Sein Gesicht war ausdruckslos, seine Lider gesenkt, so dass sie nicht in seinen Augen lesen konnte. Aber er schenkte ihr ein begütigendes Lächeln. Oder ein liebevolles. Ganz genau wollte sie dies besser nicht ergründen.

Einen Atemzug lang erlaubte sie sich, sich dem wunderbar warmen Gefühl hinzugeben, dann versteifte sich ihr Körper, und sie rückte ein wenig von ihm ab.

Sie suchte nach der Situation angemessenen Worten, als eine fremde Stimme erklang: »Meine Herrschaften, bitte beruhigen Sie sich!« Niemand hatte das Herannahen des Ersten Offiziers bemerkt, bis dieser in seiner schmucken weißen Uniform vor den Passagieren stand. »Es besteht kein Grund zur Aufregung!«

Das Stimmengewirr schwoll noch stärker an, die Fragenden überschlugen sich.

Rasch zog von Paschen seinen Hausmantel aus und legte ihn um Emmas Schultern. »Ziehen Sie das lieber über«, flüsterte er rau. »Ihr Nachthemd ist ein wenig … ähmm… durchsichtig.«

Emma nickte nur und atmete tief durch. Sie suchte seinen Blick, doch er konzentrierte sich auf die Worte des Stellvertreters des Kapitäns.

»… Schwelbrand im Kohlenlager. Die Rauchentwicklung ist so stark, dass die Heizer nicht arbeiten können. Deshalb mussten die Maschinen abgeschaltet werden. Es besteht jedoch keine Gefahr für Passagiere und Mannschaft. Sobald das Feuer gelöscht worden ist, wird der nächste Hafen angelaufen und …«

»Feuer?«, kreischte die alte Dame entsetzt, die jetzt wohl doch ihre Contenance zu verlieren drohte.

»Eine solche Situation passiert auf Dampfschiffen öfter, als Sie denken, gnädige Frau. Die Mannschaft ist darin geübt, das Kohlenlager leer zu schaufeln oder Wasser hineinzupumpen.«

»Hoffentlich wird die Ladung nicht beschädigt«, gab einer der Herren um Hugo von Hirschberg zu bedenken.

»Zu dieser Sorge besteht kein Anlass. Allerdings verzögert dieses Vorkommnis unsere Ankunft in Swakopmund und den weiteren Häfen, mehr wird aber nicht geschehen.«

»Was heißt das?«, fragte von Paschen scharf.

Der Erste Offizier sah ihn überrascht an. »Die *Windhuk* wird voraussichtlich mit einem oder zwei Tagen Verspätung die Küste erreichen, mein Herr.«

»Unmöglich. Das ist unmöglich«, meldete sich Dorothees Vater zu Wort. »Wir haben Termine … die Konzerte meiner Tochter können unmöglich aufgeschoben werden. Ihre Zuhörer werden ihr die Schuld geben, wenn sie für ihr Eintrittsgeld vor einer leeren Bühne sitzen.«

»Ganz richtig«, stimmte Manfred von Paschen zu. »Ich habe ebenfalls eine Verabredung in Lüderitzbucht, die ich unbedingt einhalten muss.«

»Sie können Ihre Beschwerden gerne der Reederei vorlegen. Im Moment kann ich Sie nur um Geduld bitten und Ihnen sagen, dass die Besatzung alles Menschenmögliche tun wird, den Schaden rasch zu beheben. Wir befinden uns nicht weit vor der Küste, wir gehen daher davon aus, dass uns Schlepper oder andere Boote zu Hilfe eilen werden.«

»Wartet jemand auf Sie, Herr von Paschen?«, fragte eine vertraute Stimme.

Emma hatte nicht bemerkt, dass Ernst Keller auf dem Kabinengang erschienen war. Überraschenderweise war er vollständig angekleidet, als er neben sie trat. Entweder war er schon länger auf als die anderen Passagiere und sie – oder er hatte sich in Windeseile angezogen. Beides schien ihr ein wenig verwunderlich, doch gerade als sie den jungen Mann fragen wollte, ob er an Schlaflosigkeit leide, hob Manfred von Paschen zu einer Erklärung an:

»Ich reise in Geschäften nach Südwest. Natürlich werde ich dort von meinem Partner erwartet. Was dachten Sie?« Es klang leicht dahingesagt, doch Emma hörte einen schneidenden Unterton heraus.

Im Hintergrund diskutierten die anderen Herrschaften darüber, welche Folgen die Situation für jeden Einzelnen hatte und wie man es eine Weile auf einem mitten auf dem Ozean dümpelnden Dampfer aushalten wollte.

Emma spürte indes nur die angespannte Stimmung zwischen von Paschen und Ernst Keller. Sie sah von einem zum anderen, doch die beiden Männer schienen ihre Anwesenheit vergessen zu haben, musterten einander mit scharfem Blick.

Leise räusperte sie sich.

Von Paschen wandte sich ihr als Erster zu. »Seien Sie unbesorgt, Fräulein Emma. Ihnen wird nichts geschehen. Am besten, Sie gehen wieder in Ihre Kabine.«

Wie ein Echo seiner Worte mahnte der Erste Offizier: »Bitte, meine Herrschaften. Legen Sie sich noch einmal schlafen. Es ist früh am Morgen, bis zur Frühstückszeit haben wir sicher neue Nachrichten für Sie.«

»Das ist ein guter Gedan…«, murmelte Keller und unterbrach sich mitten im Wort. Anscheinend fiel ihm plötzlich auf, dass von Paschen nur einen Schlafanzug trug und sie einen Hausmantel, der ganz offensichtlich einem Herrn gehörte und farblich zu der Kleidung des älteren Mannes passte. Kellers Augen weiteten sich, als seine Blicke von ihr zu Manfred von Paschen und zurück flogen.

Obwohl es ihr schwerfiel, trat Emma den Rückzug an. Sie war sich nicht im Klaren, ob die Situation an Bord wirklich so harmlos war, wie der Erste Offizier glauben machen wollte. Die anderen Passagiere schienen auch uneins zu sein, und sie hätte sich in Gesellschaft sicherer gefühlt als allein in ihrer Kabine. Auch hätte sie Hugo von Hirschberg begrüßen sollen, der sie anscheinend noch nicht wahrgenommen hatte. Es war jedoch weniger kompromittierend, wenn Dorothees Vater sie nicht in Manfred von Paschens Hausmantel antraf. Kellers Reaktion sprach bereits Bände, und es bestand kein Grund, warum sie in den letzten Tagen an Bord ihren Ruf ruinieren sollte. Deshalb zog sie sich mit einem knappen Nicken zurück.

Sie blieb jedoch hinter der Tür stehen, die Beine breit und die Füße fest in den Boden gerammt, um den Schiffsbewegungen standzuhalten. Ihr Ohr hatte sie auf das Holz gelegt, in der Hoffnung, die Diskussionen auf dem Gang verfolgen zu können.

Doch die erste Klasse war hervorragend eingerichtet. Außer einem anhaltenden, unverständlichen Stimmengemurmel hörte sie nichts. Dann klappten wieder Türen, und es schien, als hätten sich ihre Mitreisenden zerstreut.

Bewegungslos blieb sie auf ihrem Platz. Erst allmählich wurde ihr bewusst, dass irgendwo auf diesem Schiff ein Feuer auszubrechen drohte. Sie wusste, dass es in Kohlelagern immer wieder zu Bränden kommen konnte, sei es nun auf Schiffen oder bei Eisenbahnen. Dergleichen hatte sie aber noch nie selbst erlebt.

Unwillkürlich drängten sich die Bilder von der Katastrophe in ihr Bewusstsein, die ihren Vater das Leben gekostet hatte. Theodor Thieme war in einer Flammenhölle umgekommen. Drohte ihr dasselbe Schicksal? Wenn es einen schrecklichen Zusammenhang zwischen seinem Tod, den versteckten Briefen und ihrer Reise nach Südwest gab, könnte es sich auf diese Weise erfüllen. Ihr Vater hatte nicht gewollt, dass sie Constanze wiedersah. Plante nun eine himmlische Macht, diese Begegnung zu vereiteln? Sollte sie ihre Sehnsucht nach der Mutter mit ihrem Leben bezahlen?

Panik erfasste sie. Übelkeit stieg in ihr auf. Sie zitterte am ganzen Leibe und zog Manfred von Paschens Samtmantel fester um sich, doch konnte dieser nichts ausrichten gegen die Kälte, die von ihrer Seele Besitz ergriff.

Sie spürte den Nervenzusammenbruch, bevor er sie in die Knie zwingen konnte. Du hast den Verstand verloren!, fuhr es ihr durch den Kopf.

Tief durchatmend lehnte sie sich gegen die Tür, versuchte, vernünftig zu denken. Dabei schwankte sie im Rhythmus der Wellen und dem Auf und Ab ihrer Gefühle.

Es gab keine Geister, und ihr Vater hatte keinen Einfluss mehr auf ihr Handeln. Sie sollte die Gegenwart nicht ständig in Verbindung zur Vergangenheit bringen. So kurz vor ihrem Ziel musste sie nach vorn schauen, einen Weg zurück gab es nicht. Jedenfalls hatte sie ziemlich große Umstände auf sich genommen, um bis hierher zu kommen. Das war nicht umsonst. Ihr würde an Bord nichts geschehen. Mit einem oder zwei Tagen Verspätung würde sie in Swakopmund landen und bald darauf in Lüderitzbucht eintreffen. Sie würde zu dem Haus am Strand gehen und ihrer Mutter endlich in die Arme sinken. Wie geplant. Gespenster gehörten in alte Märchen und nicht in die Realität …

Jemand klopfte an ihre Tür.

Emma fuhr zusammen.

Zuerst war das Klopfen leise und zurückhaltend, und sie wusste nicht, wie lange es bereits ihre verstörenden Überlegungen begleitet hatte. Inzwischen steigerte es sich jedoch zu einem unüberhörbaren Hämmern, dessen Höhepunkt eigentlich nur das Eintreten der Tür sein konnte.

Sie wischte sich über das Gesicht und stellte fest, dass ihre Wangen feucht waren. Hatte sie geweint und es nicht einmal gespürt? Naheliegender war wohl, dass ihr der Schweiß ausgebrochen war. Ich werde verrückt, dachte Emma wieder, noch immer gefangen in ihren Fantasien.

»Ja?«, fragte sie mit zitternder Stimme und öffnete einen Spaltbreit.

Manfred von Paschen stieß einen tiefen Seufzer aus. »Habe ich Sie geweckt?«, fragte er leise. »Entschuldigen Sie bitte die Störung, Fräulein Emma, ich wollte …«

»Sie möchten Ihren Hausmantel zurück«, murmelte sie zerstreut.

»Nein. Deshalb komme ich nicht. Nein. Ich wollte mich von Ihnen verabschieden.«

»Was?« Sie blinzelte, um die falschen Bilder von ihrem geistigen Auge zu vertreiben. Dann öffnete sie die Tür so weit, dass sie den Kabinengang überblicken konnte. Der Korridor war bis auf ihren Besucher verlassen.

Manfred von Paschen stand ausgehfertig vor ihr. In der linken Hand seinen Hut und eine kleine Reisetasche aus abgestoßenem Leder, seine Rechte streckte er ihr entgegen. Automatisch griff sie danach.

»Ich habe die Möglichkeit, das Schiff zu verlassen«, flüsterte er. »Ein Fischer wird mich an die Küste bringen. Auf diese Weise kann ich meine Termine einhalten, werde sogar früher als geplant in Lüderitzbucht eintreffen.«

Emma war fassungslos. Unwillig schüttelte sie den Kopf. »Sie wollen auf offener See in ein anderes Boot umsteigen?«

»Sehe ich Sorge um mein Wohlergehen in Ihren Augen aufblitzen? Das ist zweifellos das schönste Geschenk, das Sie mir auf den Weg mitgeben können.«

Stumm senkte Emma die Lider.

»Allerdings kann ich Sie beruhigen. Mir wird nichts geschehen. Ich werde sehr bequem in einem Korb sitzen, der an einer Seilwinde auf das andere Schiff hinabgelassen wird. Anders verläuft das Ausschiffen vor Swakopmund übrigens auch nicht. Aber dort wollten wir ohnehin nicht aussteigen, nicht wahr?«

Ihr schwirrten die Gedanken durch den Kopf, als hätte sich ein Bienenstock in ihrem Gehirn eingenistet. »Ja … dann …«, sagte sie zögernd, weil ihr sonst nichts einfiel, was es noch zu sagen geben könnte. In einer winzigen Ecke ihres Herzens meldete sich ein Gefühl der Wehmut – und plötzlich wurde zur Gewissheit, dass sie Manfred von Paschen vermissen würde, wenn er nicht mehr zu ihrer Reisegesellschaft gehörte. Aber dies behielt sie lieber für sich.

Er hob ihre Hand an seine Lippen. »Passen Sie gut auf sich auf, Fräulein Emma, und grüßen Sie bitte Fräulein von Hirschberg von mir. Wir werden uns in Lüderitzbucht wiedersehen. Adieu!« Er ließ sie los, setzte seinen Hut auf und wandte sich abrupt zum Gehen.

»Ich logiere bei meiner Mutter«, warf sie rasch ein und wunderte sich über ihre Atemlosigkeit. »Sie besitzt ein Haus in Lüderitzbucht. Und ein Café. Ihr Name ist Constanze Thieme …«

Seine Schrittfolge veränderte sich nicht. Er marschierte seines Weges, doch drehte er sich währenddessen noch einmal zu ihr um, lächelte und rief: »Ich weiß!« Dann verschwand er aus ihrem Blickfeld.

24

Als Dorothee erfuhr, dass Manfred von Paschen ohne ein Wort zu ihr ausgeschifft hatte, griff sie nach dem Flakon ihres Parfüms von Guerlain und warf ihn gegen den Schrank. Das Kristallfläschchen zersplitterte in kleine Scherben, und während sich der süße Duft von Iris, Vanille und Veilchen in der Kabine ausbreitete, traten ihr Tränen in die Augen, und sie schimpfte: »Mich verlässt man nicht!« Dann begann sie so schrecklich zu husten, dass Emma fürchtete, ihre Freundin würde ersticken.

Hilflos musste Emma den Qualen zusehen. Jeder Versuch zu trösten blieb wirkungslos. Den Hinweis, dass sie ja in wenigen Tagen in Lüderitzbucht wären und Manfred von Paschen dort wiedersehen würden, ignorierte Dorothee ganz.

Sie benahm sich, als wäre er über Bord gegangen und vom Meer verschlungen worden. In einer Mischung aus Trauer, Verzweiflung und Wut war sie taub gegenüber Emmas vernünftigen Einwendungen. Selbst die Tatsache, dass die *Windhuk* Schiffbruch erlitten hatte, interessierte sie angesichts ihres eigenen Dramas wenig. Dorothees Egozentrik ließ Emma schließlich kapitulieren; die Freundin war so mit sich selbst beschäftigt, dass sie Emmas Abwesenheit vielleicht gar nicht wahrnehmen würde.

Nachdem sie leise aus der Kabine gegangen war, blieb Emma einen Moment auf dem Gang stehen. Doch Dorothee rief sie nicht zurück. Stattdessen hörte sie durch die geschlossene Tür das Klirren von Glas. Anscheinend war jetzt auch der Wasserbecher zerbrochen. Emma verstand diese Reaktion nicht, da sie selbst zur Mäßigung erzogen worden war.

Vor allem: Worüber regte sich Dorothee eigentlich so auf? Manfred von Paschen war nicht auf Urwaldexpedition gegangen und keinem Menschenfresser zum Opfer gefallen.

Oder steckte hinter seinem wichtigen Termin nichts anderes als die Verabredung mit einer Frau, die in Lüderitzbucht auf ihn wartete?

Unmöglich!, dachte Emma. So verlogen ist er nicht. Niemals!

Sie beschloss, nicht noch einmal bei Dorothee anzuklopfen, sondern den Steward zu bitten, später die Kabine aufzuräumen. Wahrscheinlich war es am besten, wenn die Freundin ein wenig allein war und sich die Wunden lecken konnte. Emma selbst war allerdings nicht weniger aufgewühlt durch die Ereignisse dieses Morgens und viel zu unruhig, um in ihre Kammer zu gehen oder in der Bordbibliothek nach Ablenkung zu suchen. Obwohl sie auch keine Lust verspürte, sich still auf einen Liegestuhl zurückzuziehen, führten ihre Schritte sie fast wie von selbst auf das Promenadendeck.

Es war nicht leicht, bei dem herrschenden Seegang das Gleichgewicht zu halten, und Emma musste sich gegen den Wind stemmen, der gegen den Schiffsrumpf drängte und an ihren Kleidern zerrte. Ihr Rock wurde hochgewirbelt, und sie drückte mit der einen Hand den Stoff fest an ihre Beine, während sie mit der anderen die Reling umklammerte. Sie presste die Lippen zusammen und atmete durch die Nase die salzige Luft ein, um die – angesichts der hohen Brandung – aufsteigende Übelkeit zu unterdrücken.

Überraschend viele Passagiere wanderten scheinbar ziellos auf dem Deck herum, sammelten sich in Grüppchen, um über den Schiffbruch zu diskutieren, lehnten sich über den Handlauf der Reling, versuchten einen Blick auf die Löscharbeiten zu werfen, die wohl gerade im Kohlelager abliefen, sahen aber sicher nichts Wesentliches, denn der Brennstoff wurde in eisernen Bunkern im Inneren des Dampfers aufbewahrt.

Der Nebel hatte sich gelichtet, durchscheinender Dunst hing wie ein Tuch aus Organza über dem tosenden Atlantik. Die Wellen krachten mit unglaublicher Gewalt gegen den Bug, und die Gischt spritzte einen feinen Sprühregen auf die Planken, so dass Emma beinahe ausrutschte. Trotz der rauen See hatten ein paar Boote ihren Weg zur *Windhuk* gefunden, nussschalenähnliche Trawler und auch ein stabil wirkender Schlepper. Die jeweiligen Mannschaften hatten Mühe, sich zu verständigen, was wohl weniger an den unterschiedlichen Sprachen und Hautfarben lag als am Tosen des Meeres. Rufe wehten nach oben, die wie Befehle klangen, aber ebenso untergingen wie das Stimmengewirr der Reisenden.

Emma schaute dem Treiben zu Wasser nur kurz zu. Ihr wurde schwindelig von dem Blick in die Tiefe. Sie füllte ihre Lungen mit Luft und hob den Kopf, um sich auf einen Punkt in weiter Ferne zu konzentrieren, wo sie den Horizont vermutete, der vor ihren Augen zu einer weißen, wabernden Masse verschwamm.

»Irgendwo dort hinten befindet sich die Küste von Deutsch-Südwest«, machte sich Ernst Keller neben ihr bemerkbar.

»Oh!«, entfuhr es ihr überrascht, und sie deutete mit der Hand in die Richtung, in die sie gesehen hatte. »Ist das die Landseite?«

»Ja, so ist es. Leider werden wir vom Ufer aber wohl noch eine Weile lang nicht viel zu sehen bekommen. Auch vor Swakopmund werden wir weit draußen auf Reede bleiben müssen.«

Ein kleines Lächeln umspielte Emmas Lippen, als sie daran dachte, wie gern sie beobachtet hätte, wie Manfred von Paschen ausgeschifft worden war. Passagiere, die in einem Korb sitzend und von einer Seilwinde gehalten von einem Schiff auf ein anderes befördert wurden, waren sehenswert. Sie hatte sich jedoch nicht getraut, ihm zu folgen. Das wäre zu aufdringlich gewesen. Außerdem wollte sie sich nicht im Nachthemd den Blicken der Mannschaft aussetzen.

»Diesmal werde ich mir ansehen, wie die Leute an Land gebracht werden«, sinnierte sie und sprach mehr zu sich selbst als zu dem jungen Mann in ihrer Gesellschaft, doch der hob erstaunt die Augenbrauen. Als ihr bewusst wurde, dass er sie fragend musterte, fügte sie hinzu: »Herr von Paschen ist vorhin mittels eines Korbes von Bord gegangen. Leider konnte ich ihn dabei nicht beobachten. Er hat mir aber erklärt, dass es auf Reede vor Swakopmund nicht anders zugeht.«

»Paschen ist entwischt?«, entfuhr es Keller, und seine Stimme war so leise, dass Emma ihn kaum verstand.

Seine Wortwahl irritierte sie, und sie schüttelte unwillig den Kopf. »Er ist nach Lüderitzbucht vorausgefahren«, korrigierte sie. »Ein Fischerboot hat ihn mitgenommen.«

Zu ihrer größten Überraschung ballte Keller die Faust und hieb damit auf die Brüstung. »Verflixt!«

»Wie meinen?«

Er antwortete ihr nicht gleich. Hatte er ihre Anwesenheit vergessen? Mit verlorenem Blick starrte er über das Meer, vielleicht selbst noch auf der Suche nach einer Antwort auf ihre Frage.

Nach einer Weile straffte er die Schultern und wandte sich ihr mit einem fast verbissenen Ausdruck im Gesicht zu: »Man kann sich in Afrika offenbar auf nichts verlassen. Nicht einmal auf einen Schwelbrand im Kohlenlager.«

Mit hochgezogenen Augenbrauen sah sie ihn erstaunt an.

»In Swakopmund etwa wurde gerade erst ein neuer Landungssteg errichtet, weil die Mole versandet ist. Aber die Dampfschiffe können wegen der Felsen trotzdem nicht anlegen. Da sehen Sie mal, wohin eine falsche Planung führen kann.«

Emma war sich nicht sicher, ob er mit seiner Feststellung die Bemühungen der Hafenbehörde in Südwest meinte, aber sie fragte auch nicht nach. Dankbar, den Abschied Manfred von Paschens nicht weiter vertiefen zu müssen, erwiderte sie leichthin: »Hier ist alles ein wenig anders, als man erwartet hätte. Auch das Wetter. Mehr Nebel als Sonne. Ich frage mich, wie ich meine Photographien entwickeln kann, wenn es so dunstig bleibt.«

»Das Auskopieren wird in der Tat nicht einfach sein. Aber in Lüderitzbucht ist es wenigstens nicht so feucht, wie es Ihnen jetzt erscheinen mag. Wir fahren schließlich in die Wüste.«

Sie fühlte die feinen Wassertropfen wie Nadeln auf ihrer Haut, schmeckte das Salz von ihren Lippen. Und doch kam es ihr vor, als träumte sie. Woher wusste Ernst Keller, wie Aufnahmeplatten belichtet wurden? Bisher hatte er mit keinem Wort erwähnt, dass er etwas von Photographie verstand. Wenn sie nur daran dachte, wie ungeschickt er ihr Stativ in Victoria herumgetragen hatte …

»Woher wissen Sie das?«, fragte sie.

»Was?«

»Dass die Belichtungsplatten zum Auskopieren in der Sonne trocknen.«

Vor ihrem geistigen Auge erschien ihr Vater, der sie einmal zu einem Besuch der Elektrotechnischen Ausstellung der Allgemeinen Elektricitäts-Gesellschaft im Berliner Stadtteil Wedding mitgenommen hatte. Es war sehr beeindruckend gewesen. Emma hatte beispielsweise einen künstlich angelegten und mit einer elektrischen Pumpe betriebenen Wasserfall bestaunt, aber auch erfahren, dass es trotz größter Anstrengungen nicht möglich war, Photographien mittels Glühlampen direkt auf Papier zu reproduzieren; die Lichtstärke reichte nicht aus. Bei AEG hatte man sogar einen Dachgarten geschaffen, auf dem die belichteten Bildrahmen in der Sonne standen. Sie blinzelte die Erinnerung fort und sah Keller forschend an. »Woher wissen Sie das?«, wiederholte sie.

Er zuckte mit den Schultern. »Allgemeinbildung!«

Die Elektrotechnische Ausstellung hatte er offenbar nicht besucht. »Ach so«, meinte sie, suchte seinen Blick, aber er wich ihr aus.

Und mit einem Mal war ihr Ernst Keller nicht mehr sympathisch. Sein hübsches Gesicht wirkte hart, fast böse, und verschlossen. Er verbarg etwas. Doch die Aura des Geheimnisvollen empfand sie nicht als aufregend, sie wurde nicht einmal neugierig, sondern fühlte sich abgestoßen. Selbst sein blondes, im Wind flatterndes Haar besaß in ihren Augen nicht mehr den anziehenden Goldton, sondern war eine profane Mischung aus Asche und Sand. Sie dachte daran, dass sie wegen dieses Mannes beinahe Kurt Halske vergessen hätte, ihren anständigen, klugen, liebenswerten Freund in Lichterfelde, und sie ärgerte sich, weil sie auf den schönen Schein hereingefallen war.

War es Dorothee mit Manfred von Paschen ebenso ergangen?, fuhr es Emma unvermittelt durch den Kopf. Dann müsste auch sie so empfinden, denn sie hatte etwa genauso viel Zeit mit ihm verbracht wie Dorothee. Doch in seiner Sache war sie sich absolut sicher, keinem Betrug aufgesessen zu sein.

Eine Welle traf mit Wucht gegen den Schiffsrumpf. Wie eine Fontäne wirbelte Wasser auf und ergoss sich über die Reling. Emma wich erschrocken zurück. Sie stieß gegen einen fremden Herrn, der zufällig gerade hinter ihr vorbeigehen wollte, und riss diesen fast um. Er hielt sie jedoch geistesgegenwärtig fest und konnte sein Gleichgewicht halten. Entschuldigungen stammelnd machte sie sich frei.

Als sie aufsah, bemerkte sie, dass Keller sie anstarrte.

Verwirrt blickte Emma an sich hinunter.

Die kleine Springflut hatte sie heftiger erwischt, als ihr in der Schrecksekunde bewusst wurde. Ihre Bluse war vollständig durchnässt und nun so durchsichtig wie Zelluloid. Durch den dünnen Stoff zeichneten sich ihre Brüste ab, die sie oberhalb des hoch geschnittenen Hüftgürtels nicht einmal mit einem Hemd bedeckt hatte, auf den Büstenhalter hatte sie bei der schwülen Hitze ebenfalls verzichtet.

Keller schaute sie an, als wollte er den Batist von ihrer Haut reißen.

Im ersten Moment fühlte sie den Drang wegzulaufen. Sein Blick war verstörend, ja sogar bedrohlich. Es war nicht richtig, dass Keller sie so ansah. Er war kein feiner Mann.

Warum reiste er in der ersten Klasse? Woher hatte ein Reiseschriftsteller so viel Geld? Eine Erbschaft – vielleicht. Möglicherweise gab es aber weniger harmlose Gründe für seinen Aufenthalt an Bord, die er bislang vor ihr verborgen hatte.

Obwohl es frischer als in den Tagen zuvor, aber im Südatlantik nicht so kalt war, dass ihr in ihren nassen Sachen ein Schüttelfrost drohte, begann sie zu zittern. Dennoch bewahrte sie Haltung. Sie verschränkte trotzig die Arme vor ihrer Brust, hielt seinem Blick stand.

»Es war nett, mit Ihnen zu plaudern«, presste sie hochmütig hervor. »Jetzt entschuldigen Sie mich aber bitte. Einen schönen Tag noch.«

Mit einiger Verspätung zog Keller sein Sakko aus, um es ihr über die Schultern zu legen. Dabei ließ er sie nicht aus den Augen, obwohl sie die Arme fest um ihre Brust geschlungen hatte. »Ich begleite Sie zu Ihrer Kabine.«

»Nein, vielen Dank. Das ist nicht nötig.« Fast ohne sich zu rühren, entledigte sie sich mit einem leichten Achselzucken seines Jacketts. Während er sich nach dem Kleidungsstück bückte, lief sie rasch davon.

Später, in der Sicherheit ihrer Kabine, dachte Emma, dass sie wahrscheinlich alle verrückt wurden. Seit achtundzwanzig Tagen waren sie unterwegs, und so luxuriös das Leben für die Passagiere der ersten Klasse an Bord auch sein mochte, allmählich wurde es Zeit, in den Rhythmus an Land zurückzukehren. Schwerer Seegang und Schiffbruch zehrten zudem an der Energie jedes einzelnen ihrer Reisegefährten. Das mochte der Grund für Dorothees Temperamentsausbruch gewesen sein. Wahrscheinlich benahm sich Ernst Keller deshalb so seltsam. Keiner hielt es mehr auf dem Schiff aus. Letztlich trieb die Situation auch Emma dazu, hinter jedem und allem etwas Böses zu vermuten. Gerade so, als würde sie verfolgt.

Um sich von ihrer eigenen Schwermut abzulenken, malte sie sich aus, wie es wohl ihrer Mutter während der Überfahrt ergangen war. Emma wusste aus den Briefen, dass Constanze sehr viel weniger bequem gereist war, aber sie hatte nicht geklagt. Genau genommen klagte sie nie. Eine tapfere Frau, die ihrer Tochter Diamanten in einem ganz normalen Brief aus Deutsch-Südwest schickte …

Emma richtete sich auf. Sie lag in ihrer Koje, zugedeckt bis zum Hals, weil sie erbärmlich gefroren hatte. Als die Decke von ihr rutschte, spürte sie den kühlen Luftzug aber nicht, abgelenkt von den Bildern, die vor ihrem geistigen Auge Gestalt annahmen.

Eine Ahnung beschlich sie, bei welcher Gelegenheit sie Ernst Keller schon einmal in Berlin gesehen hatte. Es war jedoch unmöglich, ihn darauf anzusprechen. Dann hätte sie nämlich erklären müssen, was sie jenseits der Jannowitzbrücke suchte.

25

Obwohl Constanze wusste, dass ihre Tochter von Bord aus keine Nachricht an sie funken lassen würde, ging sie wie jeden Mittwoch zum Postamt. Sie war es gewohnt, sich an diesem bestimmten Wochentag bei dem Beamten zu erkundigen, ob eine Nachricht aus Deutschland für sie eingetroffen sei, so dass sie ganz automatisch den Weg zur Schinzstraße einschlug.

Es war immer der angenehme Beginn eines Tages gewesen, stets voller Vorfreude, gekrönt von einem Moment der Leere und Enttäuschung, der sich über kurz oder lang in neue Hoffnung auflöste. Seit sie Emmas Namen auf der Passagierliste gelesen hatte, waren ihre Empfindungen jedoch entgegengesetzt: Sie kam mit der Sorge, es könnte auf der Reise etwas passiert sein, und ging in der Erwartung ihres Wiedersehens.

Die Agentur der Kaiserlichen Post befand sich in einem niedrigen, aus Sandstein errichteten Gebäude mit großen Fenstern unter Rundbögen und einem roten Giebeldach. Der angebaute Glockenturm ragte in den Nebel, seine Spitze verschwand im Dunst wie ein Stöckchen in Zuckerwatte. Daneben lag das Gebetshaus, das die ersten Siedler aus Holzlatten zusammengezimmert hatten und das von der neuen Kirche abgelöst werden würde, die auf einem Felsen mit Blick über das Meer geplant war.

In den benachbarten Geschäftshäusern herrschte erster Betrieb, die Kaufläden wurden aufgeschlossen, Ochsenkarren wirbelten den Straßenstaub auf, beladen mit Fässern, Körben und Kisten für den täglichen Bedarf sowie Wasser aus dem Kondensator am Hafen, manche Kneipe öffnete für einen Morgentrunk. Constanze drückte sich dicht an eine Mauer, um einem Trupp Arbeiter auszuweichen, die im Gleichschritt zu ihrem Tagwerk marschierten. Schwarze, Mischlinge und weiße Aufseher. Die Männer hatten Schaufeln und andere Gerätschaften geschultert und strebten der Baustelle des neuen Bahnhofs zu. Der erst im vergangenen Jahr eingeführte Schienenverkehr nach Keetmanshoop funktionierte relativ zuverlässig, aber dafür bestand die Station derzeit nur aus einer Signalbude und Laternen.

Vor dem Postamt herrschte großer Andrang. Lebhaft diskutierende Anwohner hatten sich versammelt, Verwaltungsangestellte in weißen Tropenanzügen, Geschäftsleute, Farmer, die wahrscheinlich zur Erledigung ihrer Einkäufe in die Stadt gekommen waren, Soldaten der Schutztruppe in Uniform.

Als sie sich an der Menge vorbeischob, nahm Constanze Wortfetzen aus den aufgeregt geführten Gesprächen wahr: »Schiffbruch« … »Katastrophe« … »geschäftsschädigend« …

Verwirrt strebte sie der Tür entgegen und achtete nicht auf den Gegenverkehr. Prompt lief sie in den Herrn, der das Gebäude gerade verließ.

»Wo hast du deine Augen heute Morgen?«

Erschrocken blickte Constanze in das freundliche Gesicht ihres Freundes und Arztes Hannes Graeff. »Oh, tut mir leid. Ich war in Gedanken.«

»Das habe ich bemerkt.« Hannes nahm ihren Arm und zog sie zur Seite, um die Tür für andere Kunden der Kaiserlichen Post freizugeben. »Dann hast du schon von der Neuigkeit gehört …«

»Welcher Neuigkeit?«

»Die *Windhuk* hat nicht weit vor Swakopmund Schiffbruch erlitten …«

Constanze entfuhr ein kleiner Schrei. Entsetzt schlug sie sich die Hand vor den Mund. Sie biss in ihren Daumenballen, um sich zu überzeugen, dass all das wirklich war und nicht einem ihrer Albträume entstammte.

»Es soll nicht weiter schlimm sein«, fuhr Hannes begütigend fort. »Ein Schwelbrand im Kohlenlager, hieß es in der telegrafischen Nachricht. Niemand ist verletzt, alle nur verspätet. Anscheinend ist glücklicherweise auch die Ladung unversehrt geblieben.«

Dunkel erinnerte sich Constanze, dass Hannes auf ihrer Geburtstagsparty etwas von einem medizinischen Gerät erzählt hatte, dessen Ankunft er erwartete. Offenbar befand sich dieser Röntgenapparat auf demselben Dampfer wie ihre Emma – und Manfred von Paschen.

Sie sah ihren Freund eindringlich an. »Bist du sicher, dass niemand an Bord zu Schaden gekommen ist?«

»So sicher, wie man es sein kann, wenn eine Nachricht verbreitet wird.«

Ihr ging der unangenehme Gedanke durch den Kopf, dass es ihre Probleme vereinfachen würde, wenn nur ein einziger Passagier verunglückt wäre. Sie wünschte Manfred von Paschen nicht, dass er bei lebendigem Leibe verbrannte – eine Rauchvergiftung war möglicherweise der bessere Tod. Eigentlich wünschte sie ihn nicht einmal in die Hölle, nur weit genug weg von Emma sollte er sein. Dafür würde sie ihm sogar in die Unterwelt folgen, wenn es sein musste. Ihre dunkle Fantasie ließ ihren Leib erbeben, und sie schlang zitternd die Arme um den Oberkörper.

Hannes betrachtete sie aufmerksam. »Du siehst besorgt aus. Was macht dir solchen Kummer?«

»Meine Tochter …«, sie holte tief Luft, schluckte und wiederholte: »Meine Tochter … Emma ist an Bord der *Windhuk*.«

»Was?! Warum hast du das nicht gleich gesagt?«

Mit einer gewissen Erleichterung registrierte Constanze, dass Ruth nicht einmal vor ihren engsten Freunden ausgeplaudert hatte, wer ihr auf der Passagierliste aufgefallen war. Wenn sie es recht bedachte, schien niemand sonst die Namensgleichheit bemerkt zu haben. Tatsächlich hatte keiner ihrer Bekannten oder Gäste Constanze darauf angesprochen. Wahrscheinlich waren die Leute alle zu sehr mit ihren eigenen Angelegenheiten beschäftigt, und es wussten ja auch nur wenige Eingeweihte, nach wem das Café Emma benannt war. Vorläufig jedenfalls. Der Klatsch würde noch früh genug wie eine Wüstenrose erblühen.

Sie straffte die Schultern. »Ich habe sie sehr lange nicht gesehen. Deshalb ist es mir recht, wenn nicht ganz Lüderitzbucht unserer ersten Begegnung nach all den Jahren zuschaut.«

»Ich wusste nicht, dass du mich zu *ganz Lüderitzbucht* zählst«, gab er beleidigt zurück. Er scharrte mit der Spitze seines Stiefels im Sand. Der Wind blies die kleinen Körnchen gegen Constanzes Kleid. »Weiß Paul von deinem bevorstehenden Besuch?«

»Nein.« Irritiert schüttelte sie den Kopf.

»Das ist gut. Er denkt ohnehin viel zu viel über Privates nach …«, Hannes brach in beredtem Schweigen ab und setzte dann rasch hinzu: »Wie alt ist deine Tochter eigentlich?«

Constanze lachte. »Stell mir nicht solche Fragen, sondern gib zu, dass du wissen möchtest, ob ich bereits Großmutter bin.«

»Ich bin dein Arzt, ich weiß, dass du ein vortrefflicher Jahrgang bist, wenn ich das mal so ausdrücken darf. Du solltest nur viel besser auf dich achtgeben.«

»Emma ist zweiundzwanzig.«

»Und offenbar unverheiratet«, resümierte Hannes. »Wenn sie genauso schön ist wie ihre Mutter, wird ihre Ankunft eine wahre Freude für die einsame Lüderitzbuchter Männerwelt sein.«

Ja, die Ankunft einer hübschen jungen Frau würde für einiges Aufsehen sorgen, ging es Constanze durch den Kopf. Die Zeiten hatten sich zwar gebessert, seit immer mehr heiratswillige junge Mädchen bereit zu dem Leben in der Kolonie waren. Die Männer, die ihr Glück fern der Heimat machen wollten, brauchten mehrheitlich nicht mehr nur auf das Entgegenkommen von weißen Huren oder Eingeborenenfrauen zu zählen, wie dies in den ersten Jahren in Südwest der Fall gewesen war. Aber das änderte nichts an der Tatsache, dass eine junge Dame wie Emma eine Attraktion im gesellschaftlichen Leben sein würde. Constanze fiel ein, dass mit der Pianistin Dorothee von Hirschberg noch eine zweite beachtenswerte Frau auf dem Weg nach Lüderitzbucht war. Sie konnte nur hoffen, dass ihre Tochter hinter der Berühmtheit in Vergessenheit geriet.

»Du solltest dir keine Hoffnungen machen, mein Lieber. Ich werde alles tun, um meine Tochter von einer Eheschließung abzuhalten. Das Leben bietet einer Frau viel mehr, wenn sie unverheiratet bleibt.«

Einen Moment lang sah er sie verblüfft an, dann lächelte er. »Stimmt! Mir ist keine Afrikaforscherin bekannt, die einen Gatten im Schlepptau hatte. Einen Reifrock im Gepäck – das schon. Aber keinen Mann.«

Wieder dachte sie an Manfred, und ihr Herz krampfte sich zusammen. Er war stets hinter jeder Frau her gewesen. Manchmal hatte Constanze geglaubt, dass es wie ein Wettkampf für ihn war, einfach nur zu erobern. Besonders die Frauen, die er eigentlich nicht haben konnte, schienen es ihm angetan zu haben. Er war natürlich viel älter als Emma, aber wer konnte ihr garantieren, dass er die Finger von ihrer Tochter ließ? Vor allem, wenn er erfuhr, dass sie ihre Tochter war!

Die Fröhlichkeit war aus ihrem Gesicht verschwunden. Ernst fragte sie: »Hast du erfahren, wann die *Windhuk* nun eintreffen soll?«

»Voraussichtlich in zwei Tagen. Genaues hört man wohl erst, wenn das Schiff Swakopmund erreicht hat.«

Jeder Tag mehr, den Emma mit Manfred von Paschen an Bord verbrachte, verlängerte Constanzes Qual.

»Dann werde ich mich in Geduld fassen«, log sie, weil sie

wusste, dass die Zeit bis zu Emmas Ankunft nicht mit Besonnenheit auszufüllen war.

»Ich kann mir gut vorstellen, dass du das Wiedersehen mit deiner Tochter kaum erwarten kannst. Glücklicherweise ist die Ankunft aber nur aufgeschoben. Ihr ist ganz sicher nichts geschehen.«

Seine aufmunternden Worte trugen nicht dazu bei, ihre düstere Stimmung zu heben. Sie konnte Hannes Graeff die Wahrheit jedoch nicht anvertrauen. Niemand durfte sie erfahren!

Dabei war es vielleicht an der Zeit, einem Freund zu offenbaren, in welcher Verbindung sie einst zu Manfred von Paschen gestanden hatte. Später, sinnierte sie, ich werde es später erzählen. Nicht jetzt … noch nicht … am besten nie …

Der Glockenschlag der Turmuhr riss Constanze aus ihren Gedanken.

Hannes erinnerte der blecherne Klang offenbar an seine Patienten. »Tut mir leid«, er berührte zart ihren Arm, »die Arbeit ruft. Wir sehen uns an der Mole, wenn die *Windhuk* anlegt. Ich möchte der Erste sein, dem du deine schöne Tochter vorstellst. Sag Paul, er soll sich hinter mir anstellen.«

Sie verabschiedete ihn mit einem Lächeln.

Während er den Weg zu der Brücke einschlug, die das Festland mit der Haifischinsel verband, überlegte sie, ob sie noch in die Post gehen sollte, entschied sich jedoch nach einer Weile dagegen. Im Moment gab es sicher nichts anderes zu erfahren als das, was sie bereits von Hannes Graeff wusste. Außerdem füllte sich die Agentur mit immer mehr Menschen.

Ohne über die Richtung nachzudenken, die sie nahm, spazierte sie zum Hafen. Es war nicht weit, nur zwei Straßenzüge, dem Wind entgegen. Erfreulicherweise lichtete sich der Nebel, so dass die Konturen der imposanten neuen Geschäftshäuser nicht im diffusen Licht verschwammen. Aus Sandstein erbaute mehrstöckige Gebäude wie etwa das Kontor der Woermann-Linie, dessen Architektur ebenso gut in eine Stadt im Reich gepasst hätte. Das Wetter nährte Constanzes Hoffnung, dass heute die Sonne den Kampf gewann. Wie schön wäre es, wenn dies in den nächsten Tagen so bliebe und Emma nicht durch eine wabernde Mehlsuppe an Land gehen müsste.

Manche Leute grüßten Constanze im Vorbeigehen, und sie nickte abwesend zurück. Die Gesichter derjenigen, die an diesem diesigen Morgen unterwegs waren, nahm sie jedoch nicht wahr. Sie hing ihren Gedanken nach und malte sich aus, wie es sein würde, Emma nach all den Jahren in die Arme zu schließen.

Plötzlich sah Constanze eine Gestalt durch den sich auflösenden Dunst auf sich zukommen.

Ihr fiel die elegante Haltung des Mannes auf. Die meisten weißen Bewohner Südwestafrikas bewegten sich nicht mit dieser Eleganz – jedenfalls nicht, wenn sie sich außerhalb des Ballsaals in Kapps Hotel befanden – und vor allem nicht, wenn sie den leichten Anstieg vom Hafen die Straße herauf nahmen. Noch dazu am frühen Morgen, wenn selbst die vornehmsten Herren in Eile waren. Der Müßiggang, den ein bestimmter Stand in der Heimat pflegte, war in der Kolonie unbekannt.

Auf den zweiten Blick erkannte sie ihn.

Sie wunderte sich selbst, dass sie nach zwölf Jahren weder ein Zögern noch ein Zweifeln empfand. Er war noch so weit entfernt, dass sie nicht einmal die Züge seines Gesichts deutlich ausmachen konnte. Und doch wusste sie es mit allen Fasern ihres Seins: Manfred von Paschen schlenderte die Straße herauf und ihr entgegen, als hätte das Schicksal sie seit ihrer letzten Begegnung niemals getrennt.

Aber – wieso sah sie ihn? Er sollte bei Emma auf dem Schiff sein!

Erlag sie einer Sinnestäuschung? Dachte sie plötzlich so viel an ihn, dass die Traumgestalt lebendig wurde wie eine Fata Morgana in der Wüste?

Constanzes Herz schien einen Schlag auszusetzen, um dann in unregelmäßigen Abständen gegen ihre Brust zu donnern. Sie hob die Hand, als könnte sie auf diese Weise das Pochen aufhalten, doch wirkte ihre Geste eher wie ein Winken. Der Wind fuhr in ihre Frisur und zerrte an den Nadeln, die ihre Haare zusammenhielten. Unwillkürlich strich sie sich eine vorwitzige Strähne hinters Ohr.

Ihre Schritte verlangsamten sich, bevor sie ganz stehen blieb. Zur Salzsäule erstarrt erwartete sie ihn.

26

Eine der Annehmlichkeiten seines Arbeitsplatzes im sogenannten Diamantenland stellte die Wohnung dar, die Paul Borchart als leitender Geologe in Lüderitzbucht zustand. Ein solide gebautes ebenerdiges Reihenhaus, das wegen des steinigen Untergrunds keinen Keller besaß, aber einen Wintergarten, Küche, Badezimmer und Toilette. Da seinem Haushalt eine weibliche Hand fehlte, sah der Garten dem Sandkasten eines Kindes ähnlicher als mancher Platz in der Wüste. Paul selbst hatte nicht die Geduld, um in der kargen Erde Pflanzen zu ziehen, und sein einheimisches Personal verstand nicht, warum die Weißen dem südwestafrikanischen Wüstenboden ein Leben abzutrotzen versuchten, das die Götter hierzulande nun einmal nicht vorgesehen hatten.

Seine Diener belächelten allerdings auch die seltsame Konstruktion, die Paul hinter dem Haus errichtet hatte: Mittels einer Pumpe wurde Wasser aus einem Bottich in einem Rohr angesaugt und durch einen Sprühkopf wie ein Regenschauer wieder abgelassen. Am Dach seines Hauses hatte er überdies eine Tonne aufgestellt, die den Tau auffing, der bei starkem Küstennebel von den Schindeln tropfte. Sich mit etwas anderem als dem salzigen Meerwasser zu waschen war ein unerhörter Luxus. Immerhin kosteten hundert Liter Trinkwasser in Lüderitzbucht so viel wie zwei Kilo bestes Rindfleisch in Berlin.

Obwohl Paul die Vorrichtung hinter Tüchern verborgen hatte, war er nie wirklich allein, wenn er unter die Dusche ging, da der Schattenriss seines Körpers hinter dem Leinen deutlich auszumachen und das Plätschern weithin vernehmbar war. Er wusste, dass er eine Art Attraktion darstellte, aber er ließ sich nicht stören. Was im Deutschen Reich in öffentlichen Badeanstalten und den Kasernen des preußischen Militärs Gepflogenheit war, sollte ihm auch in der Kolonie recht sein. Außerdem verbrauchte er auf diese Weise weniger Wasser als in der Wanne.

Und er liebte es, an einem klaren Abend in den sternenübersäten Himmel zu schauen, während das kühle Nass über seine Haut perlte. Wenn es irgendetwas gab, das er mit dem Wort *Freiheit* verband, so waren es diese Augenblicke.

Das Firmament funkelte in einer Intensität, wie es selbst zu einem Häuflein aufgeschichtete Klippies in hellstem Licht nicht vermochten. Ungeschliffene Diamanten leuchteten allerdings auch nicht so stark wie zu Schmuckstücken gefasste Brillanten im Dekolleté einer schönen Frau.

Bei diesem Gedanken lächelte er. In Südwest war der Wert eines Diamantencolliers ein anderer als im Reich. Die Frauen in Afrika setzten andere Maßstäbe. Constanze etwa hätte er mit dem Geschenk kostbarer Juwelen in tiefes Erstaunen versetzt. Wahrscheinlich konnte er sie eher damit beeindrucken, ihr die vier besonders strahlenden Sterne zu zeigen, die kreuzweise angeordnet waren und daher bei den Astronomen Kreuz des Südens hießen.

Ob sie sich auch so verhalten hätte, wenn sie sich in Europa begegnet wären? Sein Grinsen wurde breiter. Als Constanze noch in Berlin gelebt hatte, war er ein Jungspund von siebzehn oder achtzehn Jahren gewesen, dessen Apanage höchstens dazu ausreichte, seiner Angebeteten ein Taschentüchlein zu kaufen. Und das Sternenbild war in der nördlichen Hemisphäre ohnehin ein anderes.

Seine Lippen teilten sich, und er ließ Wasser in die Kehle rinnen. Meistens mischte er für die Dusche den Tau mit dem aus dem Meer geschöpften Salzwasser, aber da die Nebelbänke der vergangenen Tage viel Feuchtigkeit mitgebracht hatten, ging er heute spendabel mit sich um.

Dennoch hatte er den Eimer an der Pumpe nicht ganz gefüllt, und der Genuss währte nicht lange. Nur noch wenige Tropfen fielen vom Duschkopf herab, und schließlich versiegte die Quelle ganz.

Bedauernd, weil das Vergnügen so rasch vorbei war, sah er an sich hinunter. Sein Körper glänzte feucht im Mondlicht, fast silbern, seine sonnenverbrannten Arme schimmerten wie flüssige Bronze. Er war sehr schlank, mit entsprechend flachem Bauch, seine Schultern waren schmal und seine Beine lang und dünn. Die Muskeln, die er sich durch die Arbeit mit dem Geologenhammer antrainiert hatte, zeichneten sich nur bei bestimmten Bewegungen ab und traten nicht so deutlich hervor wie etwa bei den Afrikanern, die oft mit kaum verhülltem Leib für die Deutschen schürften, von ihren Herren insgeheim beneidet.

Ein leichter Schüttelfrost legte sich auf seine Haut, die feinen, dunklen Härchen richteten sich in der frischen Nachtluft auf. Er schlug die Plane zurück und bückte sich zu dem Handtuch, das er auf einem Gartenstuhl bereitgelegt hatte.

Nachdem er es sorgfältig ausgeschüttelt hatte, falls sich ein Insekt darin verfangen haben sollte, schlang er es sich um die Hüften und tappte auf bloßen Füßen ins Haus. Der Sand knirschte unter seinen Schritten und setzte sich zwischen den feuchten Zehen fest.

Im Wintergarten verbreitete eine Öllampe behagliches Licht. Durch das Haus zog der köstliche Duft von Kräutern und gebratenem Fleisch. Eine weitere Annehmlichkeit, die er durchaus zu schätzen wusste, war die Rekrutierung des Orlams Jakob durch die Deutsche Diamanten-Gesellschaft, der als Koch hervorragende Dienste leistete. Beim Durchqueren des Wohnzimmers fiel Paul auf, dass Jakob in weiser Voraussicht den Tisch bereits gedeckt hatte.

Wenn er in wenigen Minuten angekleidet und gekämmt aus seinem Schlafraum zurückkommen würde, brannten wahrscheinlich schon die Kerzen, die Jakob immer aufstellte und anzündete, obwohl Paul in seinem Junggesellenalltag auf diese Art Romantik wenig Wert legte. Heute indes fand er die Vorstellung gar nicht schlecht. Seine Laune konnte besser nicht sein, und wenn er sich beim Essen mit einem Buch unterhielt, nützte ihm das zusätzliche Licht sogar.

Fast wäre er darauf getreten, da bemerkte er in der dämmrigen Diele ein Bündel. Im ersten Moment dachte er, ein Tier habe sich in seine Wohnung verirrt, ein streunender Hund vielleicht. Unwillkürlich wich er zurück, den Ruf nach seinem Boy auf den Lippen.

»Master Paul!« Das Knäuel verwandelte sich in eine menschliche Gestalt mit der leicht kehligen, hohen Stimme einer Nama-Frau. Ihr schwarzes Gesicht verschmolz mit der Dunkelheit, das Licht fiel von den Wohnräumen nur schwach herein. Das Weiß ihrer Augen wirkte wie zufällig verlorene Blütenblätter auf frisch gepflügter Erde.

»Kaaya! Was machst du denn hier?«

»Ich warte, Herr«, erklärte sie einfach, während sie sich aufrichtete.

Er spürte ihren Blick auf seinem Körper, obwohl er nicht sah, wie sie ihn musterte. Wahrscheinlich wundert sie sich, wieso sich eine Frau wie ihre Herrin für einen so dünnen Mann erwärmen sollte, dachte er amüsiert.

»Also, Kaaya, welche Nachricht sollst du mir überbringen?« Für einen Moment gab er sich der Illusion hin, Constanze wollte ihn zu einer Art Rendezvous einladen. Einen Atemzug später wurde ihm klar, dass er einfach nur eitel, verblendet und wohl auch einsam war.

»Doktor Hannes schickt mich. Missi Constanze sehr krank. Bitte, kommen Sie.«

Paul starrte die Schwarze an, ohne zu begreifen. Er hatte ihre Worte wohl gehört, der Inhalt verschloss sich ihm jedoch. Sein Atem beschleunigte sich, er überlegte, weiter in Kaaya zu dringen, aber er ahnte, dass sie ihm nicht mehr sagen würde. Erst langsam brachte er ihre kurzen Sätze in Zusammenhang.

Um seiner wachsenden Unruhe Herr zu werden, strich er sich das feuchte Haar aus der Stirn.

»Ich ziehe mich sofort an«, versprachs, schob sie zur Seite und trat in seine Kammer.

Hose, Hemd, Stiefel. Er legte keinen großen Wert auf die Wahl seiner Kleidungsstücke, nur sauber sollten sie sein. Während er sich eilends ankleidete, fragte er sich wieder und wieder, was geschehen sein mochte. Schließlich hielt er es nicht länger aus und rief durch die geschlossene Tür: »Kaaya, warum schickt dich Doktor Hannes und nicht Missi Constanze selbst?«

»Missi Constanze sehr krank«, wiederholte sie in einem seltsamen Singsang. »Bitte, kommen Sie schnell, Master Paul. Ich warte schon lange, und Doktor Hannes sagt, Sie sollen beeilen …«, die gedämpfte Stimme hinter der Tür brach ab.

Paul verfluchte den Tag, an dem er seinem Personal verboten hatte, ihn bei der Dusche zu stören.

Er ging in Gedanken alle Krankheiten durch, die Constanze befallen haben könnten. Am häufigsten kam es in Lüderitzbucht wegen des Wassermangels zu Ruhr und Typhus, doch meistens waren davon Mitglieder der Schutztruppe betroffen oder Digger auf den Diamantenfeldern. Sollte es dennoch jetzt Constanze erwischt haben? Er überlegte sich, eine frisch gefüllte Kanne Wasser mit zum Strandhaus zu nehmen, entschied sich jedoch dagegen. Das kostete nur Zeit. Hannes Graeff hätte Kaaya aufgetragen, wenn es mehr als Pauls Anwesenheit bedurfte.

Ein Unfall!, dachte er plötzlich. Constanze hatte einen Unfall gehabt und benötigte eine starke Hand, die sie stützte. Deshalb die Eile. Seine anfängliche Sorge war gewiss übertrieben. Er hatte Kaaya missverstanden. Die Schwarzen neigten zuweilen zur Theatralik, das war bekannt.

Ohne ein weiteres Wort zu verlieren, stürmte er aus dem Schlafzimmer. Seine Füße steckten bei den ersten Schritten noch nicht ganz in den Stiefeln, und er hatte Mühe, nicht zu straucheln und an ein Möbelstück zu stoßen.

Mit einer gewissen Erleichterung sank er auf den Kutschbock des Ochsenkarrens, mit dem Kaaya zu ihm gefahren war und den sie vor seinem Haus in der um diese Tageszeit stillen Bergstraße abgestellt hatte. Er lächelte seine verschlossene Begleiterin zuversichtlich an, hob Zügel und Peitsche. Wie ein Gespann routinierter Kutschpferde fielen die Zugochsen in ein überraschend schnelles Tempo.

27

Wenn man nach Afrika kommt, erwartet man Palmen, sinnierte Emma, während sie auf die Küste von Deutsch-Südwest blickte. Vielleicht auch Schirmakazien wie im Botanischen Garten, aber bestimmt nicht Berge aus Sand.

Es sah aus, als bestünde die Küste aus hohen goldgelben Dünen, die im Nebel manchmal grau wirkten, bei einer bestimmten Sonneneinstrahlung jedoch so orange wie die Zitrusfrucht waren. Die Wolken malten riesige dunkle Schattenmuster auf die Wüstenberge, die aus Mulden und Tälern bestanden wie ein Gebirge oder zumindest so, wie Emma sich etwa den Harz oder den Thüringer Wald vorstellte. Der Unterschied lag wohl lediglich darin, dass weit und breit kein einziger Baum oder Strauch auszumachen war, nicht ein Hauch von Grün.

Die *Windhuk* dampfte in beträchtlicher Entfernung vom Ufer südwärts, aber doch nah genug, dass sich die auf dem Promenadendeck versammelten Passagiere bei der heute herrschenden klaren Sicht ein Bild von diesem Teil Südwestafrikas machen konnten. Nichts als Ödnis, dachte Emma.

Im nächsten Moment überlegte sie, ob ihr die Üppigkeit Neukameruns tatsächlich besser gefallen hatte. Zweifellos übte auch der sonnenfarbene Streifen Erde, auf dem kein Leben zu gedeihen schien, eine gewisse Faszination auf die Betrachterin aus. Sie überlegte, wie die Wüste wohl riechen mochte, schnupperte – und sog nur die salzige Luft des Atlantiks und den Ruß aus dem Schiffsschornstein ein.

Emma beschloss, ihre Mutter um einen gemeinsamen Ausflug zu bitten. Sie wollte wissen, wie die Namib duftete. Wenn – ja, wenn – Constanze über ihren Besuch so glücklich war, dass sie ihr zuliebe auch ein Picknick in der Wüste machen würde.

Seit ihr Schiff vor Swakopmund gelandet, das Kohlenlager gelöscht und wieder beladen worden war, so dass der planmäßigen Weiterfahrt nichts mehr im Wege stand – seit sie sich also dem Hafen von Lüderitzbucht näherten, wurde Emma von Herzrhythmusstörungen geplagt. Ihr Herz raste, als liefe es vor ihrer eigenen Aufregung davon. Dann schien es in ihrem Bauch zu klopfen, ein anderes Mal in ihrem Hals. Plötzlich kam es ihr sogar vor, als wären nicht nur Dorothees Lungen von der schlimmen Krankheit heimgesucht, sondern auch ihre eigene Atmung ließe sie im Stich. Sie schnappte nach Luft und hatte Angst zu ersticken. Das war ein anderes Gefühl als in den ersten Wochen an Bord, als sie die Tiefe des Meeresbodens mit den Fluten verwechselte, die damals über der Zehnjährigen zusammengeschlagen waren. Sie fürchtete nicht mehr den Wellengang, sondern das Wiedersehen mit ihrer Mutter. Ihr war nicht übel, weil sie seekrank wurde, sondern weil sie den Mut verlor.

Emma dachte, dass alles vielleicht ein wenig leichter wäre, wenn sie sich Manfred von Paschen anvertrauen könnte. Er fehlte nicht nur Dorothee, so viel stand fest. Sie vermisste seine Gelassenheit, seinen Charme, seine Fürsorge. In seiner Gegenwart war es ihr vorgekommen, als würde alles irgendwie gut ausgehen. Sie hatte fest daran geglaubt, dass er sie beschützte.

Unwillkürlich tasteten ihre Finger nach dem Gris-gris, das sie an einer dünnen Schnur aus Leder um den Hals trug, wie es der alte Händler in Victoria empfohlen hatte. Natürlich verborgen unter ihrem Kleid. Sie hatte den Talisman angelegt nach dieser seltsamen Begegnung mit Ernst Keller. Dorothee erfuhr in ihrer Aufregung besser nicht mehr davon als unbedingt nötig. Aber Emma beschlich das Gefühl, dass es Zeit wurde, auf die geheimen Kräfte ihres Souvenirs zu setzen.

Sie hatte es sich in einem Liegestuhl bequem gemacht, weil

ihr dieser Zufluchtsort am besten geeignet erschien für die noch verbleibenden Stunden an Bord.

Dorothee eilte derweil hektisch zwischen ihrer Kabine und dem Lagerraum für das Gepäck hin und her, da sie es sich nicht einmal von ihrem Vater ausreden ließ, selbst für das richtige Entladen ihrer Koffer Vorsorge zu treffen. Emma sah keinen Grund, ihre Freundin bei diesem unsinnigen Tun zu unterstützen; ihrer Ansicht nach war das Bordpersonal erfahren genug, die Koffer entsprechend ihren Anhängern an Land zu schaffen. Vielleicht brauchte Dorothee aber auch diese Aufgabe, um nicht an Manfred von Paschen zu denken und sich zu fragen, ob er sie wohl am Landungssteg in Lüderitzbucht erwartete – so wie Emma es tat.

Blicklos starrte Emma auf die goldenen Sanddünen, die in dem tiefblauen Meer versanken und von einem leuchtend indigofarbenen, kaum wolkenverhangenen Himmel beschirmt wurden. Blau und gelb – die Farben von Treue und Eifersucht.

Ob sie sich in Manfred von Paschen verliebt hatte? Emma wusste es nicht. Er war natürlich zu alt für sie, und außerdem verehrte er ihre wunderbare Freundin, aber wenn sie es recht bedachte, hatte er ihr auch irgendwie den Hof gemacht. Und wenn sie ganz genau nachdachte, wurde ihr bewusst, dass ihre Gefühlswelt ziemlich durcheinandergeraten war, seit sie Constanzes Briefe gefunden hatte: Da war Kurt Halske, den sie sich sogar als künftigen Ehemann vorgestellt hatte, als sie Berlin verließ, dann war sie Ernst Keller begegnet, dem sie zugegebenermaßen anfangs schöne Augen gemacht hatte, und immer war Manfred von Paschen da gewesen, als schwebte er wie ein Heiliger über den jüngeren Männern und hielte seine Hand über sie, Emma. Bei ihrem Landgang in Victoria war ihr durch den Kopf gegangen, dass ein Herr von seinem Format eigentlich der Kavalier war, den sich eine Frau nur wünschen konnte. Wenn er nur in einem passenderen Alter wäre. Zumindest trug sie seitdem ein Bild von dem Typus Mann in ihrem Herzen, dem sie eines Tages ihre ungeteilte Liebe schenken wollte.

Von diesem Gedanken beseelt nickte Emma ein. Sie träumte von Engeln und davon, über das Meer zu fliegen wie die Seeschwalben, Möwen, Kormorane und Pelikane, die den Dampfer seit einer Weile auf seiner Reise begleiteten.

Als sie plötzlich aufschreckte, bemerkte sie durch die Wimpern, dass sich die Küstenlinie verändert hatte. Statt der Wüste wechselten sich nun goldene Sandbuchten mit kahlen, graubraunen Klippen ab. Die Wellen türmten sich meterhoch auf und brachen sich mit einer schier unglaublichen Gewalt an den vegetationslosen Felsen. Es war ein beeindruckendes Naturschauspiel, doch Emma schlief wieder ein.

Im Traum verfolgte sie jedoch die Angst vor der ebenso kargen wie imposanten Landschaft. Jetzt flog sie nicht mehr über die Steilküste hinweg, sondern fiel von den Steinen hinab, aber sie traf nie auf dem Wasser auf und sank auch nicht in die Tiefe des Meeres. Sie schwebte über der Oberfläche, beschützt von Manfred von Paschen, der ihre Schultern umfasste – oder wollte er sie von den Klippen stürzen?

Da erklang die Stimme einer Frau: »Emma! Emma, wach auf! Wir sind angekommen!«

»Du verschläfst ja noch unsere Ankunft«, stellte Dorothee fest. In ihrer Stimme schwang ein leichter Vorwurf mit.

Sie war so damit beschäftigt gewesen, alle Vorbereitungen zu treffen, um unbesorgt von Bord gehen zu können, dass sie ihre Freundin darüber fast vergessen hatte. Immerhin hatten sie fast einen Monat lang auf dem Schiff gelebt – an keinem anderen fremden Ort war Dorothee zuvor so lange an einem Stück zu Hause gewesen.

Ihr Leben hatte stets aus dem raschen Wechsel von Konzertsälen und luxuriösen Schlafkammern bestanden. Manchmal hatte sie nicht einmal in ihrem Zimmer in Berlin so oft hintereinander geschlafen wie in ihrer Kabine auf der *Windhuk*. Entsprechend selbstverständlich hatte sie ihre Sachen ausgebreitet und wollte es nicht nur dem Steward überlassen, diese wieder einzupacken. Emma war es natürlich gewohnt, selbst für Ordnung zu sorgen, aber Dorothee war stets von Dienstboten umgeben, die sie mit Anweisungen antrieb.

Da sie hoffte, Manfred von Paschen werde sie im Hafen von Lüderitzbucht erwarten, hatte sie sich zudem mehrfach umgezogen, immer wieder Kleider ausgepackt, die sich eigentlich bereits im Koffer befanden. Das Empfangskomitee der Honoratioren von Lüderitzbucht, das wahrscheinlich am Landungssteg antreten würde, interessierte sie weniger. Sie träumte davon, dass der geliebte Mann, der sie so überstürzt verlassen hatte, sie zumindest mit einem Rosenstrauß begrüßte. Gab es in Südwest überhaupt Rosen? Egal. Er würde schon etwas auftreiben, was wie ein angemessener Blumenstrauß aussah. Davon war sie überzeugt – und für diese Szene wollte sie so hübsch wie möglich aussehen.

Als ihr endlich auffiel, dass sie seit Stunden nichts mehr von Emma gesehen und gehört hatte, fühlte sie unter ihren Füßen, wie die Schiffsmaschine gedrosselt wurde. Wenn nicht mehr Volldampf gefahren wurde, bedeutete dies die bevorstehende Ankunft.

Nachdem Dorothee an die Tür ihrer Kabine geklopft und den Steward nach Emmas Verbleib befragt hatte, stürzte sie zum Promenadendeck auf der Suche nach ihrer Freundin.

Obwohl sie sich bislang so gut gefühlt hatte, spürte Dorothee wieder einen leichten Hustenfall von ihren Bronchien aufsteigen. Es war wohl doch zu anstrengend gewesen, sich um alles allein zu kümmern. Ihr Vater hatte sie gewarnt. Glücklicherweise saß der im Salon und trank einen Abschiedsschluck mit Ernst Keller, der Manfred von Paschen in den vergangenen Tagen beim Schachspiel mit Hugo von Hirschberg vertreten hatte. Er war also zu beschäftigt, um ihr Vorhaltungen zu machen.

Die *Windhuk* schien voraus direkt auf eine felsige Landzunge aufzulaufen. Wie gebannt starrte Dorothee auf die Klippen, auf denen ein gigantisches Kreuz stand, dessen Kalkstein der atemberaubenden Brandung trotzte. Die durch die Dünung verursachte Gischt sprühte in einem weiten Bogen über das Massiv von der offenen See in die Bucht dahinter. Die Wasserperlen glitzerten so farbenprächtig wie ein Regenbogen im Sonnenlicht.

Am Rande des natürlichen Hafens tauchten Häuser und Schuppen auf, die wie zufällig in die Felsen geworfen schienen. Warenlager, Kontore, die Eisfabrik. Der Rauch aus dem langen schmalen Schornstein eines riesigen Kondensators trieb im Wind über Sandbuchten und vorgelagerte Inseln, die aus dem Meer ragten. Leichterboote und Schlepper dümpelten an der Anlegestelle. Auf dem hölzernen Landungssteg warteten Hafenarbeiter auf das Anlegemanöver, die anfangs so klein wie Zinnsoldaten wirkten und mit jeder Kabellänge, die die *Windhuk* zurücklegte, menschlichere Form annahmen.

Die meisten Passagiere drängten sich an der Reling, um das nächste Ziel in Augenschein zu nehmen oder Freunden zuzuwinken, die an der Mole bereits warteten und wahrscheinlich nichts anderes als eine gesichtslose Masse an Deck ausmachen konnten. Nicht alle Gäste gingen jedoch in Lüderitzbucht von Bord, viele reisten weiter nach Kapstadt und Port Elizabeth in Südafrika, manche nach Mosambik oder nach Deutsch-Ostafrika und zur Inselmetropole Sansibar. Dorothee hatte gehört, dass in den jeweiligen Häfen auch viele Leute zustiegen, die entlang dem schwarzen Kontinent nur von einem Ort zum anderen fuhren.

Es war nicht schwierig, Emma schlafend in ihrem Liegestuhl zu finden. Sie schien nichts von der Aufregung wahrzunehmen, die um sie herum herrschte, nicht einmal das Begrüßungssignal des Nebelhorns weckte sie.

Dorothee seufzte. Nicht auszudenken, wenn Emma das Ausschiffen verpasste. Deshalb erhob sie die Stimme und rüttelte die Freundin ziemlich unsanft an der Schulter.

»Emma! Emma, wach auf! Wir sind da! Du verschläfst ja noch unsere Ankunft.«

Müde wischte sich Emma mit der Hand über die Augen. »Was? Sind wir schon da?«

»Wir sind bald schon wieder weg, wenn du nicht auf die Beine kommst.«

»Oh!« Nach der ersten Schrecksekunde sprang Emma auf, taumelte und fasste nach Dorothees Arm, weil ihr wohl ein wenig schwindelig wurde. Auf die andere gestützt sah sie sich um. »Das ist also Lüderitzbucht«, stellte sie langsam fest, »Sand, Felsen und ein paar vertrocknete Wüstenpflanzen.«

Dorothee nickte. »Und Diamanten, vergiss das nicht.«

28

Manfred von Paschen wartete nicht am Landungssteg und auch nicht jenseits des Zollgebäudes.

In dem Schuppen mussten die Ankömmlinge zunächst einem schlecht gelaunten Beamten der kolonialen Verwaltung die üblichen behördlichen Urkunden wie Auslandspass oder Urlaubsschein der zuständigen Militärbehörde und gegebenenfalls die amtlich beglaubigte Reiseerlaubnis der Eltern von minderjährigen Personen vorlegen. Emma nahm den ersten Pass ihres Lebens, den sie sich im Polizeiamt von Groß-Lichterfelde hatte ausstellen lassen, so vorsichtig aus ihrer Tasche und nach der Prüfung wieder entgegen, als wäre der Ausweis aus Porzellan. Für sie waren diese Art Kontrollen nicht so selbstverständlich wie für die weitgereiste Dorothee. Außerdem ging ihr die Frage durch den Kopf, wann sie die Bescheinigung wohl zum nächsten Mal benutzen würde.

Als sie aus dem dämmrigen Licht der Baracke hinaus in die Sonne trat, war sie für einen Moment wie geblendet. Obwohl es nicht wärmer war als an einem durchschnittlichen Sommertag in Brandenburg und darüber hinaus eine angenehme Brise wehte, kam ihr die Sonne greller vor als zu Hause. Punkte tanzten vor ihren Augen. Die wartende Menge jenseits des Umschlagplatzes verschwamm zu einer dunklen Masse vor zu hellem Hintergrund. Unwillkürlich blieb Emma stehen und bedeckte ihre Augen mit der Hand. Die Krempe ihres Topfhutes reichte als Schattenspender nicht aus.

Von der Delegation, die zur Abholung der berühmten Pianistin zum Hafen geeilt war, nahm Emma zunächst nur einen gewissen Lärm wahr. Die Herrschaften klatschten Beifall und riefen wild durcheinander »Hoch« und »Willkommen«, Männer- und Frauenstimmen, die ebenso wie die Körper unter ihren Blicken zu einer Einheit verschwammen.

Vom Landungssteg her erklang das Nebelhorn der *Windhuk*, die Lüderitzbucht bald wieder verließ, und übertönte die Rufe.

»Er ist nicht gekommen«, flüsterte Dorothee, wahrscheinlich mehr zu sich als an ihre Freundin gerichtet.

Wie eine Photographie im Prozess des Auskopierens verwandelte sich die Menge vor dem Zollgebäude langsam zu einem scharfen Bild. Vielleicht ein Dutzend Herren in dunklen Anzügen mit Zylinder und Homburg harrten mit preußischer Disziplin in der Sonne aus, dazwischen ein paar Damen in hellen

Sommerkleidern und mit breitkrempigen Strohhüten. Angesichts der eher salopp gekleideten Leute im Hintergrund, die gekommen waren, um Verwandte und Freunde vom Schiff abzuholen, wirkte das Begrüßungskomitee für Dorothee wie im übertriebenen Sonntagsstaat.

Langsam ließ Emma die Augen über die fremden Gesichter wandern. Manfred von Paschens charmantes Lächeln war tatsächlich nicht darunter. Und wenn sie gehofft hatte, dass Constanze zu den Honoratioren der Stadt gehörte, so wurde Emma ebenfalls enttäuscht. Die vertrauten Züge ihrer Mutter fand sie in keinem Antlitz.

Hugo von Hirschberg war ein paar Schritte vorausgeeilt und schüttelte bereits Hände. Er wandte sich kurz zu Dorothee um und winkte, während er von den Herren umringt und wahrscheinlich mit irgendwelchen Fragen nach seinem Wohlbefinden und den Annehmlichkeiten der Reise bedrängt wurde.

»Ich muss meinen Pflichten als Gast dieser Leute nachkommen«, sagte Dorothee leise. Sie hatte ein strahlendes Lächeln aufgesetzt, das ihre Augen jedoch nicht erreichte. »Adieu, Emma. Du weißt hoffentlich, dass du jederzeit zu mir ins Hotel kommen kannst, wenn deine Mutter nicht auf Besuch eingerichtet ist.«

»Ja, natürlich, Liebe.« Emma war dankbar für das Angebot. Sie hoffte zwar, es werde nicht so weit kommen, dass sie im Hotel absteigen musste, aber Dorothees Vorschlag gab ihr Sicherheit. »So oder so, ich melde mich, sobald ich kann.«

»Viel Glück!« Sie zwinkerte Emma aufmunternd zu, dann trat Dorothee neben ihren Vater, um die ihretwegen zusammengestellte Abordnung der Honoratioren kennenzulernen.

Offensichtlich war der Posten des Photographen in Lüderitzbucht bereits vergeben, denn aus der Menge löste sich ein Mann mittleren Alters, der auf seine bereits aufgebaute Ausrüstung inmitten des menschlichen Durcheinanders wies und rief: »Fräulein von Hirschberg, bitte erlauben Sie mir, ein Begrüßungsbild von Ihnen aufzunehmen.«

Dorothees Augen flogen zu Emma, doch die nickte zustimmend. Die Tasche mit der neuen Tropenkamera hing wie zur Mahnung schwer von ihrer Schulter. Obwohl es eigentlich zur Dokumentation der Reise notwendig wäre, Photographien von ihrer Ankunft zu machen, hatte sie nicht einen Moment daran gedacht. Ihr Denken und Handeln konzentrierte sich auf die Begegnung mit ihrer Mutter, und sie wusste, dass die Freundin davor verständnisvoll zurücktrat.

Es nötigte Emma Bewunderung ab, mit welcher Selbstbeherrschung Dorothee vor dem Photoapparat posierte. Sie strahlte, schüttelte Hände – und hätte wahrscheinlich nichts lieber getan, als das Stativ wütend umzustoßen. Die Enttäuschung über das Fehlen Manfred von Paschens musste enorm sein. Und Emma konnte nicht umhin, ebenfalls zu bedauern, dass ihr Wiedersehen in unbestimmter Ferne lag.

Wie verloren stand Emma eine Weile lang da und sah Dorothee dabei zu, wie sie die Rolle der berühmten Pianistin spielte.

Neben ihr türmten sich die Gepäckstücke der Hirschbergs, vor denen sich ihr eigener kleiner Koffer wie ein Zwerg ausmachte. Sie atmete tief durch, sog die seltsam nach Meersalz und Holz duftende Luft ein, spürte die brennende Sonne in ihrem Gesicht und den Staub, den der Wind aufwehte. Es wurde Zeit, dass sie sich auf die Suche nach ihrer Mutter machte. Am besten, sie fragte sich nach dem Kaffeehaus durch. Es war nachmittags und um diese Uhrzeit doch sicher geöffnet …

»Entschuldigen Sie bitte!« Eine tiefe Männerstimme riss sie aus ihren Gedanken. »Sind Sie Fräulein Thieme?«

Verwundert sah sie zu dem hochgewachsenen Mann auf, der

mit einem Mal vor ihr stand, ohne dass sie sein Näherkommen bemerkt hatte. Er trug Arbeitskleidung aus Khaki und einen Panamahut auf dem dunklen Schopf, dessen Krempe an der Seite hochgebogen war. Sein Gesicht war schmal und braungebrannt, über seinem ernsten Mund wuchs ein Schnauzbart. Er sah sie aus tiefblauen Augen aufmerksam an, sein Ausdruck war bekümmert und nicht etwa freundlich, wie sie es unter den gegebenen Umständen erwartet hätte.

Sie zögerte noch, ob sie sich zu erkennen geben oder ihn erst fragen sollte, wer er war und woher er ihren Namen kannte, als er seinen Hut abnahm und auch schon nachbohrte: »Emma Thieme aus Lichterfelde bei Berlin?«

»Fräulein Thieme, werden Sie belästigt?« Ernst Keller trat aus dem Schatten des Zollschuppens und näherte sich mit großen Schritten. Er baute sich demonstrativ zwischen Emma und dem Fremden auf.

Dieser ignorierte das forsche Auftreten. Dank Kellers Anrede brauchte er jedoch keine weitere Bestätigung.

»Mein Name ist Paul Borchart«, stellte er sich vor. Er sah Emma unverwandt an und würdigte den anderen Mann keines Blickes. »Ich komme im Auftrag Ihrer Mutter.«

Irgendetwas in seinem Blick zog sie in den Bann, überzeugte sie, dass sie ihm folgen sollte. Zwar lagen ihr viele Fragen auf den Lippen – woher er von ihr wisse, wie er sie erkannt habe zwischen all den Menschen, ob er ein Angestellter von Constanze sei oder ein Bekannter, Nachbar –, aber sie stellte keine davon, sondern nickte nur stumm. Die Tatsache, dass ihre Mutter jemanden zum Hafen schickte, um sie vom Schiff abzuholen, machte Emma sprachlos. Woher wusste Constanze von ihrer Ankunft?

Paul Borchart setzte seinen Hut ein wenig verwegen wieder auf. »Kommen Sie bitte, ich bringe Sie zu Ihrer Mutter.«

»Ja«, murmelte Emma. Ihre Kehle fühlte sich trocken an. Das musste am Staub liegen. Sie schluckte, deutete auf ihren Koffer und bat mit fester Stimme: »Nehmen Sie bitte mein Gepäck.«

»Sie werden doch wohl nicht mit einem Wildfremden in die Wüste fahren!«, protestierte Keller.

Borchart maß ihn mit einem abschätzenden, freudlosen Blick. Dann zuckte er mit den Achseln und bückte sich nach Emmas Reiseutensilien. »Wir fahren nicht in die Wüste«, erwiderte er, »nur an den Strand.«

Seine Unaufgeregtheit gefiel Emma. Unwillkürlich lächelte sie, was Keller offenbar missverstand.

»Ich werde Sie selbstverständlich begleiten.«

Entsetzt starrte sie ihn an. »Das werden Sie natürlich nicht tun! Ich habe mich gefreut, Sie kennenzulernen, aber nun muss ich leider gehen. Leben Sie wohl, Herr Keller.«

»Fräulein Thieme ...«

Sie ließ ihn einfach stehen.

Als sie ziellos voranstapfte, fiel ihr auf, dass auf der Straße recht viel Sand lag. Es war nicht besonders einfach, sich auf diesem Untergrund grazil zu bewegen. Vor allem füllte sich ihr Schuhwerk innerhalb von Sekunden mit den winzigen Körnern. Auch war es teilweise recht uneben, als wären die Straßen willkürlich in die Felsen gesprengt worden, darüber hinaus stieg der Weg an. Sie bemerkte Schienenstränge, die von der Stadt zum Hafen verliefen, und fragte sich, wieso ihre Mutter nichts von einer Tram geschrieben hatte. Im nächsten Moment sah sie eine Lore, die Waren beförderte. Beinahe wäre Emma in den Transportwagen hineingelaufen, und sie dachte an die Elektrische in Groß-Lichterfelde, die sie ebenfalls schon einmal beinahe überfahren hätte.

War sie wirklich angekommen? Sie konnte es kaum fassen, dass sie mit einer Selbstverständlichkeit durch Lüderitzbucht marschierte, als wäre dies bereits ihre Heimat. Dabei hatte sie doch nur Ernst Keller abschütteln wollen …

Irritiert sah sie sich um. Wo war eigentlich Paul Borchart geblieben? Warum folgte er ihr nicht?

Sie drehte sich um die eigene Achse und fand ihn ein paar Meter hinter sich neben einem Fuhrwerk, vor das zwei kräftige braune Rinder gespannt waren. Er hob gerade ihren Koffer in das wenig Vertrauen einflößende Gefährt. Emma wusste nicht, was sie mehr erstaunte: die klapprige, verwitterte Kutsche oder die Zugtiere. Langsam ging sie zu ihm zurück.

»Sollen wir damit fahren?«, fragte sie skeptisch.

Borchart sah überrascht auf. »Ja, natürlich, ja. Warum denn nicht?«

»Aber das sind Kühe und keine Pferde …«

»Ochsen!« Seine bisher ruhige Stimme nahm mit einem Mal einen scharfen, ungeduldigen Ton an. »Sie können natürlich auch auf einem Kamel reiten, wenn Ihnen das lieber ist.«

Sie zweifelte nicht an der Ernsthaftigkeit seiner Antwort. Diese Vorstellung war jedoch so abschreckend, dass sie ohne Widerrede auf den Kutschbock kletterte. Das Gefühl, sich blamiert zu haben, nagte an ihr. Natürlich kannte sie das Leben in Südwest nur aus Briefen, wahrscheinlich würde es noch viele unangenehme Momente geben, vor denen ihre Mutter sie zu bewahren versuchen würde, aber gleich auf Anhieb derart ins Fettnäpfchen getreten zu sein war ihr peinlich. Wie hatte sie nur Kühe mit Ochsen verwechseln können!

Borchart schwang sich neben sie. »Halten Sie sich gut fest, wir haben es eilig«, sagte er und trieb die Zugtiere mit der Peitsche an.

Wieso roch ein Mann, der sich kleidete wie ein Arbeiter, wie ein feiner Herr?

Es lag ihr auf der Zunge, endlich nach seiner Beziehung zu

Constanze zu fragen, aber wieder unterließ sie es. Sie wurde dermaßen durchgeschüttelt, dass sie es für besser hielt, nicht zu sprechen. Außerdem erschwerte das zunehmend laute Rauschen der Brandung jedes Gespräch, sofern man sich nicht anschreien wollte.

Borchart schien es ähnlich zu gehen, denn er konzentrierte sich auf die Fahrt und wandte sich seiner Banknachbarin nicht ein einziges Mal zu. Er lenkte den Wagen durch eine Landschaft, die aus der Nähe nicht einladender aussah als vom Promenadendeck der *Windhuk* aus – nichts als Sand und Steine. Dennoch vermittelte Lüderitzbucht den irritierenden Eindruck, dass sie durch eine deutsche Kleinstadt fuhren. Der Ort wirkte sauber und betriebsam, die meisten Häuser waren neu erbaut, sehr hübsch und zeugten von einer gewissen Wohlhabenheit. Auch prägten fast ausschließlich weiße Anwohner das Bild, eine Mehrheit von Einheimischen – wie etwa in Victoria – sah Emma nicht. Dafür sah sie große Geschäftshäuser und kleine Läden für den täglichen Bedarf, Kneipen und ein Kaffeehaus, das ein Schild als *Café Emma* auswies …

Sie wandte den Kopf, um sich das Bild im Vorbeifahren einzuprägen. Das musste das Lokal sein, das sich Constanze in Lüderitzbucht aufgebaut hatte. Hinter den Fenstern wirkte es wie ausgestorben, und in der Tür hing ein beschriebener Zettel, den Emma aus der Entfernung nicht entziffern konnte. Wahrscheinlich ist Ruhetag, dachte sie und fühlte die Wärme, die angesichts des Namens ihren Körper durchströmte. Sie wollte Paul Borchart danach fragen, aber er wirkte so abwesend, dass sie nicht wusste, wie sie ihn auf sich aufmerksam machen sollte.

Die Entfernungen zwischen den Häusern wurden weiter, die Grundstücke offensichtlich größer. Der Trampelpfad, auf dem sie entlangfuhren, führte ein Stück weit vom Ufer fort. Ein breiter Streifen goldgelben Sandes erstreckte sich bis zum blauen

Horizont. Stille senkte sich über die Landschaft, die Geräusche der Stadt waren im Nu vergessen, das ferne Rauschen der Wellen und das Säuseln des Windes erfüllte die Luft mit den reinen Tönen der Natur, durchbrochen vom Getrappel der Zugochsen und dem leisen Quietschen der Deichsel.

Emma fühlte sich allmählich überraschend wohl. Wäre sie nicht so aufgeregt gewesen, hätte sie die Fahrt eingelullt, wie es sonst nur ein romantischer Ausflug in den Grunewald vermochte. Ein Gefühl innerer Ruhe erfasste sie. Ihre Hand, die fest die Verstrebungen des Kutschbocks umklammert hatte, löste sich. Sie sog den Duft von Stroh und Holz in sich ein, der seltsamerweise mit der Würze von Salbei geschwängert war, obwohl sie weit und breit keinen Strauch sah.

Plötzlich tauchte ein riesiger Friedhof auf. Erstaunt betrachtete Emma die schlichten Holzkreuze, die in die Wüste gerammt worden waren. Sie standen weiter voneinander entfernt als bei Grabstätten in Deutschland und waren auch nicht systematisch angeordnet, aber hier gab es eindeutig mehr Platz für die Toten. Die Brise blies den Sand kleiner Hügel auf, so dass die Markierungen wie verschleiert schienen. Inmitten einer sonderbar leeren Landschaft wirkte der Anblick unheimlich. Die angenehme Stimmung von eben verflüchtigte sich wie der Geruch des Meersalzes.

Diesmal fasste sich Emma ein Herz. Sie öffnete den Mund, um Paul Borchart eine Frage zu stellen, doch da hob ihr Begleiter an: »Wir sind im Diamantenland. Das sind Schürfkreuze, die haben nichts Makabres an sich, sondern stecken die Claims ab.«

Es war sicher nicht schwierig gewesen, die Gedanken eines Neuankömmlings zu erraten. Emma hätte gern gewusst, was *Claims* waren, aber sie wagte nicht, sich danach zu erkundigen. Noch eine Blamage wie die Sache mit den Ochsen war eindeutig zu viel für einen Nachmittag.

Die Brandung wurde wieder lauter, und hinter einer Senke lag die Felsenküste vor ihnen. Emma dachte, dass die vierwöchige Schiffsreise eigentlich ausgereicht haben sollte, um sich am Meer sattzusehen. Doch der Blick auf die im Sonnenlicht saphirblau schimmernde See und die gewaltige Dünung war überwältigend.

Oberhalb der Klippen lag ein kleines, in den an der heimischen Ostsee beliebten Blautönen gestrichenes Haus. Es war aus Holz, aber offenbar solide gebaut, denn es trotzte dem harten Klima. Vor dem Eingang spendete ein knorriger Kameldornbaum Schatten. Der Umfang des Stammes erschien Emma so wuchtig, als könnte darin mindestens ein ganzes Zimmer aus dem Haus Platz finden. Gelbe Blüten, wie kleine Bälle, rankten sich an vertrockneten Blättern und um bedrohlich wirkende, erstaunlich lange Dornen. Zu Emmas größter Überraschung parkte ein Automobil neben dem Baum.

Wenn sie erwartet hatte, dass ihre Mutter mit einem strahlenden Willkommenslächeln in der weiß lackierten Haustür auftauchen und jemand die Zeit zwölf Jahre zurückdrehen würde, musste Emma sich enttäuschen lassen. Es war seltsam still. Gerade so, als wäre niemand zu Hause – oder als würde kein Gast erwartet.

Hilflos sah sie zu Paul Borchart, der die Zugochsen zum Stehen brachte. »Wir sind da«, sagte er überflüssigerweise.

»Das sehe ich«, gab sie patzig zurück. Sie beschloss, sich nicht weiter mit diesem wortkargen Mann auseinanderzusetzen, der bestenfalls als distanziert zu bezeichnen war, sich tatsächlich aber ausgesprochen unfreundlich benahm. Vielleicht mochte er ja als Arbeiter etwas taugen, als Abholdienst für einen willkommenen Gast war er fehl am Platz.

Als müsste sie ihre Lungen noch einmal füllen, bevor sie den mutigsten Schritt ihres Lebens wagte und nach all den Jahren und siebenundzwanzig unbeantworteten Briefen zu ihrer Mutter ging, atmete sie tief durch. Sie schickte sich an, vom Kutschbock zu springen, da fühlte sie plötzlich Borcharts Hand auf ihrem Arm. Indigniert sah sie auf seine sonnenverbrannte Rechte, auf lange, musikalische Finger mit Schwielen am Daumen …

»Warten Sie einen Moment!« Seine Stimme war schneidend, aber gedämpft.

»Lassen Sie mich los!« Sie versuchte ihn abzuschütteln, jedoch vergeblich.

Er griff fester zu. »Ich habe gesagt, Sie sollen warten. Sie haben sich so lange Zeit mit Ihrem Besuch gelassen, dass es auf zwei Minuten nun auch nicht mehr ankommt. Außerdem ist es ohnehin zu spät.«

Die Lippen zusammengepresst starrte sie ihn stumm an.

»Ihre Mutter ist schwer krank, Fräulein Thieme. Sie liegt im Sterben.«

29

Wie in Trance stieg Emma vom Wagen, blieb mit ihrem Rock an einem Stück aufgequollenen Holzes hängen, wartete, dass Borchart ihr half, sich zu befreien. Sie fühlte sich merkwürdig fern von ihren Handlungen, als sähe sie sich selbst dabei zu, wie sie den kurzen, steinigen Weg zum Haus zurücklegte, wieder wartete, bis ihr Begleiter die Tür öffnete. Kein Sandkorn spürte sie mehr in ihren Schuhen. Während sie Constanzes Wohnung betrat und damit in das Leben ihrer Mutter eintauchte, war sie absolut emotionslos. Als hätte sich die Leere der Wüste in ihrem Innersten ausgebreitet, schienen alle Empfindungen abgestorben wie vertrocknete Pflanzen.

Eine im Nachmittagslicht stille Diele, geschlossene Türen, das

Aroma von Zitronen und Lavendel. Roch es nicht wie zu Hause vor langer Zeit? Auf einem Tisch stand eine einfache Holzschale mit dekorativen Gebilden, die aussahen wie Hühnereier, aber mindestens dreimal so groß waren. Die weißen Schalen zeigten feine Zeichnungen und Ziselierungen, die Emma auf seltsame Weise anzogen.

Warum erschien es ihr wichtiger, zuerst einen Blick auf die zarten Malereien zu werfen, als Borchart so schnell wie möglich in das Zimmer zu folgen, das er gerade betrat? Sie gab nicht ihrem verwirrenden Drang nach, die Eier zu begutachten, sondern schritt voran.

Karbolhauch schlug ihr entgegen, der Geruch von Krankheit und Schmerzen. Tatsächlich erinnerte der Raum an ein Hospitalzimmer: weiße Bettvorhänge, weiße Wäsche, ein weißer Verband, der den Kopf der Patientin fast zur Unkenntlichkeit verhüllte.

Neben dem Lager stand ein mittelgroßer Mann in einem weißen Anzug und hantierte mit einem Stethoskop. Offensichtlich der behandelnde Arzt. In der Ecke gegenüber saß eine rundliche schwarze Frau in einem bunten Kleid und mit einem turbanähnlichen Kopfputz auf dem von grauen Strähnen durchzogenen dunklen Haar, sie stierte blicklos vor sich hin und murmelte unverständliche Worte. Als Emma eintrat, verdrehte sie kurz die Augen.

Die Szene erschreckte Emma so sehr, dass sie wie angewurzelt an der Tür stehen blieb. Um ihre zitternden Hände zu beschäftigen, zog sie sich den Hut vom Kopf.

Paul Borchart baute sich wie selbstverständlich auf der freien Seite des Krankenlagers auf.

»Treten Sie ruhig näher, Fräulein Thieme«, der Arzt winkte ihr zu, »Ihre Mutter ist ansprechbar.« Emma fiel auf, dass er die Hand der Kranken hielt und leicht drückte.

Zögerlich bewegte sie sich vorwärts. Sie kam sich vor wie eine Marionette, deren Gliedmaßen ein anderer Mensch über lange Fäden dirigierte. Wieder war da dieses Gefühl sich ausbreitender Leere.

»Emma …«

Die Stimme war kaum vernehmbar. Sie kam aus den Tiefen der Kissen und klang trotz der Schwäche so vertraut, dass Emma unwillkürlich Tränen in die Augen stiegen.

Emmas Beine drohten nachzugeben, sie sank neben dem Bett auf die Knie. Der Hut fiel herab. Das Herz schlug ihr bis zum Hals, als sie die kühle Hand, die der Arzt eben gehalten hatte, behutsam zwischen ihre Finger nahm. Mit einem Mal waren ihre Gefühle nicht mehr wie abgestorben, sondern überwältigend stark.

»Ich bin Doktor Graeff«, raunte er, »und ich wünschte, wir hätten uns unter anderen Umständen kennengelernt. Es ist gut, dass Herr Borchart Sie so rasch hierherbringen konnte. Sie hat nicht mehr viel Zeit.«

Sie hörte wohl die Worte, aber sie nahm nicht wahr, was er sagte. Ihre ganze Konzentration galt ihrer Mutter. Emma sah ihr ins Gesicht, ließ die Blicke über die bleichen, fast grauen Züge wandern, die Stupsnase und den herzförmigen Mund, bemerkte Falten wie winzige Verästelungen in den Augenwinkeln. Viel mehr war nicht zu erkennen, denn der dicke Verband reichte bis über die Augenbrauen. Constanzes Lider flatterten, sie versuchte, Emmas Blick festzuhalten.

»Wie hübsch du geworden bist«, es kostete Constanze sichtlich Mühe, die Worte auszusprechen.

»Mama …« Emma schluckte. Es gab so vieles zu sagen, zu erklären, aber ihr fiel nichts ein von dem, was sie sich in den vergangenen Wochen für ihr Wiedersehen zurechtgelegt hatte. Sie beugte sich ängstlich vor, zögerte, weil sie fürchtete, Constanzes

Schmerzen zu vergrößern. Dann aber drückte sie ihr entschlossen einen Kuss auf die Wange.

»Emma … meine Emma … jetzt bist du bei mir …« Ein Lächeln erhellte Constanzes Antlitz. Ihr ganzer Körper schien zu erstrahlen, als hätte eine unsichtbare Hand ein Licht in ihrem Innersten entzündet.

Sie holte tief Luft. Ein leichtes Schnaufen entrang sich ihrer Kehle.

Dann wurde es plötzlich still.

Emma spürte, wie die Hand in ihren Fingern erschlaffte. Sie starrte in das Gesicht ihrer Mutter, auf den noch immer lächelnden Mund.

Jemand berührte sanft ihre Schulter. »Fräulein Thieme, bitte, stehen Sie auf.«

Warum sollte sie das tun? Es war richtig, dass sie die Hand ihrer Mutter hielt. Sie hatte so lange auf diesen Moment gewartet.

Emma schüttelte den Kopf und rührte sich nicht.

Der Mann, der sich als Doktor Graeff vorgestellt hatte, schob sie behutsam zur Seite. Ungeachtet ihrer Finger, die Constanzes Hand umschlossen hielten, versuchte er den Puls zu fühlen. »Es tut mir leid«, sagte er nach einer Weile, »sie hat es nicht geschafft!«

Emma nahm wahr, wie der Singsang der schwarzen Frau abrupt abbrach. Der tiefe Seufzer Paul Borcharts drang zu ihr durch.

Im nächsten Moment hörte sie eine Stimme, die nicht wie ihre eigene klang und doch aus der Tiefe ihrer Kehle kam. Ihr langgezogenes »Nein!!!« ließ die Wände erbeben.

30

Emma fand sich in einem Rattansessel wieder. Sie hatte nicht die geringste Ahnung, wie sie auf die geflieste Terrasse gekommen war und wieso sie ein kaltes, gelblich schimmerndes Getränk in der Hand hielt, das die Wände des Glases beschlug. Ihr Schrei dröhnte ihr noch in den Ohren und übertönte fast das Rauschen des Atlantiks. Sie fühlte den Wind auf ihren tränenfeuchten Wangen, die nicht trocknen wollten.

»Sie sollten nicht ohne Kopfbedeckung in der Sonne sitzen«, sagte Paul Borchart und reichte ihr seinen Hut.

Als sie nicht reagierte, stülpte er ihn ihr ohne einen weiteren Kommentar über die aufgelöste Frisur.

Gedankenverloren ging er auf und ab, mit hängenden Schultern, das Kinn fiel auf die Brust. Er wirkte elend und doch auf eine beruhigende Art gefasst. Seine gemessenen Bewegungen lenkten Emma von ihrem eigenen Kummer ab, und wieder fragte sie sich, in welcher Beziehung dieser Mann zu ihrer Mutter gestanden haben mochte. Er war so vertraut gewesen mit Constanze …

Vielleicht bildete sie sich das auch nur ein. Emma konnte sich nicht genau erinnern. Überhaupt konnte sie sich an nichts erinnern als an das Lächeln im blassen Gesicht ihrer Mutter.

Bei diesem Bild flossen ihr vor Tränen die Augen über. Sie schluchzte erstickt.

»Constanze hatte keine Chance«, Paul Borchart klang, als spreche er mit sich selbst, aber er blieb auf seiner Wanderung über die Terrasse vor Emmas Stuhl stehen. »Die Kopfverletzungen waren so schlimm, dass es eigentlich ein Wunder ist, wie lange sie durchgehalten hat.«

»Was ist geschehen?«

»Sie ist wohl bei einem Spaziergang unglücklich gestürzt und auf den Steinen am Strand aufgeschlagen!«

Unwillkürlich blickte sie zu den Felsen am Rand des kleinen Gartens, die zum Ufer hin abfielen. Eine Seeschwalbe löste sich von ihrem Ruheplatz zwischen den Klippen, und im selben Moment flog eine Gruppe ihrer Artgenossen auf, die im Schlick wahrscheinlich nach Nahrung gesucht hatten. Es herrschte Ebbe, und als Emma sich etwas aufrichtete, entdeckte sie die rosafarbenen, von den Fluten gerundeten, mit weißer Gischt benetzten Steine, die mal einzeln, dann wieder von der Natur zu kleinen Haufen aufgeschichtet verstreut im Sand lagen. Und ihr fiel ein Zelt auf, das sich windgeschützt in eine Mulde zwischen den Klippen duckte.

Borchart schien ihre Gedanken zu erahnen, bevor sie diese selbst in Worte gefasst hatte, denn er fuhr fort: »Der Mann, der da unten campiert, hat sie blutüberströmt gefunden und ins Haus getragen.«

»Aber er konnte sie nicht retten«, schniefte sie.

»Nein. Das konnte er nicht. Nein.«

Ich sollte dem Mann danken, fuhr es Emma durch den Kopf, während sie sich mit der Hand über die Wangen wischte. Immerhin hatte der Unbekannte dafür gesorgt, dass ihre Mutter nicht hilflos verendete wie ein gestrandeter Wal.

Stumm reichte ihr Borchart sein Taschentuch.

»Ist sie …«, schluchzte Emma, »ist Mutter oft allein spazieren gegangen?«

»Ich denke schon …«, Borchart unterbrach sich, grübelte einen Moment, dann brach es aus ihm heraus: »Constanze hatte Freunde hier, gute Freunde sogar, aber sie war einsam. Warum haben Sie niemals auf ihre Briefe geantwortet?«

Emma fühlte seinen Blick auf sich und wusste, dass er wütend und bedrohlich war, dafür brauchte sie ihm nicht in die

Augen zu sehen. Seine anklagenden Worte bewirkten nicht, dass sie aufhörte zu weinen.

»Ich ... ich wusste nichts von ihren Nachrichten ... Mein Vater hat die Briefe vor mir versteckt ... All die Jahre wusste ich nichts davon ... Erst nach seinem Unfall im Juli ... erst danach habe ich sie gefunden ... Ich dachte doch, Mama wäre tot. Und nun ist sie wirklich tot, und ich bin zu spät gekommen ...« Sie stockte, fand keine erklärenden Worte mehr.

»Trinken Sie einen Schluck, bevor Sie mir hier zusammenbrechen. Es ist ein hervorragender Weißwein aus Südafrika. Constanze würde nicht wollen, dass Sie ihn warm werden lassen. Es kostete sie viel Mühe, die Flaschen in der richtigen Temperatur zu lagern.«

Er räusperte sich, steckte seine Hände tief in die Hosentaschen und nahm seine Wanderung wieder auf.

Wie eine Aufziehpuppe, an deren Mechanismus er gerade gedreht hatte, nippte sie gehorsam an ihrem Glas. Tatsächlich beruhigte sie der Genuss des Rebensafts etwas. »Sind Sie auch Arzt?«, hörte sie sich plötzlich fragen.

»Was?« Er lachte bitter. »Nein, um Himmels willen, nein, ich kann kein Blut sehen. Ich bin Geologe.«

Von der Existenz dieses Berufs wusste sie, nicht jedoch, welche Tätigkeiten damit verbunden waren. Unter anderen Umständen hätte sie Paul Borchart wahrscheinlich nach seiner Arbeit befragt, aber sie befanden sich auf keiner Tanzveranstaltung und betrieben keine kultivierte Unterhaltung.

Aus den Augenwinkeln beobachtete Emma, wie die Plane des Zelts von innen aufgedrückt wurde. Das Tuch flatterte im Wind, ein Mann kroch darunter hervor. Sie konnte ihn nicht genau erkennen, aber eigentlich war das auch gleichgültig, denn ihr Blick wanderte plötzlich wie nach innen.

Die Landschaft veränderte sich. In ihrem Kopf erschien das

Bild eines winterlich zugefrorenen Sees, in ihren Ohren rauschte Angst – nicht das Wasser, das war still, als es über ihr zusammenschlug.

Und dann waren da Hände, die nach ihr griffen. Starke Hände. Ein Mann robbte über das Eis, um ihr das Leben zu retten …

Schwindel erfasste Emma. Der Atlantik vor ihr schien zu schwanken.

Paul Borchart umfasste ihre Oberarme und riss sie auf die Füße. »Nicht ohnmächtig werden!«, schrie er sie an.

Das Glas glitt ihr aus den Fingern und zerbrach klirrend auf den Fliesen. Emma taumelte, aber sie wurde festgehalten.

Sie atmete mehrmals tief ein und aus. Langsam begann das Blut wieder durch ihre Adern zu zirkulieren. Das Ohrengeräusch ließ nach. Jetzt war es nur noch die Brandung, die sie wahrnahm. Sie blinzelte, um den letzten Rest der Erinnerung an die alten Bilder zu verscheuchen. Winzige Tränenperlen tropften von ihren Wimpern.

Zufällig blickte sie an Borchart vorbei zum Strand. Die Gestalt, die sie zuvor am Zelt bemerkt hatte, stand nun im seichten Wasser. Die Wellen umspülten die Füße des Mannes, die Gischt spritzte an seinen Hosenbeinen hoch. Er wirkte unendlich verloren, wie er auf das Meer hinausschaute. Obwohl er mit dem Rücken zu Emma in einiger Entfernung stand, erkannte sie ihn: den Reisegefährten ihrer Überfahrt nach Südwest.

Sie schüttelte Borchart ab und ging, ohne nachzudenken, an ihm vorbei zu den Klippen, von denen ihre Mutter gestürzt war. Borchart rief ihren Namen, doch Emma achtete nicht auf ihn. Zwischen den Felsen fand sie einen ausgetretenen, steinigen Pfad hinab zum Strand. Sie stolperte über Geröll, hatte Mühe, das Gleichgewicht zu halten, bewegte sich dann aber erstaunlich geschickt. Der Wunsch, ihre Trauer mit einem vertrauten Menschen zu teilen, zwang sie vorwärts.

Durch ihre Schritte lösten sich Steine, die polternd auf den Sand fielen. Unwillkürlich drehte sich der Mann am Meeresufer zu ihr um. Er sah sie lange an. Stumm und bewegungslos. Dann lief er ihr entgegen.

Im nächsten Moment flog Emma in Manfred von Paschens Arme.

Sie spürte sein schnell klopfendes Herz. Wie selbstverständlich legte sie die Stirn an seine Schulter und weinte still. Er hielt sie fest, schenkte ihr Schutz, Trost und Geborgenheit. Dabei vergaß sie ganz ihre Verwunderung darüber, ihn an diesem Ort wiederzufinden.

31

Nacht senkte sich über das Strandhaus – und dichter Nebel. Vor einem glutroten Himmel hatten sich bei Sonnenuntergang grüngraue Wolken aufgetürmt, und der zuvor klare Blick über den Strand war zunächst in leichten Dunst, dann in eine Art Mehlsuppe getaucht worden. Das Zelt unterhalb der Terrasse konnte Emma bald nicht mehr erkennen. Genau genommen konnte sie selbst dort, wo sie gesessen und mit Paul Borchart gesprochen hatte, gar nichts ausmachen außer einer undurchdringlichen, wabernden Wand.

Emma fürchtete sich.

Sie saß im Lehnstuhl in dem von zahlreichen Öllampen hell erleuchteten Wohnzimmer, starrte auf die wie mit einem weißen Film überzogene Dunkelheit jenseits des Fensters und fragte sich, wie sie den Mut aufbringen sollte, in das für sie vorbereitete Lager zu gehen und zu schlafen. Ihre Mutter hatte ein kleines Gästezimmer für sie eingerichtet, wo das Bett frisch bezogen auf sie wartete, so dass sie nicht in dem Raum übernachten musste, in dem Constanze gestorben war. Dennoch fürchtete sie sich vor Albträumen. Also hielt sie die Augen fast zwanghaft offen.

Die örtlichen Gepflogenheiten waren ihr nicht geläufig, und dass die schwarze Haushälterin die Wohnung auf gewisse Weise ausräucherte, machte ihr die Frau unheimlich. Kaaya hatte im Kamin ein stark qualmendes Feuer entzündet. Es duftete nach Kräutern, deren Aroma mit den sich rasch verflüchtigenden Rauchschwaden durch die Räume zog. Der Arzt erklärte Emma zwar, dass dies ein Ritual der Nama war, um den Übergang vom Leben zum Tod zu zelebrieren, doch die Magie ängstigte sie trotzdem.

Kaaya hatte auch darauf bestanden, dass Constanzes Leichnam durch den Hintereingang hinausgetragen wurde, und Constanzes Freunde beugten sich diesem Wunsch widerspruchslos. Tote durch spezielle Ausgänge aus den Hütten zu transportieren sei eine Tradition der Einheimischen, sagte Doktor Graeff.

Für Emma war es der Auslöser, sich das Lederband mit dem Talisman aus Kamerun vom Hals zu reißen – er hatte nichts Gutes bewirkt, und der ganze afrikanische Hexenzauber begann ihre Seele zu belasten.

Noch Stunden nachdem der Arzt und Paul Borchart die sterblichen Überreste nach Lüderitzbucht gebracht hatten, fühlte sich Emma wie von Gespenstern verfolgt. Anfangs hatte sie nicht darüber nachgedacht, dass sie mit der geheimnisvollen schwarzen Frau nun allein in diesem Haus leben musste. Ihre unerwartete Begegnung mit Manfred von Paschen am Strand war Emma wie ein Geschenk des Himmels erschienen. Diesen Mann in ihrer Nähe zu wissen gab ihr ein Gefühl von Sicherheit. Wenn sie jedoch jetzt aus dem Fenster sah, war sie überzeugt, er würde bei dem herrschenden Nebel eher ins Wasser gehen als den Weg zum Strandhaus zu finden, falls er ihr zu Hilfe eilen wollte.

Dabei konnte sie nicht einmal sagen, dass sich Kaaya ihr gegenüber unfreundlich benahm. Sie sprach wenig, sah Emma dafür aber lange und eindringlich an, wann immer sich die Gelegenheit dafür bot. Diese intensiven Blicke aus Augen, die Emma in dem dunklen Gesicht bei schwacher Beleuchtung nur am Weiß erkennen konnte, weil die Iris mit der Hautfarbe verschwamm, verunsicherten sie. Vor allem beschlich sie das verwirrende Gefühl, dass die Dienerin mehr um Constanze trauerte, als es ihr als Tochter möglich war – und auch das war eine schwierige Voraussetzung für ein Gespräch.

Allein mit Constanzes Geist und all den Erinnerungen an eine Frau, die für sie eigentlich schon vor zwölf Jahren gestorben war, fragte sich Emma nach dem ersten Schock, was sie mehr beweinte: den Verlust der Mutter oder die zerstörte Hoffnung, die Uhr zurückdrehen zu können.

Dass ein schrecklicher Unfall alle Träume und Wünsche zunichtemachte, mit denen Emma die lange Reise auf sich genommen hatte, war ein bitterer Schlag. In Lüderitzbucht war sie nach der Tragödie einsamer als in Lichterfelde nach der Katastrophe, die ihren Vater das Leben kostete. Hier war sie von Fremden umgeben. Zu Hause besaß sie Freunde und Nachbarn, Menschen, die sie fast ihr ganzes Leben lang unterstützt hatten. Schon die Organisation von Constanzes Beerdigung musste sie in die Hände von Leuten legen, die sie kaum kannte. Und was würde aus dem Café werden? Wie führte man ein Kaffeehaus in Südwestafrika? Emma war zur Untätigkeit verdammt. Und irgendwie auch zur Sprachlosigkeit.

Mit einem erstickten Schrei auf den Lippen fuhr sie hoch.

Ein hohes Jaulen gellte durch die Nacht, vom Nebel gedämpft, aber deutlich genug, um aus unmittelbarer Nähe zu kommen. Vielleicht war es der klagende Laut eines Hundes. So musste es auch klingen, stellte sich Emma vor, wenn in alten Legenden ein

Wolf den Mond anheulte. Trieb etwa ein Raubtier aus dem Märchen sein Unwesen in Constanzes Garten?

Schaudernd lauschte Emma.

Draußen war wieder Stille eingekehrt.

Hatte sie sich das Heulen nur eingebildet? Plötzlich fiel Emma auf, dass sie keinerlei Zeitgefühl mehr besaß.

Wie spät mochte es sein? Sie blickte zu der Uhr auf dem mittleren Bord der Anrichte, stellte jedoch fest, dass der Zeiger stehen geblieben war. Hatte sie nicht eben noch das gleichmäßige Ticken gehört?

Emma rollte sich tiefer in den Sessel, wobei sie bereits jeder Knochen schmerzte, in ihren Kniegelenken prickelte es unangenehm. Sie sollte aufstehen und ein wenig herumlaufen, um die eingeschlafenen Glieder und verspannten Muskeln zu bewegen. Doch sie wagte sich nicht weiter zu rühren.

Nebel, eine schwarze Magierin, geheimnisvolles Heulen, eine stumme Tischuhr …

Paul Borchart hatte am Nachmittag gefragt, ob er sie in eine andere Unterkunft bringen solle.

Obwohl Emma wusste, dass Dorothee sie unter den gegebenen Umständen mit offenen Armen empfangen würde, hatte sie den Kopf geschüttelt und darauf bestanden, in Constanzes Haus einzuziehen. Es wäre ihr wie Verrat vorgekommen, das Heim zu verlassen, in dem ihre Mutter sie erwartet hatte.

Inzwischen fragte sie sich, ob sie nicht besser mit dem Arzt, Borchart und den sterblichen Überresten ihrer Mutter nach Lüderitzbucht gefahren wäre, anstatt Loyalität zu beweisen und sich dabei fast zu Tode zu fürchten. Sie brauchte dringend Schlaf.

Allerdings konnte sie nicht mit Sicherheit sagen, ob sie in einem Hotelbett Ruhe gefunden hätte, während Constanzes Leichnam nur ein paar Straßen entfernt in einer Eiskammer lag. Mit der Entscheidung für das Strandhaus war sie dem Ruf ihres

Herzens gefolgt, so dass ihr nicht auch noch ein schlechtes Gewissen zu schaffen machte.

Das Licht der Öllampe, auf deren Flamme Emmas Blick ruhte, flackerte leicht.

Im nächsten Moment erklang wieder das Heulen.

Diesmal war es ganz sicher keine Einbildung.

Und während Emma noch überlegte, ob sie aufstehen und mutig nach dem Rechten sehen sollte, vernahm sie ein leises Kratzgeräusch an der Wohnzimmertür.

Obwohl es unsinnig war anzunehmen, dass sich das Tier – Hund oder Wolf – ins Haus verirrt hatte, erschrak sie heftig. Das Herz schlug ihr bis in die ausgedörrte Kehle.

»Missi!«

Die leise Stimme der Nama-Frau verstörte Emma so sehr, dass sie nach Luft schnappen musste.

Ich kann hier nicht bleiben, durchfuhr es sie. Wenn ich nicht verrückt werden will, muss ich sofort weg von hier. Ich will nach Hause!

»Missi, trinken Sie Tee nach altem Rezept.« Kaaya trat näher und hielt ihr einen Becher hin, von dem Dampf und der Geruch von Kräutern und Wurzeln aufstieg.

Der Tee roch wie frisch umgegrabene Erde – auf einem Grab.

Emma begann zu zittern. Sie schüttelte den Kopf, umschlang ihre hochgezogenen Knie mit den Armen. »Ich möchte nichts. Vielen Dank.«

»Sie müssen trinken, Missi, und schlafen. Missi Constanze wäre nicht recht, wenn Tochter krank wird. Ihr Geist kann nicht in Frieden in andere Welt gehen.«

Kaayas Ton klang so begütigend und sorgenvoll, dass Emma Zutrauen fasste. Die fremde Frau mochte ihr Angst einflößen, aber sie hatte ihre Mutter immerhin fast zwölf Jahre lang begleitet. Wahrscheinlich hatte Constanze Afrika durch Kaayas Augen kennengelernt und sich mithilfe der Einheimischen eingelebt. Für sie hatte es keinen Weg zurück nach Lichterfelde gegeben. Emma wusste zwar nicht, warum Constanze fortgegangen und für Theodor Thieme gewissermaßen gestorben war, aber mit einem Mal ahnte sie, welchen Luxus es bedeutete, dass sie die Heimreise antreten durfte, wann immer es ihr beliebte.

Dieser Gedanke verlieh ihr ungeahnte Kraft. Als hätte Constanze ihr zugeflüstert: »*Hab keine Angst. Du bist in Sicherheit.*« Emma war zwar noch nicht völlig überzeugt, dass das stimmte, aber sie zog immerhin in Betracht, das Verhalten der Schwarzen stelle keine Gefahr für sie dar. Sie konnte es zumindest versuchen.

Emma atmete tief durch. »Ich trinke den Tee gleich«, versprach sie und streckte vorsichtig ihre Gliedmaßen aus. In den Gelenken knackte es.

Wieder jaulte das Tier. Diesmal durchdringender als zuvor. Und im nächsten Moment erklang dasselbe Heulen in einer anderen Tonlage, wie zur Antwort.

Sie hielt in der Bewegung inne. »Was ist das?«

»Schakale, Missi. Da sind Schakale in der Nähe.«

Emma wusste, dass es Schakale auch in Europa gab. Ansonsten hatte sie nicht die geringste Ahnung, ob diese nächtlichen Besucher eine Bedrohung waren. Warum hatte sie sich nie für das Landleben interessiert? Sie wuchs in einem Ort am Rande der Metropole Berlin auf, der zum Zeitpunkt ihrer Geburt längst zur Kleinstadt gereift war, obwohl sich dort ursprünglich nur das Rittergut Giesensdorf befand. Für sie gehörte die erste elektrisch betriebene Straßenbahn der Welt mehr zur Normalität als in freier Natur lebende Tiere, die über die Größe einer Maus hinausgingen.

Kaaya interpretierte das Staunen in Emmas Augen offenbar

richtig. »Schakale sein klug«, erklärte sie ruhig. »Schlauer als weiße Herren. Sie kommen Ziegen fressen oder Robben, aber keine Menschen.«

»Oh!«

»Keine Angst, Missi. Vielleicht kommen Schakale so nah, weil Geruch von Tod. Sie gehen, wenn Geist von Mama in Himmel.«

Emma richtete sich langsam auf. Ihre Knie drohten einzuknicken, als sie aufstand. Um nicht zu fallen, hielt sie sich mit beiden Händen fest. Auf die Sessellehne gestützt sah sie Kaaya an und fragte mehr aus Höflichkeit denn aus aufrichtigem Interesse an der Religion der Eingeborenen: »Wann wird Mutters Geist in den Himmel kommen?«

»Wenn der Mond richtig steht. Sie müssen Steine auf ihr Grab legen, Missi, viele Steine, damit Missi Constanze Ruhe findet und ihr Geist nicht zurück auf Erde muss.«

Emma runzelte die Stirn. Sie wusste von jüdischen Gräbern, auf denen Besucher Kiesel hinterließen, aber die Verbindung zu Afrika verstand sie nicht.

»Danke für den Rat, ich werde daran denken.« Sie wollte noch etwas sagen, aber ein herzhaftes Gähnen hielt sie davon ab.

»Tee trinken«, Kaaya hielt ihr wieder den Becher hin, »dann gut schlafen.«

Obwohl sie den Geruch abstoßend fand, nahm Emma die Tasse entgegen und nippte an dem Gebräu. Eine wohlige Wärme breitete sich in ihrem Leib aus, auf der Zunge blieb jedoch ein schaler Geschmack zurück. Unwillkürlich krauste sie die Nase.

Ein trauriges, kehliges Lachen entrang sich Kaayas vollen, aufgeschwungenen Lippen. »Mama nehmen immer süßen Wein nach Tee.«

Zum zweiten Mal seit Emmas Ankunft in diesem Haus wurde davon gesprochen, dass Constanze dem Alkohol zugesprochen hatte. Das Stirnrunzeln vertiefte sich. Emma ging flüchtig durch den Sinn, dass sowohl Borcharts Worte als auch Kaayas Erklärung klangen, als wäre ihre Mutter eine Trinkerin gewesen. Und, wenn es nach Doktor Wohlgemuth ging, darüber hinaus eine Ehebrecherin. Was für eine schreckliche Vorstellung!

Sie erwog, die Schwarze direkt nach Constanzes Gewohnheiten zu fragen, unterließ es dann aber. Derart in die intimen Fluchten ihrer Mutter zu dringen erschien ihr unangemessen. Im Grunde wollte sie darüber nichts erfahren, weil es ihr Andenken womöglich belastete. Vor allem schickte es sich nicht, mit dem Personal über derartige Themen zu diskutieren. Einerlei, wie das in Afrika praktiziert wurde, so viel Nähe gestattete sich eine preußische Bürgerstochter nicht zu Angestellten.

»Danke, Kaaya«, sagte Emma und klang dabei seltsam hochmütig, was nicht ihre Absicht war, sondern vielmehr ihre Scheu überspielen sollte. Sie schämte sich ein wenig – für Constanze und für sich selbst. »Ich trinke das aus und gehe dann schlafen … Gute Nacht.«

Kaaya sah sie scharf an. Dann nickte sie. »Gott schützen Sie, Missi.«

Unwillkürlich lächelte Emma. »Hat dir meine Mutter diesen Satz beigebracht? Als ich klein war, hat sie jeden Abend mit mir gebetet und vor dem Einschlafen gesagt, dass Gott mich beschützen möge.«

»Nein, nicht Missi Constanze. Der Missionar war in meinem Dorf. Ich bin evangelisch wie Missi Constanze und Tochter!«

Emma klappte den Mund zu einer Antwort auf, die eigentlich eine Frage war, sagte dann aber doch nichts. Sie nickte Kaaya zu und trank gedankenverloren einen Schluck Tee.

32

»O meine Liebe, es tut mir leid. Ich bin, so rasch ich konnte, aufgebrochen, um Ihnen mein Beileid auszusprechen. Es ist alles so furchtbar. Ich kann kaum glauben, was geschehen ist. Constanze war eine Freundin, wissen Sie, meine beste Freundin – und ich bin untröstlich, sie auf diese Weise verloren zu haben. Aber was rede ich da? Der Verlust ist für Sie natürlich viel, viel größer. Ach, wie konnte Constanze nur gerade jetzt so ein Unglück zustoßen?!«

Endlich unterbrach die Dame ihren atemlosen Redefluss. Sie sah Emma auffordernd an, und es war nicht ganz klar, ob sie ihre Frage rhetorisch meinte oder tatsächlich eine Antwort erwartete.

Das Erste, was Emma angesichts der Besucherin durch den Kopf ging, war der Wunsch, die Fremde zu photographieren. Sie war eine ungewöhnliche Person, auf den ersten Blick exaltiert, aber trotz der Wahl ihrer Garderobe eine Frau mit Stil. Das kurze, himmelblau gemusterte afrikanische Baumwollkleid passte erstaunlich gut zu ihrem schmalen schwarzen Rock, und der schwarze Turban rahmte geschmackvoll ein schönes, wie aus Porzellan gegossenes, mit weißem Puder bestäubtes Gesicht ein. Emma konnte sich kaum vorstellen, was die Unbekannte mit ihrer Mutter verbunden haben mochte. Aber Neugier packte sie und die Erkenntnis, dass womöglich noch mehr Überraschungen auf sie warteten, wenn sie tiefer in Constanzes Leben eindrang.

Sie streckte der Frau die Hand entgegen, die diese herzlich schüttelte.

»Danke, dass Sie gekommen sind. Es ist schön, die Freunde meiner Mutter kennenzulernen, auch wenn ich mir dies bei anderer Gelegenheit gewünscht hätte.«

»Ja, so geht es allen von uns, Fräulein Emma. Ich darf Sie doch Emma nennen, nicht wahr?«

»Selbstverständlich«, räumte Emma ein und deutete auf die Sitzgruppe. »Möchten Sie vielleicht Platz nehmen? Ich würde Ihnen gerne eine Erfrischung anbieten, wenn ich wüsste, wie die Gepflogenheiten hierzulande sind.«

Es war seltsam, die Gastgeberin im Haus ihrer Mutter spielen zu müssen. Nicht nur, weil Emma entsetzlich müde war. Sie hatte in der vergangenen Nacht kaum geruht, obwohl es durchaus angenehm gewesen war, sich schließlich auf dem Bett auszustrecken. Der übel schmeckende Tee hatte wenig anderes als ein Magengrimmen bewirkt, und so war an Schlaf nicht zu denken gewesen. Ihre Gedanken kreisten um die Gegenwart, wanderten in die Vergangenheit, schreckten vor Überlegungen zu ihrer Zukunft zurück.

Kaum hatte Helligkeit die Dunkelheit abgelöst – ohne dass sich der Nebel lichtete –, war sie aufgestanden und in die Küche gegangen, hatte sich einen starken Kaffee aufgebrüht und gehofft, dem neuen Tag gewappnet begegnen zu können. Doch während Emma noch vollkommen zerschlagen darüber grübelte, was heute unternommen werden musste, wirbelte die unbekannte Frau ins Haus.

»Machen Sie sich meinetwegen bitte keine Umstände. Sie müssen sich schrecklich fühlen und brauchen Ruhe, meine Liebe. Das sieht man Ihnen, wenn ich das so sagen darf, deutlich an. Sie sind Constanze zum Verwechseln ähnlich, wussten Sie das?«

Die Fremde ließ sich auf das Sofa fallen, lehnte sich an und legte einen Arm über die Rückenlehne. Dabei schob sie den Ärmel ihres Gewandes zurück, und ihre zahlreichen goldenen, unterschiedlich gearbeiteten Armreife klirrten leise. Plötzlich fiel ihr anscheinend etwas ein, und sie beugte sich wieder vor. »Sie sehen aus wie Constanze, und deshalb dachte ich wohl nicht gleich daran, mich vorzustellen. Entschuldigen Sie, welche Unhöflichkeit. Ich bin Ruth Rohrbach.«

»Sehr erfreut«, murmelte Emma und sank in den Sessel, in dem sie die halbe Nacht verbracht hatte. Diesmal blieb sie mit durchgedrücktem Rücken auf der Kante sitzen.

»Es muss schrecklich sein, nach einer langen Reise anzukommen und zu erleben, dass der Mensch, den man besuchen will, mit dem Tode ringt. Es tut mir so leid. Ich kann nicht oft genug wiederholen, wie sehr ich bedauere, was geschehen ist. Was für eine Tragödie.«

Emma nickte stumm und ließ den Monolog über sich ergehen. Der geballten Lebenskraft von Ruth Rohrbach hatte sie nichts entgegenzusetzen.

»Wissen Sie, was mich so entsetzt?« Die Freundin ihrer Mutter schüttelte betrübt den Kopf. »Ich frage mich, warum Constanze abgestürzt ist. Die Felsen können nach besonders nebligen Tagen feucht und rutschig sein, das stimmt schon, aber der Tau trocknet schnell in der Sonne, und es herrschte klares Wetter. Ich denke andauernd darüber nach und finde keinen Grund für das Unglück.« Gedankenverloren starrte sie zum Fenster, hinter dem sich die dunstige weiße Wand erhob.

Die Extravaganz der Frau zog Emma einerseits stark an, ihr ununterbrochenes, aufwühlendes Gerede stieß sie andererseits jedoch ab. Auch war sie sich nicht ganz klar darüber, ob ihr Ruth Rohrbach einen Beileidsbesuch abstattete oder selbst Trost suchte. Was sollten sonst diese unangenehmen Fragen, die Emma am allerwenigsten beantworten konnte? Unglücklich rutschte sie auf ihrem Platz hin und her.

»Ich weiß leider nicht, was geschehen ist. Wenn ich es wüsste, hätte ich den Sturz vielleicht verhindern können. Sie sollten Herrn Doktor Graeff danach fragen. Ich nehme an, Sie kennen sich.«

»Ja«, meinte Ruth gedehnt. »Ja, natürlich. Hannes Graeff hat gestern Abend einen Boten zu mir rausgeschickt mit der traurigen Nachricht. Leider konnte ich nicht sofort zu Ihnen eilen, meine liebe Emma. Der Nebel zog auf, und nachts kann es gefährlich sein auf dem Pad. Seither denke ich darüber nach, wieso Constanze einfach so von den Klippen fallen konnte. Das passt nicht zu ihr, sie war nie unvorsichtig.«

Emma zuckte mit den Achseln. Sie hatte den Unfall bisher nicht infrage gestellt. Warum auch? Hannes Graeff hatte Kopfverletzungen diagnostiziert, die von Constanzes Aufprall auf die Steine herrührten.

Ruths Überlegungen berührten sie. Vielleicht kleidete die Freundin ihrer Mutter aber auch nur Selbstvorwürfe in das Gewand von Sorgen, um nicht am eigenen schlechten Gewissen zu verzweifeln. Emma wusste nicht, was Constanze und Ruth verbunden hatte, ob es womöglich vor kurzem einen Streit zwischen den Frauen gab. Schmerzlich wurde ihr klar, dass sie rein gar nichts über das Leben ihrer Mutter in Lüderitzbucht wusste. Auch nicht nach der Lektüre von siebenundzwanzig Briefen.

»Erzählen Sie mir bitte ein wenig von meiner Mutter«, bat sie leise.

Ruth sah sie verblüfft an. Es schien, als müsste sie erst überlegen, als wollte sie jedes Wort sorgfältig abwägen. Schließlich antwortete sie: »Wenn Sie möchten, zeige ich Ihnen die Orte, an denen Constanze zufrieden war. Ich glaube nicht, dass sie jemals wirklich glücklich war in Lüderitzbucht, aber sie lebte gerne hier. Und wenn Sie sich umschauen, werden Sie verstehen, warum. Waren Sie schon in ihrem Kaffeehaus?«

Emma schüttelte den Kopf. »Nein. Dafür war noch keine Zeit. Ich habe es nur im Vorüberfahren gesehen. Es ist geschlossen, nicht wahr?«

»Natürlich ist es das. Wer sollte es jetzt führen? Constanze war eine gute Wirtin. Sie konnte sehr streng mit ihren Gästen sein, aber das wurde allgemein respektiert. Niemand erlaubte sich im Café Emma ein schlechtes Benehmen, selbst die hartgesottensten Diamantendigger wurden dort lammfromm. Und wenn sie gelegentlich zu tief in ein Glas schaute, tat Constanze dies nur nach der Sperrstunde.«

»Was?« Emma starrte Ruth an, als könnte sie die Bestätigung ihres Verdachts kaum glauben. »Meine Mutter hat getrunken?«

»Echauffieren Sie sich nicht, meine liebe Emma«, die Armreife klapperten unter Ruths abwehrender Geste. »Constanze sprach dem Wein zu, aber sie war keine Säuferin, um die Sache beim Namen zu nennen. Wein ist hierzulande deutlich billiger als Wasser, und – unter uns beiden – er schmeckt auch erheblich besser.«

»Ja, aber …«

»Constanze trank mehr als ich, das stimmt schon, aber sie hatte allen Grund dazu, Vergessen im Alkohol zu suchen. Das sollten Sie doch wissen.«

Sie hält mich für schuldig, dachte Emma verstört. Andererseits konnte sie die Vorbehalte der Freunde ihrer Mutter verstehen. Paul Borchart war sogar noch deutlicher geworden als Ruth Rohrbach. Wer ließ schon so viele Briefe unbeantwortet?

»Jetzt schauen Sie nicht so verzweifelt. Constanze hat sich ja die Felsen nicht absichtlich hinabgestürzt, nicht wahr? Sonst würde der Pastor sie nicht beerdigen. Bei Selbstmorden sind sogar die Missionare schwierig. Deshalb wollen wir ganz schnell vergessen, dass Constanzes Leben nicht ohne Belastungen war«, sie streckte die Hand aus und berührte Emmas Arm. »Und wir beide glauben doch auch an nichts anderes als einen tragischen Unfall.«

Die Worte sollten beschwichtigen, aber sie wühlten Emma auf. War es denkbar, dass ihre Mutter aus dem Leben schied, weil sie es nicht mehr ertrug, auf eine Nachricht aus der Heimat zu warten? Aber Constanze hatte doch gewusst, dass sie auf dem Weg zu ihr war! Sie hatte die Passagierliste gelesen und Emmas Namen darauf gefunden. Das hatte ihr Hannes Graeff bestätigt, und sie hegte keinen Zweifel an den Ausführungen des Arztes.

Emma entzog Ruth die Hand und stand auf. Der Redeschwall überforderte sie. Sie wünschte sich, allein sein zu dürfen und ihre Gedanken zu sortieren. Aber natürlich konnte sie ihren Gast nicht hinauskomplimentieren.

Um wenigstens für einen Moment dem Gerede zu entkommen, schlug sie vor: »Ich hole uns eine Erfrischung. Vielleicht finde ich in der Küche eine Limonade oder etwas dergleichen.«

»Das ist noch immer nicht nötig, aber sehr freundlich von Ihnen.«

Emma fiel auf, dass die Zimmertür nicht geschlossen worden war, nachdem Ruth Rohrbach hereinrauschte. Als sie hinaus in die Diele trat, huschte ein Schatten durch den Raum. Sie stutzte.

Hatte Kaaya ihre Unterhaltung belauscht?

Emma beschloss, die Beobachtung für sich zu behalten. Sie wollte sich erst an die afrikanischen Verhältnisse gewöhnen, bevor sie vorschnell urteilte und die treue Haushälterin ihrer Mutter zur Rede stellte. Mit gleichmütiger Miene ging Emma deshalb in die Küche, wo sie Kaaya um die gewünschten Getränke bat.

33

»Zum Teufel mit der Wüste!«, brach es aus Dorothee heraus. »Das Wetter bringt mich um.« Tatsächlich war es aber wohl eher der feuchte Dunst, der auf ihren Lungen lastete wie auf der Landschaft. Sie hustete und wurde das Gefühl nicht los, als sei nach ihrer Ankunft alle Kraft aus ihrem Körper gewichen.

»Mit Nebel hatte ich nicht gerechnet«, gab ihr Vater zur Antwort, während er lethargisch die Hand zur Stirn hob, wo ein mit Eiswürfeln gefüllter zusammengefalteter Kopfkissenbezug die Schmerzen lindern sollte.

Er lag auf der Chaiselongue unter dem Fenster und jammerte: »Wer denkt denn bei dem Wort *Afrika* an so etwas?! Wenn von Südwest die Rede ist, werden in den Zeitungen nur die Wüste und die Diamantenfunde beschrieben. Das klingt alles nach Sonne. Über die Wahrheit informiert einen wieder einmal niemand.«

Dorothee sagte ihrem Vater nicht, dass ihrer Meinung nach der Champagner schuld an seinem Unwohlsein war und nicht das Klima.

Nach ihrer Ankunft gestern hatte er sich einer Gruppe von Offizieren der Schutztruppe angeschlossen, die in der Hotelbar ausgelassen feierten. Dorothee hatte ihren Vater sich selbst überlassen und war früh zu Bett gegangen, irgendwann in der Nacht aber aus einem leichten Schlaf geschreckt, als Schüsse das Gebäude erbeben ließen.

In ihren Hausmantel gehüllt war sie in Sorge aufgelöst zu ihrem Vater geeilt – und fand diesen alles andere als nüchtern, aber ansonsten bei bester Laune vor, wie er einem ebenfalls betrunkenen Hauptmann lallende Anweisungen erteilte. Der Offizier zielte mit einer Pistole auf die Deckenlampe. Die Kugel verfehlte jedoch die Leuchtenstange, und unter dem Gegröle seiner Kameraden rieselte Putz von den Stuckornamenten herab.

Ein Kellner erklärte der empörten Dorothee, dass derartige Ausgelassenheit in Lüderitzbucht alltäglich war. Zunächst hatten die Soldaten das Ende des schrecklichen Kriegs gegen die Eingeborenen gefeiert, seit gut einem Jahr waren sie dem Diamantenrausch erlegen. Trotz der Monopolisierung der Funde herrschte großer Reichtum in dieser kargen Stadt. Dann bat sie der Hotelangestellte um Verständnis dafür, dass die Männer nicht nur auf die wenigen Springböcke schießen konnten, die in diesem Teil der Wüste lebten.

An Nachsicht war nicht zu denken. Es ging ihr viel schlechter als ihrem Vater, nicht zuletzt, weil sie kaum geschlafen hatte, auch nicht, nachdem im Hotel endlich Ruhe eingekehrt war. Um des lieben Friedens willen hatte sie nach einem Arzt für ihren Vater schicken lassen. Es kostete sie mehr Energie zu widersprechen, als das Spiel ihres Vaters mitzumachen. Allerdings brodelte es – trotz zunehmender körperlicher Schwäche – in ihrem Inneren.

Sie starrte in den Spiegel über dem Toilettentisch, an dem sie saß, und fand die Person furchtbar elend, die sie dort erblickte. Ihre Haut war aschfahl, die Augen von dunklen Schatten umgeben, die Nase stach spitz hervor, das Haar klebte an ihren Schläfen. Das zarte Rosa ihres Spitzennegligés ließ sie noch bleicher erscheinen. Als sie mit der Puderquaste flüchtig über Gesicht und Dekolleté fuhr, verstärkte dies noch den Eindruck großen Leids, denn nun wirkte ihr Aussehen maskenhaft.

»Ich wünschte, ich wäre in Europa geblieben«, murmelte sie.

Tatsächlich sehnte sie sich nach nichts so sehr wie nach ihrer vertrauten Umgebung. Sie empfand diese Reise als einzige Tortur. Nicht nur dass ihr das Wetter seit Wochen zusetzte, schon an Bord hatte sie ja unter dem schwülen Klima Westafrikas gelitten.

Die Aussicht auf Besserung ließ sie die Unbilden ertragen, doch alle ihre Erwartungen wurden enttäuscht.

Selbst die Hoffnung, Manfred von Paschen wiederzusehen, hatte sich nicht erfüllt. Er hatte sie weder vom Schiff abgeholt, noch logierte er in diesem Hotel – dem besten am Platze –, und sie wusste beim besten Willen nicht, wo sie nach ihm suchen sollte – und ob überhaupt.

Seit ihrer Ankunft vollführte ihr Herz bei jeder vernehmbaren Bewegung vor der Tür einen kleinen Sprung, weil sie dachte, Manfred stehe davor. Inzwischen grollte sie ihm aber so sehr, dass er wahrscheinlich besser daran tat fernzubleiben. Sie musste sich erst einmal sammeln, bevor sie ihm gegenübertreten konnte. So schwach, wie sie sich fühlte, bot sie ein klägliches Bild. Ganz unähnlich der souveränen, von allen geliebten Berühmtheit.

Es klopfte.

Das musste der Arzt sein, den sie für ihren verkaterten Vater gerufen hatte. Da der Patient jedoch keine Anstalten machte, sein Lager zu verlassen, erhob sich Dorothee.

Gebeugt unter einem Hustenanfall stolperte sie zur Tür, um zu öffnen.

»Großer Gott, Ihnen geht es ja wirklich sehr schlecht!«, rief der Mann im Türrahmen entsetzt aus. Mit der freien Hand – die andere trug seine Arzttasche – packte er ihren Arm, stützte sie und schob sie gleichzeitig in die Suite, die von Hirschbergs bewohnten.

»Ziehen Sie bitte den Mantel aus, damit ich Sie abhören kann«, befahl er mit einer Stimme, die keine Widerrede duldete.

Verblüfft folgte Dorothee seiner Aufforderung und ließ den seidenen Überwurf von ihren Schultern gleiten. Sie war so baff, dass sie nicht daran dachte, den Arzt darüber aufzuklären, wer sein eigentlicher Patient war.

Im Hintergrund stöhnte ihr Vater laut auf.

Der Arzt ignorierte ihn.

Er stellte seine Tasche auf dem Hocker des Toilettentisches ab, auf dem Dorothee zuvor gesessen hatte, und zerrte ein Stethoskop hervor.

»Ruhig atmen … Halten Sie bitte die Luft an … Weiteratmen …« Der Kopf des Hörrohrs glitt über ihre Brust, verharrte hier und da. »Bitte drehen Sie sich um«, bat er und wiederholte das Prozedere auf ihrem Rücken.

»Hier«, ächzte Hugo von Hirschberg.

»Sie können sich wieder anziehen«, sagte der Arzt, schob den Ohrbügel wie einen Reif um seinen Hals und bückte sich nach ihrem Hausmantel. Seine Miene war ernst, und in seinen grünbraunen Augen lag eine gewisse Schwermut.

Dorothee kannte diesen Ausdruck von den bisherigen Untersuchungen ihrer Lungen. Er verwunderte sie weit weniger als die Tatsache, dass der herbeigerufene Mediziner kein alter Herr war wie die zuweilen recht hochmütigen Professoren an der Charité und auch kein zackiger Stabsarzt, wie sie dies bei einem im Lazarett tätigen Doktor erwartet hatte. Er wirkte sympathisch, kompetent, zuverlässig, darüber hinaus freundlich und sehr angenehm.

Nachdem er ihr in die seidene Hülle geholfen hatte, blieben seine Hände kurz auf ihren Schultern liegen. Eine Geste, die ihr wohltat, als leite er durch seine Finger die eigene Stärke in ihren Körper.

»Es sieht nicht gut aus«, sagte er. »Sie müssen dringend behandelt werden, Fräulein von Hirschberg … ähm… Sie sind doch Fräulein von Hirschberg, oder?« Unsicherheit flackerte in seinen Augen auf. Er wartete ihre Antwort jedoch nicht ab, sondern neigte in einer Art den Kopf, wie es bei Angehörigen des Militärs üblich war. »Verzeihen Sie, dass ich mich noch nicht vorgestellt habe. Mein Name ist Graeff. Doktor Hannes Graeff.«

Sie schmunzelte, weil sie mit ihrer Erwartung von Zackigkeit richtiggelegen hatte. »Ja, ich bin Dorothee von Hirschberg. Und ja, ich weiß, dass ich krank bin. Ich war hierhergekommen, weil ich mir Linderung im Wüstenklima versprach«, sie deutete zum Fenster, hinter dem die andere, den Innenhof umschließende Gebäudefront nur schemenhaft zu erkennen war, »aber das Wetter enttäuscht mich.«

Er erwiderte ihr Lächeln. »Ein paar Kilometer weiter im Hinterland hat sich der Nebel bereits aufgelöst. Sie brauchen nur bis nach Kolmannskuppe zu fahren, um trockenes Wetter zu erleben. Einen Ausflug dorthin kann ich sehr empfehlen.«

»Dorothee, ich sterbe«, behauptete ihr Vater.

»Oh ja … natürlich …« Dorothee zwinkerte Hannes Graeff zu und fragte sich im nächsten Moment, was sie dazu trieb, ihrem Vater in den Rücken zu fallen. »Papa ist Ihr Patient. Nicht ich. Der Champagner gestern Abend ist ihm nicht bekommen. Wahrscheinlich liegt es an der Marke.«

Was brachte sie nur dazu, plötzlich so zynisch zu sein? Nicht der fremde Arzt war ihr Vertrauter, sondern der Mann, der sie ein Leben lang begleitete und unterstützte. Sie legte sich die Hand auf die Brust und hüstelte, diesmal mehr aus Verlegenheit als aus Notwendigkeit.

Hannes Graeff sah sie erstaunt an. Erst ein paar Atemzüge später wandte er sich Hugo von Hirschberg zu. Er stellte sich noch einmal vor, ließ sich die ausführliche Leidensgeschichte seines Patienten erzählen, nickte wissend, als die Sprache auf die angebliche Herzschwäche kam, und warf Dorothee immer wieder einen kurzen Blick zu, als wollte er sich ihrer Anwesenheit versichern. Dann fragte er den Kranken, ob man zur Untersuchung nicht besser in dessen Schlafgemach wechsle, doch

Dorothees Vater fühlte sich zu kraftlos dafür. Ergeben zog der Arzt daraufhin seine Tasche heran und begann mit einer ausführlichen Diagnose.

Vor Publikum leidet Vater am liebsten, dachte Dorothee matt und ließ sich wieder auf den Hocker des Toilettentisches sinken.

Sie betrachtete ihr Spiegelbild, das nicht wesentlich besser aussah als zuvor. Genau genommen fand sie sich unglaublich hässlich. Nur ihre Augen leuchteten. Sie traten wie zwei glänzende Edelsteine aus ihrem fahlen Gesicht hervor. Dieser Kontrast war ihr zuvor nicht aufgefallen, er erschreckte sie mehr, als dass er ihr gefiel, denn er bewies, wie hübsch sie wäre, wenn sie sich weniger elend fühlte.

Ein Ausflug in die Wüste, sinnierte sie, könnte ihr gefallen. Angesichts ihres verkaterten Vaters kam dies aber heute sicher nicht infrage.

»Nehmen Sie dieses Aspirin, legen Sie sich ins Bett, schlafen Sie und lassen Sie sich nachher eine gut gesalzene Hühnerbrühe bringen«, verordnete Hannes Graeff seinem Patienten. »Sobald die Sonne untergegangen ist, werden Sie wieder ein Glas Champagner trinken können. Aber bitte nur ein Glas, keine Flasche!«

»Wie kann ich bei dem Nebel erkennen, wann die Sonne untergeht?«, jammerte Hugo von Hirschberg. »Man sieht sie doch gar nicht.«

»Ich komme morgen wieder, wenn Sie es wünschen«, erwiderte Hannes Graeff und sah dabei Dorothee und nicht ihren Vater an. »Allerdings wird es Nachmittag werden.«

»Wenn ich bis dahin noch lebe …!«

Der Arzt lachte bitter. »Machen Sie sich darum keine Sorgen, lieber Herr von Hirschberg. Es besteht momentan keine Gefahr für Sie! Ich würde auch gern früher kommen, aber eine traurige

Pflicht ruft mich. Morgen Vormittag muss ich zu der Beerdigung einer Freundin.«

»Oh!«, entfuhr es Dorothee. Es hatte also eine Frau in seinem Leben gegeben. Neugierig wanderte ihr Blick zu seinen Händen. Er trug keinen Ehering. Würde er die arme Tote aber nicht als Verlobte oder Braut bezeichnen, wenn sie ihm nähergestanden hätte? Wann nannte ein Mann eine Frau seine Freundin? Noch etwas im Zwischenmenschlichen, von dem sie keine Ahnung besaß.

Sie erhob sich, um Hannes Graeff zur Tür zu begleiten. »Es wäre nett, wenn Sie morgen noch einmal nach meinem Vater sehen könnten, wann immer es Ihre Zeit erlaubt«, bat sie ernst und in der Hoffnung, ihren Spott von eben wiedergutzumachen.

»Meine Patientin sind Sie, Fräulein von Hirschberg«, raunte er und blickte über ihre Schulter rasch zu Hugo von Hirschberg, der den Eisbeutel über seine Augen gezogen hatte. »Ihrem Vater wird es spätestens heute Abend wieder gut gehen. Aber Ihre Lungengeräusche machen mir Sorgen. Ich möchte Sie behandeln …«

»Eine Operation ist für mich indiskutabel«, warf sie rasch ein. »Die habe ich in Berlin abgelehnt und werde sie hier ganz sicher nicht am Ende der Welt zulassen.«

»An die Pneumothorax-Technik habe ich nicht gedacht, Fräulein von Hirschberg. Bevor man einen Lungenflügel zum Kollabieren bringt, sollte man meiner Ansicht nach alle anderen Möglichkeiten ausschöpfen.«

Sie nickte ergeben.

»Die Eingeborenen kochen aus der Wurzel des Kameldorns einen Sud«, fuhr Hannes Graeff mit gesenkter Stimme fort, »der sich als wirksames Mittel gegen die Tuberkulose herausgestellt hat. Sie sollten diese Medizin probieren.«

»Was bitte ist ein Kameldorn?«

Er grinste, und seine Augen funkelten in unerwarteter Fröhlichkeit. »Der einzige Baum, der in der Wüste wächst. Es ist eine wilde Akazienart und sehr beeindruckend, weil die Stämme einen Umfang von bis zu zehn Metern erreichen können und die Wurzeln sich bis zum Grundwasser durch den Sand graben. Unternehmen Sie einen Ausflug, Fräulein von Hirschberg, und schauen Sie sich den Kameldorn selbst an. Eine Tour in das Landesinnere wird Ihnen in vielerlei Hinsicht guttun.«

»Ich befürchte, ich werde meinen Vater kaum dazu bewegen können, das Hotelzimmer zu verlassen. Außerdem klingt Ihre Medizin ein wenig nach Hokuspokus, und ich glaube kaum, dass ich das nach der Betrachtung Ihres Baums anders sehe.«

»Das käme auf einen Versuch an, nicht wahr?«

Sie sah zu ihrem Vater, der nach dem ihm zuteilgewordenen Maß an Aufmerksamkeit eingeschlafen war. Bedauernd schüttelte sie den Kopf. »Leider. Es wird nicht möglich sein. Aber ich sage ja nicht, dass ich mich Ihrem Hausmittel verweigere. Möglicherweise brauche ich den Kameldorn nicht zu sehen, um seine Wirkung auszuprobieren.«

»Es wäre sehr schade, wenn Sie Ihre Zeit im Hotelzimmer verbrächten. Lüderitzbucht hat deutlich mehr zu bieten als diese vier Wände. Und Sie wissen hoffentlich, wie gut frische Luft gegen Ihre Erkrankung hilft.«

Prompt hustete sie. »Wenn Sie mit *frischer Luft* Nebel meinen, muss ich Ihnen widersprechen«, prustete sie in ihre hohle Hand.

Er reichte ihr sein unbenutztes Taschentuch. Schweigend wartete er ab, dass sie sich damit über den Mund wischte, nachdem sie den Auswurf nicht mehr hatte bei sich behalten können.

Dorothee räusperte sich. »Ich werde das waschen lassen und Ihnen zurückgeben.«

Er antwortete noch immer nicht, sondern sah sie lange aufmerksam an. Sie begegnete seinen Augen, hilflos, weil sie nicht wusste, was sie von der Eindringlichkeit seines Blickes halten sollte. Schließlich nickte er wie zur Bestätigung der eigenen Gedanken. Er verlagerte sein Gewicht von einem Bein auf das andere.

»Was halten Sie davon, wenn Sie sich in meiner Begleitung die Umgebung ansehen?«

»Aber …«, hob sie an und verstummte wieder, weil ihr auf Anhieb keine passende Antwort auf seinen Vorschlag einfiel.

»Ich könnte Sie am Nachmittag ein wenig herumkutschieren. Dagegen ist nichts einzuwenden, denn was könnte schicklicher sein, als mit dem eigenen Arzt zu reisen? Und Ihr Herr Vater kommt in der Zwischenzeit sehr gut allein zurecht. Ihm fehlt nichts. Er hat nur zu tief ins Glas geschaut. Aspirin und die Fürsorge des Hotelpersonals sind in einem solchen Fall ausreichend.«

Der Arzt hatte zweifellos Recht. Seine Worte klangen plausibel. Die Aussicht auf einen Ausflug in die von der Sonne verwöhnte Wüste war verlockender als das Wissen um stundenlanges Warten in einem Haus, das der Nebel einhüllte. Dennoch zögerte Dorothee. Plötzlich ging ihr durch den Kopf, dass Manfred von Paschen vielleicht gerade in dem Moment vorsprechen könnte, kaum dass sie das Hotel verlassen hatte.

Hannes Graeff wartete ihre Reaktion ein paar Atemzüge lang ab, dann zuckte er gleichmütig mit den Achseln. »Vielleicht ein anderes Mal«, murmelte er und wandte sich zur Tür.

Seine Hand drückte die Klinke bereits herab, als sie sich zu ihrer eigenen Überraschung sagen hörte: »Oh nein … oder ja … ein anderes Mal auch … Ich meine, es würde mir durchaus passen, wenn Sie mich ein wenig mit den Sehenswürdigkeiten vertraut machen wollten.« Warum stammelte sie wie ein schüchterner Backfisch?

Das bereits bekannte Lächeln erhellte wieder sein Gesicht.

»Vielen Dank für Ihr Vertrauen, Fräulein von Hirschberg. Darf ich Sie gegen vier Uhr am Nachmittag abholen?«

Vielleicht gelingt es mir, bis dahin nicht mehr wie das leibhaftige Elend auszusehen, hoffte sie inständig und sagte: »Ich werde Sie pünktlich erwarten.«

Das Lächeln wich der Bekümmerung in seinen Augen. »Ich sollte Ihnen allerdings sagen, dass ich unterwegs einen Besuch machen muss. Es wird nicht lange dauern, das verspreche ich, aber ich möchte nach der Tochter meiner verstorbenen Freundin sehen.«

»Tun Sie das. Es wird mich nicht stören«, versicherte sie ihm und fragte sich still, wie alt die Kleine wohl sein mochte und wo sich der dazugehörende Vater befand. Ob es sich um sein Kind handelte? Dann hätte er vermutlich weniger distanziert von der armen Hinterbliebenen gesprochen. Allerdings hörte man aus den Kolonien, dass mancher es fern der Heimat mit der Liebe oft nicht so ernst meinte.

Wieder überlegte sie, wohin der Mann verschwunden war, dem sie nicht nur ihr Herz, sondern auch eine beträchtliche Summe Bargeld geschenkt hatte.

»Setzen Sie einen breitkrempigen Hut auf und nehmen Sie einen Schal mit«, sagte Graeff, während er die Tür endlich öffnete. »In der Wüste ist die Sonne sehr stark, und Sandverwehungen können recht unangenehm werden. Darauf muss man vorbereitet sein.«

Geistesabwesend nickte Dorothee. Ihr kam die erste Begegnung mit Manfred in den Sinn, als sie sich für die Reise nach Afrika einkleidete. Obwohl sie sich mit dem Tropenhelm nicht sonderlich gut gefiel und ihr Kavalier ebenfalls zu einem anderen Modell riet, kaufte sie den Hut am Ende doch. Damals wusste sie noch nicht, dass er eine Art Souvenir für sie werden würde. Ein Erinnerungsstück, fast ein Pfand …

34

Zu Dorothees größter Überraschung war Doktor Graeff motorisiert. Vor dem Hotel parkte ein cremefarbenes sportliches Automobil mit heruntergeklapptem Verdeck, und die vier weinroten Sitze sahen aus wie komfortables englisches Mobiliar. Der Arzt war gekleidet wie ein Rennfahrer: Er trug einen havannabraunen Staubmantel, dazu eine eng anliegende Kappe aus hellem Leder, Handschuhe mit Knöchellöchern und eine Schutzbrille, die er jedoch abnahm, als Dorothee auf die Straße trat.

»Äußerst schnittig«, bemerkte sie und ließ dabei offen, ob sie das Fahrzeug oder den Chauffeur meinte.

»Es ist ein neues italienisches Modell, ein Lancia Beta«, schwärmte Hannes Graeff. »Zwei Komma fünf Liter Hubraum und achtundzwanzig PS Leistung.«

»Beeindruckend«, meinte Dorothee, obwohl sie nicht die geringste Ahnung hatte, wovon er sprach.

Automobile waren ein Fortbewegungsmittel wie Pferdekutschen, deren Hersteller sie ebenso wenig interessierte wie etwa Details über die Zucht der Tiere. Sie machte sich höchstens Gedanken über die Bequemlichkeit. Dass diese bei Graeffs Fahrzeug außerordentlich groß war, stellte sie fest, als sie in die Polster sank.

Graeff betätigte die Kurbel, und der Motor sprang mit einem rhythmischen, dröhnenden Geräusch an. Mit strahlendem Gesicht setzte sich der Arzt hinter das Steuer, schob sich die Brille über die Augen und legte den Gang ein. Automatisch hob Dorothee die Hand zu ihrem Tropenhelm, um diesen beim rasanten Anfahren nicht zu verlieren. Als Graeff sich ihr kurz zuwandte, erwiderte sie sein Lächeln.

Der Nebel hatte sich gelichtet, und durch die Stadt waberte

Dunst, der Dorothee wie in den Straßen verlorene Wolken erschien. Sie hingen in losen Fetzen zwischen den Gebäuden.

Es herrschte reger Betrieb um diese Uhrzeit, offensichtlich wurden hierzulande viele Geschäfte am Nachmittag getätigt. Vor den Läden und Lagern standen Ochsenkarren, Kutschen, Automobile. Fässer, Holzkisten und Körbe mit diversen Handelsgütern wechselten den Besitzer. Überwiegend bestimmten weiße Männer das Bild, nur vereinzelt sah Dorothee Frauen, vor allem das Warenhaus von Krabbenhöft & Lampe hatte es anscheinend den Damen der Gegend angetan. Schwarze Gesichter indes musste sie suchen zwischen den schmucken Jugendstilfassaden, wie sie in jeder Kleinstadt im Reich anzutreffen waren, aber in Südwestafrika eine Überraschung darstellten. Türme, Erker, Fachwerk und geschnitzte Balkons erinnerten ebenso an die Heimat wie der Duft von frisch gebackenen Schrippen, der aus einer Bäckerei nach draußen wehte und sich mit dem Aroma von Sand und Meersalz und dem Geruch von Ruß vereinte. Möwen kreischten, eine Autohupe brummte, von Ferne ratterte ein Zug heran, das Signalhorn eines Schiffs ertönte.

Zum ersten Mal, seit sie in Lüderitzbucht eingetroffen war, dachte Dorothee, dass es sich hier wohl durchaus gut leben ließ.

»Wie lange wohnen Sie schon hier?«, fragte sie ihren Begleiter.

»Ein paar Jahre«, schrie er gegen Motorlärm und Fahrtwind an. »Ich kam gleich zu Anfang des Kriegs gegen die Nama und Hereros als Sanitätsoffizier der Kaiserlichen Schutztruppe nach Südwest. Zwanzigtausend Mann sind schließlich hier gelandet. Ich war damals Student und bin nur noch einmal für mein Examen zurück nach Deutschland. Heute, zweieinhalb Jahre nach Kriegsende, sind keine dreitausend Soldaten mehr in der Kolonie, und ich gehöre zu denen, die freiwillig geblieben sind.«

Ihr lag die Frage nach einer Familie auf der Zunge, aber sie wusste nicht recht, wie sie sich vor allem nach einer Ehefrau erkundigen sollte. Im nächsten Moment fragte sie sich irritiert, wieso sie das eigentlich interessierte. Er war mit ihr als Reiseführer unterwegs – und wenn er verheiratet wäre, hätte seine Gattin bei dieser Gelegenheit gewiss den Platz an seiner Seite eingenommen, anstatt ihn mit einer anderen zu einem Ausflug aufbrechen zu lassen.

Dorothee war es gelungen, ihr Äußeres so weit wiederherzustellen, dass sie nicht mehr aussah, als gehörte sie in ein Krankenhaus und nicht in ein Hotel. Sie wirkte jedenfalls nicht mehr wie eine Patientin. Das war ihrem noch immer leidenden Vater glücklicherweise nicht aufgefallen, andernfalls hätte er sie wohl nicht widerspruchslos gehen lassen.

Sie fand ihre eitlen Gedanken ein wenig unanständig und hätte sich gern das Schmunzeln aus dem Gesicht gewischt, aber sie konnte nicht umhin, breit zu grinsen.

»Es steht Ihnen gut, wenn Sie lächeln«, sagte Hannes Graeff.

»Ihnen auch«, entfuhr es ihr.

»Hoffentlich ergeben sich noch viele Gelegenheiten, sich gemeinsam zu freuen.«

Dorothee nickte stumm – und lächelte still in sich hinein.

Hinter der Stadtgrenze rissen die Nebelfelder vollständig auf. Es schien Dorothee, als würden sie mit ihrem Automobil eine Wand durchbrechen, hinter der klare Sicht herrschte. Der Himmel war von einem satten Blau, fast lila wie Lavendel. Da sie in östlicher Richtung unterwegs waren, fuhren sie in weiches Licht, den grellen Sonnenschein fühlte Dorothee in ihrem Rücken. Als sie sich jedoch einmal umdrehte, sah sie nur eine riesige Staubwolke, die von den Reifen des Automobils aufgewirbelt wurde.

Die Landschaft vor ihnen schimmerte in sanften Rot- und Goldtönen, von Kupfer bis hin zur Farbe von rosa Turmalin. Dünen so hoch wie Berge erhoben sich am pastellenen Horizont, Felsen und Geröll, noch nicht vom Sand bedeckt, unterbrachen die weite Ebene. Gelegentlich krochen überraschend lange, grün glänzende Blätter über den Boden oder rollten sich zu seltsam anmutenden Pflanzen zusammen. Dorothee bemerkte Bahngleise und registrierte vertrocknete Gerippe am Rand der planierten Piste. Sie schrie auf, als sie die Tierskelette erkannte.

»Hier sind eine Menge Zugochsen verdurstet oder an Erschöpfung gestorben«, erklärte ihr Begleiter ruhig. Ihr fiel auf, dass sich der Griff seiner Hände um das Steuerrad verstärkte; im nächsten Moment holperte es gewaltig. »Das ist der sogenannte Baiweg, die alte Karawanenstraße von Lüderitzbucht nach Keetmanshoop. Übrigens haben sich seit den ersten Diamantfunden eine Menge Abenteurer auf gut Glück in die Wüste gewagt – und auch viele von denen sind nicht zurückgekehrt.«

Wahrscheinlich konnte nur ein Arzt so sachlich darüber sprechen, dass irgendwo in der Unendlichkeit von Sand und Steinen Tote lagen. Dorothee drehte der Gedanke an die armen Seelen den Magen um. Sie nahm ihren Hut ab und reckte den Kopf in den Fahrtwind.

Graeff verließ den Weg. Sand spritzte hoch, als er den Wagen ein Stück weit über die Ebene lenkte. Die Nachmittagssonne malte lange Schatten auf die langsam ansteigenden und auf der anderen Seite steil abfallenden Dünen. Die Farben veränderten sich je nach Lichteinfall, wurden mal intensiver, dann wieder schwächer. Auch das Blau des Himmels war jetzt lichter, und das Firmament schien weiter und höher, auf gewisse Weise jedoch wie zum Greifen nah.

Er stoppte und stellte den Motor ab. Plötzlich herrschte eine Stille, als hielte die Welt den Atem an. Nur der Wind verursachte ein brummendes Geräusch wie einen langen, tiefen Pfiff, als er in den Sand blies.

»In den Legenden der Einheimischen heißt es«, Hannes Graeff nahm die Brille ab und wandte sich zu ihr, »dass sich tief im Inneren der Wüste Plätze mit reichlich Wasser und Weidegründe für die Tiere befinden. Da aber noch niemand, den ich kenne, diese Oasen mit eigenen Augen gesehen hat«, fügte er mit seinem jungenhaften Schmunzeln hinzu, »habe ich mir erlaubt, eine Erfrischung mitzubringen.«

Dorothee strahlte. »Ein Picknick in der Wüste! Was für eine ungewöhnliche Idee.«

»Ha! Da ist es wieder – Ihr Lächeln. Wissen Sie, ich glaube, Freude ist die allerbeste Medizin für Sie.«

Er stieg aus dem Automobil, und Dorothee sah ihm schweigend zu, wie er den Wagenschlag öffnete und einen Weidenkorb aus dem Fußbereich des Rücksitzes hob. Dann zog er den Staubmantel aus und breitete diesen im Schatten des Fahrzeugs aus. Mit einer eleganten, wenn auch ein wenig übertriebenen Geste lud er sie ein, Platz zu nehmen. Während sie ihrerseits ausstieg, beschäftigte er sich mit seinen Mitbringseln, und ein paar Atemzüge später, in denen Dorothee die würzige, nach Holz und Stroh duftende Luft genoss, erklang ein dumpfes Plopp, dann ein Zischen.

»Champagner in der Wüste«, stellte sie amüsiert fest.

Hannes Graeff reichte ihr einen mit dem Sekt gefüllten silbernen Becher. »Zur Feier eines schönen Tages und auf Ihr Wohl, Fräulein von Hirschberg.«

Später saßen sie auf dem Mantel, tranken Schaumwein und aßen Orangenspalten, süße Datteln und Apfelstücke, die, wie der Arzt nicht ohne Stolz berichtete, aus dem landwirtschaftlichen Anbau in Südwest stammten. Während er von der Mühsal der eingewanderten Bauern erzählte, den Boden urbar zu machen, hörte Dorothee dem Klang seiner angenehmen Stimme zu, nahm aber nicht jedes Wort wahr. Sie fühlte sich ermattet und erlaubte sich diese Schläfrigkeit, denn sie war zum ersten Mal seit langem keine Folge ihrer Erkrankung, sondern ein Ausdruck von Entspannung.

Ihr fiel ein, dass sie sich damals bei ihrer Ballonfahrt über die Wiesen und Felder der Mark Brandenburg ähnlich gefühlt hatte. Zufrieden, ein wenig müde, geborgen in der Natur und hingezogen zu der Nähe ihres Begleiters, die ihr ein seltenes Gefühl von Sicherheit gab. Jetzt ging es ihr sogar noch besser, denn seinerzeit hatte sie gefallen wollen, und heute war sie ganz sie selbst, eine junge Frau, ohne den Zwang, einen besonderen Eindruck zu hinterlassen. Hannes Graeff war ihr Arzt, sie brauchte ihm nichts vorzuspielen.

Unwillkürlich dachte sie an Manfred von Paschen und daran, welche Leidenschaften er in ihr geweckt hatte. Trotz dieser Nähe war sie ihm niemals leidend unter die Augen getreten, hatte stets nur die berühmte Pianistin gegeben, die Musikliebhaber zwischen Hamburg und Triest bewunderten und vielleicht auch heimlich begehrten. Sie hatte ihn für seine Verehrung mit ihrem Körper belohnen wollen, doch er hatte dieses Geschenk nicht angenommen. Und dann war sie wieder unpässlich geworden, weil ihr das schwüle Klima zusetzte …

»Aufwachen!« Graeff schnippte mit den Fingern vor ihren Augen. »Verraten Sie mir, wo Sie in Gedanken gewesen sind, und ich zeige Ihnen, wo im April vorigen Jahres der erste Diamant gefunden wurde. Es ist nicht weit von hier.«

»Ich war …« Dorothee schluckte. »Ich dachte an die weite Reise, die mich an diesen Ort geführt hat. Entschuldigen Sie, ich wollte nicht unhöflich erscheinen.«

»Man neigt in der Unendlichkeit dazu, sich in Erinnerungen zu verfangen. Aber man sieht auch klarer, wenn man aus der Wüste zurückkehrt. Diese Landschaft hat etwas Mystisches.«

Sie sah ihn erstaunt an, weil er in Worte fasste, was sie gefühlt hatte. »Ja«, sagte sie langsam, »es ist für mich ebenso berührend wie manches Klavierkonzert.«

»Dann lassen Sie uns noch ein wenig der Musik lauschen.«

Schweigend verging ihnen die Zeit fast noch schneller als im Gespräch. Dorothee war überrascht, wie gut sie sich mit einem anderen Menschen verstehen konnte, ohne ein Wort zu verlieren. In ihr breitete sich ein ungeahnter Frieden aus, ähnlich wie am Piano, wenn sie dem Instrument wundervolle Töne entlockte.

Der Boden vibrierte leicht, und Dorothee sah zu der nahen Straße, auf der sie hierhergefahren waren. Verblüfft beobachtete sie vier Dromedare, deren Reiter die Tiere in schnellem Passtrab über die Piste trieben. Kamele auf einem alten Karawanenweg? Sie zwinkerte, um das Bild zu verscheuchen, weil sie es für Einbildung hielt.

Graeff lachte. »Das ist die Kamelpatrouille der Schutztruppe. Für eine richtige Kavallerie fehlt hier das Wasser für die vielen Pferde, deshalb haben sich unsere Herren Rittmeister umgestellt.«

Er richtete sich auf. »Wir sollten zurückfahren. Die Patrouille ist in der Regel kurz vor Sonnenuntergang unterwegs, und wir sollten nicht in die Dämmerung kommen, solange wir noch nicht an der Küste sind. Die Diamantenfelder zeige ich Ihnen ein anderes Mal, wenn Sie möchten.«

Mit einem Gefühl unendlichen Bedauerns folgte Dorothee ihm. Als sie nebeneinander im Wagen saßen und der Motor bereits vor sich hin surrte, fiel ihr plötzlich ein: »Wollten Sie nicht der Tochter einer verstorbenen Freundin einen Besuch abstatten?«

»Haben Sie herzlichen Dank, dass Sie mich daran erinnern. Der Weg von dort zu Ihrem Hotel ist in der Dunkelheit nicht so dramatisch wie eine Fahrt durch die Wüste. Deshalb habe ich diese Visite an das Ende unseres Ausflugs gesetzt. Es ist nur ein kleiner Abstecher die Küste entlang in Richtung Diazspitze zu einem ausgesprochen hübschen Strandhaus. Wären die Umstände nicht so dramatisch, würde es Ihnen gewiss gefallen.«

»Was ist denn geschehen?«, fragte sie, um ihm einen Gefallen zu erweisen. Genau genommen interessierte sie das Schicksal der Frau noch immer nicht besonders, vielmehr beschäftigte sie wieder, was Hannes Graeff mit ihr verband.

»Eine schlimme Geschichte. Die Ärmste ist beim Spazierengehen von den Klippen vor ihrem Haus abgestürzt und mit dem Kopf auf den Steinen im Sand aufgeprallt. Die Verletzungen waren tödlich.«

»Dann war die Dame gewiss reichlich unvorsichtig und schon sehr alt«, erwog sie und freute sich unsinnigerweise über die Feststellung, dass die Tote keine weibliche Konkurrenz darstellte.

Er seufzte. »Eigentlich war sie noch zu jung zum Sterben. Und unvorsichtig war sie nicht. Wenn ich es nicht besser wüsste, würde ich sagen, es hat ihr jemand mit einem Stein den Kopf eingeschlagen.«

»Bitte?!«

»Machen Sie sich keine Sorgen, Fräulein von Hirschberg. In Lüderitzbucht gibt es keine Mörder. Gauner, die es auf Diamanten abgesehen haben, treiben immer mal wieder ihr Unwesen in der Gegend, aber es bringt niemand eine harmlose Frau um. Das war nur so ein Gedanke von mir, als ich mir den Platz ansah, auf den sie gestürzt ist.«

Dorothee presste die Lippen zusammen. Ein unkontrollierbares Zittern durchlief ihren Körper, und sie fragte sich, ob das von der zunehmend abkühlenden Luft kam oder von ihrer sich überschlagenden Fantasie. Auf skurrile Weise fühlte sie sich von der tragischen Geschichte angezogen. Das war etwas, womit sie sonst nie konfrontiert wurde.

»Vielleicht hat sie sich selbst getötet«, überlegte sie laut.

»Nein. Das ist nicht möglich. Nein. Ich habe mir den Ort genau ansehen. Wäre sie freiwillig gesprungen, wäre sie mehr in der Mitte des Strandes aufgetroffen. Ihre Fundstelle befand sich jedoch nah an den Felsen.«

Ihre Augenbrauen hoben sich. Die Angelegenheit versprach interessanter zu werden, als sie anfänglich gedacht hatte. Sie schlang die Arme um ihren Oberkörper, weil sie zu frieren begann.

»Und was heißt das?«

»Ein Selbstmörder springt mit mehr Schwung als jemand, dem ein Unfall widerfährt oder der gestoßen wird. Wir können also ausschließen, dass sie sich selbst töten wollte. Außerdem hatte sie keinen Grund. Ihre Tochter befand sich gerade auf dem Weg zu ihr … Oh! Das hatte ich ganz vergessen. Vielleicht kennen Sie sich ja. Sie reiste auch mit der *Windhuk*.«

Dorothee spürte, wie sie eine vage Ahnung traf. Doch sie schüttelte den schrecklichen Gedanken ab wie ein lästiges Insekt. Ihre Stimme klang kühl und distanziert, als sie sich nach dem Namen der Passagierin erkundigte.

»Thieme«, erwiderte der Arzt ruhig. »Fräulein Emma Thieme.«

35

Kaaya war verschwunden, wie vom Erdboden verschluckt. Das Haus war überschaubar, es gab keinen Keller und keinen Winkel, wo sich die Schwarze hätte verstecken können. Emma suchte nach ihr, rief vergeblich. Keine Antwort. Nichts.

In Groß-Lichterfelde meldete sich das Personal ab, wenn es Feierabend machte. Offenbar war das in Südwest nicht üblich.

Emma fand es ausgesprochen lästig, nach der Haushälterin wie nach einer Nadel im Heuhaufen suchen zu müssen, wo sie doch ihre Hilfe benötigte. Sie hatte sich vorgenommen, den Rest des Tages damit zu verbringen, die Sachen ihrer Mutter durchzusehen. Für alle anderen Regelungen sorgten Constanzes Freunde. Paul Borchart und Hannes Graeff hatten versprochen, sich um die Beerdigung und die behördlichen Angelegenheiten zu kümmern, so dass Emma nichts zu tun blieb, als den Nachlass der Toten zu sichten.

Eine Aufgabe, die sie sogar gern übernahm. Sie hoffte, auf diese Weise die Frau kennenzulernen, die sie schon vor zwölf Jahren verloren hatte. Allerdings hatte sie darauf vertraut, dass Kaaya ihr zur Hand ging, die Constanzes Besitz besser kannte als sie. Doch Kaaya war fort. Wahrscheinlich war sie während des Besuchs von Ruth Rohrbach gegangen. Jedenfalls hatte Emma sie zuletzt gesehen, als Kaaya Saft für den Gast und die neue Hausherrin servierte.

Leicht verärgert brach sie die Suche ab.

Emma stand mitten in der kleinen, quadratischen Diele und fragte sich, was nun zu tun sei, wo sie anfangen sollte mit ihrer traurigen Arbeit. Ihr Blick fiel auf die Dekorationsstücke, von denen sie inzwischen wusste, dass es Straußeneier waren. Wenn sie eines Tages nach Lichterfelde zurückkehrte, würde sie diese wunderschönen Beispiele afrikanischer Handwerkskunst mitnehmen, das war gewiss. Im selben Moment irritierte sie der Gedanke an ihre Heimreise.

Seufzend drückte sie eine Türklinke herunter, betrat zögerlich Constanzes Schlafzimmer. Zugluft blähte die Vorhänge, und die Seiten eines Buches raschelten, das aufgeschlagen auf dem Nachttisch lag. Erschrocken zuckte Emma zusammen.

Gleich stieg wieder Ärger in ihr auf. Offensichtlich hatte die Nama-Frau vergessen, das Fenster zu schließen. Unzuverlässig und vergesslich – was für eine Kombination an schlechten Eigenschaften für eine Haushälterin. Dabei hatte Emma gerade angefangen, Kaaya Sympathie entgegenzubringen. Wie war ihre Mutter nur so gut mit ihr ausgekommen?

Entschlossen ging sie zur meerseitigen Fensterfront. Unter ihren Füßen knirschte Sand, den es hereingeweht hatte. Sie schlug den Vorhang zurück, und als sie durch die Scheiben hinausblickte, erkannte sie im Dunst eine Gestalt, die über das Geröll zum Strandhaus heraufstieg.

Manfred von Paschen besuchte sie. Er kümmerte sich – das tat ihrer verwundeten Seele gut. Auch wenn ihre Bekanntschaft gerade mal gut vier Wochen alt war, so verband sie seine Person doch mit der Heimat.

Während sie das Fenster schloss, dachte sie an Dorothee. Sie hatte ihrer Freundin noch kein Billett geschickt, weil sie die labile Künstlerin nicht aufregen wollte. Nicht auszudenken, wie Dorothee reagieren würde, wenn sie erfuhr, dass Emmas Reise schlussendlich umsonst war.

Nein!, rief eine Stimme in Emmas Herzen.

Nein, korrigierte sich Emma in Gedanken und erinnerte sich an das glückliche Lächeln auf den Lippen ihrer sterbenden Mutter. Nein, es hatte sich gelohnt, nach Lüderitzbucht zu fahren – und wenn auch nur für diesen einen Augenblick, als sie Constanzes Wange geküsst hatte.

Emma wandte sich um – und hielt überrascht den Atem an.

Auf dem Schrank an der gegenüberliegenden Wand saß ihre alte Puppe.

Sie hatte immer geglaubt, das Spielzeug in der Aufregung damals vor zwölf Jahren verloren zu haben. Der Verlust war für das Mädchen von einst fürchterlich gewesen, aber ihr Vater kaufte ihr eine neue Puppe. Statt ihrer abgegriffenen, heiß geliebten Stoffpuppe bekam sie ein zauberhaftes modernes Exemplar aus

Zelluloid mit einem wunderhübschen plastischen Gesicht, fast ein Ebenbild ihrer selbst, das sie in den Wochen nach dem Verschwinden der Mutter sehr tröstete.

Ohne sonderlich darüber nachzudenken, durchquerte sie den Raum, stellte sich auf die Zehenspitzen und schloss *Helene* in die Arme.

Zwölf Jahre, fuhr es Emma durch den Kopf, und sie drückte ihr Gesicht in das Haar aus gelber Wolle. Ihre Mutter hatte die Puppe mitgenommen, als sie fortging. Das Liebste, das ihre kleine Tochter damals besessen hatte, hatte Constanze auf dem weiten Weg in die Fremde begleitet. Emmas Kehle schnürte sich zusammen.

»Hallo! Ist jemand da?« Der Stimme folgte ein energisches Klopfen an die Glastür, die vom Wintergarten auf die Terrasse führte. Das Geräusch durchdrang die Stille des Hauses mit der Lautstärke eines Nebelhorns.

Die Puppe an sich gedrückt wischte sich Emma die aufsteigenden Tränen aus den Augenwinkeln und schickte sich an, ihren Besuch hereinzubitten.

»Ich wollte mich erkundigen, wie es Ihnen geht«, sagte Manfred von Paschen, als Emma ihn im Wintergarten, dem Esszimmer, empfing. Seine Hand berührte ihren Arm. »Wie fühlen Sie sich heute?«

Emma zuckte mit den Achseln. »Es geht so.«

Er deutete auf die Puppe. »Sind Sie dafür nicht ein bisschen zu groß?«

»Kann man jemals Erinnerungen entwachsen?«

Sein Gesicht verfinsterte sich. »Es wäre besser, wenn dem so wäre.« Als er ihren erstaunten Blick auffing, fügte er hinzu: »Die Vergangenheit zerstört die Zukunft, wenn man zu sehr daran festhält …«

Plötzlich straffte er sich, lächelte freudlos und bemerkte

mit aufgesetzter Fröhlichkeit: »Ich bin nicht gekommen, traurige Geschichten auszugraben. Vielmehr wollte ich Sie aufheitern.«

»Das ist sehr nett von Ihnen.« Sie deutete mit der freien Hand auf die Stühle aus Peddigrohr. »Möchten Sie Platz nehmen? Ich könnte uns einen Kaffee kochen. So weit kenne ich mich hier schon aus, um das auch ohne Hilfe zu schaffen«, fügte sie ein wenig verlegen hinzu.

»Hat sich das schwarze Dienstmädchen davongemacht?«

»Es scheint so.«

Nachdem er sich am Tisch niedergelassen hatte, setzte sie die Puppe auf den Stuhl daneben. »Helene wird Sie unterhalten, solange ich in der Küche bin.«

»Großartig. Das wird bestimmt eine vortreffliche Diskussion. Was ist denn das liebste Thema von Helene?«

Emma zögerte. Sie stand schon in der Tür, als sie, ohne nachzudenken, antwortete: »Erzählen Sie ihr, warum ein Mann, der in einer Kabine der ersten Klasse reist, in Lüderitzbucht in einem einfachen Zelt übernachtet.«

Sie wusste selbst nicht, warum sie so forsch war. Tatsächlich war ihr der Gedanke erst in diesem Moment gekommen, aber wenn sie ihn näher betrachtete, hatte ihre Bemerkung durchaus eine Berechtigung.

Manfred von Paschen sah ihr in die Augen. »Warum sagen Sie mir nicht, was Sie bewegt, Fräulein Emma?«

Verlegen blickte sie zu Boden. »Verzeihen Sie, ich wollte nicht indiskret sein.«

»Ich möchte keine Geheimnisse vor Ihnen haben. Mein Aufenthalt hier beruht zwar auf einem Projekt, das nicht an die große Glocke gehängt werden sollte, aber für Sie mache ich da natürlich eine Ausnahme. Sie sind eine ganz besondere Person für mich.«

Sie konnte nicht verhindern, dass sich ihre Wangen röteten. Stumm wartete sie auf seine Erklärung.

Vielleicht hatte er gehofft, dass sie sich mit seinen vagen Ausführungen zufriedengeben würde. Möglicherweise hielt er es auch nicht für sinnvoll, ihr seine Beweggründe buchstäblich zwischen Tür und Angel zu offenbaren. Doch da sie nichts sagte und auch nicht in die Küche ging, zwang sie ihn zu einer Antwort. Als die Pause zu lang und das Schweigen belastend wurde, lehnte er sich auf dem Stuhl zurück, kippelte leicht.

»Es ist ein Forschungsauftrag«, verkündete er mit gesenkter Stimme, um seinen Worten mehr Gewicht zu verleihen. »Ich arbeite natürlich nicht selbst daran, aber ich trete als Mäzen auf. Als solcher möchte ich mich davon überzeugen, dass vor Ort alles mit rechten Dingen zugeht. Nichts wäre so katastrophal wie die sinnlose Verschwendung von Geld, nicht wahr? Deshalb habe ich mich entschlossen, die Untersuchungen hautnah zu erleben und mit meinem Mitarbeiter ein Zelt zu teilen.«

Ihre Augenbrauen hoben sich. »Untersuchungen? Was kann man denn hier am Strand untersuchen?«

Abrupt setzte er sich auf. »Wissen Sie nicht, dass hier Diamanten gefunden werden?«

»Natürlich …«, begann sie, wurde jedoch von einem Geräusch an der Haustür unterbrochen.

Jemand hatte den Klopfer am Eingang betätigt.

Kaaya, dachte sie, die zurückkam.

»Entschuldigen Sie mich bitte«, sagte Emma und wandte sich um.

Während sie das Wohnzimmer durchschritt, zermarterte sie sich den Kopf, welchen Forschungsauftrag Manfred von Paschen als Mäzen wohl unterstützte. Dabei fiel ihr ein, dass er Dorothee noch Geld schuldete. Sie würde ihn später fragen, ob er ihre Freundin seit ihrer Ankunft getroffen hatte.

Als sie öffnete, war sie überrascht. Mit dem Besuch von Paul Borchart hatte sie nicht gerechnet. Er stützte sich mit der Hand am Türrahmen ab, stand leicht vorbeugt da und wartete offensichtlich ungeduldig.

»Beinahe hätte ich die Tür eingetreten, um mich zu überzeugen, dass Ihnen nichts passiert ist.«

»Was sollte mir denn geschehen?«

»Keine Ahnung, aber Ihre Mutter würde mir nie verzeihen, wenn ich nicht ordentlich auf Sie aufpasste«, gab er zurück und trat ohne Aufforderung ein, so dass sie einen Schritt zurückweichen musste. In der Diele nahm er seinen Hut ab. »Ich muss mit Ihnen reden. In Lüderitzbucht kursieren Gerüchte, die Sie besser von mir erfahren als von einem Fremden.«

»Ja … ich habe Besuch … und ich wollte gerade Kaffee kochen …«, stammelte sie und fühlte sich auf unangenehme Weise überrumpelt.

Er sah sich um. »Wo ist Kaaya?«

»Ich weiß es nicht.«

»Wenn sie fortgelaufen ist, drehe ich ihr höchstpersönlich den Hals um!«

»Vorausgesetzt, dass Sie sie finden«, gab Emma trocken zurück. »Bitte, kommen Sie in den Wintergarten. Meinen anderen Gast kennen Sie bereits.«

Als die Dämmerung den Nebel aschgrau färbte, hatte Paul Borchart noch immer nicht berichtet, warum er zum Strandhaus gekommen war. Die streckenweise etwas bemühte Unterhaltung zwischen den Männern plätscherte dahin, ohne dass irgendetwas von Belang gesagt wurde. Manfred von Paschen ließ seinen Forschungsauftrag unerwähnt, und Borchart tat so, als hätten ihn nicht schlechte Nachrichten hergeführt.

Emma wurde das Gefühl nicht los, dass jeder darauf wartete,

der andere möge zuerst aufbrechen, um mit ihr allein zu sein. Beide beobachteten sich mit einer hinter Freundlichkeit verborgenen Schläue, die Emma an Reineke Fuchs und andere Fabeln erinnerte, die ihr Constanze in ihrer Kindheit vorgelesen hatte.

Die Schatten wurden länger, und schließlich stand sie vom Esstisch auf, um die Lampen anzudrehen. Manfred und Borchart wurden von dem Geräusch des zurückgeschobenen Stuhls unterbrochen und sahen einander mit vorgeblich überraschter Miene an.

»Es ist spät geworden«, stellte der Ältere fest, rührte sich jedoch nicht von seinem Platz.

»Gleich ist es dunkel«, stimmte Paul Borchart zu und schlug die Beine bequem übereinander. »In diesen Breiten geht das ziemlich schnell. Die Dämmerung, die sich in Europa stundenlang hinziehen kann, dauert hier höchstens fünfzehn Minuten.«

»Das ist mir bereits aufgefallen!«

Emma überlegte, ob ihr dieses inhaltsleere Geplänkel auf die Nerven ging. Doch eigentlich fühlte sie sich ganz wohl im Beisein ihrer Gäste. Genau genommen fürchtete sie sich davor, die Nacht ganz allein in diesem Haus zu verbringen. Wenn nicht einmal Kaaya da war, um sie zu beruhigen, wer sollte sie vor den Schakalen und ihren Albträumen beschützen? Aber natürlich konnte sie keinen Mann bitten, hier zu übernachten.

Ein Motorengeräusch, das mit dem ständigen Pfeifen des Windes von der Straße hereinwehte, ließ sie aufhorchen. Noch mehr Gäste? Wie viele Freunde hatte ihre Mutter besessen, die auf einen Beileidsbesuch vorbeikamen? Oder trieb die Neugier auf die unbekannte Tochter wildfremde Leute hierher? Bei Ruth Rohrbach war sich Emma dessen nicht sicher gewesen. Letztlich war das aber egal, denn sie hatte eine unkonventionelle Frau kennengelernt, über deren Bekanntschaft sie sich freute.

Keine zwei Minuten später wurde Emma von Dorothee umarmt. »Gerade erst habe ich erfahren, was geschehen ist«, erklärte diese atemlos, kaum dass sie vor Hannes Graeff in den Flur gerauscht war. »Es tut mir so leid, liebe Emma, der Unfall deiner Mutter ist schrecklich!«

Emma konnte ihre Überraschung nicht verhehlen. »Wo kommst du denn her?«

»Wenn ich gewusst hätte, dass Sie sich kennen, wären wir früher vorbeigekommen«, warf Hannes Graeff ein. »Ich wollte mich nach Ihrem Befinden erkundigen, Fräulein Thieme, und Fräulein von Hirschberg war so freundlich, mich zu begleiten.«

»Es geht mir nicht schlecht. Vor allem, wenn es so viele Menschen gut mit mir meinen«, Emma nahm Dorothee bei der Hand und zog sie mit sich. »Im Wintergarten ist jemand, den du gewiss wiedersehen möchtest.«

Offenbar überhörte Dorothee den Hinweis auf den Wartenden. Sie sah sich in Diele und Wohnzimmer interessiert um und stellte laut und wortreich fest, wie gemütlich das kleine Strandhaus eingerichtet sei. Plötzlich jedoch umfasste sie Emmas Finger mit energischem Griff. Dorothee verharrte im Eingang zum Wintergarten. Sie blieb so abrupt stehen, dass Emma beinahe gestolpert wäre.

Die beiden Männer hatten sich bei ihrem Eintreten erhoben. Mit ausgestreckten Armen ging Manfred von Paschen um den Esstisch herum und auf Dorothee zu.

»Was für ein unerwartetes Wiedersehen!«, rief er aus. »Und dafür doppelt schön.«

Emma zog ihre Hand zurück, doch Dorothee rührte sich noch immer nicht. Ihre Freundin schien wie gelähmt vor Fassungslosigkeit, dabei hatte Emma erwartet, dass sie vor Glück strahlen werde. Die seltsame Stimmung machte Emma verlegen.

Zögernd übernahm sie die Vorstellung: »Dorothee, das ist Doktor Borchart, ein Bekannter meiner Mutter … Doktor Graeff – Herr von Paschen …«

Hannes Graeff trat vor, um Manfred von Paschen die Hand zu reichen. »Sehr erfreut. Sie kennen die Damen schon länger?«

Bevor irgendjemand antworten konnte, räusperte sich Dorothee. Ernst und mit fester Stimme erwiderte sie: »Herr von Paschen ist mein Verlobter.«

36

Wenn Emma später darüber nachdachte, konnte sie sich nicht erklären, wieso Paul Borchart von der Gesellschaft übrig blieb. Dorothee und Hannes Graeff sowie Manfred von Paschen waren nach einer höflichen, aber kurzen Unterhaltung relativ schnell aufgebrochen. Bevor jeder seines Weges ging, versprach Dorothee, sich um Emma zu kümmern und natürlich auch Constanzes Beerdigung beizuwohnen. Schließlich kehrte Emma von der Eingangstür, zu der sie ihre Gäste begleitet hatte, in den Wintergarten zurück, wo Borchart auf sie wartete.

Er saß unverändert auf seinem Stuhl am Esstisch, hatte die langen Beine ausgestreckt und blickte in die milchige Dunkelheit hinter den Fenstern. Das gelbe Licht der Lampen spiegelte sich in den Scheiben. Goldene Punkte auf einer grauschwarzen Fläche.

»Sie werden Hunger haben«, bemerkte er, ohne sie anzusehen.

Emma blieb in der Tür stehen, hob die Arme und ließ sie ratlos wieder sinken. »Ich habe noch nicht nachgesehen, ob Vorräte vorhanden sind. Kaaya ist nicht da, und ich fühle mich – offen gestanden – etwas allein gelassen.«

»Ich werde mich um Sie kümmern.«

Müde lehnte sie sich gegen den Türrahmen. Die Fortsetzung des Austausches von Floskeln wie in den vergangenen Stunden war ihr mit einem Mal zu viel. Aufrichtig antwortete sie: »Das ist sehr nett, aber Sie können mir meine Angst nicht nehmen.«

Er drehte sich auf dem Stuhl zu ihr um. »Wovor fürchten Sie sich?«

»Vor dem Fremdsein«, gestand sie und lachte bitter auf. »Wenn ich von einem Ort zum anderen will, steige ich zu Hause in die Elektrische oder in die Stadtbahn. Ich könnte auch eine Mietdroschke nehmen. Jedenfalls habe ich nicht die geringste Ahnung, wie ich einen Ochsen dazu bringen soll, sich fortzubewegen. Mich erschrecken die Schakale in der Nacht, weil ich es gewohnt bin, höchstens das Miauen von Katzen zu hören oder den Ruf einer Eule. Ich möchte so viel Wasser trinken, wie ich aus dem Brunnen holen kann. Mich erschreckt das geheimnisvolle Verhalten der Schwarzen, der Nebel macht mir zu schaffen … und ich weiß nichts über das Leben meiner Mutter, von der ich einmal geglaubt habe, dass sie mir näher ist als jeder andere Mensch auf der Welt. Ich habe sie so geliebt, verstehen Sie?« Ihre Stimme erstickte in den aufsteigenden Tränen. Sie hob die Hand, wischte sich über das Gesicht.

»Es war Constanzes größter Wunsch, Sie zu beschützen«, sagte er leise.

»Warum hat sie mich dann verlassen?«

»Das weiß ich nicht. Ich weiß nicht, was damals vorgefallen ist. Darüber hat sie nie gesprochen. Können Sie sich denn nicht erinnern?«

Sie schüttelte den Kopf. »Haben Sie … ähm…«, verlegen brach sie ab. Nach einer etwas peinlichen Pause schluckte sie den Kloß im Hals hinunter. Obwohl ihr klar war, dass sich die Frage nicht schickte, dass sie indiskret, vielleicht sogar unhöflich war, brach es aus ihr heraus: »Waren Sie sehr eng mit meiner Mutter befreundet?«

Er holte tief Luft, öffnete den Mund, schloss ihn wieder. Als müsste er über seine Antwort nachdenken, versank er in grüblerisches Schweigen. Schließlich schob er den Stuhl neben sich mit dem Fuß zur Seite und forderte sie auf: »Setzen Sie sich … Na, kommen Sie, setzen Sie sich schon. Ich möchte Ihnen etwas erklären.«

Stumm nahm Emma Platz. Sie hielt sich sehr gerade, die Hände in ihrem Schoß gefaltet.

»Constanze war eine schöne Frau«, sagte er rau. »Ich bin sicher, es gab keinen Mann in Lüderitzbucht, der nicht ein wenig in sie verliebt war. Aber sie war immer standhaft, hat niemals irgendwelche Avancen erhört. Fragen Sie ihre Freundin Ruth Rohrbach, die kannte sie länger und besser als ich: Constanze legte großen Wert auf ihren guten Ruf und ging niemals eine Affäre ein, nicht einmal eine Romanze. Sie war eine wunderbare Person, und ich habe sie sehr verehrt, aber sie war eine Dame, und ich bin kein Mann, der eine Frau bedrängt, die für ihn bestenfalls ein Abenteuer sein kann. Wir waren enge Freunde, ja, im Sinne von Bruder und Schwester.«

Verwirrt ließ Emma das Kinn auf die Brust sinken. Es war ihr unangenehm, dass er ihr Fantasien über eine Liebelei ihrer Mutter unterstellte. Andererseits war ihr tatsächlich durch den Kopf gegangen, dass Paul Borchart der Galan ihrer Mutter gewesen sein könnte; sie hatte diesen Gedanken lediglich aufgrund seines Alters nicht zu Ende gesponnen, war jedoch in seinem Netz gefangen geblieben.

»Sie sehen aus, als wären Sie enttäuscht«, stellte er nach einer Weile belustigt fest. »Ich glaube nicht, dass ich mich dazu eigne, plötzlich eine Art Stiefvater für Sie zu spielen.«

»Nein. Oh nein. Das war nicht in meinem Sinn.« Sie hob den

Kopf und blickte in seine funkelnden meerblauen Augen. »Ich habe nur noch niemals so offen mit einem fremden Mann gesprochen.«

»Betrachten Sie mich doch einfach als Freund der Familie. Als guten Onkel vielleicht …«

Sie schüttelte den Kopf.

»O ja, stimmt, dieser Platz ist bereits von Herrn von Paschen besetzt. Wie wäre es, wenn Sie sich vorstellten, ich wäre Ihr Cousin? Ein Vetter dritten Grades oder so etwas …«

Unwillkürlich schmunzelte Emma. »Vergessen Sie bitte die Verwandtschaft. Ich denke, es genügt, dass Sie meiner Mutter ein guter Kamerad waren.«

»Ich frage mich nur die ganze Zeit, ob es sich für einen Kumpel schickt, bei Ihnen zu übernachten. Kaaya ist nicht da und …«

»Was?« Das Lächeln war aus ihrem Gesicht verschwunden.

Er seufzte. »Schauen Sie, es gibt da etwas, das ich mit Ihnen besprechen möchte. Wenn Sie sich vor den Schakalen fürchten, werden Sie wahrscheinlich gleich noch mehr Angst haben. Deshalb möchte ich Sie nicht allein hier in dem abgelegenen Haus lassen. Wie gesagt, Constanze war es wichtig, dass Sie beschützt werden.«

Sie starrte ihn mit aufgerissenen Augen an. Ihr Herz trommelte wild in ihrer Brust, und ihre Kehle war wie zugeschnürt.

»In der Stadt kursiert das Gerücht, Ihre Mutter wäre nicht verunglückt. Die Leute reden von Mord!«

Emma hatte das schockierende Wort gehört, aber sie wollte es nicht verstehen. »Wieso?«, fragte sie. »Was meinen Sie?«

»Es wird behauptet, Constanze wäre umgebracht worden«, wiederholte er ruhig. »Jemand könnte sie von den Felsen gestoßen oder mit einem Stein erschlagen haben.«

»Aber … aber … wer sollte das tun …?«

Paul Borchart stand langsam auf, ging ein paar Schritte auf und ab, dann trat er hinter den Stuhl, stützte sich mit den Händen auf die Lehne. »Bei derartigen Gerüchten haben die Leute ihre Übeltäter schnell bei der Hand. Es sind immer die Neger. Jeder Schwarze ist für die Landespolizei ein potenzieller Mörder.«

»Warum?« Emma schluckte, sah flehend zu ihm auf. »Welchen Grund könnte ein Eingeborener gehabt haben, meiner Mutter etwas anzutun?«

»Tatsache ist leider, dass in den vergangenen Monaten immer wieder Digger von den Diamantenfeldern verschwunden sind. Dabei sind nicht viele, aber immerhin einige Klippies verlorengegangen. Vielleicht hat Ihre Mutter etwas beobachtet, das sie nicht sehen sollte.«

»Sind die Fundstellen denn so nah?«, fragte Emma, obwohl sie die Antwort aus Constanzes Briefen kannte.

»Ja. Ziemlich nah. Übrigens befindet sich Kaayas Halbbruder unter den Gesuchten. Wenn er etwas mit der Sache zu tun hat, würde das zumindest ihr Verschwinden erklären ...«

Sie schlug sich die Hand vor den Mund, um nicht aufzuschreien.

»Ich glaube nicht an diese Version der Geschichte«, erklärte er und hieb mit der Faust auf die Lehne des Stuhls. Das Korbgeflecht knirschte leise. »Auch wenn ich es unverzeihlich finde, dass Kaaya Sie allein gelassen hat, glaube ich nicht an ihre oder eine Schuld ihres Bruders an Constanzes Tod.«

»Ja ... aber ... ich meine ... wer ...«, haspelte Emma und ließ die Hand langsam wieder in den Schoß sinken. »Wer könnte so etwas Schreckliches getan haben? Warum, Herr Doktor Borchart? Warum nur?«

»Ich habe mir dieselbe Frage gestellt, mir den Kopf zerbrochen und keine Antwort gefunden. Deshalb werde ich persönlich auf Sie aufpassen, bis der Klatsch ausgeräumt oder ein Verdächtiger gefasst worden ist.«

Emma erbleichte. »Wieso denn ich? Meinen Sie, ich könnte in Gefahr sein, weil ich ihre Tochter bin?«

»Weil Sie in diesem Haus wohnen. Wenn Constanze tatsächlich etwas gesehen haben sollte, das nicht für ihre Augen bestimmt war, könnten Sie über kurz oder lang dieselbe Beobachtung machen.«

»Ich möchte aber nicht ausziehen!«, hörte sie sich protestieren, bevor sie überhaupt darüber nachgedacht hatte, was sie tatsächlich wollte und was nicht.

»Tapferes Mädchen!« Er schenkte ihr ein aufmunterndes Lächeln. »Eigentlich hatte ich es von Constanzes Tochter nicht anders erwartet. Deshalb werde ich es mir heute Nacht auf Ihrem Sofa bequem machen … Und wenn Sie uns beide nicht verhungern lassen wollen, sollten wir mal in der Küche nach den Vorräten sehen …«

»Sie können jetzt ans Essen denken?«

»Das gehört auch zu meinem Schutzprogramm«, sein Grinsen wurde breiter. »Können Sie kochen?«

Emma runzelte die Stirn. »Ich kann photographieren und entwickeln und kopieren und alles, was man in einem Photostudio können muss, aber gekocht hat immer unsere Haushälterin.«

»Na, das macht nichts, auch wenn Sie natürlich nicht die Fähigkeiten besitzen, die von einer Farmersfrau in Deutsch-Südwest erwartet werden. Aber das dachte ich mir schon.«

Er streckte ihr die Hand entgegen, um sie von dem Stuhl hochzuziehen. »Wir werden gemeinsam ein Abendessen zaubern. Ich möchte, dass Sie die Kraft gewinnen, all das durchzustehen, was vielleicht noch auf Sie zukommt. Ihr leibliches Wohl liegt mir daher ebenso am Herzen wie Ihre Sicherheit.«

Seine Augen flogen kurz zu den Fenstern. Als er einen Atemzug später wieder zu Emma sah, bemerkte sie, dass sein Blick sich verfinstert hatte und daher wohl nicht zufällig zum dunklen Strand gewandert war. In ihrem Kopf begann sich ein Karussell aus unbeantworteten Fragen, Mutmaßungen und Selbstquälerei zu drehen. Als er sie wieder anlächelte, schaute sie fort.

37

Der Abend mit Paul Borchart verlief überraschend harmonisch. Sie bereiteten sich einen Imbiss, setzten sich anschließend wieder in den Wintergarten und führten während des Essens eine harmlose Konversation. Borchart sprach über seine Arbeit als Geologe, und Emma erzählte von dem Photoatelier ihres Vaters. Ihr Bericht über die eigene Ausbildung ließ ihn aufhorchen.

»Wenn Sie möchten, können wir gelegentlich auf die Diamantenfelder fahren«, meinte er. »Ich habe zu den Sperrgebieten Zugang und erlaube Ihnen, Aufnahmen zu machen, wo es Ihnen beliebt.«

»Das ist sehr großzügig.«

»Ich denke, die Photographien sind nicht nur eine nette Erinnerung, sondern könnten – von der Diamanten-Gesellschaft archiviert – sogar ganz nützlich sein.«

Emma fand seinen Vorschlag durchaus überdenkenswert. Allerdings hatte sie bereits einen Auftrag angenommen, den sie bislang schnöde vernachlässigte. Sie wollte nicht noch einmal Hoffnungen wecken, die sie nicht erfüllen konnte. Bevor sie sich auf eine Rundfahrt mit Borchart einließ, sollte sie erst einmal einige Photographien von Dorothee herstellen – aber vor welchem Hintergrund würde eine berühmte Pianistin besser posieren als vor Bergen von Rohdiamanten?

Unwillkürlich glitt ein Lächeln über Emmas Gesicht. Sie hatte zwar keine Vorstellung davon, wie die Steine aus der Wüste geschürft wurden, aber Borcharts Angebot war verlockend.

Sie nickte. »Wenn ich meine Freundin mitnehmen darf, werde ich eine Rundfahrt in Erwägung ziehen.«

»Tun Sie, was Sie nicht lassen können.«

Seine schroffe Antwort irritierte sie etwas, aber sie ging nicht näher darauf ein.

Wenig später schickte Emma sich an, schlafen zu gehen. Für ihren Gast hatte sie das Bett in Constanzes Zimmer gerichtet, sie selbst zog sich in den Raum zurück, den ihre Mutter für sie ausgewählt hatte.

Sie war so müde, dass sie am liebsten vollständig angezogen in die Kissen gesunken wäre. Als sie sich dennoch auskleidete, überlegte sie, dass ihr Borcharts Anwesenheit tatsächlich ein starkes Gefühl von Sicherheit schenkte. Er war gewiss kein Mann, der sich unter falschen Vorspiegelungen einschlich; er vermittelte nicht den Eindruck, die Situation ausnutzen zu wollen. Im Gegenteil: Sie war sich nicht einmal sicher, ob er sie überhaupt mochte oder nur einem irrationalen Versprechen nachkam, aber das spielte eigentlich auch keine Rolle, weil sie wahrscheinlich nicht in Lüderitzbucht bleiben und Paul Borchart nach ihrer Abreise ohnehin niemals wiedersehen würde. Zufrieden schob sie sich unter die Decke. Binnen Sekunden fiel sie in einen traumlosen Schlaf.

Über Nacht hatte sich der Nebel aufgelöst, und am nächsten Morgen trieb der auffrischende Sturm weiße Wolken über einen kobaltblauen Himmel. Hier und da brach die Sonne durch die Wattebäuschchen und tauchte die Küste in ein strahlendes Licht, das Meer glitzerte wie ein riesiger dunkelblauer Edelstein, und der Sand leuchtete wie die goldene Fassung des Juwels.

Emma schaute aus dem Fenster und dachte, dass Beerdigungen besser bei Regenwetter stattfinden sollten. Doch sie hatte auch ihren Vater an einem schönen Sommertag begraben müssen. Das war erst vor drei Monaten gewesen – und heute sollte sie von ihrer Mutter Abschied nehmen. Zum zweiten Mal in meinem Leben, sinnierte sie verdrossen.

Der Friedhof lag am anderen Ende im Nordosten der Stadt am Nautilushügel. Emma lauschte Borcharts Erklärung, während sie ihren breitkrempigen Strohhut fest auf den Kopf drückte, um ihn im Wind nicht zu verlieren, während Borchart den Ochsenkarren über den steinigen Küstenweg lenkte.

Sie rollten an verwitterten, aus Holz errichteten Lagerhäusern vorbei, von denen ihr Begleiter sagte, es seien die ersten Kontore, die der Bremer Kaufmann Adolf Lüderitz vor mehr als fünfundzwanzig Jahren errichten ließ, was dem Gründungsdatum der Stadt gleichkam, die anfangs nur eine kleine Handelsstation war. Fischfabriken säumten die Felsen, und der intensive Geruch von Tang, Seealgen und Salz umwehte Emma mit dem Sand, der unter ihre Kleider kroch.

Eine überraschend große Gruppe von Bürgern der Stadt hatte sich versammelt, um Constanze Thieme das letzte Geleit zu geben. Die fremden Leute tuschelten, als Emma eintraf, nickten höflich, aber hielten sich auf Distanz zu ihr. Sie erspähte zwischen den mehrheitlich unbekannten Gesichtern Ruth Rohrbach, die sich dem Anlass entsprechend in dramatisches Schwarz gehüllt hatte, an ihrer Seite ein Herr, vermutlich ihr Ehemann. Dorothee stützte sich auf ihren Vater und Doktor Graeff, Manfred von Paschen hielt sich im Hintergrund, daneben der Mann, von dem Emma wusste, dass er mit ihm das Zelt teilte. Und irgendwo zwischen den vielen Trauergästen leuchtete der Blondschopf von Ernst Keller hervor. Erstaunt sah sie zu dem Reiseschriftsteller hin, dessen Anwesenheit sie am wenigsten erwartet hatte. Offenbar hatte die Nachricht vom Tod ihrer Mutter weite Kreise gezogen.

Borchart bot ihr seinen Arm, und sie dachte, dass sie ihre traurige Pflicht lieber mit der Unterstützung Manfred von Paschens erfüllen würde. Doch statt ihrem Gefühl nachzugeben, blieb sie an der Seite des Geologen. Er war immerhin ein guter Freund der Toten gewesen und gehörte demnach an die Spitze der Trauergemeinde.

Die Böen strichen über in Felsen geschlagene Gräber, die mit schweren Granitsteinen bedeckt und mit Kreuzen und anderen Grabmalen verziert waren. Es fehlte an jeglichem Blumenschmuck, und doch wirbelte der Wind rosarote und gelbe Blüten auf, die wie Schmetterlinge vom Luftzug getragen wurden und dann auf die ehernen Begrenzungen der Sandwege flatterten, wo sie liegen blieben. Die gelben Blätter stammten von einem Kameldorn, die anderen von niedrigen Pflanzen, die Buschmannskerzen hießen. In einem Köcherbaum zwitscherten munter kleine Sperlinge mit blauschillerndem Gefieder. Wäre die Landschaft nicht so karg gewesen, hätte sich Emma gefühlt wie auf einem Gottesacker in Berlin.

Sie musste ihren Hut festhalten, damit ihn der Sturm nicht davonwehte. Statt den Worten des Pastors lauschte sie dem Rauschen der Brandung, die unterhalb des Friedhofs gegen die Klippen schlug und die unbändige Kraft der Natur eindrucksvoll symbolisierte. Sie ertrug die Beileidsbekundungen mit stoischer Gelassenheit, schüttelte fremde Hände, nahm größtenteils sicher aufrichtig gemeinte Wünsche entgegen, die ihr Herz jedoch nicht berührten. Und sie fühlte sich wie in der Wiederholung eines Films mit dramatischem Inhalt.

Ernst Keller hatte sich als letzter Gast der Trauergemeinde in die Schlange eingereiht. Als er vor sie trat, rang sie mit ihrer Erschöpfung und dem Wunsch, endlich allein sein zu dürfen, um die Eindrücke zu verarbeiten und in Ruhe nachzudenken.

»Mein Beileid, Fräulein Thieme«, wünschte er und hielt ihre

Hand ein wenig zu lange in der seinen. »Es ist schrecklich, dass Ihnen ein solches Unglück widerfahren musste.«

»Ich danke Ihnen«, wiederholte sie zum x-ten Mal an diesem Vormittag, und ihre Stimme klang ebenso gebrochen und hohl wie zuvor.

Er neigte sich vertraulich vor. »Wissen Sie denn, wie diese Tragödie geschehen konnte? In der Stadt kursieren viele Gerüchte, aber ich möchte nicht auf das Gerede an Kneipentresen hören.«

»Sie sind an Klatsch interessiert?«, fragte sie verblüfft.

»Nein, meine Liebe. Mich leitet einzig die Sorge um Ihr Wohlergehen. Sie befinden sich ohne mütterlichen Schutz in der Fremde, und wenn Sie sich mir anvertrauen wollten …«, er unterbrach sich in beredtem Schweigen.

Emma sah Ernst Keller in die Augen und fröstelte leicht. Sein Blick wirkte nicht so verbindlich, wie seine Worte geklungen hatten. Endlich entzog sie ihm die Hand.

»Haben Sie vielen Dank für Ihr Angebot, Herr Keller. Ich kann Ihnen jedoch keine Auskünfte geben, da ich nicht mehr über den Hergang des Unfalls weiß als jedes andere Mitglied der Trauergemeinde.«

»Das hoffe ich«, erwiderte er, verneigte sich und ging durch die eng beieinanderliegenden Gräber zum Ausgang. Der Sand knirschte unter seinen festen Schritten.

Emma sah ihm erstaunt nach. Kellers Bemerkung war vieldeutig, und sie konnte sich keinen Reim darauf machen.

Sie starrte blicklos in seine Richtung, lange nachdem er hinter den breiten Stämmen der wilden Akazien verschwunden war.

Wieder trat ein Bild vor ihr geistiges Auge, das ihr auf dem Schiff nur vage in Erinnerung gewesen war, aber allmählich an Kontur gewann. Sie war sich fast sicher, dass sie Ernst Keller am

Bahnhof Jannowitzbrücke zum ersten Mal gesehen hatte, auf ihrem Weg zu dem Hehler Rosenau. Schlimmer noch. Dass er ausgerechnet die Zeitungsnachricht von der Verhaftung des Händlers gelesen hatte, als sie einander auf dem Promenadendeck der *Windhuk* begegneten, erschien ihr vor diesem Hintergrund höchst merkwürdig. Wenn Ernst Keller jedoch in irgendeiner Verbindung zu dem alten Mann stand, wusste er von dessen zwielichtigen Geschäften. Und Emma drängte sich die Frage auf, ob er unter diesen Umständen auch etwas von ihren Diamanten ahnte. Ein Reiseschriftsteller war er dann jedenfalls nicht – verfasste er etwa Kriminalromane? Zumindest war das eine angenehmere Version, als sich fragen zu müssen, ob sich hinter der Fassade des attraktiven jungen Mannes ein Spitzel verbarg.

Sie war so in ihre Gedanken versunken, dass sie erschrocken zusammenzuckte, als jemand nach ihrem Arm griff.

»Kann man Sie denn nicht einen Moment allein lassen?«, grummelte Paul Borchart. »Sie sind so bleich, als hätten Sie ein Gespenst gesehen.«

»Gewissermaßen habe ich das auch«, murmelte sie. Es war eigenartig, aber sie konnte ihren starren Blick kaum von dem Weg abwenden, über den Ernst Keller gegangen war, obwohl er längst außer Sichtweite war.

Borchart räusperte sich, wartete wohl eine weitere Erklärung ab und schlug nach einer Weile freundlicher vor: »Möchten Sie ein wenig spazieren gehen? Nicht weit von hier befindet sich einer der schönsten Strände der ganzen Küste. Falls es Sie nicht stört, durch den Sand zu laufen, könnten Sie Ihre Gedanken von dort aus mit den Wellen auf die See hinausschicken. Auf diese Weise verflüchtigt sich irgendwann jede noch so große Belastung.«

Überrascht schaute sie zu ihm hin. Er hatte genau die Worte gefunden, die eine Wohltat für ihre Seele waren. Und er hatte

Recht. Ein Spaziergang am Meer war vermutlich befreiender als die sofortige Rückkehr in das Haus ihrer Mutter. Deshalb nickte sie und hakte sich bei ihm unter.

Dabei wurde ihr plötzlich bewusst, dass er in seinem vorbildlich geschnittenen Tropenanzug eher für einen gesellschaftlichen Anlass gekleidet war als für eine Strandwanderung. Lediglich der Panamahut mit der aufgebogenen Krempe erinnerte an die Garderobe, in der Emma ihn kennengelernt hatte. Constanzes Kamerad erwies sich als überaus attraktiv, und Emma überlegte wieder, in welcher Beziehung ihre Mutter zu diesem Mann gestanden haben mochte. Sie hatte geglaubt, was er ihr über sich und Constanze erzählte, aber mit einem Mal war sie sich nicht mehr sicher, ob er die Wahrheit sprach.

Die Vertrautheit, die sich nach dem gemeinsam verbrachten Abend eingestellt hatte, verlor sich. Emma nutzte die erste Gelegenheit, ihre Hand zurückzuziehen, ohne dass er die Geste als Unhöflichkeit auffassen konnte. Als sie an den menschenleeren Strand kamen, bückte sie sich, um ihre Schuhe abzustreifen.

»Ich drehe mich um. Dann können Sie auch Ihre Strümpfe ausziehen«, bot er an.

Er hockte sich mit dem Rücken zu ihr hin und blickte auf den Atlantik hinaus, der in der Bucht nur mit sanfter Gewalt an den Strand brandete. Als Emma ihren Rock hob, um die Strapse zu lösen, begann er ebenfalls, sich seines Schuhwerks und seiner Socken zu entledigen.

Schließlich standen sie Seite an Seite, gruben die Zehen in den von der Sonne angewärmten Sand und spürten die Wellen, die um ihre Knöchel spülten. Das Wasser war kalt und tränkte Emmas Rocksaum ebenso wie seine Hosenbeine, doch keiner der beiden störte sich daran. Der Wind blies weniger stark als auf der Anhöhe, ließ die Bänder von Emmas Hut jedoch flattern wie schmale Fahnen. Sie hielt ihre Schuhe an den Riemchen fest und dachte daran, wie lange es her war, dass sie barfuß an einem Strand gestanden hatte. Damals war sie mit ihrer Mutter in Kühlungsborn in den Ferien gewesen und …

»Wer war der Mann?«

»Manfred von Paschen«, entfuhr es ihr.

»Was? Was hat der denn damit zu tun? Ich meine den aufdringlichen Kerl, der sich bei Ihrer Ankunft schon so wichtig tat und eben auf dem Friedhof wieder auftauchte.«

Emma fühlte sich, als sei sie noch nicht vollständig aus einem tiefen Schlaf erwacht. Hin und her gerissen zwischen zwei Welten konnte sie sich an ihren Traum nicht mehr erinnern und der Wirklichkeit noch nicht stellen.

Warum war ihr bei Borcharts Frage spontan Manfred von Paschen eingefallen? Sie war in Gedanken bei einem Aufenthalt vor vielen Jahren an der Ostsee gewesen. Wieso kam ihr dabei der Reisegefährte von heute in den Sinn?

»Wer ist das?«, wiederholte Paul Borchart.

Sie war so weit in die Realität zurückgekehrt, dass sie wusste, wen er meinte. Dennoch blieb sie gefesselt von ihrer stillen Frage und schüttelte erst einmal heftig den Kopf, um die quälenden Rückblicke abzuschütteln, bevor sie ruhig antwortete:

»Ich weiß es eigentlich gar nicht. Er war ein Mitreisender auf der *Windhuk* und heißt Ernst Keller. Angeblich ist er Reiseschriftsteller.«

»Zwischen Ihren Worten höre ich Unglauben heraus. Warum zweifeln Sie an dem Mann?«

Emma zuckte mit den Achseln und schwieg. Sie konnte Borchart nicht anvertrauen, dass sie Ernst Keller glaubte gesehen zu haben, als sie die Diamanten ihrer Mutter zu einem Hehler gebracht hatte.

»Sie sollten nicht jeden Menschen infrage stellen, weil der Klatsch blüht«, erwiderte er sanft, tat einen Schritt und stand dann so vor ihr, dass er ihr in das Gesicht sehen konnte. »Es ist nicht bewiesen, dass Ihre Mutter einem Verbrechen zum Opfer gefallen ist. Und dieser Keller kann nichts damit zu tun haben, denn er ist ja erst mit Ihnen eingetroffen, nachdem Constanze von den Klippen gestürzt ist.«

Manfred von Paschen! Wieder ging Emma dieser Name durch den Kopf. Tatsachlich hatte er bereits vorzeitig in Lüderitzbucht ankommen können – und er schlief in einem Zelt praktisch im Garten des Strandhauses. Aber warum hielt sie ausgerechnet den Menschen, dessen Nähe ihr so viel Geborgenheit schenkte, für verdächtig?

»Hat er Ihnen nachgestellt?«

»Was? Wer?«, fragte Emma zerstreut, um sich gleich darauf entnervt abzuwenden. »Herr Keller hat mir keine Avancen gemacht, wenn Sie das unbedingt wissen wollen. Allerdings frage ich mich, was Sie das angeht.«

Er lachte leise. »Es wäre doch bedauerlich, wenn ich einen Verehrer von Ihnen fortscheuchte, an dem Ihnen etwas liegt.«

»Machen Sie sich nicht lustig über mich«, gab sie zurück.

Beleidigt stapfte sie voraus durch den vom Wasser feuchten Sand. Die Brandung trieb morsche Holzstücke an, Algen, Muscheln und Steinchen, die in ihre Fußsohlen schnitten. Obwohl sie aufpassen musste, wohin sie trat, fühlte sie sich mit jedem Schritt unbeschwerter. Die Sonne brannte auf sie herab, aber auch die Hitze zu spüren bedeutete Lebendigkeit. Ihre Niedergeschlagenheit begann sich aufzulösen, der Ärger wurde vom Wind weit auf den Atlantik hinausgetrieben. Schließlich wirbelte sie um die eigene Achse und hielt in der Bewegung unvermittelt inne, als ihr einfiel, dass sie ihren Begleiter verloren hatte. Sie drehte sich um und sah, dass er einige Schritte hinter ihr stehen geblieben war und sie mit ernster Miene beobachtete.

»Was ist mit Ihnen?« Sie gestikulierte mit den Schuhen in

den Händen und forderte ihn auf, näher zu kommen. »Sind Sie schon müde?«

Er brauchte nur wenige Schritte im Lauftempo, um zu ihr aufzuschließen. »Ich schaue Ihnen gerne zu«, sagte er, als er neben ihr stand. »Das geht aus der Entfernung besser.«

»Was für ein Unsinn!« Sie schüttelte ob seiner Erklärung den Kopf und ging langsam weiter. Mit einem Seitenblick durch ihre Wimpern vergewisserte sie sich, dass er ihr dieses Mal folgte.

Schweigend marschierten sie nebeneinander am Strand entlang. Dort, wo die Wellen nicht am Sand geleckt hatten, war der Boden heiß. Die Flut kam auf, und hin und wieder musste Emma zur Seite springen, um nicht bis zu den Knien ins Wasser einzutauchen. Die Gischt spritzte jedoch so hoch, dass ihr Rock bald wie von Regentropfen übersät war. Wenn sie über die See zum Horizont sah, schienen sich Himmel und Ozean in allen Blauschattierungen zu verbinden. Als hätten Impressionisten die Farben verwischt.

»Oh, schauen Sie mal!« Borchart lief querfeldein vom Meer fort. Unterwegs ließ er seine Schuhe in den Sand fallen. »Hier liegt etwas ganz Besonderes«, rief er über die Schulter zurück, bevor er ungeachtet seiner eleganten Hose auf die Knie fiel und mit der Begeisterung eines kleinen Jungen zu buddeln begann.

Emma hatte nicht die geringste Ahnung, was ihn zu diesem seltsamen Verhalten angeregt hatte, aber die Neugier trieb sie hinter ihm her. Das Rennen durch den heißen, trockenen Sand war jedoch unerwartet anstrengend. Atemlos ließ sie sich neben ihn fallen. Der Hut rutschte herunter, und sie genoss die Brise, die über ihr glühendes Gesicht strich.

»Das ist eine Sandrose«, verkündete Borchart strahlend und hielt ihr ein rosettenartiges Gebilde hin.

Sie richtete sich auf und betrachtete das Objekt, das gerade mal so groß wie sein Handteller war. Wie von Künstlerhand erschaffene Blätter öffneten sich zu einer Rosenblüte. Der Quarz funkelte im Sonnenlicht, und der in dem Mineral eingeschlossene Sand wirkte wie unzählige goldene Sternchen. »So etwas habe ich noch nie gesehen«, hauchte sie beeindruckt.

»Vereinfacht gesagt formt die Natur diese Schönheiten aus Salzkristallen und Sandkörnern. Im Grunde sind Sandrosen aus Gips, aber das klingt ein wenig profan, nicht wahr?«

Ehrfürchtig berührte Emma mit der Fingerspitze die Oberfläche. »Kann sie kaputtgehen?«

»Das Material ist wasserlöslich, deshalb wird diese Sandrose die Flut kaum überstehen. Es sei denn, Sie nehmen sie als Andenken mit.«

»Sie meinen, dieses Exemplar würde so erhalten bleiben, wenn ich es auf meine Anrichte lege?«

»Das weiß ich. Haben Sie vergessen, dass ich Geologe bin?«

Ein Gedanke traf sie, und sie hob den Blick, sah ihn nachdenklich an. »Ich habe so etwas Schönes wirklich noch nie gesehen. Nicht einmal im Haus meiner Mutter. Ich sollte mich dort wohl besser in Ruhe umsehen. Sie haben ihr doch auch bestimmt …«

»Nein«, unterbrach er sie, und seine Stimme klang überraschend sanft. »Nein. Ich habe Constanze niemals eine Sandrose geschenkt. Genau genommen habe ich bis heute nie zuvor bis zu den Ellenbogen nach dem Geschenk für eine Frau gegraben.«

Ihre Augen begegneten sich und hielten einander ein paar Herzschläge lang fest.

Vorsichtig richtete Borchart sich auf, hielt das Gebilde in einer Hand, während er mit der anderen den Staub wenig erfolgreich von seiner Hose klopfte. »Kommen Sie, die Vorstellung ist vorüber. Sowohl der Geologieunterricht als auch der Ausflug in die Geschichte eines Mannes namens Paul Borchart.«

Schweigend stand auch Emma auf und wunderte sich, warum es sie so freute, dass er wohl wirklich nicht Constanzes Liebhaber gewesen war.

38

Dorothee spielte Schubert. Kein Stück schien der Situation angemessener als das *Ave Maria*. Dennoch überlegte sie kurz, ob für ihre Fingerübungen das Präludium des *Wohltemperierten Klaviers* von Johann Sebastian Bach besser geeignet wäre, auf dem das *Ave Maria* von Charles Gounod basierte. Aber Schuberts Lied war beliebt bei Trauerfeiern. Das Begräbnis von Constanze Thieme war zwar ohne musikalische Begleitung erfolgt, Dorothee wollte der verstorbenen Mutter ihrer Freundin jedoch die heutige Übungsstunde widmen.

Obwohl sie sich auf die Musik konzentrieren sollte, wanderten ihre Gedanken immer wieder ab. Warum hatte sie Manfred von Paschen als ihren Verlobten ausgegeben? War ihr Übermut nach einem angenehm verbrachten Nachmittag mit ihr durchgegangen wie ein wildes Pferd? Oder hatte vielmehr Eifersucht sie dazu getrieben, Tatsachen zu schaffen?

Es war ein Schock gewesen, den geliebten Mann seelenruhig am Esstisch von Constanze Thieme sitzen zu sehen, während sie selbst vor Sehnsucht verging. Nun ja, die Stunden vor ihrem Wiedersehen hatte sie nicht gerade unter der Last eines unerfüllten Verlangens gelitten. Aber es war doch ungeheuerlich, dass er sich bei Emma zum Kaffeeplausch einfand, statt zuerst bei Dorothee vorzusprechen!

Sie schlug einen wütenden Akkord an, der nicht mit der Komposition von Franz Schubert harmonierte. Die Töne dröhnten durch den verwaisten Konzert- und Ballsaal, hallten bis unter die Decke der Bühne, wurden von den Wänden mit den vergoldeten Stuckarbeiten und Fresken zurückgeworfen. Da sie darum gebeten hatte, das Rampenlicht auszuschalten, und sich nur mit einer Öllampe auf dem Flügel zurechtfand, lagen die Engel und elegischen, auf Wolken ruhenden Jungfrauen an den Wänden im Dunkel. Doch beschlich Dorothee das Gefühl, von den Figuren vorwurfsvoll angestarrt zu werden. Der von ihr angeschlagene unmelodische Dreiklang schmerzte allerdings auch in ihren eigenen Ohren. Seufzend legte sie die Hände in den Schoß und wartete darauf, dass die Resonanz verstummte.

Was sollte sie tun? Während sich Stille über den großen Raum senkte, stellte sich Dorothee immer wieder dieselbe Frage.

Es war natürlich nichts Dramatisches geschehen. Sie hatte alle Beteiligten verwirrt, sich selbst eingeschlossen. Inzwischen fühlte sie sich ein wenig peinlich berührt ob ihrer Kühnheit, einen Kavalier als ihren Bräutigam auszugeben, bevor dieser um ihre Hand angehalten hatte.

Glücklicherweise hatte Manfred in der Gesellschaft kein Wort dazu verloren, sondern mit einer charmanten Geste ihre Hand ergriffen, an seine Lippen gezogen – und sich rasch mit dem Hinweis auf seine Arbeit verabschiedet. Was immer diese war. Als Doktor Graeff sie ins Hotel zurückbrachte, fiel ihr ein, dass sie nichts darüber wusste. Stumm und in sich gekehrt hatte sie darüber gegrübelt, welchen Geschäften ihr künftiger Gemahl eigentlich in Lüderitzbucht nachging. Ihr Schweigen war ihrem Begleiter gegenüber schrecklich unhöflich, und dieses Verhalten bedauerte sie im Rückblick sogar noch mehr als ihre verwegene Behauptung.

Vielleicht war sie nur naiv gewesen. Dummerweise ließ sich ihre spontane Feststellung jedoch nicht dem Vergessen anheimstellen. Sie konnte sie nicht einmal ohne großartige Diskussion zurücknehmen. Es war undenkbar, alle Personen, die sich bei

Emma aufgehalten hatten, in ein Gespräch zu verwickeln und Aufklärung zu betreiben.

Dorothee war dankbar, dass Emma keinen Leichenschmaus nach der Beisetzung ihrer Mutter veranstaltet hatte, so dass zumindest bei dieser Gelegenheit keine privaten Unterhaltungen aufkamen. Die traurige Pflicht war recht schnell erfüllt, und die Trauergäste zerstreuten sich noch rascher. Dorothee war froh darum, denn in geselliger Runde hätte vielleicht irgendjemand die angebliche Verlobung ihrem Vater gegenüber erwähnt. Und unweigerlich würde jede harmlos begonnene Plauderei darüber in einer Katastrophe enden. Ein echter Herzanfall wäre zweifellos die Konsequenz. Dorothee wusste, dass ihr Vater ob der Neuigkeit nicht die Fassung bewahren konnte. Allerdings war diese Situation nur aufgeschoben, die Gefahr noch nicht gebannt.

Sie gestand sich mit einigem Abstand zu den romantischen Stunden auf dem Schiff sogar ein, dass sie nicht einmal aufrichtig sagen konnte, ob sie Manfred von Paschen überhaupt heiraten oder seine Person nur ihrem Besitz zuschlagen wollte. Lohnte es sich, sich dafür der Lächerlichkeit preiszugeben oder sogar die Gesundheit Hugo von Hirschbergs zu gefährden?

Ein paar Zeilen der letzten Strophe aus Schuberts *Ave Maria* fielen ihr ein, ein Lied, das ursprünglich unter dem Titel »Ellens dritter Gesang« veröffentlicht worden war, in dem eine Tochter für die Unversehrtheit ihres Vaters betete:

Wir woll'n uns still dem Schicksal beugen,
Da uns dein heil'ger Trost anweht:
Der Jungfrau wolle hold dich neigen,
Dem Kind, das für den Vater fleht.
Ave Maria!

Dorothee hob die rechte Hand zur Tastatur und stimmte nachdenklich die Introduktion des Stückes an. Die zarten Töne wehten durch den Saal, schienen in der Luft zu schweben wie Federn …

»Verzeihen Sie mir bitte, ich möchte nicht stören«, ein tiefes Räuspern folgte der Entschuldigung.

Dorothees Hand sank wieder in ihren Schoß.

Sie drehte sich auf der Klavierbank zu dem ungebetenen Zuhörer um. Der Lichtschein der Öllampe auf dem Piano reichte nicht aus, um den Raum zu beleuchten, in dem zu Musikereignissen und Tanzveranstaltungen vierhundert Leute Platz fanden. Sie kniff die Lider zusammen, konnte die Person im Hintergrund aber nicht ausmachen, die sich unerlaubt Zutritt zu ihrer Probe verschaffte. Seine Stimme hatte sie jedoch sofort erkannt – und ihr Herz bestätigte ihre Vermutung durch einen kleinen Trommelwirbel.

»Ich dachte, Sie hätten eine Pause eingelegt«, sagte Manfred von Paschen.

»Nein, das hatte ich nicht, aber ich freue mich, dass Sie da sind.« Dorothee horchte in sich hinein und stellte fest, dass dies die Wahrheit war. Sie holte zu einer weitläufigen Geste aus. »Möchten Sie sich vielleicht irgendwo setzen und zuhören? Ich übe gerade das *Ave Maria* von Franz Schubert ein.«

»Es wäre mir ein großes Vergnügen, Ihrem Vortrag zu lauschen, wenn es nicht eine vorrangige Herzensangelegenheit wäre, mich mit Ihnen zu unterhalten.« Seine Schritte hallten über den Parkettboden, als er näher trat.

Was soll ich tun?, ging es ihr erneut durch den Kopf. Was soll ich antworten, wenn er sich gleich vor mir niederkniet und die Frage aller Fragen stellt?

Sie zögerte, weil sie die Entscheidung aufschieben wollte. Es gab keinen besseren Grund als ihr Klavierspiel, um ihm ein Gespräch zu verweigern. Wenn er sie heiratete, würde er sich daran gewöhnen müssen, dass er immer hinter der Musik den zweiten Platz in ihrem Leben einnahm. Vor Aufregung atmete sie zu schnell, schluckte Luft und musste husten.

Plötzlich stand Manfred neben ihr, legte eine Hand auf ihre Schulter und reichte ihr mit der anderen ein Taschentuch, das sie dankbar annahm. Er war über die Bühnenrampe gesprungen, um ihr zu helfen, konnte aber letztlich nicht viel mehr für sie tun.

»Ich wünschte, ich wäre ein Arzt und könnte dir helfen«, raunte er, und es war nicht sicher, ob er mit ihr oder zu sich selbst sprach.

Sie prustete, hüstelte, atmete tief durch, hustete noch einmal. Nach einer Weile hatte sich Dorothee beruhigt. Sie tupfte sich die Lippen ab und lehnte den Kopf erschöpft gegen seinen Arm.

Es ging ihr durch den Sinn, dass sie vielleicht gar keine so gute Partie war, wie sie glaubte. Welcher Mann wollte schon die Last einer Schwindsüchtigen tragen? Wenn sie Manfred von Paschen tatsächlich aufrichtig liebte, sollte sie ihn eher vor ihrem Leid schützen, als ihn zu heiraten. Ein tiefer Seufzer entrang sich ihrer Seele.

»Ich habe nie ein Tüchlein bei mir«, keuchte sie und zerknüllte sein Facelet in ihrer Faust, »dabei brauche ich ständig eines.«

Der Druck seiner Hand wurde für einen kurzen Moment fester, dann hauchte er ihr einen Kuss auf den Scheitel. Er ließ sie los, bückte sich nach seinem Hut, der zuvor offenbar heruntergefallen war, und legte diesen auf den Deckel des Flügels, bevor er sich gegen das Instrument lehnte. Dann musterte er sie, als nehme er sie zum ersten Mal mit all seinen Sinnen wahr.

Sein stummer Blick war Verführung und Wehmut zugleich.

Es fiel ihr schwer, ihn auszuhalten. Dorothee sah den Abschied in seinen Augen, aber sie weigerte sich, das Ende zu akzeptieren.

Er wollte sie doch nicht etwa verlassen?!

»Sie sind eine wundervolle Frau«, sagte er.

Wahrscheinlich irrte sie sich. Dieser Satz war die richtige Einleitung für einen Heiratsantrag. Mädchenhaft senkte sie die Lider, um ihn durch ihre Wimpern zu beobachten.

Wieso kniete er sich nicht vor sie hin?

»Ich fühle mich sehr geehrt, dass Sie erwogen haben, die Ehe mit mir einzugehen«, fuhr er fort.

Ein Lächeln umspielte ihre Lippen, und sie dachte an Hannes Graeff und an das, was er über ihr Lächeln gesagt hatte. Es hatte schön und richtig geklungen – nicht einstudiert und tausendmal erprobt.

»Fürchten Sie sich nicht vor dem großen Altersunterschied?«

Dorothee hob ihren Blick, sah seine bekümmerte Miene – und wusste, dass er ihr keinen Heiratsantrag machen würde.

Was für eine Blamage! Wie peinlich, dass sie sich in seinen Gefühlen dermaßen geirrt hatte!

»Auf dem Schiff hatte ich nicht den Eindruck, dass Sie sich an ein paar Jahren stören würden«, erwiderte sie spitz.

»Ich spreche nicht von mir. Eine schöne junge Frau wie Sie lieben zu dürfen ist gewiss das größte Glück, das einem Mann widerfahren kann. Meine Gefühle für Sie werden sich niemals ändern. Und doch verklärt die Leichtigkeit auf See die Sicht auf die Realität. Ich habe mich zweifellos jünger gefühlt, als ich in Wahrheit bin.«

Sie verstand! Er wollte, dass sie ihm den Laufpass gab, weil sie ihn zu alt fand. Ärger wallte in ihr hoch. Natürlich war es ein Akt der Höflichkeit, ihr zu ermöglichen, die Romanze zu beenden. Aber so hatte sie sich das nicht vorgestellt. Vor allem deshalb nicht, weil sie dann vielleicht Schuldgefühle plagen würden. Außerdem hatte er sich noch nicht erklärt. Ein Nein zu einem Heiratsantrag erschien ihr immer noch eleganter.

Gedankenverloren hob sie ihre Rechte, klimperte ein wenig auf der Tastatur herum, bis eine Melodie daraus wurde: »Für Elise« von Beethoven. Zu ihrer größten Überraschung stellte sich Manfred neben sie, hob ebenfalls eine Hand zur Klaviatur und vollendete die Melodie.

Sie schnappte verblüfft nach Luft, weil sie nicht gewusst hatte, dass er spielen konnte. Offensichtlich nicht einmal schlecht für einen Laien. Stumm rutschte sie auf der Klavierbank zur Seite, und er nahm wie selbstverständlich neben ihr Platz. Vierhändig erweckten sie die Töne zum Leben, und bald war Dorothee so eingenommen von der Musik und dem unerwarteten Einvernehmen, dass ihre Probleme in den Hintergrund traten.

39

Am Abend nach Constanzes Beerdigung tauchte Kaaya wieder im Strandhaus auf und benahm sich, als wäre sie nie fort gewesen. Als Emma sie zur Rede stellen wollte, hielt Paul Borchart sie zurück.

»Es hat keinen Sinn, eine Nama-Frau aushorchen zu wollen«, warnte er. »Eine Schwarze wird Ihnen unter Druck noch weniger verraten als das, was sie freiwillig offenbaren will. Außerdem würden Sie es nicht verstehen, falls Kaaya im Kreise ihrer Leute in ihrem Kral für Ihre Mutter gebetet hat. Die traditionelle Religion ist kompliziert, man unterscheidet zwischen Ahnengeistern und Totengeistern, und es ist viel Hokuspokus dabei. Vergessen Sie einfach, dass sie fort war.«

Emma fügte sich, obwohl es in ihr brodelte. Sie hatte inzwischen begonnen, den persönlichen Besitz ihrer Mutter durchzusehen, jedoch rasch festgestellt, dass ihr die Sachen zu fremd waren, um darüber entscheiden zu können. Mit nichts außer ihrer alten Puppe verband sie eine Erinnerung. Sie benötigte unbedingt eine hilfreiche Hand, jemanden, der Constanze besser gekannt hatte als sie und ihr verriet, woran ihre Mutter besonders gehangen hatte.

Borchart eignete sich nicht dafür, in den Habseligkeiten der Toten zu stöbern. Kaaya wäre ihre erste Wahl gewesen, aber als diese wieder auf der Bildfläche erschien, hatte Emma bereits enttäuscht aufgegeben und beschlossen, Ruth Rohrbach um Unterstützung zu bitten. Sie hatte ja nicht einmal eine Ahnung, wie man in Lüderitzbucht mit abgetragenen Kleidern oder gelesenen Büchern verfuhr.

Und über all ihren Bemühungen schwebte die Frage, was aus dem Strandhaus und dem Café werden sollte. Es würde einiger Dokumente und ebenso häufiger Besuche in der Gemeindeverwaltung bedürfen, bevor Emma als rechtmäßige Alleinerbin von Constanze Thieme anerkannt war, aber dieses Mal waren ihre Behördengänge nur Formalität. Die Probleme, die Doktor Wohlgemuth nach dem Tod ihres Vaters aufgetürmt hatte wie eine unüberwindliche Mauer, bestanden nicht mehr. Sie musste also Entscheidungen treffen, die letztlich auch den Nachlass ihres Vaters in Groß-Lichterfelde betrafen. Nun galt es, einen Berg zu bezwingen, der ganz anderer Natur war als jener vor ein paar Monaten.

Um sich von ihren Sorgen abzulenken, holte sie die neue Tropenkamera hervor, die seit dem Ausflug nach Victoria in ihrer Tasche geschlummert hatte. Sie wischte Staub, wo keiner war, polierte das Weitwinkel- und das Teleobjektiv und baute das Stativ im Wintergarten mittels eines Stativfeststellers sicher auf. Sie erklärte Paul Borchart auf Nachfrage die diversen Funktionen und war dankbar, sich auf einem Terrain bewegen zu können, das ihr vertraut war und Halt gab.

Wenn es das Wetter zulasse, wolle sie Aufnahmen vom Strand machen, erzählte sie und dachte traurig, dass sie dann den Ort fotografieren würde, an dem ihre Mutter verunglückt war.

Borchart schien ihre Gedanken lesen zu können. »Südlich von hier leben Robben und Pinguine an der Küste«, versuchte er sie aufzuheitern. »Das sollten Sie sich nicht entgehen lassen.«

»Wenn ich wüsste, wie ich einen Zugochsen dazu bewege, den Wagen zu ziehen, würde ich mich gerne auf den Weg dorthin machen.«

»Ich kann Sie begleiten …«

»Müssen Sie nicht irgendwann wieder arbeiten?«

Er schüttelte den Kopf. »Vorläufig nicht. Ich habe ein paar freie Tage bis …«, er unterbrach sich, blickte betroffen zum Strand und setzte seinen angefangenen Satz nicht fort.

Bis der Mord an meiner Mutter aufgeklärt wurde.

Nach einer viel zu langen, bedrückenden Pause fügte er mit aufgesetzter Fröhlichkeit hinzu: »Na, warten wir doch einfach mal ab, wie lange wir beide es miteinander aushalten, nicht wahr?«

Emma senkte den Kopf über die Balgenkamera und schob den hinteren Teil auf Brennweite zurück. Ihre Hände zitterten bei dieser Arbeit, die sie schon unzählige Male verrichtet hatte. Es berührte sie, mit welcher Selbstverständlichkeit sie annahm, dass ihre Mutter keines natürlichen Todes gestorben war.

Und da gab es noch eine Überlegung, die sie überforderte. Sie stellte fest, dass das Zusammenleben mit Paul Borchart erstaunlich harmonisch verlief. Er benahm sich rücksichtsvoll und suchte das Gespräch nur, wenn er fühlte, dass sie sich unterhalten wollte, war niemals aufdringlich, wirkte aber aufrichtig interessiert, wenn es geboten schien. Manchmal schaffte er es, sie zum Lachen anzustiften, und dann kehrte die Fröhlichkeit zurück, von der Emma geglaubt hatte, sie sei verloren. Es war angenehm, mit einem so verständnisvollen wie souveränen Menschen unter einem Dach zu leben.

Die Erinnerung daran, wie einsam sie nach dem Tod ihres Vaters gewesen war, erschreckte sie. Aber in Lichterfelde wartete inzwischen Kurt Halske, der sie wahrscheinlich heiraten und ihr Leben begleiten würde, wenn … wenn sie das überhaupt noch wollte! Später, während des Abendessens, sah Emma ihren Gast lange nachdenklich an und fragte sich, ob sie es als ebenso unbeschwert empfinden würde, mit ihrem Freund in der Heimat bei Tisch zu sitzen. Würde der liebenswerte, ein wenig schusselige Kurt diesem Vergleich standhalten?

Nachdem sie sich in der folgenden Nacht wieder von einer Seite ihres Bettes zur anderen gewälzt hatte und von einem Albdruck verfolgt worden war, wachte sie in der Morgendämmerung wie zerschlagen auf.

Im Halbschlaf fiel ihr ein, dass sie noch an Bord, vor ihrer Ankunft in Lüderitzbucht, geträumt hatte, von einer Felswand zu stürzen. Es war schrecklich gewesen, weil ihr das Gefühl des Fallens und Aufschlagens so nah gegangen war. Dieser Traum hatte sich zwar nicht für sie persönlich wiederholt. Im Rückblick erschien es ihr jedoch seltsam, dass sie praktisch den Tod ihrer Mutter erlebt hatte, bevor sie von dem Unglück erfuhr. Sie hatte nie zuvor geglaubt, Schicksalsschläge erahnen zu können. Verlieh ihr die Magie Afrikas möglicherweise eine Art zweites Gesicht? Emma erschauerte und wünschte sich einen traumlosen Schlaf.

Sie quälte sich aus dem Bett, spritzte sich kaltes Wasser ins Gesicht und kleidete sich an. Ein Blick durchs Fenster verriet ihr, dass es ein klarer Tag werden würde. Im Haus war es ruhig,

Borchart schien noch zu schlafen. Um nicht von den schlimmen Traumbildern verfolgt zu werden, beschloss sie, sich mit ihrem Photoapparat abzulenken. Es wurde ohnehin Zeit für ein wenig Normalität in ihrem Alltag.

Vor dem Haus war es überraschend windstill, so dass Emma ihre Ausrüstung bis an den Rand von Constanzes Garten schleppte. Dabei achtete sie darauf, dass sie nicht auf die wenigen noch nicht vertrockneten Pflanzentriebe trat, die sich der Morgensonne entgegenreckten. Der Sand knirschte unter ihren Absätzen, und das Meer schlappte mit ruhigen Wellenbewegungen gegen den Strand, die in Anbetracht der Stürme in den vergangenen Tagen fast höhnisch wirkten.

Sie baute Stativ und Kamera mit Blick auf die der Stadt vorgelagerten Inseln auf. Die meisten dieser einsamen Felsen gehörten zu den Kolonien des britischen Königs Edward, nur die durch einen Damm mit Lüderitzbucht verbundene Haifischinsel war deutsches Schutzgebiet. Hier befanden sich das Lazarett und seit dem Krieg ein Gefangenenlager der aufständischen Nama und Herero. Borchart behauptete, die Zustände dort seien erbärmlich. Doch in dem weichen Licht des beginnenden Tages schimmerten die Steine der Insel perlgrau und mattrosé, aus der Entfernung wirkte das Eiland friedlich und wunderschön.

Flüchtig sah sie zu dem Zelt, in dem Manfred von Paschen und dieser Lothar Schulz campierten. Letzterem traue er nicht über den Weg, hatte ihr Borchart gestern anvertraut, aber da er ihr keinen Grund für seine Abneigung nennen konnte, hatte Emma seine mangelnde Sympathie mit einem Achselzucken abgetan. Und wenn sie jetzt darüber nachdachte, war sie überzeugt, dass er sich irrte, denn Manfred von Paschen würde sich gewiss niemals mit einem zwielichtigen Menschen einlassen.

Eine Gruppe Seeschwalben löste sich aus den Nestern in den Klippen, und Emma bedauerte, dass sie zu langsam war, um den

Anblick des Schwarms im Bild festhalten zu können. Die Geschwindigkeit, mit der die ohrenbetäubend kreischenden Vögel aufgestiegen waren, ließ sich nur mit einem Momentverschluss vor dem Objektiv einfangen, und daran hatte sie nicht gedacht.

Wenn sie aber lange genug wartete, würde es ihr vielleicht doch noch gelingen, das Wunder dieser grau-weiß-schwarzen Formation am Himmel festzuhalten. Die ausdauernden Flieger, die den Möwen so ähnlich sahen, kamen irgendwann sicher zurück. Und am Himmel ließen sie sich häufig ohnehin langsamer treiben.

Mittels der Tabelle auf einer Karte, die sie mit sich führte, versuchte sie die Brennweite auszurechnen. Nach einer Weile intensiven Grübelns öffnete sie die Blende entsprechend ihren Berechnungen, stellte das Rädchen am Rolltuchverschluss des Objektivs ein. Sie war es nicht gewohnt, Aufnahmen außerhalb des Photographischen Ateliers zu machen, vor allem nicht in einem Licht, das so ganz anders war als zu Hause – heller und auf gewisse Weise farbiger.

Sie betrachtete noch einmal die Landschaft, bevor sie sich hinter die Mattscheibe stellte und ein schwarzes Tuch über sich zog. Bei der herrschenden Beleuchtung würde sie ohne diese Abdeckung nicht einmal ansatzweise erkennen, was sie eigentlich photographierte. Trotzdem sah sie wenig. Nicht nur weil das Motiv auf dem Kopf stand, sondern auch weil das Format des fertigen Photos über die Wiedergabe entschied. Je größer, desto geringer die Sicht. Da Emma Glasplatten eingepackt hatte, deren Kopien achtzehn mal vierundzwanzig Zentimeter maßen und damit an jeder Seite fünf Zentimeter größer waren als übliche Photographien, war ihre Kontrolle eingeschränkt. Dennoch nahm sie eine Bewegung am unteren Rand wahr – bestimmt eine Schwalbe auf dem Rückweg in die Felsen. Wie schön!

Nach einer schnellen Kontrolle der in der Kamera installierten Wasserwaage drückte sie auf den Auslöser. Klick.

Ein unendliches Glücksgefühl erfasste Emma und verwischte die letzten Erinnerungen an Albträume und Tod. Es war ihr eine gute Aufnahme gelungen. Das spürte sie. Und es prickelte ihr in den Fingern weiterzuarbeiten. Ohne den verhüllenden Nebel war der Blick vom Strandhaus auf die Bucht atemberaubend – wie geschaffen dafür, festgehalten zu werden.

Sie sah sich um und überlegte, welches Motiv sich für die Rückseite der ersten Bildplatte eignete. Die Sonne stand im Osten, so dass sie das Haus nicht vom Garten aus fotografieren konnte. Das Gegenlicht machte eine Aufnahme schwierig, dafür fehlte ihr die Erfahrung. Also schaute sie wieder über den Strand.

Am Rand ihres Blickfelds nahm sie wahr, wie die beiden Zeltbewohner auf die Beine kamen. Unwillkürlich wandte sie ihren Kopf und sah zu, wie sich der vierschrötige Lothar Schulz – nur mit einem Badeanzug bekleidet – in den Sand warf und gymnastische Übungen vollführte. Manfred von Paschen trug indes Hose und ein Unterhemd. Er hatte offenbar nicht so viel für Liegestütze oder andere gymnastische Übungen übrig – er goss aus einem Kanister Wasser in eine kleine Schüssel, benutzte einen Felsvorsprung als Waschtisch und begann, sich zu rasieren. Emma konnte nicht umhin, schallend zu lachen.

Manfred hörte sie und winkte ihr zu. »Guten Morgen, Fräulein Emma.«

»Guten Morgen«, rief sie zurück. »Darf ich eine Photographie von Ihnen machen?«

»Wenn Ihnen etwas daran liegt, stehe ich Ihnen zur Verfügung. Aber erst, wenn ich hier fertig und vorzeigbar bin.«

»Ich werde warten!«

Emma verbrachte nicht nur den Morgen, sondern auch einen Großteil des Vormittags mit ihrer Ausrüstung. Nachdem sie insgesamt drei Glasplatten belichtet hatte, richtete sie sich in Constanzes bescheidenem Badezimmer mittels einer speziellen Laterne, Tropfflaschen, Filtriergestell und Auswässerungskasten eine Dunkelkammer ein. Dort nahm sie die Kassetten aus dem Photoapparat und befestigte sie mit dem Albuminpapier im Auskopierrahmen.

Um das Papier zu imprägnieren, schlug sie unter Kaayas missbilligenden Blicken in der Küche Eiweiß zu einem leichten Schaum, dem sie Ammoniumsalz hinzufügte, das sich neben einigen anderen Chemikalien in kleinen braunen, fest verschlossenen Apothekerfläschchen in ihrem Koffer befand. Eine Minute lang musste der Bildträger die sämige Flüssigkeit aufsaugen, bevor Emma in ihre provisorische Dunkelkammer marschierte und die feuchten Blätter dort kurz in ein Bad aus Silbernitrat legte. Das anschließende Trocknen ging relativ schnell, so dass sie die vorbereiteten Papiere rasch auf die Negative in den Auskopierrahmen spannen konnte.

Sie hatte sich für dieses etwas altmodische Verfahren entschieden, weil es die Wiedergabe kleinster Details ermöglichte. Zwei Stunden Sonnenschein würden zum Entwickeln ausreichen. Glücklicherweise versprach das Wetter zu halten.

»Anschließend wird das Papier in der Dunkelkammer noch einmal mit verschiedenen Natriumlösungen behandelt und mit Wasser abgewischt«, erklärte sie Paul Borchart, der – mit einer Tasse Kaffee in der Hand – neben ihr auf der Terrasse stand und der Sonne zusah, wie sie auf die Glasplatten brannte. »Natürlich kann man Albuminpapier kaufen, es wird industriell hergestellt, aber ich mag es, wenn die fertige Photographie reine Handarbeit ist.«

»Der Aufwand scheint mir enorm zu sein«, gab er beeindruckt zurück.

Sie zuckte mit den Achseln. »Das denken Sie nur, weil Sie nichts davon verstehen. Ich glaube, die Suche nach Diamanten ist auch nicht einfach.«

»Man muss sich hierzulande nur danach bücken«, erwiderte er schmunzelnd und fügte ernsthafter hinzu: »Mit einem Schüttelsieb, Wasser und Fett kommt man zumindest weiter als mit Ihren Chemikalien, die klingen, als könnte man damit alle Digger von Südwest vergiften …«

»Wen möchten Sie vergiften, Herr Doktor Borchart?«

40

Emma und Paul fuhren zur Tür des Wintergartens herum, von der die schneidende Stimme des unerwarteten Besuchers gekommen war.

Im Hintergrund stand Kaaya und rang die Hände. Offensichtlich war Ernst Keller ungeachtet aller gesellschaftlichen Gepflogenheiten an der schwarzen Dienerin vorbei durch das Haus gestürmt. Er hatte nicht einmal seine Kopfbedeckung abgenommen. Die heruntergebogene Krempe des weichen grauen Filzhuts warf einen breiten Schatten über seine Miene.

Aber auch ohne ihm in die Augen zu sehen, erkannte Emma an seinem Ton, dass er nicht in freundlicher Absicht gekommen war.

»Guten Tag«, grüßte sie ihn bemüht aufgeräumt. »Was verschafft mir die Ehre Ihres Besuchs, Herr Keller?«

Borchart sagte nichts und betrachtete den Gast nur stirnrunzelnd über den Rand seiner Kaffeetasse hinweg.

»Kommissar Keller«, korrigierte der Angesprochene kühl. Von dem charmanten jungen Mann, der an Bord der *Windhuk* mit Emma geflirtet hatte, schien nichts geblieben zu sein. An der

Terrasse stand ein beherrschter, fast kaltschnäuziger preußischer Beamter. »Ich bin Hilfsbeamter der Staatsanwaltschaft zu Berlin und im Dienst.«

Emma wurde blass. Das Herz klopfte ihr bis zum Hals.

»Ich nehme an, dass Sie wegen des Todes von Fräulein Thiemes Mutter gekommen sind«, hob Borchart mit einer Ruhe an, die Emma zutiefst bewunderte. »Man spricht von Mord, nicht wahr?«

»Der Verdacht besteht – ja«, erwiderte Ernst Keller, »obwohl der zuständige Arzt einen Unglücksfall nicht ausschließen kann. Doktor Graeff sagt, dass die Verletzungen nicht zu unterscheiden sind, wenn jemand einen Stein auf den Kopf geschlagen bekommt oder auf eine Felskante fällt. Und einen Sturz kann natürlich auch eine andere Person herbeigeführt haben.«

Emmas Gesichtsfarbe wurde grünlich. Sie spürte, wie sich ihr Magen zusammenzog. Ihr wurde übel bei der Vorstellung, was ihrer armen Mutter zugestoßen sein konnte. Paul Borchart hatte sie zwar auf ein Verbrechen hingewiesen, aber er hatte das Thema nicht in brutaler Ausführlichkeit behandelt.

»Sie sind sicher hier, um sich mit Fräulein Thieme zu unterhalten«, sagte Borchart und umfasste Emmas Ellenbogen, eine Geste, die ihr wohl ein Gefühl von Schutz und Unterstützung vermitteln sollte. »Sie wird Ihnen aber keine Auskunft geben können, da sie zum Zeitpunkt des Geschehens noch gar nicht in Lüderitzbucht weilte. Wenn Sie aber mit mir vorliebnehmen …«

»Das weiß ich!«, schnitt Keller ihm barsch das Wort ab. »Ich bin nicht gekommen, um mit Fräulein Thieme zu sprechen. Jedenfalls noch nicht. Die örtlichen Polizisten sollen das Haus durchsuchen.«

»Was?«, entfuhr es ihr entsetzt. Sie schluckte, sah hilfesuchend Borchart an und ärgerte sich gleichzeitig, dass sie die

Zeit mit anderem vertan und Constanzes Besitz unbeachtet gelassen hatte. Allerdings gab es nichts im Nachlass, das irgendwie Hinweise auf einen Mörder geben könnte, dessen war sich Emma sicher.

Borchart räusperte sich. »Darf ich fragen, was Sie suchen?«

»Rohdiamanten!«

Zu ihrer größten Überraschung bemerkte Emma, dass die Hand an ihrem Arm zuckte. Die knappe Antwort des Kommissars berührte Borchart offensichtlich stark. Seine Miene blieb jedoch unbeweglich.

»Der Name von Constanze Thieme wurde in Zusammenhang mit einem Raub genannt«, fuhr Keller mit eisiger Stimme fort.

Emmas Knie wurden weich. Sie biss die Zähne zusammen und betete, nicht ohnmächtig zu werden. Die schrecklichsten Gedanken rasten durch ihr Gehirn und verursachten ihr Kopfschmerzen.

Musste ihre Mutter sterben, weil sie ihr die Steine geschickt und Emma diese nicht Doktor Wohlgemuth ausgehändigt hatte?

Die Stimme des alten Rechtsanwalts dröhnte ihr in den Ohren, die Gesetzestexte zitierte und Paragraphen bemühte. Zwischen diesem Durcheinander an imaginären Lauten vernahm sie plötzlich Ernst Kellers Erklärung: »Auf dem Schiff nach Mosambik ist eine Frau verhaftet worden, die einen nicht unerheblichen Vorrat an Rohdiamanten mit sich führte. In einer tragbaren kleinen Hundehütte versteckt, man stelle sich vor! Es dauerte ein paar Tage, bis Lilly Hartmann von Kapstadt zurück nach Lüderitzbucht gebracht und vernommen werden konnte. Sie behauptet, die Steine von Frau Thieme mit der Bitte erhalten zu haben, sie im Ausland zu Geld zu machen.«

»Meinen Sie die Wirtin vom grünen Haus?«, fragte Borchart verblüfft. »Ich kann mir nicht vorstellen, dass eine Dame wie

Constanze Thieme diese Person überhaupt kannte. Die Anschuldigungen, die Sie hier erheben, Herr Kommissar Keller, sind eine Verleumdung.«

»Ach, da wäre ich mir an Ihrer Stelle nicht so sicher, Herr Doktor Borchart.«

Keller nestelte an einem Knopf seiner Hemdbrust. Offensichtlich war dies ein Tick. Emma kannte die Geste bereits, hatte ihn daran schließlich wiedererkannt, als sie sich ihrer ersten Begegnung an der Jannowitzbrücke entsann.

»Die Behauptung von Frau Lilly Hartmann wird durch den Verdacht gestützt, dass Frau Thieme sogar ihre Tochter zur Mittäterin machte und Klippies nach Berlin schickte«, fuhr Keller fort.

»Das haben alle Lüderitzbuchter irgendwann getan …«

»Stimmt. Das war am Anfang des Diamantenrauschs vor etwa eineinhalb Jahren. Ich weiß jedoch, dass Fräulein Emma Thieme noch vor zwei Monaten in Berlin versuchte, Steine illegal zu veräußern. Es handelt sich offenbar um einen groß angelegten Betrugsring.«

»Ach, was wissen Sie schon!«, schnaubte Paul Borchart.

Ein hohles Lachen entrang sich Kellers Kehle. »Die moderne Technik ermöglicht es der Polizei, die Zahl der entdeckten und zur Anzeige gebrachten Straftaten im Reich zu erhöhen. Die Photographie gehört zweifellos dazu.«

Mit einer eleganten Geste öffnete Keller seine Hemdbrust. Um seinen Hals trug er an einem Lederband eine Art überdimensionales Medaillon, eine runde, im Sonnenlicht silbern schimmernde Dose aus Metall mit einer kleinen Linse in der Mitte, die auf den ersten Blick wie ein Knopf aussah.

Emma erkannte das Gerät sofort. Ihr Vater hatte ihr einmal eine solche sogenannte Knopflochkamera aus der Fabrik von C. P. Stirn in Berlin gezeigt und erklärt, dass hier runde Glasplatten nach demselben Prinzip belichtet wurden wie die Negative in den üblicherweise benutzten Photoapparaten. Das kleine Modell war sehr teuer und wurde hauptsächlich von Spionen im Dienste des Kaisers verwendet – oder von Spitzeln!

Borchart konnte mit dem Anblick des Gehäuses weniger anfangen als Emma. »Was soll das?«, wollte er wissen. Ärger schwang in seiner Stimme mit.

»Ich habe mit dieser Kamera eine gestochen scharfe Photographie von Fräulein Thieme beim Verlassen der Stadtbahn in Berlin aufgenommen, als sie sich auf dem Weg zu einem bekannten Hehler befand. Der Mann wurde bereits seit geraumer Zeit von mir beobachtet.«

»Beim Verlassen der Stadtbahn?«, wiederholte Borchart ungläubig. Er ließ Emma los, trat einen Schritt zur Seite und stand plötzlich so vor ihr, dass Keller die Sicht auf sie versperrt wurde. »Ich kann mich nicht erinnern, dass bestimmte Haltestellen nicht benutzt werden dürfen, aber vielleicht bin ich ja schon zu lange von zu Hause fort. Wenn Sie Fräulein Thieme nicht zusammen mit dem besagten Hehler aufgenommen haben, dürfte Ihre Photographie zwar hübsch, aber kein Beweis sein, dass sie den Mann kannte. Oder behauptet er etwa das Gegenteil?«

Keller schloss seine Hemdbrust wieder. »Er ist tot«, sagte er gedehnt, »starb in der Haft, bevor er eine umfassende Aussage machen konnte.«

Um ihren Aufschrei zu ersticken, biss sich Emma auf die Zunge. Ihr Körper bebte unter dem Schmerz, sie schmeckte Blut.

Borchart atmete tief aus und schwieg.

»Sehen Sie«, fuhr Keller nach einer Weile fort, »ich halte es für eine merkwürdige Verkettung der Umstände, was hier in diesem Haus vor sich geht. Zugegeben, ich kann noch nicht beweisen, dass Fräulein Thieme in Geschäftsbeziehungen zu dem Hehler stand, aber sie wurde in der Nähe seines Ladens an einem Ort gesehen, den eine junge Dame üblicherweise nicht besucht. Ihre Mutter wohnte in einer Gegend, in der Diamanten im Sand herumliegen, und ist mit einem Geologen der Diamanten-Gesellschaft … Nun, wie soll ich es nennen, Herr Doktor Borchart?«

»Halten Sie den Mund!«

Emma wurde schwindelig.

»Sagen wir also … Sie waren mit Constanze Thieme befreundet … Diese stirbt eines ungeklärten Todes und wird von einer Zeugin des gemeinschaftlichen Raubes bezichtigt. Finden Sie diese Konstellation nicht auch auffallend?«

»Herr Kommissar«, ein Polizist in Uniform erschien hinter Keller in der Tür, »wir haben uns überall umgesehen, aber nichts gefunden. Nirgendwo im Haus sind Diamanten oder Geld versteckt. In einem Geheimfach im Schrank befanden sich nur zwei alte Photographien.«

Es war Keller anzusehen, dass es ihn Beherrschung kostete, diese Information zu verdauen. Er atmete mehrmals tief durch, dann nickte er, und schließlich meinte er mit einer etwas sanfteren Stimme, die an den höflichen Reiseschriftsteller erinnerte, dem Emma an Bord durchaus manchmal schöne Augen gemacht hatte: »Dann ist also nichts hier. Verzeihen Sie die Unannehmlichkeiten, Fräulein Thieme. Können wir uns so bald wie möglich im Kaffeehaus Ihrer Frau Mutter umsehen?«

»Ja, natürlich. Ja«, krächzte sie heiser.

»Wie wäre es, wenn Sie bis dahin herausfinden, was mit Constanze Thieme geschehen ist?«, versetzte Borchart. »Es erscheint mir nicht sehr hilfreich für die Aufklärung, eine Frau, die möglicherweise ermordet wurde, erst einmal als Betrügerin zu diffamieren.«

Keller nahm seinen Hut ab und fuhr sich mit der Hand durch die blonden Locken. »Das werden wir, Herr Doktor Borchart, verlassen Sie sich nur ganz auf die preußische Polizei …«

»Warum schauen Sie sich dann nicht am Strand um?«

»Alles zu seiner Zeit. Wir hoffen, dass uns die Aussage von Frau Lilly Hartmann auf die richtige Spur bringt. Übrigens, benutzen Geologen nicht einen speziellen Hammer? Sie tragen den aber nicht ständig, wie ich sehe, Herr Doktor Borchart. Geben Sie gut acht auf Ihr Werkzeug. Guten Tag, Fräulein Thieme.«

Emma sah ihm stumm zu, wie er sich zum Gehen wandte.

Da schob sich der Wachmann plötzlich an ihm vorbei. Er ging um Borchart herum und streckte Emma ein aus pastellblauer Seide gefertigtes, im Lauf der Zeit abgegriffenes Futteral entgegen. »Das sind die Photographien, die wir gefunden haben. Ich nehme an, das Kind darauf sind Sie, und der Offizier wird wohl der Gatte von Frau Thieme gewesen sein. Vielleicht bedeuten Ihnen die Bilder etwas, gnädiges Fräulein.«

Ungläubig nahm Emma das Etui entgegen und schlug es auf.

Im linken Einschub der kleinen Mappe erkannte sie tatsächlich ihr eigenes Gesicht. Das zauberhafte Antlitz eines kleinen Mädchens im Matrosenkleid und mit blonden Zöpfen, das keine Angst davor hatte, in das Objektiv einer Kamera zu schauen, weil es wusste, dass hinter der Mattscheibe der geliebte Vater stand.

Auf der rechten Seite blickte ihr ein Offizier in der Uniform des Garde-Schützen-Bataillons entgegen. Sie erkannte die Zugehörigkeit zu dem kaiserlichen Korps an den Ärmelaufschlägen. Der Mann war sehr attraktiv, seine Augen besaßen selbst auf der Photographie die Fähigkeit, die Betrachterin mit durchdringender Aufmerksamkeit anzusehen. Sie mochte diesen Blick, denn er hatte ihr in den vergangenen Wochen das Gefühl von Geborgenheit verliehen. Und sie hatte oft genug in diese Augen gesehen, um ohne Zweifel zu wissen, wen das Bild zeigte, wenngleich eine sehr viel jüngere Ausgabe ihres Reisebegleiters nach Südwest.

Die Einsicht, dass ihre Mutter Manfred von Paschen gekannt hatte, ja, dass er ihr ebenso wichtig wie die Tochter gewesen war, überforderte Emma endgültig. Sie konnte sich nicht mehr auf den Beinen halten. Während sie in eine gnädige Ohnmacht sank, kehrte die Erinnerung zurück.

· 1897 ·

41

Die Schlittschuhe kratzten über die gefrorene Wasseroberfläche. Ernsthaft und darauf bedacht, nicht hinzufallen, drehte die Eiskunstläuferin ihre Kreise.

Nebelschwaden zogen über die endlos wirkende, weiß glitzernde Fläche des Stavensees. Es schien, als wären es Tücher, die eine Fee über die Landschaft deckte. Die Äste der Erlen und Eschen am Ufer, die wie nackte Arme in den sich verdunkelnden Himmel griffen, begannen vor den Augen des Mädchens zu verschwimmen. Sie fuhr einen weiten Bogen, drehte sich um die eigene Achse, rammte die Spitzen der Kufen in das Eis und hielt an. Erst jetzt fiel die Konzentration von der Kleinen ab.

Überrascht sah sie sich um. Nirgendwo eine menschliche Gestalt. Eben noch waren ein paar Jungen über das Eis gehechtet und versuchten, es den Spielern nachzumachen, die auf einem anderen See bei Berlin für die Meisterschaft im Eishockey trainierten. Aber mit einem Mal waren sie fort. Als wären es Zauberer, die statt einer Jungfrau sich selbst verschwinden lassen konnten.

Emma drehte sich noch einmal um die eigene Achse. Kein anderer Schlittschuhläufer mehr zu sehen.

Eigentümliche Stille breitete sich aus. Der hier fast allgegenwärtige und zu jeder Jahreszeit mehr oder weniger stark auffrischende Wind hatte sich gelegt. Kein Laut durchbrach die unheimliche Ruhe, niemandes Stimme war zu hören, das Scharren der

Eisenkufen auf dem Eis verklungen. Selbst die Enten rührten sich nicht mehr, die in Wasserlöchern und Nestern am Ufer dem eiskalten Winter trotzten.

Unter ihren Füßen knackte es. Das Geräusch klang unheimlich und laut. Sie erstarrte. Nur ihre Augen flogen zwischen der weiten, im Dunst verschwindenden Eisfläche und dem Ufer hin und her.

Plötzlich konnte sie sich nicht mehr entsinnen, von welcher Landseite sie gekommen war. Der Nebel hüllte die Böschungen ein und versperrte ihr die Sicht. Schemenhaft zeichneten sich Trauerweiden ab. Sie hatte die Orientierung verloren. Welche Zweige gaben ihr Halt, als sie auf die Eisfläche stieg? Wie sollte sie den zugefrorenen See wieder verlassen, wenn ihr niemand die Hand bot, um sie die Böschung hinaufzuziehen? Sie war nie zuvor allein beim Schlittschuhlaufen gewesen. Und sie hatte sich noch nie in ihrem Leben so einsam gefühlt.

Unschlüssig, was sie tun sollte, knabberte Emma sich die Unterlippe blutig. Mutter hatte ihr befohlen, hier auf sie zu warten, und versprochen, bald zurück zu sein. Aber wann war bald? Mutter musste längst zurück sein. Bestimmt war bald schon vorbei. Hatte Mutti sie vergessen?

Die Kälte kroch ihre dünnen Beine hinauf. Sie begann zu zittern, rührte sich aber weiterhin nicht. Wie gelähmt verharrte sie auf ihren Kufen.

Erschreckend deutlich erinnerte sie sich an all die gruseligen Märchen, in denen Kinder wie sie plötzlich auf sich allein gestellt waren.

Ihr Hals fühlte sich an wie zugeschnürt. Ihr Rachen schmerzte von der eisigen Luft, von der sie zu viel einatmete. Die ersten Laute, die sie ausstieß, waren mehr ein Krächzen als ein Rufen. Niemand würde ihr Stimmchen hören, der Nebel schluckte jeden Ton, als hielte sie sich ihren Muff vor den Mund.

Es wurde langsam dunkel. Ihre Verzweiflung wuchs mit der

Dämmerung. Wieder knackte das Eis unter ihren Kufen, doch sie bewegte sich noch immer nicht.

Mit einem Mal nahm sie all ihre Kraft zusammen und schrie, als gelte es, sich die Seele aus dem Leib zu brüllen:

»Mutti! Bitte, Mutti! Hilfe!«

Im selben Moment gab der Boden unter ihr nach. Ein Krachen, dann spürte sie schon den Sog, der an ihr zog. Plötzlich war sie untergetaucht, ihre Kleider wurden schwer von der Nässe.

Stille.

Es war eine andere Stille als die auf dem See, nachdem sie glücklich ihre Runden gedreht hatte. Wie ein Zirkel hatten die Schlittschuhe Kreise in das Eis gezeichnet. Es hatte geratscht, ein wenig so, als würde Papier entzweigerissen. Ein leichtes Gluckern war jetzt das einzige Geräusch.

Sie wollte das nicht hören.

Emma schlug um sich, ruderte mit den Armen, strampelte. Sie schluckte Wasser, versuchte, nach oben zu kommen, doch sie wusste nicht mehr, wo sich das Loch im Eis befand, durch das sie eingebrochen war – und die eisernen Kufen zogen an ihren dünnen Beinen. Die Kälte lähmte ihre Gliedmaßen, so dass sie sich schließlich nicht mehr bewegen konnte.

Kräftige Hände umfassten ihre Taille.

Unbedacht öffnete sie den Mund, um zu schreien, aber ihre Lungen füllten sich mit Wasser statt mit Luft. Dann nahm Emma nichts mehr wahr.

Es duftete nach Zitrone und Lavendel und einem süßlichen Aroma, das Emma nicht kannte. Ihr war furchtbar heiß, und gleichzeitig fror sie erbärmlich. Sie wusste nicht, wo sie sich befand, aber das Lager war weich und bequem, und wenn sie die Ohren spitzte, glaubte sie, ein Feuer prasseln zu hören. War das der Himmel, von dem der Pastor im Religionsunterricht gesprochen hatte?

Sie hörte ein Schluchzen und erkannte gleich darauf die Stimme ihrer Mutter: »Ich hätte Emma niemals allein auf dem Eis lassen dürfen! Warum habe ich mich nur von dir überreden lassen, in diese Hütte zu kommen?!« Das Weinen wurde stärker, und Emma überlegte, ob ihre Mutter so verzweifelt war, weil ihr kleines Mädchen nicht mehr unter den Lebenden weilte.

Ob sie versuchen sollte, etwas zu sagen? Hörte Mutter sie überhaupt, da Emma doch offenbar ertrunken war? Sie versuchte, ein paar Worte zu formulieren, aber ihre Kehle war wie zugeschnürt. Kein Ton drang aus ihrem Mund. Nicht einmal ihre Lippen ließen sich bewegen.

»Dafür, dass ich auf allen vieren über das Eis gekrochen bin, um deine Tochter aus dem Wasser zu ziehen, interessierst du dich anscheinend überhaupt nicht«, protestierte eine wütende Männerstimme, die Emma vollkommen fremd war. »Ich hätte mir den Tod holen können!«

»Das ist ja wohl das Mindeste, das ich von dir erwarten konnte nach alldem, was ich für dich aufs Spiel gesetzt habe«, gab Constanze ebenso zornig zurück.

»Wie, bitte, meinst du das? Würdest du mich lieber tot sehen?«

»Ach, hör auf! Ich mache mir solche Sorgen um Emma. Es ist ganz allein meine Schuld, dass sie beim Schlittschuhlaufen eingebrochen ist. Ich hätte auf sie aufpassen müssen und …«

»Du redest Unsinn, Liebste!« Der Unbekannte sprach plötzlich mit einer Sanftheit, die Emma so noch nie gehört hatte. Jedenfalls nicht von ihrem Vater. »Eine Frau wie du hat ein Recht auf ein wenig Glück, auch wenn es gestohlen ist. Und Emma wird nicht sterben. Sie ist bestimmt ebenso zäh wie ihre Mutter.«

Das Schluchzen brandete auf, klang aber gleich darauf wie erstickt, als halte sich Constanze ein Tuch vor den Mund. Emma hätte gerne die Augen geöffnet, aber ihre Lider waren schrecklich schwer. Sie ließen sich nicht bewegen. Eigentlich fehlte ihr sogar die Kraft zum Atmen. Sie wollte schlafen. Oder richtig tot sein. Einfach Ruhe finden und nicht hören müssen, wie sich Mutter mit einem fremden Mann stritt.

»Sie braucht einen Arzt«, klagte Constanze nach einer Weile, in der Emma beinahe tatsächlich eingenickt wäre. »Wir müssen einen Arzt rufen!«

»Das ist unmöglich. Oder soll ganz Lichterfelde erfahren, wo du dich an deinen freien Nachmittagen herumtreibst …«

»Das ist mir egal!«, schleuderte sie ihm entgegen.

Warum stritten die beiden sich so viel? Emma wollte nicht, dass Mutti ihretwegen weinte und der fremde Mann böse auf sie war.

»Mag sein, dass dir deine Zukunft einerlei ist, aber für mich gilt das nicht. Ein Skandal würde meine Karriere ruinieren, Constanze!«

Die Angesprochene stieß den Atem aus. »Du denkst nur an dich, nicht wahr? Von Anfang an ging es immer nur um dich. Niemals um mich oder unser Kind. Du bist ein gefühlloser Egoist.«

Emma hatte nicht die geringste Ahnung, was ein »gefühlloser Egoist« war. Zwischen ihrer Mutter und ihr gab es, seit Emma denken konnte, ein Spiel: Wenn sie spazieren gingen oder aus anderen Gründen unter Leuten waren, dachten sie sich Namen für die Fremden um sie her aus. Das war lustig, denn Constanze fielen die ungewöhnlichsten Bezeichnungen ein. Von einem gefühllosen Egoisten hatte Emma allerdings noch nie gehört. Es interessierte sie brennend, wie jemand aussah, dem ihre Mutter diesen Namen gab. Wie sollte sie das aber feststellen, wenn sie die Augen nicht öffnen konnte?

Stille. Nur das Knacken und Knistern des Feuers war zu hören. Es wäre schön, jetzt zu schlafen … Aber wieder erfasste Emma Neugier auf das Gesicht des Unbekannten. Das Gefühl war stärker als der Wunsch nach Ruhe.

Es kostete sie unendlich viel Mühe, die Lider ein wenig zu heben. Wahrscheinlich genügte es, einen kurzen Blick durch die Wimpern zu riskieren …

Immerhin erkannte Emma Männerbeine in langen Unterhosen und die Zipfel einer Wolldecke, die der Fremde um seinen Körper geschlungen hatte. Vorsichtig öffnete sie die Augen etwas mehr.

»Emma!« Mutter drängte sich vor den Mann und fiel neben ihrem Lager auf die Knie. »Geht es dir gut? Es tut mir so leid, mein kleines Mädchen. Ich werde dich nie wieder allein lassen.«

Sie nickte. Sprechen konnte sie noch nicht, aber mit dem Kopf wackeln klappte überraschend gut.

»Dann wird ja alles wieder gut«, meldete sich der Unbekannte zu Wort. »Könntest du deine Freude bitte ein wenig abkürzen, Constanze? Wenn du und Emma nicht bald zurück bei deinem Mann seid, weiß morgen ganz Lichterfelde von unserem … ähm … unseren Begegnungen. Ihr müsst unverzüglich nach Hause.«

»Aber ich kann das Kind unmöglich in diesem Zustand und bei diesem Wetter durch die Straßen jagen. Draußen schneit es, und Emma hat hohes Fieber und …«

»Es gibt keine andere Möglichkeit!«, erwiderte er schroff. »Du musst dich allein durchschlagen. Wir dürfen keinesfalls zusammen gesehen werden. Versteh doch endlich, dass du mich in der Öffentlichkeit kompromittieren würdest!«

»Deine Karriere ist dir also wichtiger als das Leben des Kindes?«

Statt einer Antwort wandte er sich ab, und Emma erhaschte einen Blick auf sein ebenmäßiges Gesicht. Doch warum verzerrten sich seine Züge, als seine Augen ihr Lager streiften? War er böse auf sie, weil sie so unbedacht gewesen und durch das Eis eingebrochen war? Was hatte sie nur falsch gemacht?

Sie verstand nicht, wie und warum, aber sie spürte, dass in diesem Moment irgendetwas in ihrer Mutter zerbrach.

· 1909 ·

42

Obwohl Doktor Graeff sie neulich im Nachthemd angetroffen und inzwischen mehrfach eingehend untersucht hatte, schämte sich Dorothee in dem modischen Badeanzug aus Baumwolltrikotstoff, den sie vor geraumer Zeit in Berlin gekauft, aber bisher niemals getragen hatte. Der Einteiler besaß bauschige Kniehosen, und darunter trug sie schwarze Strümpfe, so dass ihre Beine nur zu erahnen waren. Auch ließ er von ihren Schultern und Armen nicht mehr frei als manches Abendkleid. Aber er war um Busen, Taille und Hüften so eng geschnitten, dass Dorothee sich wie nackt fühlte. Nicht vorstellbar, dass Hannes Graeff sie so sah!

Entschlossen warf sie sich das Badekleid über, das ihr über die Waden reichte und im Kimonoschnitt mit weiten Ärmeln aus Liberty-Satin gearbeitet war. Das blaugraue japanische Muster auf schwarzer Seide passte gut zum rötlichen Schimmer ihres mahagonifarbenen Haares. Auf eine Mütze verzichtete sie deshalb und schwebte mit wallender Mähne elfenhaft aus dem rot gestrichenen Badehäuschen. Dorothee bewegte sich, als befände sie sich unmittelbar vor einem Auftritt, und das Strandcafé wäre ihre Bühne.

Dabei herrschte trotz des herrlich klaren Wetters wenig Betrieb an der stillen Bucht nahe der Diazspitze. Neben einer Mutter mit ihren drei Kindern war Dorothee die einzige Mieterin eines Badehäuschens. Die andere Frau spielte mit dem Kleinsten im Sand, baute Burgen und andere architektonische Meisterleistungen, während die beiden größeren Kinder auf der ins Meer ragenden Badebrücke Fangen spielten. Als einer der Jungen auf den oberen Sprossen der Leiter am Sprungturm auftauchte, rief ihn die Mutter mit strenger Stimme zurück, und er folgte unverzüglich.

Dorothee beschattete ihre Augen mit der Hand, beobachtete die resolute Frau und fragte sich, warum sie eigentlich nie an eine eigene Familie gedacht hatte. Ein Gemahl war in ihren Träumen auch vor ihrer Begegnung mit Manfred von Paschen vorgekommen, aber seltsamerweise niemals Kinder, von denen andere junge Damen wohl andauernd sprachen. Aber vielleicht war ihr dieser Austausch fremd, weil sie keine richtige Freundin besaß, bevor sie Emma kennengelernt hatte. Von der war typisches Weibergeschwätz jedoch nicht zu erwarten, die hatte andere Sorgen. Ob sich Manfred einen Stammhalter wünschte?

Beklommen holte Dorothee tief Luft, lauschte dem Lachen der Kinder und dem Rauschen der Brandung und hörte in sich hinein. Ihr Herz blieb jedoch stumm. Es begann nicht voller Vorfreude zu klopfen, als sie sich vorstellte, ihrem künftigen Gemahl einen Sohn zu schenken. Inzwischen beschleunigte sich ihr Herzschlag nicht einmal mehr, wenn sie an Manfred dachte. Ihre Gefühle für ihn schienen seit dem Nachmittag in Constanze Thiemes Haus irgendwie abgekühlt. Gleichwohl konnte ihre Liebe mit neuer Wärme erfüllt werden wie etwa tags darauf, als er ihre Übungsstunde gestört hatte. Dorothee kam sich insgeheim vor wie ein Wetterfähnchen im Wind, das sich mal in diese, mal in jene Richtung wendete.

Über der Terrasse des Strandcafés flatterten deutlich mehr von diesen bunten Signalfahnen, als Gäste an den Tischen saßen. Genau genommen verweilten hier nur ein Ehepaar bei

Kaffee und Schwarzwälder Kirschtorte sowie Hugo von Hirschberg und Hannes Graeff, vor denen zwei Gläser mit Berliner Weißbier und Waldmeistersirup standen. Die beiden Herren saßen ein wenig abseits im Schatten einer vor sich hin darbenden kümmerlichen Palme, die offenbar mediterranes Flair vermitteln sollte. Immerhin passte sich der strahlend blaue Himmel der Illusion ebenso an wie die goldenen Flecken, mit denen die Sonne das Meer und die Felsen besprenkelte.

»Es ist sehr schön hier«, hörte Dorothee ihren Vater sagen, während er über die Bucht schaute, an deren Ende sich die Kulisse der Stadt erhob. Er blickte damit in die andere Richtung und sah sie nicht kommen. »Dies ist ein besonders angenehmes Fleckchen. Haben Sie herzlichen Dank, Herr Doktor Graeff, dass Sie meine Tochter und mich zu diesem Ausflug eingeladen haben.«

»Ich hoffte, dass es Ihnen hier gefällt«, erwiderte der Arzt bescheiden. »Das Meerwasser ist zwar zu kalt zum Baden, aber wenn sie nur mit den Füßen eintaucht, wird Ihr Fräulein Tochter sicher Freude haben.«

»Meinen Sie wirklich, das ist Dorothees Gesundheit förderlich?«

»Das Klima eignet sich gut für Lungenkranke. Neueste Forschungen beweisen, dass Ruhe und frische Luft von größter Bedeutung für die Genesung sind. Deshalb werden überall im Reich Heilstätten erbaut, sogar für Arbeiter. Unter diesem Aspekt könnte man Südwest durchaus einen gewissen Kurortcharakter zuschreiben.«

»Wenn Sie sich auf das ganze Land beziehen, scheint mir dies ein ziemlich großes Heilbad zu sein«, gab Hugo amüsiert zurück.

»Umso dienlicher ist es der Gesundheit Ihres Fräulein Tochter, oder?«

Dorothee überlegte sich gerade eine fröhliche Antwort, mit der sie die Herren überraschen wollte, als sie ihren Vater plötzlich ernst sagen hörte: »Mir ist sehr wichtig, dass sie sich hier gut erholt. Unter uns gesprochen, lieber Doktor: Wir werden so bald nicht nach Europa zurückkehren.«

Unwillkürlich schnappte sie nach Luft. Was redete ihr Vater da? Natürlich würden sie noch vor Ende dieses Jahres nach Berlin reisen. Neue Konzerttermine überall im Reich lockten, ihr Publikum erwartete sie …

»Ich verstehe nicht, was Sie meinen«, sprach Hannes Graeff nur wenige Meter von Dorothees Lauschposten entfernt.

»Konzertsäle sind kein geeigneter Ort für Schwindsüchtige«, versetzte Hugo von Hirschberg bitter. »Kein Mensch will eine Pianistin engagieren, die während eines Musikstücks von Hustenanfällen geschüttelt wird. Die Zuschauer haben überdies Angst vor Ansteckung …«

Dorothee war unfähig, sich zu rühren, fürchtete aber im selben Moment einen Zusammenbruch. Sie ballte die Fäuste, biss die Zähne zusammen und betete, dass sie weder in Ohnmacht fallen noch sich durch ein Husten verraten würde. Dann schlich sie näher heran und duckte sich hinter die Palme.

»Im Vertrauen«, fügte ihr Vater hinzu: »Es gibt keine neuen Engagements für meine Tochter, dafür eine Menge Absagen bereits bestehender Verpflichtungen.«

Trotz ihres festen Vorsatzes, jede weitere Offenbarung gleichmütig zu ertragen, erschrak sie bis ins Mark. Dorothee fühlte eine Nervenkrise nahen. Sie wusste nicht, was sie mehr schmerzte: der Niedergang ihrer Karriere oder die Heimlichtuerei ihres Vaters.

»Das tut mir leid«, Hannes Graeffs Bedauern klang aufrichtig. »Der Name Dorothee von Hirschberg war mir natürlich schon geläufig, bevor Sie nach Lüderitzbucht kamen. Ihr Fräulein Tochter ist eine große Künstlerin. Es wäre ein Verlust für die Musikwelt, wenn sie nicht mehr auftreten dürfte.«

Graeffs Worte wärmten ihr Herz. Seine Hochachtung ermöglichte es ihr, ruhig auf ihrem Lauschposten durchzuhalten. Wäre ihr Vater nicht in Graeffs Gesellschaft gewesen, hätte sie wahrscheinlich jegliche gute Erziehung vergessen und ihn unverzüglich zur Rede gestellt.

»Das wäre es, gewiss«, erwiderte er. »Letztlich hatte ich jedoch damit gerechnet, dass der Erfolg nicht ewig währen würde. Wer wird schon zwanzig Jahre lang in dieser überwältigenden Form von seinem Publikum geliebt? Das allein ist ein Wunder, aber selbstverständlich habe ich mich auch redlich bemüht, Dorothees Bekanntheit stets neu zu fördern. Wahrscheinlich wäre mir noch ein weiterer Höhepunkt ihrer Karriere gelungen, ein Konzert in Sankt Petersburg etwa, aber dann kam ihre Erkrankung dazwischen, und deshalb erschien mir diese Reise nach Südwest wie ein Geschenk des Himmels. Es wäre noch einmal ein großes Aufleuchten ihres Sterns, wenn im Reich bekannt würde, dass sie beschlossen hat, sich als Vorbild für andere tapfere Frauen in der Kolonie niederzulassen.«

Am Ende klang er nicht mehr bekümmert, sondern weinerlich. Und Dorothee ärgerte sich mehr darüber, wie stark sich ihr Vater wieder in den Mittelpunkt des Geschehens stellte, als über den Inhalt seiner Worte.

»Sind Sie sicher, dass Ihr Fräulein Tochter einverstanden ist mit Ihren Plänen?«

»Dorothee wird nichts dagegen einwenden können. Gewiss will sie keine Diva sein, die in Berlin darum kämpft, nicht vergessen zu werden. Auch sie wird eines Tages verstehen, dass es angenehmer ist, eine gesellschaftlich relevante Rolle in einem Schutzgebiet am Ende der Welt zu spielen, als ein Niemand in der Heimat zu sein.«

Tränen rollten über Dorothees Wangen. Sie presste die Lippen aufeinander, um ein Schluchzen zu unterdrücken. Ihr ganzer Körper bebte und wehrte sich gegen die Kraft, mit der sie den drohenden Zusammenbruch zu verhindern suchte.

Vor ihrem geistigen Auge tauchten Bilder auf. Ihr Vater, der sich intensiv mit Südwestafrika und den Diamantenfunden auseinandersetzte. Der sie in Berlin plötzlich nicht mehr ständig bewachte und ihres Weges gehen ließ. Sie hatte sich über sein verändertes Verhalten gewundert und ihre neue Freiheit genossen, ihn aber niemals gefragt, warum er sich so verhielt. Widerspruchslos hatte sie alles akzeptiert, was er für sie entschied. Wie ein Lamm zur Schlachtbank war sie ihm nach Lüderitzbucht gefolgt – nicht ahnend, dass dieser Weg eine Art Todesurteil für sie war. Das Ende der gefeierten Pianistin!

»Ich habe gute Freunde, die in einer ähnlichen Situation wie Sie beide waren, als sie hierherkamen.« Graeffs Stimme klang fern in Dorothees Ohren, obwohl sie eigentlich ganz nah war. »Rohrbachs suchten ein Leben nach ihrer Fasson. Sie wohnen nun in einem Schloss in der Wüste am Rande der Stadt. Es gibt einige wohlhabende Einwanderer, die es sich auf diese Weise in Südwest sehr gut gehen lassen.«

»Das sind offenbar Leute nach meinem Geschmack! Wie kann man sie kennenlernen?«

»Sie sind sich auf der Beerdigung von Constanze Thieme begegnet, erinnern sich aber gewiss nicht mehr an alle Gesichter. Ich werde Ihnen eine Einladung besorgen. Meine Freundin Ruth brennt schon darauf, Ihr Fräulein Tochter näher kennenzulernen. Es wird mir eine Ehre sein, Sie zu begleiten.«

Emma!

Der Gedanke an ihre Freundin hallte in Dorothees Kopf wie ein schriller Hilferuf.

Sie musste mit Emma reden, sich mit ihr besprechen. Freundinnen teilten jede Verzweiflung und alle Pläne. Das wusste sie, obwohl sie nie zuvor eine Herzensschwester besessen hatte. Überdies war Emma weit und breit der einzige Mensch, den sie um Rat bitten konnte.

Jenseits der Palme erklang das klirrende Geräusch von zwei Gläsern, die aneinanderstießen. Ihr Vater und Hannes Graeff tranken auf die Zukunft. Auf Dorothees Zukunft, die Hugo über ihren Kopf hinweg bestimmt hatte.

Es wird Zeit, sinnierte Dorothee, dass ich selbst herausfinde, was ich will.

Sie blickte an sich hinunter und stellte ernüchtert fest, dass sie zunächst einmal diesen lächerlichen Aufzug ablegen und vernünftige Garderobe anziehen wollte. Dann würde sie Hannes Graeff bitten, sie zu Emma zu bringen – einerlei, was ihr Vater davon hielt!

43

»Herrn von Paschen habe ich seit heute Morgen nicht mehr gesehen«, beantwortete Emma Dorothees Frage. »Ich weiß nicht, wohin er gegangen ist. Eigentlich wollte ich ihn heute photographieren, aber dann ist so viel geschehen, und daran war nicht mehr zu denken.«

Dorothee zog die perlenbesetzte Hutnadel aus dem mit Reiherfedern geschmückten Wagenrad und nahm die überdimensionale Kopfbedeckung ab. Nachdem die breite Krempe ihr Gesicht nicht mehr beschattete, erkannte Emma an den rot geränderten Augen, dass ihre Freundin geweint hatte. Außerdem war Dorothees Gesichtsfarbe nicht mehr nur bleich, sie war leichenblass.

Wenn Emma gedacht hatte, nur sie habe Probleme, hatte sie

sich offenbar geirrt. Unwillkürlich legte sie ihren Arm begütigend um die schmalen Schultern der anderen.

Der Besuch war eine Überraschung, kam Emma aber gar nicht ungelegen. Statt wie ein Tier in einem Käfig durch das Haus zu laufen, konnte sie sich damit ablenken, sich Dorothees Sorgen zu widmen. Wahrscheinlich war die Hauptperson dieses Kummers ebenso wie bei ihr Manfred von Paschen.

Bewies nicht allein Dorothees spontane Frage nach ihm diese Annahme? War Dorothee auf der Suche nach ihrem Verlobten vorbeigekommen? Emma hatte das Automobil von Doktor Graeff gesehen und auch gehört, wie energisch Dorothee ihren Vater aufgefordert hatte, im Hotel auf sie zu warten. Dann hatte sie den Arzt gefragt, ob er sie in etwa zwei Stunden wieder abholen könne. Sie wollte also ohne Aufsicht hier sein.

Obwohl es natürlich nicht besonders höflich war, erkundigte sich Emma geradeheraus: »Bist du gekommen, um Herrn von Paschen zu treffen?«

Dorothee sah sie aus ihren verquollenen Augen überrascht an. »Nein. Ich möchte mit dir reden. Es wäre mir nur lieber, wenn wir für das, was wir besprechen, keinen Zeugen haben. Am allerwenigsten Herrn von Paschen.«

Was für ein Glück, ging es Emma durch den Kopf, dass außer ihr nur noch Kaaya anwesend war. Paul Borchart war vorhin in die Stadt gefahren, um in seinem Heim nach dem Rechten zu sehen. Er wollte zum Abendessen zurück sein.

Sie führte ihre Besucherin in den Wintergarten, von dem sie den schönsten Blick auf den Sonnenuntergang hatten. Der Himmel leuchtete in allen Regenbogenfarben, die sich fast bei jedem Atemzug verwandelten. Aus den verschiedenen Blautönen wurde Orange, Wolkenbänder in Lila verwandelten sich zu Grün und zogen in Grau vorbei. Und der Feuerball schien das Meer in Brand zu stecken.

Während sie nach Dorothee auf einen der Rattanstühle sank, bemerkte Emma: »Du siehst nicht sehr gut aus.«

»Man könnte dasselbe von dir behaupten«, gab die Freundin mit einem kleinen Lächeln zurück. »Was ist denn geschehen, das dir so zusetzt?«

»Die Geschichte ist zu lang und zu alt, um sie kurz zu fassen. Erzähle erst du.«

Dorothees Augen nahmen einen verräterischen Glanz an, ihre Kieferknochen schoben sich hin und her, als sie auf ihre Zähne biss. Dann zischte sie: »Meine Zukunft lässt sich mit sieben Wörtern beschreiben: Die Pianistin Dorothee von Hirschberg ist tot.«

»Was sagst du?« Emma war zu aufgewühlt, um sich in wohlerzogener Rücksichtnahme zu üben, und fügte deshalb ohne Umschweife hinzu: »Hat das etwas mit Manfred von Paschen und deiner Verlobung zu tun?«

»Ich bin nicht mit ihm verlobt. Ich habe mich da neulich verrannt oder sein Verhalten missverstanden. Genau genommen will er mich wohl gar nicht heiraten …« Dorothee hustete und erlitt einen Schluckauf. Erschrocken stellte Emma fest, dass sich ihre berühmte Freundin in ein Häufchen Elend verwandelt hatte.

»Aber das ist doch kein Grund zu verzweifeln«, versuchte Emma zu trösten und kam sich dabei schrecklich altjüngferlich vor. »Eine Frau wie du findet bestimmt an jeder Ecke einen neuen Verehrer.« Obwohl sie tatsächlich glaubte, was sie sagte, klang sie hohl und verlogen.

Dorothee wedelte wegwerfend mit der Hand. »Es geht nicht um Manfred von Paschen«, weinte sie, griff nach ihrer Tasche und wühlte aufgeregt darin herum, »sondern um mich!« Sie hob ihre in Tränen schwimmenden Augen. »Könntest du mir bitte ein Taschentuch leihen? Ich kann meines nicht finden.«

Dankbar für die kleine Unterbrechung stand Emma auf, trat zur Anrichte und zog aus einer der Schubladen eine Serviette aus feinster Baumwolle. Sie kehrte Dorothee den Rücken und war froh, dass ihre Freundin nicht sah, wie sie um Haltung rang. Tot? Wenn es nicht allein um das Ende einer großen Liebe ging, bedeutete Dorothees Wortwahl für eine schwerkranke Frau zweifellos eine noch schlimmere Tragödie. Doch Emma hatte genug von Leid und Tod.

Während sich Emma zu sammeln versuchte, schniefte Dorothee wie ein kleines, ungezogenes Mädchen. Ihrer Kehle entrangen sich zwischen dem Schlucken kaum verständliche Sätze, die schließlich aber eine Zusammenfassung der Zukunftspläne bildeten, die Hugo von Hirschberg für seine Tochter getroffen hatte.

Es dauerte eine Weile, bis Emma begriff, welches Drama sich für Dorothee im Strandcafé der Diazbucht abgespielt hatte. Sie war froh über ihren Irrtum. Das Missverständnis kam gewiss daher, dass sie sich in den Gedankenfäden ihres eigenen Schicksals verfangen hatte. In ihrem Kopf herrschte ein Chaos, dem sie sich hilflos ausgesetzt fühlte. Endlich wandte sie sich um und reichte der Freundin die Serviette.

»Ich habe keine Karriere mehr«, heulte Dorothee in Constanzes feinstes Mundtuch. »Einen Verlobten habe ich auch nicht, und mein Vater will ein Schloss in der Wüste bauen. Das ist furchtbar, Emma, ganz schrecklich!«

»Hast du ihn sehr geliebt?«, hörte Emma sich zu ihrer eigenen Bestürzung prompt fragen.

Verblüfft sah Dorothee zu ihr auf und vergaß sogar ihre Tränen. »Wen? Manfred von Paschen? Ehrlich gesagt, ich weiß es nicht. Es war schön, daran zu glauben.«

Emma legte ihre Puppe, die noch immer auf einem Stuhl am Esstisch thronte, auf den Tisch und setzte sich neben Dorothee.

Ein tiefer Seufzer entfuhr ihr. Gut, dass aus Manfred und ihrer Freundin kein Paar wurde. Nicht nur wegen des Altersunterschieds. Die Vorstellung, dass Dorothee den einstigen Liebhaber ihrer Mutter heiraten wollte, behagte ihr ganz und gar nicht. Aber damit nicht genug.

Der Versuch, ihn auf ihre Begegnung vor zwölf Jahren anzusprechen, war bislang an seiner Abwesenheit gescheitert. Warum hatte er den Nachmittag am Stavensee niemals erwähnt? Es war undenkbar, dass er sie vergessen haben sollte. Wenn sie sich an seinen Blick am Lehrter Bahnhof erinnerte, im Menschengewühl vor der Abfahrt des Zuges nach Hamburg, verstand sie seine Betroffenheit. Er hatte sie eindeutig erkannt – wenn auch nur durch ihre Ähnlichkeit mit seiner einstigen Geliebten. Doch auch seine Bekanntschaft mit Emmas Mutter hatte er unerwähnt gelassen. Warum? Sein Verhalten damals in der Hütte war alles andere als vorbildlich gewesen, gewiss, aber er war auf der langen Reise nach Lüderitzbucht ausnehmend freundlich gewesen. Der Stavensee war dem Bau des Teltowkanals zum Opfer gefallen – vielleicht hatte sich ja auch Manfreds Charakter verändert wie die Landschaft im Südwesten Berlins. Welchen Grund gab es also für sein Schweigen?

Emma räusperte sich verlegen, als sie Dorothees erstaunten Blick auf sich fühlte. »Es mag befremdlich klingen«, begann sie langsam, »aber ich habe heute herausgefunden, dass Manfred von Paschen der …« Sie konnte das peinliche Wort nicht aussprechen.

Dass ihre Mutter einen Liebhaber gehabt hatte, wirkte so verdorben. Dabei wusste es ja offenbar ganz Groß-Lichterfelde, laut Doktor Wohlgemuth. Obwohl Emma versucht hatte, das Geschwätz zu vergessen, fiel ihr ein, dass der Anwalt behauptete, der Galan sei später aus der Armee entlassen worden. War Manfred von Paschen nach Südwest gereist, um ein neues Leben zu beginnen? Hatte er Dorothee vielleicht vollkommen ehrenhaft den Hof gemacht, um dieses Leben nicht allein führen zu müssen? Nein, dachte Emma, das passt nicht zu ihm.

»Und?«, fragte Dorothee, der das Schweigen wohl zu lange dauerte. »Was hast du über Manfred von Paschen erfahren?«

Emma schluckte. »Er hatte eine Affäre mit meiner Mutter!«

»Wann?« Dorothees Augen blitzten ob der Konkurrenz auf.

»Vor zwölf Jahren. Es wurde ein Foto in den Sachen meiner Mutter gefunden, und da habe ich mich an eine Begegnung damals erinnert. Ich hatte das völlig vergessen, aber ich war ja auch erst zehn Jahre alt, und bald darauf verschwand sie, und mein Vater sagte, sie wäre tot.«

»Kein Wunder, nachdem sie ihn betrogen hat.«

Emma zuckte mit den Achseln und schwieg. Ihr Verständnis für die Lebenslüge ihres Vaters hielt sich noch immer in Grenzen.

»Glaubst du, dass er ihretwegen nach Lüderitzbucht gereist ist?«

»Wieso? Woher sollte er denn wissen, dass sie …«, hilflos unterbrach sich Emma, als ihr aufging, dass Dorothees Frage durchaus berechtigt war. Warum sollte Constanze nur ihr geschrieben haben? Vielleicht hatte sie ja auch mit ihrem Geliebten in Verbindung gestanden. Aber warum hatte er dann kein Wort darüber zu Emma verloren? Das ergab doch alles keinen Sinn. Sie schüttelte heftig den Kopf.

Um von all den offenen Fragen abzulenken, erzählte Emma von Ernst Keller, der sich als Kriminalkommissar entpuppt hatte. Sie berichtete Dorothee von der Hausdurchsuchung durch örtliche Polizeibeamte und davon, dass eine gewisse Lilly Hartmann mit gestohlenen Diamanten verhaftet worden war, die behauptete, die Steine von Emmas Mutter erhalten zu haben und für diese im Ausland verkaufen zu sollen. »Doktor Borchart sagt, diese Frau Hartmann führe das Freudenhaus von Lüderitzbucht«, schloss sie leise.

Es war so peinlich, wenn die eigene Mutter nicht nur als Ehebrecherin und Säuferin galt, sondern auch noch als Komplizin einer Hure!

Dorothee indes wurde von einer Aufregung erfasst, die ihr auf wunderbare Weise den Atem raubte und sie von ihrem eigenen Drama ablenkte. »Diese Geschichte klingt wie aus einem Roman!«, verkündete sie, und ihre Wangen nahmen sogar ein wenig Farbe an. »Der nette Doktor Graeff hat mir schon erzählt, wie er deine Mutter versorgen musste. Meint denn unser Herr Keller nun, diese Frau Hartmann habe etwas mit dem Unglück zu tun?«

»Das hat er nicht gesagt.«

»Hmmm«, Dorothee stützte den Ellenbogen auf dem Tisch auf und legte ihr Kinn auf der Hand ab. Nachdenklich blickte sie in die Ferne, als könnte sie die Wahrheit vom Himmel ablesen, der inzwischen in einem dunklen Lavendel schwamm. Schließlich sah sie mit versteinerter Miene zu Emma hin. »Hast du dir mal überlegt, ob Manfred von Paschen deine Mutter von den Klippen gestoßen haben könnte?«

»Warum sollte er so etwas Schreckliches tun?« Im nächsten Moment wusste Emma, dass ihr Entsetzen unangebracht war, weil Dorothees Überlegung die Antwort auf viele Ungereimtheiten enthielt.

Womöglich war Manfred tatsächlich nach Südwest gereist, um ihre Mutter wiederzusehen. Vielleicht liebte Constanze ihn ja noch, aber er hatte inzwischen Dorothee kennengelernt und wollte nicht mehr an die Vergangenheit erinnert werden. Hatte er das Schiff vor allen anderen verlassen und war vorzeitig nach Lüderitzbucht gereist, um Constanze vor Dorothees Eintreffen von seinen geänderten Plänen zu informieren? War es zu einer

Auseinandersetzung gekommen, weil die Geliebte von einst der Jüngeren nicht weichen wollte? Hatte ein Streit zu dem schrecklichen Sturz geführt?

»Wer sollte es denn sonst gewesen sein?«, fragte Dorothee, als könne sie in Emmas Ratlosigkeit lesen.

»Ich weiß es nicht. Herr Keller machte eine Bemerkung über einen Hammer, den Geologen für gewöhnlich bei sich tragen, aber er wird doch wohl nicht annehmen, dass ausgerechnet Doktor Borchart ...«, wieder brach Emma ab. Und wieder überschlugen sich ihre Gedanken. Sie fühlte sich elend, weil sie Menschen verdächtigte, die – wie Manfred von Paschen und Paul Borchart – äußerst liebenswürdig zu ihr waren.

Doch Eifersucht war ein starkes Motiv. Ohne jeden Zweifel. Wenn nun Manfred nach Lüderitzbucht gereist war, um mit Constanze ein neues Leben zu beginnen, hatte sie keine Verwendung mehr für den jüngeren Freund, so dieser ihr gegenwärtiger Liebhaber war. Vielleicht wollte er aber den angestammten Platz nicht räumen. Ein Streit, eine brutale Geste ... und anschließend kümmerte er sich aufopfernd um Emma, weil ihn das schlechte Gewissen plagte.

Aber ihre Mutter hatte noch eine Weile gelebt und sich verständigen können. Warum verriet Constanze niemandem, wer ihr das angetan hatte? Der Arzt wachte an ihrem Bett, ein durch und durch vertrauenswürdiger Mann – und Kaaya ...

Die Erkenntnis traf Emma wie ein Peitschenhieb. Es gab einen Menschen, dem Constanze gewiss viel verdankte und den sie womöglich nicht verraten hätte, wenn die Tragödie kein Mord, sondern ein Unglück war.

Als wäre sie ein Teil einer Maschine, erhob sich Emma und taumelte zur Tür, die sie bei Dorothees Eintreten nicht verschlossen hatte. Sie drückte sie zu und lehnte sich zitternd dagegen, leise aufstöhnend vor innerem Schmerz.

»Ich glaube, ich weiß, wer für den Tod meiner Mutter verantwortlich ist.« Sie wusste nur nicht – warum.

44

Wenn Manfred von Paschen auf sein bisheriges Leben zurückblickte, erfüllte ihn durchaus Stolz auf die angenehmen Stunden darin. Er dachte an die vielen Frauen, die ihm Vergnügen geschenkt hatten, und betrachtete es als persönliche Größe, dass er mit seinem Charme eine ebenso berühmte wie schöne junge Dame für sich einnehmen konnte. Dennoch war es eine Sache, Dorothee von Hirschberg um ein wenig Geld zu bringen; sie zu ehelichen fiel jedoch in eine ganz andere Kategorie.

Letztlich hatte sie mit ihrer vorlauten Behauptung, er wäre ihr Verlobter, all seine Pläne zunichtegemacht. Eine Ehe mit ihr hatte er nie ernsthaft in Betracht gezogen. Dabei wäre es wahrscheinlich höchst vorteilhaft, von einer Frau angebetet zu werden, die seine Tochter sein könnte. Nie wieder mit hässlichen, ausgedorrten Weibern ins Bett gehen zu müssen, die ihren verstorbenen Ehemännern allenfalls nachweinten, weil diese einen Teil ihres Vermögens in Hurenhäusern verprasst hatten. Frauen, die sich durch ein bisschen Zärtlichkeit in Furien verwandelten, ihm zwar bereitwillig die Börse füllten, aber seinen Hals mit Knutschflecken übersäten und seinen besten Freund bearbeiteten, bis er wund war.

Es war eine wunderbare Vorstellung gewesen, sein Dasein als Gigolo gegen das Leben an der Seite einer umjubelten Pianistin zu tauschen. Natürlich war ihm von Anfang an klar gewesen, dass er ihr in Wirklichkeit weniger bedeutete als ein Klavier. Selbst ihre Schwindsucht schreckte ihn nicht ab. Gegenüber ihrem Vater empfand er einen gewissen Respekt, den es noch zu besiegen galt. Sicher machte ihm auch ihr Hunger nach Liebe Angst. Doch das war nicht der Grund, warum sich in Manfred von Paschen so etwas wie ein Gewissen regte und er einen Rückzieher machte. Von allem!

Die Wanderung am Strand entlang half ihm dabei, mit sich ins Reine zu kommen. Die bedrohlichen Felsen, das Rauschen der Brandung, die sich in riesigen Fontänen an den Klippen brach, die Unbarmherzigkeit der Sonne, die heute überraschend stark vom Himmel brannte, die Kargheit der goldenen Wüste – es erschien ihm unglaublich, aber die Betrachtung der Natur brachte eine unbekannte Saite in ihm zum Klingen. Die Elemente waren so nah, dass er eine Nähe zu Gott fühlte, an die er zuvor niemals gedacht, geschweige denn geglaubt hätte.

Er würde nicht von einem zum anderen Tag zu einem grundanständigen Menschen werden. Das war gewiss. Aber er wollte zumindest kein Krimineller sein. Deshalb hatte er das Säckchen heimlich an sich genommen, in dem Lothar Schulz die Diamanten verwahrte, die er in den vergangenen Monaten aus dem Sand gesammelt hatte.

Sein alter Bursche aus vergangenen Militärjahren hatte sich gut informiert, war in die einschlägigen Kneipen gegangen und hatte die redseligsten der Digger immer wieder in Gespräche verwickelt. Inzwischen wusste Schulz nicht nur, wie man Diamanten im Grawel fand, sondern auch, dass im ersten Schritt viele Klippies unentdeckt blieben, weil sich gerade die kleineren Steine nicht so einfach aus dem Kies herauswaschen ließen. Das Prozedere war aufwendig und ziemlich mühsam, weil er meistens im Schutz der Dunkelheit zu Werke ging. Schließlich durfte niemand erfahren, dass er nicht bis zum Meeresgrund tauchte, sondern lediglich im Sand zu ihren Füßen herumwühlte.

Vielleicht wäre manches anders gekommen, wenn sich nicht diese Frau eingemischt hätte und Schulz nicht ein so eifriger

Besucher des grünen Hauses geworden wäre. Manche Männer konnten wirklich nicht an sich halten, wo es darauf ankam!

Schulz' Herumhurerei empfand Manfred als primitiv. Einer Frau Geld zu zahlen war seit dem Tag unter seiner Würde, als ihn sein Vater in das Freudenhaus seines Heimatdorfes geschleppt hatte, damit ihn die Puffmutter in die Feinheiten der Liebe einwies. Es war eine gute Lehrstunde, und derartige Vergnügungen für männliche Heranwachsende entsprachen dem privaten Unterricht seiner Altersgenossen, doch da sich Manfred zu diesem Zeitpunkt bereits mit der Zofe seiner Mutter und auch der Magd im Heu erprobt hatte, war seine Neugier begrenzt gewesen. Jedenfalls zeigte sich sein Geschäftspartner derart angetan von Lilly, dass Manfred den gemeinsamen Schatz lieber der Diamantenregie übergab, als ihn durch Unzucht oder Dummheit zu verlieren.

Er wertete es als Schicksal, dass Schulz von dem Besuch der Polizei bei Emma Thieme aufgescheucht wurde. Für Manfreds Geschmack etwas hirnlos machte der Narr sich auf den Weg, ein Boot aufzutreiben, mit dem sie fliehen konnten. Statt in Ruhe abzuwarten. Nun ja, Lothar Schulz war eben sein Bursche gewesen und hatte es mit seiner groben Intelligenz nicht weiter gebracht. Aber Panik war nun einmal der schlechteste Ratgeber. Deshalb hatte sich Manfred für die Flucht nicht ins Ausland, sondern nach vorn entschieden. Allerdings würde er sich anschließend vor Lothars Rache in Sicherheit bringen müssen.

Das alles ging ihm durch den Kopf unterwegs von dem Zelt, das er mit Schulz teilte, bis zu dem in Natursteine gefassten Rundbogen, der den Eingang der Deutschen Afrika Bank in Lüderitzbucht markierte. Das Eckhaus an der Bismarckstraße ähnelte mit seinem Fachwerk, den Erkern und Türmen dem Westbazar in Groß-Lichterfelde, in dem sich das Photographische Atelier von Theodor Thieme befand.

Manfred stieß die Tür auf und trat in den Schalterraum des Geldinstituts. Dunkle Holzvertäfelungen, Ladentheken, Schränke und Regale dämpften das durch die vergitterten Fenster hereinfallende Licht. Im Rücken eines Buchhalters, der gerade die Tastatur einer Schreibmaschine malträtierte, waren die Räume ebenfalls mit Gittern abgesperrt und erinnerten Manfred ein wenig an die Pferdeställe der preußischen Kavallerie.

»Sie wünschen, mein Herr?«, fragte der Angestellte desinteressiert und ohne aufzublicken.

Manfred nahm seinen Hut ab, strich sich über das Kinn, als wüsste er nicht recht, ob er hier richtig sei. »Ich habe gehört, dass dies die Stelle ist, wo alle Diamanten eingeliefert werden, die man in Südwest findet. Ist das richtig?«

»Legen Sie Ihre Schürfgenehmigung vor, bitte.«

»Nein, bedauere, die habe ich nicht«, erwiderte Manfred in ausgesucht höflichem Ton. »Ich brauchte diese auch nicht, da die Diamanten, die ich zu finden das Glück hatte, aus dem Atlantik stammen.«

Der Kopf des Buchhalters schnellte hoch. »Woher haben Sie die Klippies?«, wollte er verdattert wissen.

»Vom Meeresgrund, mein Bester. Man kann dort hinabtauchen, falls Sie das noch nicht wissen sollten. Es ist zwar kein abgesteckter Claim, aber ich möchte Seine Majestät den Kaiser selbstverständlich nicht um den Ertrag des kolonialen Bodens bringen, obwohl natürlich nicht eindeutig geklärt ist, wem der Meeresgrund gehört.«

Mit der Geschicklichkeit eines Taschenspielers und dem Gespür für die große Geste eines Grandseigneurs nahm Manfred einen gut gefüllten Lederbeutel aus seiner Jackentasche und warf diesen auf den Tisch, der ihn von dem Buchhalter trennte.

Der Mann starrte auf das Säckchen, als befände sich darin Gift. »Das sollten Sie … ähhh … mit dem Prokuristen besprechen … Ich weiß nicht, wie man mit Klippies aus dem Wasser umgehen muss … Herr Nüssel hat aber gerade Besuch von einer Kundin …«

In diesem Moment öffnete sich eine schwere Eichentür mit schön gearbeiteten Kassettenschnitzereien im Hintergrund. Heraus trat eine Dame mittleren Alters, die so gar nicht zu der Kulisse passte, denn alles an ihr war bunt und schillernd. Trotz ihrer unkonventionellen Aufmachung besaß sie die Haltung einer Frau von Welt, ein wenig von oben herab, aber doch mit der gewissen Freundlichkeit, die man unterwürfigen Menschen entgegenbrachte, welche einem zu Diensten und damit unerlässlich waren.

Manfred erinnerte sich, dass er diese Person schon einmal gesehen hatte. Bei dieser Gelegenheit war sie allerdings weniger königlich aufgetreten, sondern in Tränen aufgelöst gewesen.

Ohne sonderlich darüber nachzudenken und einzig von der Tatsache angezogen, dass sie eine attraktive und offensichtlich reiche Frau war, trat er ihr in den Weg. Dass sie von dem Prokuristen der Bank höchstpersönlich empfangen wurde, sprach für ein nicht unerhebliches Vermögen. Und dass sie ohne männliche Begleitung war, weckte Manfreds Jagdinstinkt.

»Was für ein glückliches Geschick!«, behauptete er strahlend und blickte ihr tief in die Augen. »Es ist mir ein großes Vergnügen, Sie wiedersehen zu dürfen, gnädige Frau.«

Ihre Brauen hoben sich irritiert. »Ich wüsste nicht, dass wir uns schon einmal begegnet sind, mein Herr.«

»Ob des Anlasses ist meine Wenigkeit natürlich in Vergessenheit geraten«, erwiderte er und verneigte sich. »Mein Name ist Manfred von Paschen. Wir hatten gemeinsam die traurige Pflicht, Constanze Thieme zur letzten Ruhe zu geleiten.« Dummerweise erinnerte er sich nicht an ihren Namen, er wusste nicht einmal, ob er ihn überhaupt erfahren hatte.

Ihre Augenbrauen hoben sich noch ein wenig weiter. »Sie kommen mir bekannt vor, aber bedauerlicherweise …«, sie brach ab, lächelte und ergriff die dargebotene Hand. »Ich bin leider neuerdings so vergesslich. Verzeihen Sie mir, Herr von Paschen?«

Er führte ihre Rechte an seine Lippen. »Ich verzeihe Ihnen immer, gnädige Frau«, versicherte er charmant.

»Darf ich mich empfehlen, Frau Rohrbach?«, meldete sich der Prokurist mit unverkennbar bayerischem Einschlag im Tonfall zu Wort. »Sie finden hinaus?«

»Selbstverständlich, lieber Herr Nüssel. Ich habe ja einen reizenden Gesprächspartner gefunden.«

»Herr Nüssel … ähhh …«, der Buchhalter räusperte sich verlegen, deutete mit dem ausgestreckten Zeigefinger auf das prall gefüllte Ledersäckchen vor sich auf dem Tisch, »der Herr hier … ähhh … Herr von Paschen … möchte Diamanten aus dem Meer einliefern.«

»Sind Sie etwa der waghalsige Mann, der am Strand vor Constanzes Garten nach den Steinen taucht?«, warf Ruth Rohrbach beeindruckt ein, bevor der Prokurist etwas sagen konnte. »Ich habe bisher nur Ihren Angestellten gesehen, diesen Schulz. Wahrscheinlich sollte ich nicht nur Emma Thieme noch mal einen Besuch abstatten.«

»Es wäre mir eine Ehre, gnädige Frau. Allerdings wage ich nicht zu hoffen …«

»Herr von Paschen, kommen Sie bitte in mein Büro«, unterbrach Nüssel Manfreds Bemühungen, die Dame zu umgarnen.

Manfred war hin und her gerissen zwischen der Pflicht und seinem Wunsch, Ruth Rohrbach nicht aus den Augen zu lassen.

Sie musterte ihn indes mit offensichtlichem Interesse, betrachtete ihn mit leicht schief gelegtem Haupt. Schließlich zwinkerte sie ihm zu. »Sie machen mich neugierig. Am liebsten würde ich Sie malen. Ich habe noch nie einen Taucher porträtiert. Vielleicht sollten Sie dazu Ihren Helm – oder wie diese furchteinflößende Kopfbedeckung heißt – aufsetzen.«

Manfred lachte. »Bedauere, gnädige Frau, aber die Ausrüstung ist für meinen Mitarbeiter bestimmt. Ich bin nur sein Mäzen, nicht Neptun. Aber wenn Sie die Güte besitzen, auf mich zu warten, könnten wir uns nach meinem Gespräch mit Herrn Nüssel unterhalten.«

Er dankte dem Himmel für diese Begegnung, denn sie würde dazu führen, dass sich der Prokurist kurz fassen musste, um die Kundin nicht zu verärgern. Langwierige Nachfragen erübrigten sich unter den gegebenen Umständen.

Tatsächlich beeilte sich Nüssel. Er stellte keine Fragen nach der Herkunft, nahm lediglich Manfreds Daten, den Fundort und seine Adresse in Berlin auf, ließ sich seinen Ausweis zeigen.

Dann legte er die Rohdiamanten aus dem Säckchen auf eine Waage und erklärte: »Sie erhalten zehn Prozent des ungefähren Wertes. Ein Fünftel zahle ich Ihnen aus, einen weiteren Teil erhalten Sie nach dem Eintreffen der Steine in Berlin und den Rest nach dem erfolgten Verkauf an Händler im In- und Ausland.«

»Ich hoffe, die Diamanten werden gut geschützt nach Berlin verschifft!«

»Selbstverständlich, Herr von Paschen. Der Transport erfolgt in versiegelten Wertkisten unter Zollverschluss.«

Manfred wunderte sich, dass noch kein Räuber auf die Idee gekommen war, diese Kisten zu entwenden. Aber seine Sache war ein solcher Diebstahl nicht.

Er nahm dankbar mehrere hundert Mark entgegen, verbeugte sich höflich und beeilte sich, die Wartezeit der ungewöhnlichen Dame zu verkürzen. Was für ein Glück, dass Gott der Welt nicht nur eine atemberaubende Natur, sondern auch Diamanten und nach Aufmerksamkeit lechzende Frauen geschenkt hatte. Am liebsten hätte er sich nach dem Verlassen des Büros einen kleinen Luftsprung erlaubt, doch den gestattete er sich nur in seiner Fantasie.

45

Es schien den Freundinnen, als käme Hannes Graeff zu früh, um Dorothee abzuholen. Doch tatsächlich hatte er den beiden gut zwei Stunden Zeit für ihr Gespräch gelassen, bevor er sein Automobil wieder vor der Tür des Strandhauses parkte. Emma und Dorothee verabschiedeten sich mit Küssen und dem Versprechen, sich bald wiederzusehen.

Voller Bedauern über den Abschied winkte Emma dem Wagen nach, der in einer Staubwolke davonfuhr. Die Scheinwerfer warfen helle Lichtkegel auf die Dünen und Felsen und erschreckten einen Springbock. Das Tier hechtete hinter einem dieser sonderbaren Sträucher mit den langen Blättern am Rande des Weges hervor, und Graeff konnte ihm gerade noch ausweichen.

Noch lange nachdem die beiden außer Sichtweite waren, blieb Emma in der Tür stehen und sah auf den Weg, über den jetzt der auffrischende Wind den Sand blies. Nach dem warmen Tag waren die Temperaturen mit der Dämmerung gefallen, und es wurde kühl. Emma begann zu frieren, sie schlang die Arme um ihren Oberkörper, doch ging sie nicht zurück ins Haus. Die Augen blicklos auf den Pad gerichtet verharrte sie im Eingang.

Emma kam es vor, als wären ihre Glieder bleischwer. Die Erkenntnis, dass nur Kaaya als Täterin infrage kam, lähmte sie.

Die Nama-Frau, die seit Stunden das Durcheinander aufräumte, das die Polizisten hinterlassen hatten, war Constanzes erste Freundin in Südwestafrika geworden, ihre Begleiterin – und vermutlich ihre Mörderin. Sie hatte Constanze geholfen, sich einzurichten und das Kaffeehaus zu eröffnen. Es war unvorstellbar, dass Kaaya die Person, die ihr vertraut hatte, dermaßen verriet. Aber wer weiß schon, was in den schwarzen Köpfen vor sich geht, sinnierte Emma.

Von irgendwoher wehte ein Geräusch heran, das sie aufhorchen ließ. Es war der Ton einer Pfeife oder einer Flöte, vielleicht aber auch der Ruf einer Eule. Dem folgten leise Klicklaute, ähnlich dem Schnalzen eines Reiters, wenn er sein Pferd antrieb.

Misstrauisch sah sich Emma um, doch in der Dunkelheit verschwammen die Konturen der Landschaft. Sie konnte kein Tier ausmachen, nur die Äste des Kameldorns erkennen, die sich in den mondhellen Himmel streckten.

Ihr Zittern verstärkte sich, und diesmal rührte es nicht von dem kalten Südwind.

Emma lauschte, doch sie horchte nur in die Stille. Verzweifelt wünschte sie sich, das Herannahen eines Wagens zu vernehmen, knarrende Kutschräder und das Trappeln eines Zugochsen. Paul Borchart müsste längst von seinen Besorgungen zurück sein. Er hatte versprochen, das Abendessen mit ihr einzunehmen. Anscheinend hatte ihn irgendetwas aufgehalten.

Verdammt! Er konnte sie doch nicht allein in dem Haus lassen. Nur mit Kaaya!

»Miss Emma!«

Vor Schreck blieb ihr fast das Herz stehen. Die Luftzufuhr schien wie abgeschnitten, in ihrer Brust trommelte es wie bei einem Lauffeuer.

Kaaya berührte zaghaft ihren Arm, und Emma fuhr zusammen wie von einer tödlichen Salve getroffen.

»Was ist?«, japste sie.

»Kommen ins Haus, Miss Emma. Abend sein kalt.« Kaayas

Stimme klang so tief und sanft, dass Emma an sich halten musste, um nicht zu weinen.

Sie schüttelte energisch den Kopf. »Nein. Ich möchte hier auf Herrn Doktor Borchart warten.«

Kaaya sah nach oben, als schicke sie ein Stoßgebet gen Himmel.

Es war dieses häufige Augenrollen, das Emma als besonders furchteinflößend empfand. Ängstlich wich sie einen Schritt zur Seite. War es ihrer Mutter ebenso ergangen? In Emmas Rücken befand sich die Hauswand, Constanze hatte auf den Klippen gestanden …

»Ich gehen in mein Dorf. Familie holen mich. Sie kommen in Haus, Miss Emma, und warten. Ich sein bald zurück.«

Emma überlegte, dass es vielleicht ein Wink des Schicksals war, wenn Kaaya – aus welchen Gründen auch immer – fortmusste. Bis Borchart eintraf, konnte sie sich beruhigt im Haus einschließen. Niemand würde ihr etwas tun, solange die schwarze Hexe unterwegs war.

»Es ist gut, Kaaya«, beteuerte Emma. »Ich komme allein zurecht.«

Kurz darauf stand sie in der Diele des Strandhauses, die Tür war geschlossen und Kaaya in der Dunkelheit dahinter verschwunden. Es war still. Emma hörte ihren eigenen Herzschlag und ein Sausen in den Ohren. Die Flammen in den Öllampen flackerten leicht, als herrsche von irgendwoher Zugluft. Dabei hatte Kaaya ihr noch versichert, alle Fenster geschlossen zu haben.

Warum hatte sich ihre Mutter eigentlich in diese Einsamkeit zurückgezogen? Eine Baracke am Hafen wäre Emma im Moment lieber gewesen als die feudalste Villa am Stadtrand.

Ich kann hier nicht leben!, schrie es in ihr. Ich will nach Hause!

Sie beschloss, Paul Borchart von ihrem Verdacht zu erzählen und vielleicht auch Ernst Keller zu informieren, aber dann würde sie das nächste Schiff nach Europa nehmen. Es war traurig, dass dies wahrscheinlich erst einmal das Ende ihrer Freundschaft zu Dorothee bedeutete, aber sie konnten sich ja schreiben ... Ein bitteres Lachen entrang sich Emma. Sie dachte mit einer Selbstverständlichkeit an eine Korrespondenz mit ihrer Freundin, als gehörten Briefe aus Südwest nicht zum traurigsten Kapitel ihres Lebens.

Jedenfalls besaß sie dank der verkauften Rohdiamanten genug Geld, um das Photographische Atelier in Lichterfelde weiterzuführen. Sie würde arbeiten und irgendwann vielleicht sogar heiraten. Mit Wehmut dachte sie an Kurt Halske, diesen liebenswerten Freund, der von starken, mutigen Männern wie Paul Borchart und Hannes Graeff in den Schatten gestellt wurde – und einem Manfred von Paschen nicht das Wasser reichen konnte, jedenfalls auf den ersten Blick. Nur Emma wusste von seiner Charakterschwäche.

Aber sie war sicher, dass er sich geändert hatte. Zwölf Jahre nachdem er sich geweigert hatte, einen Arzt für sie zu holen, würde er sie beschützen. Vielleicht war er – unbemerkt von Emma – inzwischen zurück und in dem Zelt am Strand.

Ohne darüber weiter nachzudenken, schwebte Emma zum Wintergarten. Sie öffnete die Terrassentür. Unvermittelt wehten ihr der salzige Duft des Meeres und der allgegenwärtige Sand entgegen. Ein Körnchen flog ihr ins Auge, und sie wischte sich über das Lid, um es zu entfernen.

Deshalb sah sie nicht, wie eine Gestalt vor sie trat. Sie hörte nur das leise Knirschen von Schritten und dann ein metallisches Klicken.

»Guten Abend, Fräulein Thieme, schön, dass Sie mir entgegenkommen.«

Emma atmete tief durch. Die Stimme von Lothar Schulz zu hören erleichterte sie. Manfreds Mitarbeiter konnte sie gewiss ebenso gut vor der Eingeborenen schützen wie sein Mäzen. Wie nett von ihm, nach dem Rechten zu sehen.

Sie kniff die Augen zusammen – und blickte auf den schmalen, langen Lauf eines Gewehrs, das auf sie gerichtet war. Braunes Holz und silbriges Metall schimmerten im Mondlicht. Die Waffe erschreckte sie nicht so sehr, Emma stammte aus einer Garnisonsstadt und kannte sich damit aus. Sie vermutete, dass es ein sogenanntes Gewehr 88 war, eine Ordonnanzwaffe, mit der die Offiziere der Lichterfelder Kadettenanstalt und der anderen Bataillone zuweilen gern photographiert werden wollten.

»Nehmen Sie das bitte weg«, sagte sie unaufgeregt. »Ich glaube nicht, dass wir irgendeinen Eindringling erschießen müssen.«

Schulz lachte leise. »*Wir* wollen niemanden erschießen, da haben Sie schon Recht. Wissen Sie, dass mir diese selbstgerechte Ausdrucksweise von euch wohlhabenden Bürgern bis zum Halse steht? Da rackert man sich jahrelang für den Kaiser ab – und was ist der Lohn? Man wird belogen und betrogen von den feinen Herrschaften.« Er drückte den Lauf leicht in Emmas Seite. »Kommen Sie!«

»Was soll das?«

»Nun komm schon«, wiederholte er.

Emma spürte den Stoß des Laufmantels schmerzhaft in den Rippen. Unwillkürlich setzte sie sich in Bewegung, die Augen starr auf den Punkt gerichtet, wo das von ihr vermutete Ende des Gartens in absoluter Dunkelheit lag. Der Mond war hinter einer Wolke verschwunden oder hinter dem Dach des Hauses. Egal, dachte sie, ganz egal – nur nicht fallen!

»Wo soll ich denn hin?«, krächzte sie.

»Das wird ein kleiner Ausflug, Fräulein Thieme. Sie mögen

es doch bestimmt, wenn ein starker Mann Sie über das Wasser rudert!«

Am liebsten hätte sie aufgeschrien. Das Wort Wasser weckte schlummernde Ängste in ihr. Doch sie blieb ruhig. Zwar zitterte sie ein wenig, aber ohne dass es auffiel. Gelassenheit erfüllte ihre Seele, als hielte Constanze ihre schützende Hand über sie. Und langsam begann auch ihr Hirn wieder zu arbeiten, von dem sie zuvor glaubte, es ausgeschaltet zu haben wie einen Lichtschalter.

»Was wollen Sie von mir?« War das tatsächlich ihre Stimme, die so fest und kühl klang?

»Von Ihnen persönlich will ich nichts. Sie sind ein überhebliches Ding, genau wie Ihre Mutter. Sie brauchen auch nichts zu tun, sondern nur zu warten. Wenn von Paschen erfährt, dass ich Sie entführt habe, wird er zurückkommen …«

»Das ist doch Unsinn!«, brach es aus Emma heraus.

Schulz schlug ihr den Lauf des Gewehrs in die Seite. »Halt den Mund, ja?!«

Ihre Rippen schmerzten, pressten ihr die Luft ab. Tränen traten ihr in die Augen, als sie sich krümmte.

Da er sie weiter vorwärtsdrängte, stolperte sie über die Steine. Gleich, dachte sie, gleich stehe ich am Klippenrand und werde fallen …

Plötzlich wurde Emma bewusst, dass sie Lothar Schulz nie zum Kreis der Verdächtigen gezählt hatte. Die treue Kaaya – aber nicht diesen Mann, dem Borchart nicht über den Weg traute.

Emma versuchte, ruhig zu atmen, verlangsamte etwas ihren Schritt. Ein innerer Impuls zwang sie, Schulz anzuschreien, ihn für den Mord an ihrer Mutter verantwortlich zu machen, ihn zu beschimpfen und ihm zu drohen. Was spielte es schon für eine Rolle, dass er eine Waffe besaß? Paul Borchart war auf dem Weg zu ihr, und Kaaya würde gewiss auch nicht ewig fortbleiben, und wenn Manfred von Paschen erst wieder da war …

Mit einiger Verspätung begriff sie, was Schulz zuvor gesagt hatte. Die Erinnerung lenkte sie von ihrem eigentlichen Vorhaben ab. Und dann sprudelten die Worte unkontrolliert über ihre Lippen: »Warum sollte es Manfred von Paschen etwas ausmachen, ob Sie mich entführen? Es hat ihn schon einmal nicht interessiert, wie es mir geht.«

»Papperlapapp! Kein Vater will, dass seiner Tochter etwas zustößt.«

Sie stand am Klippenrand. Sie spürte die Steine unter ihren Sohlen. »Mein Vater ist tot«, schrie sie dem Wind entgegen.

Er nahm ihren Arm und zerrte sie ein paar Schritte weiter zu der Mulde, wo der Trampelpfad zum Strand begann. Sein schwerfälliges Schnaufen mischte sich mit dem Rauschen der Brandung und dem Klappern einer Takelage.

Da ist tatsächlich ein Boot, fuhr es Emma durch den Kopf, während sie an seiner Seite hinabstolperte. Wie war Schulz dazu gekommen? In den vergangenen Tagen hatte sie keines gesehen, nicht einmal eine Boje war ihr aufgefallen, an der man es festmachen konnte.

»Wer sich mit einem Sack voller Diamanten aus dem Staub machen kann, ist noch nicht tot«, schnaubte Lothar Schulz, und aus jeder Silbe troff sein Zorn.

»Nein, nein. Das ist ein Irrtum. Meine Mutter hat mir die Diamanten nach Berlin geschickt, und ich habe sie verkauft. Da war mein Vater aber schon verunglückt …«

»Red keinen Blödsinn, Mädchen! Oder weißt du etwa nicht, dass der feine Leutnant von Paschen deiner Mutter einen dicken Bauch gemacht hat?«

»Das ist nicht wahr!«

»Ha! Du glaubst wohl noch an Ammenmärchen. Ich war sein Bursche und habe jede seiner Bettgeschichten erlebt. Deine Mutter hielt er sich am längsten. Leider habe ich sie damals nie gesehen, sonst hätte ich gewusst, dass das hier nicht gut ausgeht.«

Sie trat in ein Loch, das die Sandkrebse in das Ufer gegraben haben mochten. Im nächsten Moment verlor sie das Gleichgewicht. Hätte Schulz nicht mit eisernem Griff ihren Arm umklammert, wäre sie gestürzt. Sie knickte mit dem Knöchel um und fiel in sich zusammen. Als er sie auf die Beine zerrte, schrie Emma auf.

Nie war ihr das Rauschen der Brandung so bedrohlich erschienen wie in dieser Nacht. Die Schaumkronen leuchteten wie silberne Diademe, die Gischt sprühte hoch, und Emma kam sich flüchtig vor wie unter einem Regenguss. Es war Flut, und die Wellen umspülten ihre Füße, tränkten ihre Schuhe binnen Sekunden. Vor ihr breitete sich schwarz das unendliche Meer aus.

Panik erfasste sie. Die Furcht vor dem Element drängte die verstörende Behauptung weit in den Hintergrund.

»Bitte, nicht ins Wasser«, flehte sie. »Ich mache, was Sie wollen. Nur bitte … ich kann nicht ins Wasser!« Ihre letzten Worte waren ein ersticktes Schluchzen.

46

»Wie albern!«, rief Dorothee aus. »Ich habe meine Tasche bei Emma liegen lassen.«

Hannes Graeff stieg auf die Bremse. Das Automobil kam mitten auf der Kreuzung Diaz- und Bismarckstraße zum Stehen. Es herrschte um diese Uhrzeit so gut wie kein Betrieb. Vor einem Laden klapperten vergessene Kisten im Wind, von Ferne erklang Hufgetrappel, aus einer Kneipe wehten vereinzelt die Stimmfetzen von Männern beim Trinken. Hinter den Fenstern wurden die ersten Lampen gelöscht. In Lüderitzbucht ging man früh zu Bett.

Er drehte sich zu Dorothee um. Im Licht der Straßenlaternen fiel ihr auf, wie müde seine Augen wirkten.

»Sie brauchen nicht noch einmal zurückzufahren«, beeilte sie sich großmütig zu sagen. »Ich vermute, es ist schon zu spät, um Emma noch einen Besuch abzustatten. Vielleicht haben Sie ja morgen noch einmal Zeit, mich zu chauffieren.«

»Ich kann es gewiss einrichten«, er lächelte matt. »Wenn Sie erlauben, würde ich mich glücklich schätzen, mehr als nur Autofahrer für Sie zu sein.«

»Sie sind bereits mein Arzt.«

»Nun … ja … das stimmt. Aber es wäre schön, wenn ich Sie … und selbstverständlich auch Ihren Herrn Vater … wenn ich Sie beide zu einem Hummeressen einladen dürfte. Die Felsenhummer von Lüderitzbucht sind die schmackhaftesten im ganzen Süden Afrikas, und es ist gerade die beste Fangzeit … Ich meine, sofern Sie Krustentiere mögen.«

Sie erwiderte sein Lächeln, obwohl ihr das Herz schwer wurde. In ihrem Hirn hämmerte der unangenehme Gedanke, dass Doktor Graeff Mitleid mit ihr hatte. Nicht nur dass er um ihre lebensbedrohliche Erkrankung wusste. Er hatte eine vormals berühmte Frau am Ende ihrer Karriere vor sich, die sich künftig wohl mit einem Wüstenschloss begnügen musste statt mit einem großen Konzertsaal. Alles ist auf Sand gebaut, ging es Dorothee durch den Kopf.

»Das ist sehr freundlich von Ihnen«, murmelte sie vage.

Graeffs Miene verfinsterte sich. »Verzeihen Sie, Fräulein von Hirschberg, ich wollte Ihnen nicht zu nahe treten. Vielleicht sollten wir doch zurückfahren, dann haben wir den Weg morgen nicht noch einmal vor uns.«

Seltsamerweise ertappte sie sich bei dem Gedanken, dass sie

ihn gern in den Arm genommen hätte. Im nächsten Moment fragte sie sich, ob sie verrückt geworden war. *Sie* war die bedauernswerte Person, der Trost gebührte. Außerdem irrte sie sich bestimmt in der Annahme, er würde mehr für sie empfinden als pure Sympathie. Sie musste von Sinnen sein, wenn sie glaubte, er zeige ein persönliches Interesse an ihrer Person. Ihre Seele war seit der Erfahrung mit Manfred von Paschen zutiefst verwundet. Und die geheimen Pläne ihres Vaters waren auch nicht dazu angetan, ihren Blick zu schärfen.

Dorothee wog ab, ob sie Hannes Graeff auf die von ihr belauschte Unterhaltung im Strandcafé ansprechen oder Stolz demonstrieren und darüber schweigen sollte, als plötzlich Bewegung in ihren Begleiter kam.

Er hatte offenbar einen Bekannten auf dem Bürgersteig hinter ihr gesehen, winkte lebhaft und rief schließlich in einer Lautstärke, die das Motorengeräusch und das Pfeifen des Windes übertönte: »Hey, jij!«

Verwundert wandte sie sich um. Ein hochgewachsener Mann in Arbeitskleidung kam dem Automobil mit lässigen, eleganten Schritten entgegen, die nicht zu seiner Garderobe passten. Sein Gesicht beschattete ein Panamahut mit einseitig aufgebogener Krempe, den er fest auf den Kopf drückte, damit ihn keine Böe mit sich nahm wie den aufgewirbelten Unrat auf der Straße. Offensichtlich hatte er gerade das nahe Lokal verlassen, als Graeff auf ihn aufmerksam wurde.

»Guten Abend«, grüßte Paul Borchart mürrisch und lehnte sich an den Kotflügel. Er streifte Dorothee mit einem flüchtigen Blick, zögerte, dann lüftete er den Südwester und wiederholte: »'n Abend.«

»Das ist Dorothee von Hirschberg, die Pianistin«, stellte Graeff vor.

»Ich weiß. Wir sind uns bereits begegnet.«

»Oh ja«, bemerkte sie freundlich, doch das Lächeln erstarb auf ihren Lippen, da Borchart es nicht erwiderte.

Um das darauf folgende, etwas peinliche Schweigen zu unterbrechen, erkundigte sich Graeff bemüht aufgeräumt: »Wohin des Weges, lieber Freund? Ich dachte, du verbringst deine Abende als Wachhund im Strandhaus bei Fräulein Thieme.«

»Ja, das dachte ich auch«, seufzte Borchart, »bis mich dieser Dummkopf Schulz in diese Pinte hier lockte. Er wollte mich unbedingt sprechen, ist aber nicht erschienen. War wohl nicht so dringend. Oder sein Mäzen hat ihn aufgehalten, dieser von Paschen. Ich habe keine Ahnung, aber es ist eine Unverschämtheit, jemanden warten …«

»Manfred von Paschen ist nicht da«, warf Dorothee ein. »Ich war doch vorhin bei Emma zu Besuch, und sie erzählte mir, dass er schon im Laufe des Tages ausgegangen und nicht zurückgekehrt sei.«

»Steig hinten ein!«, befahl Graeff in fast militärischem Tonfall. »Wir wollten ohnehin gerade noch einmal zum Strandhaus fahren.«

Dorothee sah Graeff überrascht an, sagte aber nichts. Sie drehte sich nicht um, hörte aber, wie Borchart den Wagenschlag öffnete und wieder schloss. Danach fuhr Graeff mit wesentlich höherem Tempo durch das abendliche Lüderitzbucht als vorher. Sie wurde in den Sitz gedrückt und musste ihren Hut festhalten. Niemand sprach ein Wort. Dabei hätte Dorothee gern gewusst, was »Hey, jij!« hieß. Sie vermutete, dass es sich um eine Begrüßung in der Landessprache handelte, aber sie unterließ es nachzufragen angesichts der unheilvollen Stimmung der beiden Männer.

Die Angst vor dem Ertrinken verlieh Emma ungeahnte Kräfte. Mit einem Mal war es ihr egal, ob Schulz mit seinem Gewehr auf ihren Leib zielte.

Sollte er sie doch erschießen!

Das war immer noch besser, als in das dunkle Wasser zu müssen. Sie trat nach ihm, wand sich in seiner Umklammerung, versuchte zu beißen und zu kratzen. Wie eine Furie schlug sie um sich, besessen von der Panik, die sie in jenen Nachmittag am Stavensee zurückversetzte.

Eine Stimme, von der sie nicht wusste, dass es ihre eigene war, hallte über den Strand, schrie gegen den Wind und die Brandung und auch gegen die eigene Furcht an. Sie brüllte wie ein waidwundes Tier.

Inzwischen standen sie knietief im Wasser. Da Schulz sein Gewehr in einem Arm hielt und es vor der Gischt schützen musste, war er in einer deutlich schlechteren Position. Er hatte nur eine Hand frei, um Emma zu bändigen.

Schulz zerrte sie zu einem Kahn, der auf den Wellen schaukelte wie ein einfaches Stück Holz.

Übelkeit stieg in ihr hoch, als sie Salz im Mund schmeckte. Ihre Gallensäfte drängten in die Kehle. Für einen Moment verließen sie die Kräfte.

Da versetzte ihr Schulz einen Schlag gegen die Brust.

Emma taumelte vor Schmerz, blies die Wangen auf, presste die Lippen zusammen, weil sie sich nicht erbrechen wollte. Vor ihren Augen tanzten plötzlich bunte Punkte. Sie strauchelte.

Nicht ins Wasser fallen, warnte eine innere Stimme.

Doch ihre Kleidung hing nass an ihr und erschwerte jede Bewegung.

In ihren Ohren tosten die Brecher. Sie hörte Schreie, die wie von Möwen klangen. Das Wasser stand ihr bis zur Taille. Es war bitterkalt, und ihre Muskeln zogen sich zusammen. Sie konnte sich kaum noch rühren, wusste nicht mehr, wie sie gegen den Mann kämpfen sollte, der sie zu seinem Boot schleppte.

Plötzlich knallte ein Schuss durch die Nacht. Sie hörte, wie

Vögel erschrocken und lärmend aufstiegen. Dann gaben ihre Knie nach.

Im nächsten Moment schlugen die Wellen über ihrem Kopf zusammen. Und Emma fühlte nichts mehr.

47

Dichte Nebelschwaden hüllten den Nautilushügel ein, als wäre er aus Porzellan und in Seidenpapier verpackt. Grabsteine aus dunklem Marmor durchbrachen den Dunst, manche Kreuze schienen wie auf Wolken zu schweben. Es war eine stille, mystische Stimmung, die an diesem Morgen über dem Friedhof hing wie ein Tuch über dem Altar einer Kirche. Und wie nach Constanzes Beisetzung vor rund einem Monat ging Dorothee »Ellens dritter Gesang« durch den Kopf, jenes Lied von Franz Schubert, das als *Ave Maria* berühmt geworden war:

Wenn wir auf diesen Fels hinsinken
Zum Schlaf, und uns dein Schutz bedeckt
Wird weich der harte Fels uns dünken.
Du lächelst, Rosendüfte wehen
In dieser dumpfen Felsenkluft.

Doch es waren keine Rosendüfte, die ihr in die Nase stiegen, sondern die schwere, salzige Feuchtigkeit des Nebels und das männliche Aroma von Paul Borchart, der neben ihr am Rand der Grabstellen ausharrte. Ohne ihn anzusehen, spürte sie seine Unruhe.

Vom Hafen dröhnte das Signalhorn eines Schiffs herauf.

Paul verlagerte sein Gewicht von einem Bein auf das andere.

Ein spitzer Schrei hallte über den Friedhof, dem ein Fluch aus

Pauls Mund folgte. Dann setzte er sich auch schon in Bewegung. Sand und Kies knirschten unter seinen Füßen, als er losrannte.

Seine Gestalt verlor sich rasch im Nebel, war nach drei, vier Schritten nur noch schemenhaft wahrzunehmen.

Dorothee sah ihm nach und fragte sich, ob sie sich nicht eigentlich auch einen Ritter wünschte, der Arbeitshose, Stiefel und einen Südwester mit derselben Eleganz trug wie einen maßgeschneiderten Anzug samt Homburg.

Aber nach ihrer Erfahrung mit Manfred von Paschen hatte sie erst einmal genug von attraktiven Herren. Der Verlust des Geldes, das sie ihm an Bord geliehen und nicht zurückerhalten hatte, schmerzte sie wenig im Verhältnis zu seinem spurlosen Verschwinden. Genau in dem Moment, in dem ihre Karriere zerbrach und sie nichts dringender benötigte als tiefe Verehrung, musste sie seine wahren Absichten erkennen. Ihn abzuweisen wäre leichter gewesen – als ungefragt zurückzubleiben. Sie fühlte sich wie eine Versagerin.

In der nächsten Zeit würde sie sich in aller Ruhe mit ihren Verfehlungen und Wünschen auseinandersetzen können. Wie es aussah, blieb ihr dafür mehr Muße, als ihr lieb sein konnte. Allerdings versuchte Hannes Graeff die Stunden mit seiner Gesellschaft auszufüllen – und mit seinen medizinischen Kenntnissen. Der Arzt unterstützte die Heilung ihrer Krankheit mit allen erdenklichen Mitteln. Gleichzeitig umwarb er sie auf seine höfliche und unaufdringliche Art, so dass Dorothee dankbar in einer für sie neuen Gefühlswelt voller Rücksichtnahme versank.

Sie schloss längst nicht mehr aus, dass Doktor Graeff eines Tages in das imposante Haus einziehen würde, das ihr Vater in der Wüste bauen ließ. Der beauftragte Architekt hatte sich ohnehin schon hinter vorgehaltener Hand gewundert, warum zwei Personen dreißig Zimmer bewohnen wollten. Die Fertigstellung würde jedoch eine ganze Weile dauern, weil das Baumaterial aus

Europa kam. Nun, bis zum Richtfest würde sie sich im Klaren darüber sein, ob sie Hannes Graeff zu einem Heiratsantrag ermuntern wollte. Diesmal irrte sie sich nicht in dem Mann, der ihr den Hof machte. Und die Frage, wie sich eine Ehe mit ihrer Zukunft als Pianistin vereinbaren ließe, war nicht mehr relevant. Doch genau dieser Gedanke ließ sie wieder und wieder zögern, denn die Wunde brannte noch zu sehr.

Emma hatte eine Hand vor den Mund geschlagen, die andere deutete auf das Grab ihrer Mutter. Wie zur Salzsäule erstarrt blickte sie auf einen Tierschädel, der auf dem mit Granitsteinen beschwerten kleinen Hügel lag, unter dem sich der Sarg befand.

»Warum haben Sie geschrien?«, fragte Paul Borchart atemlos, als er neben ihr auftauchte.

»Das Ding da!« Emma zitterte am ganzen Leib. »Was ist das? Was hat das hier zu suchen?«

»Ach du liebe Güte!« Paul stieß einen tiefen Seufzer aus. »Das ist das Skelett einer Kuh, glaube ich. Kaaya wird es gebracht haben.«

»Es ist entsetzlich«, entrüstete sich Emma. »Nehmen Sie es bitte sofort weg. Das ist eine infame Störung der Totenruhe.«

»Nein. Das ist es nicht. In Afrika gibt es Traditionen und religiöse Rituale, die sich unserer europäischen Vorstellungswelt entziehen. Ein solcher Kuhschädel ersetzt auf den Friedhöfen der Eingeborenen häufig das Grabkreuz. Ich denke, Kaaya hat es hier abgelegt als eine Art Abbitte. Sie wird sich nie verzeihen, dass sie sich hat aus dem Haus fortlocken lassen, während Sie in Gefahr schwebten.«

Emma nickte stumm. Ihre Hände sanken herab.

Wenn sie an Kaaya dachte, erfüllte sie ein tiefes Schuldgefühl. Ohne auch nur einen einzigen Grund für ihre Vermutung zu kennen, hatte sie die Schwarze verdächtigt, für Constanzes Tod verantwortlich zu sein. Inzwischen wusste sie, dass sie sich von Anfang an vor Kaaya gefürchtet hatte und deshalb so weit gegangen war. Kaaya sah anders aus als die Menschen, die Emma bisher kannte, und sie pflegte einen Lebensstil, der ihr fremd war. Im Gegensatz zu ihrer Mutter hatte sich Emma nicht die geringste Mühe gegeben, sie zu verstehen. Und selbst auf dem Friedhof schrie sie unbeherrscht, als würde sie von dem Kopf einer toten Kuh bedroht, statt abzuwarten und zu fragen, was es damit auf sich haben könnte. Die Scham über ihr Verhalten färbte ihre Wangen dunkelrot.

»Tut mir leid«, sagte sie leise.

»Ich wünschte, Sie würden versuchen, das Land und die Menschen hier zu verstehen«, erwiderte Paul mit deutlich sanfterer Stimme als zuvor.

Ein trauriges Lächeln umspielte ihre Lippen. »Ich hatte damals gehofft, dass es so kommt. Als ich anlandete, wusste ich nicht, ob ich überhaupt jemals nach Hause zurückkehre. Aber nach allem, was geschehen ist, wünsche ich mir nichts sehnlicher.«

Wie zur Bestätigung ihrer Worte dröhnte noch einmal das Nebelhorn eines Schiffs vom Hafen herauf.

»Ich muss gehen.«

Emma berührte vorsichtig den Gedenkstein, einen Findling vom Strand, in den sie Constanzes Namen hatte meißeln lassen. Sie nahm Abschied von ihrer toten Mutter in dem Bewusstsein, niemals wieder auf diesen Friedhof zu kommen. Im Grunde würde sie sich künftig nicht anders fühlen als in den vergangenen zwölf Jahren, als es kein Grab gab, an dem sie hätte weinen können. Eine letzte Ruhestätte am anderen Ende der Welt war fast ebenso schlimm wie gar keine.

Sie wischte die Träne, die sich aus ihrem Augenwinkel stahl, energisch fort. Ihre Zukunft lag im Reich, nicht in der Kolonie. Es gab zwar einen ziemlichen Scherbenhaufen in ihrer Seele, aber auch darum musste sie sich kümmern. Wenigstens war es nichts, das ihren Alltag belastete. Sie würde das Photographische Atelier weiterführen, eine alte Jungfer werden und das Chaos in ihren Gefühlen zu ordnen versuchen.

Im Lazarett hatte sie viel nachgedacht und war zu der Entscheidung gelangt, dass sie alles, was sie über ihre Familie und sich selbst in Lüderitzbucht herausgefunden hatte, am besten in vertrauter Umgebung verarbeiten konnte. Das Strandhaus war ihr fremd, sie brauchte ihr Zuhause, um zu genesen. Nicht nur von der Schussverletzung, die Schulz ihr zugefügt hatte, sondern auch von den Albträumen, die sie heimsuchten. Sie wollte wieder gesund und munter sein – und ihre Kraft nicht mehr in Verzweiflung und Not aufzehren. Dennoch fiel ihr der Abschied nicht leicht.

Mit hängenden Schultern wandte sie sich zum Gehen.

»Emma, ich wünschte …«, hob Paul an, doch er unterbrach sich gleich wieder.

Sie verharrte mitten in der Bewegung. »Ja?«

Verlegen senkte er den Kopf. Schließlich nahm er seinen Hut ab und hob wieder den Blick. Diesmal sah er ihr direkt in die Augen. »Ich wünschte, dass Sie eines Tages wieder hierherreisen möchten.«

Sie dachte daran, dass es wohl die einzige Möglichkeit wäre, Dorothee wiederzusehen. Und die Freunde ihrer Mutter, die sich fürsorglich um sie gekümmert hatten. Liebevoll sogar. Vor allem Paul Borchart, der sie nicht nur im Strandhaus zu beschützen versucht und schließlich gerettet hatte. Er hatte sie täglich im Krankenhaus besucht, ihr Bücher mitgebracht und kleine Leckereien, um sie aufzumuntern. Mehr als einmal hatte sie sich gefragt, wer sich nach der Rückkehr nach Groß-Lichterfelde so rührend ihrer annehmen würde. Immer wieder war ihr dabei Kurt Halske eingefallen. Und mit derselben Sicherheit, mit der sie wusste, dass sie nach Hause wollte, war ihr klar, dass er niemals mehr als ein guter Freund für sie sein würde. Das Erlebte konnte sie nicht mit ihm teilen, nicht einmal in Worten.

»Ich weiß es nicht«, erwiderte sie aufrichtig.

»Es ist vielleicht nicht der richtige Ort, aber es ist die letzte Möglichkeit, allein mit Ihnen zu sprechen.« Er legte eine kleine Pause ein, wartete wohl auf ihren Einwand, aber sie schwieg.

Nach einer Weile fuhr er hastig fort: »Mein Vertrag mit der Diamanten-Gesellschaft endet im Dezember. Er war auf ein Jahr befristet, sollte aber verlängert werden. Die Arbeit gefällt mir, deshalb werde ich wohl zustimmen. Mir liegt nur daran, vorher zu wissen, ob Sie eines Tages wieder nach Lüderitzbucht reisen möchten.«

Emma schnappte nach Luft. Ihr Herz pochte schneller. Die Narbe unter ihrer Schulter, wo die Kugel eingedrungen war, zog schmerzhaft, wie von Tausenden Nadeln gespickt. Sie dachte an ihre Mutter und daran, dass ihre anfängliche Vermutung, er sei mehr als ihr Kamerad gewesen, nie ganz ausgeräumt worden war. Allerdings hatte sich herausgestellt, dass so vieles nicht dem Anschein entsprach; es spielte letztlich nur noch eine Rolle, was sie wirklich wusste – und wollte.

Ihre Blicke ergaben sich Pauls funkelnden blauen Augen.

»Versprechen kann ich es nicht«, sagte sie leise, »aber ich werde darüber nachdenken, wenn ich wieder einigermaßen Tritt gefasst habe. Genügt das für den Anfang?«

Er schmunzelte. »Für den Anfang schon, aber sehr viel weiter nicht. Ich reise nach dem Vertragsende für ein paar Wochen auf Urlaub nach Berlin. Darf ich Sie dann besuchen? Ich würde gerne mit Ihnen spazieren gehen, eine Theateraufführung besuchen …«

»… oder ein Museum und ein Lichtspielhaus …«

»Wir könnten all das unternehmen, was man so tut, um sich kennenzulernen. Was halten Sie davon?«

Gedankenverloren nickte Emma. »Ich finde«, antwortete sie nach einer Pause, »dass das *Sie* jetzt reichlich überholt ist.«

»Stimmt«, raunte er, nahm ihre Hand und zog sie vorsichtig in seine Arme. Er hatte Mühe, der breiten Krempe ihres Hutes auszuweichen, als er sein Gesicht in ihrer Schulterbeuge barg.

Sie spürte seine Wärme, seinen Atem an ihrem Hals, und seine Nähe verlieh ihr eine Kraft, die sie in jener schrecklichen Nacht in den Fluten verloren zu haben glaubte.

Aus den Augenwinkeln blickte sie zu dem Grab ihrer Mutter.

Ich komme wieder, sinnierte sie. Dies ist doch kein Abschied. Es ist ein Anfang.

48

Emma war dankbar für den Nebel, der die Landungsbrücke verbarg und sie vor größeren Szenen verschonte. Sie hatte Dorothee auf Wiedersehen gesagt, den Rohrbachs und Hannes Graeff, der noch rechtzeitig zum Anleger geeilt war. Fast schon auf der Schiffsleiter, schaute sie zurück und entdeckte Kaaya in der Menge der Leute, die Freunde oder Verwandte an dem stolzen weißen Dampfer der Woermann-Linie verabschiedeten, der innerhalb der nächsten Stunde zunächst nach Swakopmund und dann in Richtung Kanarische Inseln in See stechen würde. Einem Impuls folgend drehte Emma um, lief zu der Schwarzen und umarmte sie. Dann konnte sie die Tränen nicht mehr halten. Aufgelöst wandte sie sich wieder zum Schiff und ging schließlich an Bord.

In ihrer Kabine ließ sie sich aufs Bett sinken und drückte die Puppe an ihr Herz, die sie als einzigen Besitz ihrer Mutter aus dem Strandhaus mitgenommen hatte. Sie hatte es Ruth Rohrbach überlassen, Constanzes Sachen aufzuräumen und zu verschenken oder zu behalten. Paul würde das Haus verkaufen, mit dem Emma nichts anderes verband als die schrecklichsten Erinnerungen. Es war eine Mischung aus Sentimentalität und Schuldgefühlen, als sie vorgeschlagen hatte, die Bewirtung im Café Kaaya zu überlassen, was rechtlich möglich war, wenn sie als Constanzes Erbin und Eigentümerin firmierte.

Ob sie das Café jemals doch selbst führen würde?

Emma verlor sich in Überlegungen und Träumen von einer Zukunft, die noch ungewisser war als ihre Ziele auf dem Weg nach Lüderitzbucht. Aber mit Sicherheit glücklicher! Ich müsste lachen, statt zu weinen, dachte sie und rieb sich über die Au gen.

Sie war so aufgewühlt, dass es ihr schwerfiel, still zu sitzen. Am liebsten wäre sie herumspaziert und an Deck gegangen. Doch sie wollte ihren Mitreisenden nicht begegnen, mit verweinten Augen und um Fassung ringend.

Nervös zerrte sie an einem Faden, der sich aus einer Naht an der Seite der Stoffpuppe gelöst hatte.

Im nächsten Moment platzte Helenes Rumpf auf.

Über Emmas Schoß ergoss sich eine Flut von milchig weißen Steinchen, achteckig und ähnlich Kandiszucker.

Mit offenem Mund blickte sie auf die Rohdiamanten. Es dauerte eine Weile, bis sie begriff, dass ein Vermögen vor ihr lag. Die Klippies waren kleiner als die Steine, die ihr Constanze vor eineinhalb Jahren geschickt hatte, aber es waren deutlich mehr.

Ihre Hand zitterte, als sie vorsichtig in den Bauch ihrer Puppe fasste. Ein Knistern antwortete ihr.

Verwirrt zog sie eine Banknote nach der anderen heraus.

Schließlich förderte sie ein mehrfach geknicktes Blatt Papier zutage. Sie entfaltete es und hielt es gegen das durchs Bullauge hereinfallende matte Licht. Auf Anhieb erkannte sie die Schrift ihrer Mutter.

Meine geliebte Emma,
wenn Du diese Zeilen liest, werde ich nicht mehr am Leben sein. Gern würde ich Dir alles persönlich erklären, aber falls irgendetwas das verhindert, musst Du es leider auf diesem Wege erfahren. Wer sich mit halbseidenen Menschen einlässt, ist nicht mehr sicher. Das weiß niemand besser als ich, die ich das Ende meines Vaters mitansehen musste. Aber ich möchte für diesen Fall Vorkehrungen treffen. Deshalb habe ich dieses Versteck für meine Beichte und Dein materielles Erbe ausgesucht, denn ich weiß, dass Du Deine Puppe an Dich nehmen würdest, was immer geschieht.

Das Geld und die Diamanten in Helenes Bauch sind Deine Mitgift. Ich habe nicht ganz legale Wege beschritten, um Deine Zukunft zu sichern, denn ich möchte keinesfalls, dass Du dieselben Fehler begehen musst wie ich. Ein eigenes Einkommen ermöglicht einer Frau, so zu leben und zu lieben, wie sie will. Glücklicherweise erlauben dies die neuen Gesetze. Deshalb nimm meinen Nachlass an, und richte Dir Dein eigenes Leben ein. Ob mit einem netten Mann oder ohne, das spielt keine Rolle. Lass Dich nur keinesfalls von finanziellen Überlegungen leiten. Sie haben meine große Liebe zerstört, und ich bete zu Gott, dass Dir nicht das gleiche Schicksal widerfährt.

Als ich ein Backfisch war und ein vornehmes Internat besuchen durfte, weil mein Vater gerade wieder einmal zu Geld gekommen war, lernte ich in der Tanzstunde einen Jungen mit den schönsten Augen kennen, in die ich jemals sehen durfte. Er war, wie die anderen auch, ein Zögling der Kadettenanstalt und zu unserem Unterricht rekrutiert worden. Wir poussierten ein wenig, aber es ist nichts zwischen uns geschehen. Dennoch habe ich ihn nicht vergessen. Er stammte aus dem Landadel, war der zweitgeborene Sohn und daher ohne nennenswertes Erbe. Er brauchte also eine gute Partie als Ehefrau.

Wir sahen uns zufällig wieder, als er ins Photostudio kam, um ein Porträt von sich anfertigen zu lassen. Es war kurz nach meiner Heirat mit Theodor Thieme, der so anständig gewesen war, mich zu ehelichen und meinen Vater, den Bankrotteur, bei sich aufzunehmen. Aber Theodor war viel zu alt für mich. Ich war keine sechs Monate verheiratet und sterbensunglücklich. Für Manfred von Paschen war ich daher wie eine reife Frucht, die ihm in den Schoß fiel.

Neun Monate später wurdest Du geboren. Es tut mir leid, dass Du es auf diese Weise erfährst – Du bist nicht die leibliche Tochter von Theodor Thieme. Dein Vater heißt Manfred von Paschen und ist der wundervollste und zugleich rücksichtsloseste Mensch, den ich je kannte. Wir haben uns geliebt, wir konnten nicht voneinander lassen. Vor zwölf Jahren kam es dann zum Skandal, und ich sah keinen anderen Ausweg, als so weit als möglich fortzugehen.

Wahrscheinlich wäre alles anders gekommen, wenn wir uns zueinander bekennen hätten können. Doch dafür fehlte uns das Geld. Manfred war nahezu mittellos, und mein Vater verheiratete mich mit einem freundlichen Mann, der nicht nur mich armes Ding, sondern auch ihn durchfütterte, der aber meinen Hunger nach Zärtlichkeit nicht stillen konnte. Das waren keine guten Voraussetzungen.

Um Dich vor diesem Schicksal zu bewahren, habe ich mich mit einer Frau eingelassen, die üblicherweise nicht zu meinem Bekanntenkreis gehört. Sie verkaufte die Diamanten, die ich am Strand bei meinem Haus fand, und gab mir das Geld. Obwohl die Frau eine hohe Provision verlangte, verdiente ich erheblich mehr als die zehn Prozent des Wertes, die von der Diamantenregie ausbezahlt werden. Die Klippies, die Du hier findest, konnte ich ihr nicht mehr übergeben, weil inzwischen ein fremder Mann neben meinem Grundstück campiert und unser Handel nicht mehr sicher ist.

Es steht Dir frei, wie Du mit den Steinen verfahren möchtest. Du kannst sie der Deutschen Afrika Bank in Lüderitzbucht übergeben oder der Deutschen Kolonialgesellschaft in Berlin. Ich denke, man wird Dir einen ansehnlichen Finderlohn geben. Das Bargeld behalte bitte und erzähle niemandem davon. Es ist nicht legal verdient, aber doch aus redlichem Antrieb.

Mein größter Wunsch ist, dass Du mit meinem Nachlass ein selbstbestimmtes Leben führen und den Mann lieben kannst, den Du willst. Es macht mich überglücklich, auf diese Weise für Deine Zukunft zu sorgen.

In Liebe
Deine Mutter

Emma ließ ihre Finger durch die Klippies gleiten. Sie fühlten sich kalt an, obwohl sie in geschliffenem Zustand wahrscheinlich das berühmte blaue Feuer ausstrahlen würden, das besondere Diamanten auszeichnete. Paul hatte ihr erzählt, dass die Fundstücke im Wüstensand von Südwestafrika von besonderer Reinheit und daher von größerem Wert waren als etwa die Steine, die aus dem Blaugrund im südafrikanischen Kimberley geschürft wurden.

Vor ihrem geistigen Auge erschien das Bild des freundlichen Herrn Rosenau. Traurig, dass Ernst Keller ihn hatte verhaften lassen … Was sollte sie ohne den Hehler mit so vielen Rohdiamanten anfangen?

Ich werde einen Weg finden, dachte sie plötzlich munter. Und dann reise ich nach Lüderitzbucht zurück und eröffne eine eigene Filiale des Photographischen Ateliers.

Unwillkürlich dachte sie an Theodor Thieme. Ob er gewusst hatte, dass sie nicht seine richtige Tochter war? Wahrscheinlich ahnte er es zumindest. Dennoch hatte er sie stets umsorgt und beschützt, er war immer für Emma da gewesen. Unter den gegebenen Umständen begann sie sogar zu verstehen, dass er die Briefe aus Südwest vor ihr verborgen hatte. Womöglich lebte er in der ständigen Angst, auch sie könnte ihn eines Tages verlassen.

Armer alter Mann!, fuhr es ihr durch den Kopf. Plötzlich fühlte sie eine Zärtlichkeit in sich aufwallen, die sie in den Monaten seit ihrer folgenschweren Entdeckung verdrängt hatte, weil sie glaubte, Theodor Thieme verdiene sie nicht. Doch dem war nicht so. Er hatte sich anständig benommen und getan, wozu er in der Lage war, mehr als viele andere Männer, denen die eigene Ehefrau Hörner aufsetzte.

Sie durfte ihm nicht mehr gram sein, sondern wollte die Erinnerung an den Mann in ihrem Herzen bewahren, der eigentlich nicht ihr Vater war, aber sich immer so verhalten hatte.

Am Nachmittag des nächsten Tages fand Emma einen freien Liegestuhl auf dem Promenadendeck. Sie hatte sich die Mahlzeiten bisher in ihre Kabine bringen lassen und auch der Einschiffung in Swakopmund nicht beigewohnt. Es hatte sie Zeit gekostet, sich zu sammeln und die neue Situation zu durchdenken. Mit einem Mal war sie eine reiche Frau. Natürlich durfte niemand davon erfahren, aber sie trug den Kopf ein wenig stolzer, und ihre Schultern waren gestraffter, als sie sich mit mehr als dreißig Stunden Verspätung unter ihre Mitreisenden mischte.

Der Nebel hatte sich gelichtet, die Wolkendecke war aufgerissen, so dass die Küste im goldenen Glanz des Sonnenscheins erstrahlte. Hunderte von Seeschwalben formierten sich immer wieder neu und begleiteten die *Adolph Woermann* in nördliche Richtung, die graue Finne eines Wals tauchte backbord in Sichtweite des Dampfers auf. Die Dünen auf der Landseite, hoch wie Berge, fielen ebenso steil ins Meer ab wie die grünen Hänge der Gebirge in die Täler. Je nach Lichteinfall veränderte sich die Farbe der Wüste, wechselte sich das Spiel der Schatten ab. Es war eine atemberaubende Kulisse, unberührt und deshalb vielleicht sogar noch anziehender. Das Ufer verlief in einer fast geraden Linie, Emma konnte kaum Buchten ausmachen.

Sie überlegte gerade, ob sie Stativ und Kamera aus der Kabine holen und trotz der Schiffsbewegungen versuchen sollte, diesen fantastischen Ausblick zu photographieren, als eine vertraute Stimme fragte: »Entschuldigen Sie bitte, ist der Liegestuhl neben Ihnen noch frei?«

Entgeistert sah sie den Herrn an, der es sich, ohne eine Antwort abzuwarten, auf dem Deckchair links von ihr bequem machte.

»Ich freue mich, Sie wiederzusehen«, sagte Manfred von Paschen und schenkte ihr sein charmantestes Lächeln.

Mein Gott, dachte Emma und fürchtete im selben Moment, ihr Herz würde stehen bleiben. Das ist mein Vater!

Er wartete einen Moment, dann bemerkte er leichthin: »Hoffentlich hat unser Zusammentreffen nicht nachhaltige Folgen. Ich würde mir nie verzeihen, wenn es Ihnen meinetwegen für länger die Sprache verschlagen würde.«

»Wo sind Sie gewesen?«, stieß sie hervor.

»Ich hielt es für sinnvoll, mich eine Weile zurückzuziehen.

Ein kurzer Aufenthalt bei einer neuen Bekannten, der ich Modell für ein ganz schreckliches Porträt sitzen durfte, die aber einen reizenden Ehemann besitzt, der sich interessanterweise mit Flugtechnik beschäftigt. Dann eine ziemlich unbequeme Fahrt mit dem Zug nach Windhuk, und schließlich kam ich irgendwie nach Swakopmund, um dieses Schiff zu erreichen. Alles sehr ungemütlich. Ich hoffe, dass unsere Reise nun ein wenig angenehmer verläuft. Allerdings muss ich zugeben, Fräulein Emma, dass ich Sie nicht an Bord erwartet hatte.«

In Emmas Kopf drehte sich ein Karussell. Wusste Manfred von Paschen tatsächlich nicht, was geschehen war? Oder war er noch immer der verantwortungslose Charmeur, der sich selbst am nächsten stand und sich nicht um andere scherte? Wollte sie diesen Tunichtgut zum Vater haben?

»Der Mann, mit dem Sie gemeinsame Sache machen wollten«, brach es aus ihr heraus, »ist verhaftet worden.«

»Ich habe davon gehört«, erwiderte er, und seine Stimme klang jetzt weit weniger amüsiert als zuvor. »Aber bitte nehmen Sie nicht an, dass Lothar Schulz mein Komplize war. Ich habe mich bedauerlicherweise dazu hinreißen lassen, als sein Mäzen aufzutreten, aber mehr habe ich mit der Sache nicht zu tun.«

Sie wich seinem Blick aus. Nur keine Lügen mehr hören müssen.

»Glauben Sie mir«, setzte Manfred mit Nachdruck hinzu. »Selbst die Zollbeamten konnten mir nichts Übles nachweisen. In Swakopmund haben sie mein Gepäck durchsucht, weil der Irre anscheinend behauptete, ich sei mit Rohdiamanten getürmt. Natürlich haben sie nichts gefunden.«

»Schulz wollte mich umbringen!«

»Was? Machen Sie bitte keine Scherze!«

Emma ließ die Augen über das Meer wandern. Der Atlantik wirkte erstaunlich ruhig, die Wellen bildeten kleine Schaumkronen, ansonsten war die See eine leuchtend blaue Fläche. Das Schiff stampfte durch die Fluten, das Land schien immer weiter fortzuschweben. Doch Emma erkannte nicht mehr die Küste Südwestafrikas. Vor ihrem geistigen Auge erschien das Ufer des winterlichen Stavensees …

Sie drehte den Kopf und sah Manfred scharf an. »Genau genommen weiß ich nicht, ob er mich wirklich umbringen wollte. Tatsache ist, dass er mich versuchte zu entführen und angeschossen hat.«

Manfred erbleichte. »Großer Gott!«

Beim Verhör hatte Lothar Schulz ausgesagt, dass er nur in Manfred von Paschens Auftrag gehandelt habe. Emma sei eine Zeugin, die er beiseiteschaffen sollte. Das hatte ihm Ernst Keller jedoch nicht geglaubt, zumal die Hure Lilly mit dem Namen von Paschen nichts Dramatisches in Verbindung brachte und immer wieder von Constanzes Schuld sprach. Außerdem hatte sich im Zelt kein Diebesgut gefunden. Da Schulz bekanntlich ein gern gesehener Gast im Freudenhaus von Lüderitzbucht gewesen war, lag für die Polizei die Vermutung nahe, dass er und Lilly gemeinsame Sache machten und Manfred nichts damit zu tun hatte.

Emma schluckte. Ihr Mund war plötzlich trocken. Jetzt oder nie, dachte sie.

»Schulz sagte, Sie wären mein leiblicher Vater!«

»Oh!«

Von einer Gruppe Reisender wehte Lachen über das Deck. Zwei Frauen und zwei Männer hatten sich an einem Tisch niedergelassen und spielten Karten. Zeitungsseiten raschelten, als ein Passagier in einiger Entfernung über seiner Lektüre einschlief und die Hände auf das Blatt sanken. Die Schritte eines Stewards hallten über die Planken.

Emma ließ ihre Fingerknöchel knacken, was sie eigentlich hasste, weil es sie an verschrobene Lehrer und jene Kundschaft des Photoateliers erinnerte, der man es nie recht machen konnte. Sie war jedoch so aufgeregt, dass sie die Hände kaum ruhig zu halten vermochte. Auch nicht die Füße. Sie sehnte sich danach, ruhelos auf und ab zu laufen. Fast fluchtartig richtete sie sich auf.

»Warte!«

Der vertrauliche Ton rief etwas in ihr wach, das sie vorerst lieber vergessen hätte. Es war die Erinnerung an jenen Manfred von Paschen, in dessen Nähe sie sich sicher und geborgen fühlte. Sie sank wieder auf den Liegestuhl, blieb jedoch kerzengerade auf der Kante sitzen.

Er fuhr sich mit der Hand über die Augen und wirkte mit einem Mal unendlich müde und alt. »Emma, es gab keine andere Möglichkeit. Deine Mutter und ich mussten das Leben führen, das uns das Schicksal bot.«

Der Wunsch nach Bewegung nahm zu, doch Emma verharrte still.

Manfred seufzte. »Constanze hat mich am Ende gehasst. Es war kaum zu ertragen, wie sehr sie mich gehasst hat. Und sich selbst. Aber auch die Liebe, die uns einst verband. Wahrscheinlich verachtete sie sogar das Leben.«

Also doch, dachte Emma. Er war es! Sie spürte nichts als eine tiefe Leere, als sie fragte: »Ist sie deshalb gestorben?«

»Constanze?« Er sah sie verblüfft an, dann schüttelte er den Kopf. »Nein, Emma. So war es nicht. Ein wenig mehr Tragik wäre sicher angemessen gewesen, statt einer derart lächerlichen Situation … Aber es war wirklich nur ein Unfall. Constanze hatte unglaubliches Pech …«

Schweigend wartete sie auf eine weitere Erklärung.

»Hat Schulz nichts darüber ausgesagt? Oder die Puffmu…, diese Lilly? Haben es die beiden nicht erzählt?«

»Nicht dass ich davon erfahren hätte. Nein.«

Sein Seufzen glich eher einem gequälten Stöhnen. »Es gab einen Streit zwischen Constanze, dieser Lilly und Schulz«, mit einer weit ausholenden Geste deutete er an, dass anfangs wohl mehr Wind um die Sache gemacht wurde als nötig. »Ich kontrollierte gerade die Tauchausrüstung und bekam daher nichts vom Inhalt ihres Gesprächs mit. Wahrscheinlich stritten sie über irgendeinen geheimen Handel. Worum sonst im Diamantenland?«

Er stieß ein bitteres Lachen aus. Dann fuhr er fort: »Dieser kleine weiße Terrier, den Lilly bei sich hatte, wuselte um sie herum. Vielleicht spürte das Tier, dass Constanze wütend auf sein Frauchen war. Es sprang an ihr hoch, lief um ihre Beine. Ich sah es, und meine Schuld ist, dass ich sie nicht warnte. Aber letztlich passierte wohl alles schneller, als ich es in Erinnerung habe. Um den Hund nicht zu verletzen oder ihm auszuweichen … ich weiß es nicht … Constanze trat jedenfalls irgendwann einen Schritt zur Seite … und ins Leere …«

Das Schicksal hatte es nie gut mit ihrer Mutter gemeint. Bis zuletzt nicht. Emma war wie versteinert.

»Warum?«, hauchte sie. »Warum hast du das nicht bei der Polizei gemeldet?«

»Tatsache ist, dass die Verbindung zwischen Lothar Schulz, Lilly und deiner Mutter hätte erklärt werden müssen. Niemand hatte ein Interesse daran. Außerdem weiß ich nicht einmal, was zwischen den dreien tatsächlich vorgefallen war.«

Ob das alles stimmte? Oder hatte Manfred nur wieder zuerst die eigene Haut retten wollen? Für ihn sprach jedoch, dass Constanze auf dem Sterbebett keinen Namen genannt hatte. Der Name eines Täters wäre ihr sicher noch über die Lippen gekommen, die bizarre Geschichte um einen Hund wohl weniger. Und natürlich hatte Manfred Recht – ihr Handel mit den Diamanten wäre aufgeflogen.

»Lilly geriet wohl als Erste in Panik«, unterbrach er ihre Gedanken. »Sie beschloss, Lüderitzbucht zu verlassen, doch da sie der Verwaltung bereits durch andere verbotene Machenschaften aufgefallen war, durchsuchte man sie auf dem Schiff nach Mosambik. Ihre Geschichte wirbelte anschließend viel Staub auf, wie du weißt, und Schulz wollte ebenfalls Hals über Kopf fliehen, nachdem die Polizei im Strandhaus aufgetaucht war. Während er ein Boot besorgte, suchte ich das Weite. Er war kein Umgang für mich. Nie gewesen. Schon als Bursche war er mir zu plump vertraulich. Das hatte ich vergessen.«

»Und natürlich erzählte diese Lilly niemandem, dass ihr Hund meine Mutter umgebracht hatte. Das hätte ihr wahrscheinlich keiner geglaubt, und sie wäre selbst zur Verantwortung gezogen worden.« Emma sank der Länge nach auf den Liegestuhl zurück. Die Wahrheit hatte sie zutiefst erschöpft.

Manfred richtete sich auf und griff nach ihrer Hand, die sie ihm widerspruchslos überließ, weil ihr die Kraft zur Gegenwehr fehlte.

»So traurig Constanzes Schicksal ist – ich bin froh, dass alle Missverständnisse zwischen uns ausgeräumt sind, Emma. Ich bin gewiss kein Bild von einem Vater, und wir können das Geschehene nicht wegwischen. Aber glaubst du, wir beide könnten neu anfangen?«

Ihre Antwort war eine Gegenfrage: »Was wirst du tun, wenn wir zu Hause sind?«

»Das weiß ich noch nicht. Ich habe ein wenig Geld … ähmm … gespart. Es wird mich erst einmal über Wasser halten. Danach werde ich sehen, was das Leben mir noch zu bieten hat. Irgendwo wartet sicher eine schöne Frau auf mich.« Den letzten Satz begleitete er mit einem kleinen, nervösen Lachen.

»Du hast nichts und niemanden, nicht wahr?«

Er wich ihrer Frage aus, starrte blicklos über das Meer. »Ich hatte eine Familie, für die ich niemals wichtig war, ich hatte das Bataillon, dem ich nicht mehr angehöre, und ich hatte deine Mutter … Ja, Emma, ich habe niemanden. Ich habe nie etwas behalten können.«

»Und Dorothee?«, platzte es aus ihr heraus.

Er räusperte sich, dann: »Hätte ich Dorothee von Hirschberg nur als Mittel zum Zweck verstanden, wäre ich möglicherweise in Lüderitzbucht geblieben. Aber vielleicht werde ich sie eines Tages in Berlin wiedersehen, und wer weiß …«

»Dorothee kommt nicht zurück«, unterbrach sie.

»Wieso das?«

Und sie begann, von ihrer Freundin zu erzählen. Mit jedem Wort über Dorothee drängte sie die eigene Geschichte in den Hintergrund ihrer Gedanken. Eine ungeahnte Lebendigkeit erfasste sie, als sie von einer möglichen Heilung und dem Palast berichtete, den Hugo von Hirschberg für seine Tochter bauen ließ. Sie plauderte und verlor sich in allerlei Harmlosigkeiten. Ab und an stellte Manfred eine Frage, lachte über eine Albernheit und hielt ihre Hand. Sie unterhielten sich, als wäre es die größte Selbstverständlichkeit, einvernehmlich auf dem Promenadendeck eines Dampfers beisammenzusitzen.

Da die *Adolph Woermann* nicht über Kamerun fuhr, würden sie bereits in drei Wochen in Antwerpen anlegen. Es blieb also noch viel Zeit für eine Aussprache. Bis dahin beschloss Emma, die Reise zu genießen, denn immerhin hatte sie am Strand von Lüderitzbucht ihre Angst vor Untiefen verloren.

· 1910 ·

49

Das neue Ladenschild war erst vor ein paar Tagen von den Handwerkern angebracht worden, aber es hing bereits schief herab. Ein Sturm, der nachts durch die Straßen gefegt war, hatte die Tafel aus der Verankerung gerissen. Sie wirkte nun, als würde sie dem nächsten Kunden auf den Kopf fallen, der es wagte, sich darunter zu bücken, um durch die Tür ins *Photographische Atelier Theodor Thieme Nachfolger* zu gehen.

Emma betrachtete skeptisch das Werk des Wetters. Sie stand auf dem breiten Bürgersteig vor dem Westbazar und überlegte, wie das Schild ohne großen Aufwand wieder sicher zu befestigen wäre. Es war bitterkalt, und sie trat von einem Bein aufs andere, damit sie das Gefühl verlor, am Boden festzufrieren.

Fast über Nacht hatte der Winter in Groß-Lichterfelde Einzug gehalten, die Böen waren nur der Anfang. Wie so oft setzte hier erst im Januar das strenge Wetter ein. Obwohl die Morgendämmerung lange vorbei war, schien es nicht hell werden zu wollen an diesem Tag. Der Himmel hing schwer, tief und in so vielen Grautönen über der Bahnhofstraße, wie Perlmutt in einer dunklen Muschelschale schimmerte. Vereinzelt schwebten Eiskristalle herab, sie erinnerten Emma an die matt glänzenden Rohdiamanten im Geheimfach ihres Sekretärs. Es war der erste Schnee in diesem Jahr.

»Chefin«, meldete sich der Lehrling, der neben ihr stand und den Schaden begutachtete, »soll ick mir einen Schraubenzieher holen?«

»Ach, ich weiß nicht«, behauptete Emma gutmütig, obwohl sie sehr genau wusste, was zu tun wäre, könnte ihr Gehilfe nur richtig zupacken. Doch der Junge hatte sich von den schweren Brandverletzungen, die er im Juli bei der Katastrophe auf der Radrennbahn erlitt, bis heute nicht erholt. Es war ein Wunder, dass er noch lebte. Er würde nie ein richtiger Photograph werden, aber Emma beschäftigte ihn weiter, denn er war nützlich für Botendienste und die gute Seele ihres Studios. Leider taugten seine verbrannten Hände für nicht viel sonst, nur die Invaliditätsversicherung sah das bedauerlicherweise anders.

»Wenn ich mir das Wetter so anschaue, haben wir wahrscheinlich morgen dasselbe Problem«, fuhr sie milde fort. »Wenn es stärker schneit, wird die Schneelast das Schild wieder runterdrücken.«

»Das kaputte Ding da schreckt aber die Leute ab.«

»Ja, genau. Deshalb sollten wir es vielleicht ganz abnehmen«, erwog Emma und fragte sich, ob ihr Lehrling trotz seiner Verletzung wenigstens dazu in der Lage war, aber wahrscheinlich machte es keinen Unterschied.

Unwillkürlich fiel ihr der Rat von Doktor Wohlgemuth ein, der sie vor zu großer Freundlichkeit gegenüber ihren Angestellten warnte: »Man führt keinen Betrieb mit einem guten Herzen, Fräulein Thieme!« Und sie dachte an ihre Antwort, die sich vor allem auf Kaaya im fernen Lüderitzbucht bezogen hatte: »Manchen Menschen ist man verpflichtet, auch wenn es das Gesetz nicht vorsieht.« Sicher hielt sie der alte Anwalt deshalb für eine aufwieglerische Sozialistin, aber das war ihr egal.

In stummer Eintracht blickten Emma und der Junge grübelnd zu der Tafel hinauf, die anfangs so hübsch ausgesehen hatte, nun aber ihren Zweck nicht mehr erfüllte.

Seit gut vier Wochen war Emma zu Hause. Sie hatte ihre alte Wohnung bezogen und das Atelier wiedereröffnet, nahm Kontakt zu dem ehemaligen Rechtsberater von Theodor Thieme auf, traf ihre Freundinnen zum Weihnachtspunsch und erklärte Kurt Halske geduldig, dass sie die Falsche für ihn sei, ihn aber als besten Kameraden schätze. Eigentlich sollte alles so sein, wie es vor ihrer Reise nach Deutsch-Südwest gewesen war. Doch sie konnte die Fäden nicht mehr aufnehmen, die sie im Sommer hatte fallen lassen. Nichts war mehr wie zuvor, am allerwenigsten sie selbst.

Emma zog sich aus ihrem Bekanntenkreis zurück, bat Manfred von Paschen zu einem feierlichen Weihnachtsessen, und während die Feldbatterie im Berliner Lustgarten das neue Jahrzehnt mit Salutschüssen empfing, schrieb Emma zwei Briefe – einen an Dorothee und den anderen an Paul Borchart. An beide hatte sie bereits nach ihrer Ankunft geschrieben, aber was machte es schon, wenn mit dem nächsten Schiff gleich ein kleiner Stapel Post nach Lüderitzbucht expediert wurde? Dummerweise wartete sie ihrerseits bisher ebenso sehnsüchtig wie vergeblich auf Nachrichten aus Afrika. Sie wusste zwar, dass der Transport nur einmal im Monat erfolgte, aber es fiel ihr schwer, sich in Geduld zu fassen. Wenn sie den Briefträger vorbeigehen sah, dachte sie immer an ihre Mutter. Sie überlegte, dass Constanze bestimmt ebenso inständig auf Post aus Übersee gehofft hatte, und das Herz wurde ihr schwer ob der siebenundzwanzig verpassten Chancen.

Emma wischte die Gedanken mit den Flocken fort, die sich in ihrem Haar, in den Augenbrauen und Wimpern verfangen hatten. Der Schneefall war binnen Minuten dichter geworden, und die Feuchtigkeit begann unter ihre Kleider zu kriechen. Der flüchtig übergeworfene Paletot war entsprechend der Mode kürzer als ihr Rock, und sie hatte keinen Hut aufgesetzt für den Moment, den sie den Laden verlassen wollte, um den Schaden zu besichtigen.

»Bei uns blüht das Baugewerbe, es wimmelt von Maurern, Malern, Tischlern, Stuckateuren, Drechslern und anderen Handwerksbetrieben«, sagte sie zu ihrem Lehrling. »Darunter wird ja wohl ein Mann zu finden sein, der fachmännisch die Tafel wieder anbringt, ohne dass sie beim nächsten Windstoß herabfällt.«

»Der Schildermacher?«, schlug der Junge vor.

»Einen Geologen benötigen Sie nicht zufällig, gnädiges Fräulein?«

Sie fuhr zu der Stimme herum, die ihr Herz augenblicklich schneller schlagen ließ. Vor ihr stand ein braungebrannter, atemberaubend attraktiver Mann in einem weiten Staubmantel, der landlaufig Schlüpfer genannt wurde, und mit einem weichen Filzhut auf dem dunklen Haar. Obwohl er gekleidet war wie viele männliche Passanten, die vom Bahnhof zur Haltestelle der Elektrischen, in die Geschäfte oder Büros eilten, hing ihm etwas aufregend Fremdartiges an. Afrika, fuhr es der reichlich verwirrten Emma durch den Kopf. Er sieht nach Afrika aus.

»Mit einem Hammer könnte ich dienen«, schmunzelte Paul.

Emma sah andere Fußgänger, die sie nicht beachteten, Nachbarn, die sie grüßten, und ihren Lehrling, der den Herrn, der seine Chefin angesprochen hatte, neugierig anstarrte. Dann blickte sie zu Paul auf und ballte die Fäuste, weil sie ihn vor all den fremden Menschen nicht umarmen konnte, obwohl es ihr in den Fingern kribbelte. Sie wollte sich zu gern vergewissern, dass seine Erscheinung keine Illusion war. Vielleicht war er aus Schnee und würde unter ihren Händen wegschmelzen.

»Das ist doch nicht möglich!«, rief sie schließlich aus. »Wo kommst du … wo kommen Sie denn her?« Ihre Stimme wurde immer leiser und unsicherer.

Paul nahm ihre Hand in die seinen. »Ich komme direkt aus Antwerpen. Wenn man dort von Bord geht statt in Hamburg und gleich mit dem Anschlusszug nach Berlin fährt, verkürzt sich die Reise um fast eine Woche.«

»Ja, aber … aber … ist das nicht zu früh?«, stammelte Emma. »Ich dachte, dein … Ihr … Vertrag endete zum einunddreißigsten Dezember.«

Wie sollte sie ihn nur ansprechen? Sie hatten sich am Grab ihrer Mutter umarmt und einen hauchzarten Kuss ausgetauscht, nachdem sie selbst ihm das Du angeboten hatte. Doch das war in Afrika gewesen und musste hier nicht unbedingt gelten – schon gar nicht in Gegenwart ihres Lehrlings.

»Ich wollte nicht mehr warten«, sagte er einfach, während er ihr in die Augen schaute. »Irgendjemand hat einmal gesagt, wahre Liebe erschließe sich nur durch Verzicht«, setzte Paul ungeachtet des Jungen an ihrer Seite hinzu. »Meiner Ansicht nach war das ein Narr.«

Emma spürte den bohrenden Blick des Gehilfen auf sich. Sie wandte kaum den Kopf zu ihm um, wedelte jedoch aufgeregt mit ihrer freien Hand. »Hast du nichts zu tun? Geh in den Laden, statt hier Maulaffen feilzuhalten.« Himmel, dachte sie, so rede ich doch sonst nicht!

Ihre Drohung hatte nur insofern Erfolg, dass der Junge sich in Bewegung setzte. Er kicherte despektierlich, nach zwei Schritten hielt er sich den Bauch vor Lachen, aber er geriet immerhin außer Hörweite.

Sie entzog Paul die Hand und vergrub sie in ihrer Manteltasche. »Ganz Lichterfelde wird über mich klatschen, wenn wir hier weiter für Aufmerksamkeit sorgen.«

»Ein Skandal ist nicht der schlechteste Grund, in die Kolonie auszuwandern«, gab er lächelnd zurück. »Ich möchte dich zu mir holen, Emma.«

»Kein Kennenlernen, kein Theater, kein Museum …?«

Seine Augen funkelten hinter dem Schleier aus Eiskristallen an seinen Wimpern. »Ein wenig Zeit wird uns bleiben, bevor wir das nächste Schiff nach Lüderitzbucht nehmen. Aber ich habe nicht vorzeitig Urlaub eingereicht, um allein zurückzureisen.« Er deutete auf die schief hängende Tafel. »Kaaya würde sagen, dies ist ein Omen: Theodor Thiemes Nachfolgerin gehört an einen anderen Ort.«

»Afrikanische Magie in allen Ehren, aber das hier ist nichts als die Folge des Winterwetters. Ich bin sicher, bei einem Wüstensturm wäre mein Ladenschild auch in Lüderitzbucht nicht sicher.«

»Lass es uns probieren, Emma!«

Sie fühlte sich wie überrollt. Da standen sie mitten im Schneegestöber und besprachen das wichtigste Thema ihres Lebens, als wäre dies eine Laube mit Rosenduft und Sonnenschein. Andererseits hatte sie davon geträumt, dass Paul kommen und sie aus ihrem Alltag in Lichterfelde reißen würde. Sie traute dem Glück nur nicht. Deshalb senkte sie den Kopf und sagte: »Das geht alles so schnell. Ich bin doch gerade erst angekommen. Wie soll ich mich denn schon entscheiden?«

»Du bist seit einem Monat wieder im Lande, und vorher hattest du drei oder vier Wochen auf See Zeit, über deine Zukunft nachzudenken«, rief er in einer Mischung aus Verzweiflung und aufsteigendem Ärger aus. »Meine Güte, wie lange brauchst du, um zu wissen, was du willst?«

»Na ja, ich dachte, du würdest mir erst schreiben und …«

»Ich bin lieber selbst gekommen, du weißt ja, wie das mit Briefen manchmal ist«, erwiderte er ernst. Er griff in seine Manteltasche und zog ein paar eng beschriebene Blätter hervor. Der Schnee fiel auf die Tinte und verwischte die Zeilen. »Meine Briefe hätten dich mit der Post später erreicht als ich.«

Bestürzt sah sie, wie nass die Schreiben in kurzer Zeit wurden. Sie versuchte sie mit ihren Armen zu schützen. »Wir sollten hineingehen«, murmelte sie, »bevor wir völlig durchnässt sind oder zu Eis erstarren.«

»Sind das alles deine Angestellten, deren Nasen am Fenster kleben? Das sind mir entschieden zu viele Zuschauer!«

»Weniger als auf der Straße.«

Paul lachte. »Schau dich um, Emma, wir sind ganz allein. Die meisten Leute haben sich vor dem Wetter in die Häuser verzogen. Dabei ist es wunderschön …«, er streckte die Hand aus, als wollte er die Schneeflocken festhalten. »Es regnet Diamanten.«

»Das habe ich vorhin auch gedacht«, erinnerte sie sich verwundert.

Noch immer lächelnd legte er seine Hände auf ihre Schultern und zog sie an sich. »Wir denken dasselbe. Ist das nicht wunderbar?«

Ja, durchfuhr es sie, ja.

Bevor sie etwas sagen konnte, flüsterte er vorwurfsvoll: »Wie soll ich dich küssen, wenn du deine Arme vor der Brust verschränkt hältst?«

Und Emma kapitulierte. Vor seiner Nähe, seiner fordernden Zärtlichkeit, seiner tiefen, melodischen Stimme und dem Glanz in seinen Augen. Ihre Mutter hatte sie nach Südwestafrika geholt, und wenn dort auch alles anders gekommen war als erwartet, so hatte Constanze ihr den Weg zu dem Mann gewiesen, der ihre Zukunft bedeutete. Das Glück meinte es besser mit ihr und Paul als mit ihren Eltern.

Pauls Mund schmeckte nach Schnee und ein bisschen nach Meer und Sand, was vielleicht nur eine romantische Erinnerung an den Duft der Wüste am Ufer des Atlantiks war. Emma genoss seinen tiefen Kuss, die verhaltene Leidenschaft, mit der er sie vereinnahmte. Es waren nur ein paar Atemzüge, die er ihr raubte, denn den ganz großen Skandal wollte er wohl doch nicht provozieren, aber sie besiegelten ihr gemeinsames Schicksal.

Ja, dachte Emma noch einmal. Mit diesem Mann wollte sie leben, einerlei, an welchem Ort der Welt.

Als er sich von ihr löste, nahm sie seine Hand und führte ihn durch den Schnee zu ihrem Laden. Flocken überstäubten die Schrift auf dem schiefen Schild, häuften sich und sahen aus wie winzige Berge von Diamanten.

Fußnote

Jede Geschichte, die ein Schriftsteller erzählt, beginnt mit einer Art Initialzündung. Der Auslöser zur Idee dieses Romans war der Hinweis meiner befreundeten Kollegin Beatrix Mannel auf das Buch *Die Macht der Diamanten* von Lisa Kuntze, für den ich mich hier noch einmal ganz herzlich bedanke.

Das 1983 vom Verlag der südwestafrikanischen Wissenschaftlichen Gesellschaft in Windhoek herausgegebene Bändchen erzählt in »sechsunddreißig ernsten, bitteren und tragischen Diamantengeschichten aus Südwestafrika« von dem deutschen Kolonialabenteuer und den ersten Funden sogenannter Klippies (Rohdiamanten) in Angra Pequena, jener landschaftlich kargen Gegend, die dann Lüderitzbucht genannt wurde und heute schlicht Lüderitz heißt. Allein die in diesem Sachbuch abgedruckten Photographien waren eine unschätzbare Quelle der Inspiration, vor allem jenes, das Frauen mit Wagenradhüten zeigt, die auf allen vieren im Sand nach Diamanten suchen – und wahrscheinlich auch gefunden haben.

Als der afrikanische Arbeiter Zacharias Lewela im Frühsommer 1908 beim Bau der Eisenbahn von Lüderitzbucht nach Keetmanshoop den ersten Edelstein in der Wüste fand, begann für die deutsche Bevölkerung ein Abenteuer, vergleichbar mit dem Goldrausch in Kalifornien Mitte des 19. Jahrhunderts. Das Fantastische: Man brauchte sich praktisch nur nach den Diamanten zu bücken. Minen, wie im südafrikanischen Kimberley etwa, wo der Diamantenrausch bereits 1869 eingesetzt hatte, gab es nicht. Es war eben auch nicht nötig, die Klippies aus dem Blaugrund (Kimberlit) zu schürfen – es genügten ein Sieb, um Kiesel und Sand (Grawel) zu trennen, und ein wenig Fett, an dem die Juwelen kleben blieben. Die Diamanten aus Lüderitzbucht waren meistens zwar kleiner als in Kimberley, aber dafür von besserer Qualität. Sie funkelten schöner im Licht und verströmten das »blaue Feuer«, noch verstärkt durch den in jenen Jahren vor dem Ersten Weltkrieg erfundenen Brillantschliff. Inzwischen sind die alten Fundstellen weitgehend leer, aber das sogenannte Diamantensperrgebiet umfasst bis heute fast die gesamte Umgebung von Lüderitz und erstreckt sich auch auf den Küstenstreifen südlich davon. Namibia befindet sich unter den zehn wichtigsten Produzenten von Naturdiamanten (im Gegensatz zu den heute industriell hergestellten Produkten), und deren Reinheit ist nach wie vor überdurchschnittlich.

Ich habe während meiner Recherche natürlich weitere Bilder und sehr viele Erlebnisberichte aufgestöbert, denn über keine ehemalige deutsche Kolonie wurde offenbar so viel geschrieben wie über Deutsch-Südwest. Die historisch interessierten Leserinnen und Leser können sich im Anschluss an diese Fußnote in einer Zeittafel über die relevanten Daten informieren. Ihnen wird bei der Lektüre allerdings auffallen, dass ich in meinem Roman ein wesentliches Kapitel der deutschen Kolonialgeschichte in Südwestafrika ausgespart habe – den schrecklichen Krieg und den Völkermord an den Nama und Herero. Der Grund dafür ist nicht etwa eine Missachtung der Eingeborenen, sondern vielmehr schlicht die Tatsache, dass die ersten Diamanten im Frühsommer 1908 bei Lüderitzbucht gefunden wurden, und da war der Friedensvertrag bereits zwei Jahre alt. Hinweise auf das Geschehen, die sich in den Dialogen in meinem Roman befinden, entsprechen überwiegend dem Gedankengut der damaligen Zeit, deren Kinder meine Protagonisten nun einmal sind, auch als erfundene Figuren. Diese Ausführungen sind keinesfalls meiner persönlichen Meinung zuzuschreiben.

Sehr viel Freude hat mir auch die Recherche über die Technik der Photographie zu Beginn des 20. Jahrhunderts bereitet. Ich danke Frau Dr. Cornelia Kemp, der Kuratorin der Abteilung Film und Fotografie im Deutschen Museum in München, und Herrn Gerhard Kemner, dem Leiter der Abteilung Fotografie und Filmtechnik des Technikmuseums in Berlin, für die privaten Führungen durch die jeweiligen Ausstellungen. Mit großer Geduld haben beide versucht, meine sicher oftmals naiven Fragen zu beantworten. Ich hoffe, dass ich alles richtig verstanden habe. Falls sich aber ein Fehler in meine Beschreibungen eingeschlichen hat, so ist dieser ganz allein mir zuzuschreiben. Eine wichtige Unterlage für meine Arbeit bildete auch das Buch *Anleitung zum Photographieren* von Ludwig David aus dem Jahr 1905. Übrigens: In der Berliner Ausstellung befindet sich die runde Knopflochkamera, die Ernst Keller in meinem Roman benutzt.

Herr Dr. Axel Griessmer vom Internationalen Maritimen Museum der Peter Tamm Sen. Stiftung in Hamburg hat mir wieder wertvolle Lektüretipps zu den Schiffsreisen meiner Handlungsepoche gegeben, etwa *Die Geschichte der deutschen Passagierschiffahrt* von Arnold Kludas. Vielen Dank dafür. Sehr hilfreich waren darüber hinaus die Bände »Deutsch-Südwest-Afrika« und »Kamerun«, die von der illustrierten Zeitschrift *Kolonie und Heimat* 1911 unter dem Titel *Eine Reise durch die Deutschen Kolonien* herausgegeben wurden. Ebenso weiterführend war der Besuch im Botanischen Museum zu Berlin, in dem ein Modell der deutschen Plantagen in Victoria (heute Limbé in Kamerun) ausgestellt ist. Und ich danke wieder einmal den Machern der Internetseite www.jaduland.de, die einen großen Fundus an Informationen über Deutsch-Südwest online gestellt haben, und Rainer Wülde für sehr informative Dokumentarfilme.

Noch ein Wort zu Groß-Lichterfelde, dem ehemaligen Vorort und heutigen Teil des Bezirks Steglitz-Zehlendorf in Berlin. Die Beschreibungen der alten Garnisonsstadt beruhen vor allem auf dem Buch *Lichterfelde – vom Dorf zum Vorort von Gross-Berlin* von Erika Reinhold. Allerdings habe ich hier mehr als nur einen Koffer. Das heutige Lichterfelde-West ist nach vielen Umzügen und langer Sucherei mein Zuhause geworden. Allein in dem alten Westbazar, in dem sich in meiner Fantasie das Photographische Atelier Theodor Thieme befand, gehe ich mindestens einmal pro Woche einkaufen und denke mich zuweilen gerne in das Jahr 1909 zurück.

Abschließend danke ich meiner Freundin und Kollegin Heidi Rehn für eine wunderbare Idee, die mich enorm weiterbrachte, als mir beim Schreiben einmal nichts einfiel. Steen Burnaes ist für den Schwelbrand im Kohlenlager »verantwortlich«, ohne den ich ebenfalls nicht hätte problemlos weiterschreiben können, und Gertraude Fydrichs Reisebericht über Südwestafrika ist Gold wert. Ganz wichtig war auch die technische Hilfe von Johannes Posel. Und ich danke meinem Mann Bernd Gabriel und meiner Tochter Jessica, die mich an den Schreibtisch trieben, wenn mein Kopf ein leerer Ballon zu sein schien.

Ohne die weltbeste Agentin Petra Hermanns geht gar nichts. Ich danke ihr und meiner Lieblingslektorin Barbara Heinzius, meiner liebsten Außenlektorin Marion Voigt und allen Goldfrauen und Goldmännern, die diesen Roman in irgendeiner Weise begleitet haben und mir die Möglichkeit geben, jetzt zu sagen: Nach dem Buch ist vor dem Buch!

In diesem Sinne bis bald
Ihre
Micaela Jary

Berlin, im Sommer 2012

Zeittafel

1486 Der portugiesische Seefahrer Bartolomeo Diaz geht in Südwestafrika an Land und nennt die Bucht Angra Pequena (Kleine Bucht).

1883 Der Bremer Kaufmann Adolf Lüderitz erwirbt die einsame Bucht und fünf Meilen Hinterland von dem Nama Joseph Frederiks II. und gründet eine Handelsstation.

1884 Reichskanzler Bismarck gewährt dem »Lüderitzland« den Schutz des Deutschen Reiches im Falle von Gebietsansprüchen durch Dritte, anschließend erste deutsche Flaggenhissung im Fort Vogelsang in Lüderitzbucht.

1885 Errichtung der ersten preußischen Verwaltungen in Südwestafrika.

1888 Erste Auseinandersetzung zwischen den Einheimischen und den Schutztruppen.

1890 Grundsteinlegung der Festung Windhuk, um die herum die Hauptstadt von Deutsch-Südwest errichtet wird. In den folgenden Jahren kommen erste Siedler nach Südwestafrika, die großzügig Farmland erhalten.

1891 Windhuk wird Hauptstadt von Deutsch-Südwest.

1893/1894 Krieg gegen den Stamm der Witbooi.

1897 In Zeitungen im Deutschen Reich erscheinen Anzeigen, die junge Frauen dazu auffordern, nach Südwest auszuwandern.

1904–1906/07 Aufstand der Herero und Nama. Der Krieg und seine Folgen kosten schätzungsweise bis zu 64000 Herero das Leben, etwa 10 000 Nama kommen um sowie 1365 weiße Siedler und Soldaten, 76 Weiße gelten als vermisst und sind wahrscheinlich gestorben.

1908 Erste Diamantenfunde in der Wüste östlich von Lüderitzbucht. Allein bis zum Ende dieses ersten Jahres wirft die Förderung 1,1 Millionen Goldmark Gewinn ab.

1914 Im Zuge des Ersten Weltkriegs in Europa besetzen im September südafrikanische Truppen Lüderitzbucht.

1915 Knapp ein Jahr nach der Besetzung von Lüderitzbucht kapituliert die Schutztruppe von Deutsch-Südwest, die Soldaten werden in einem Lager bei Aus interniert, die Reservisten kehren nach Deutschland zurück. Das südafrikanische Militär übernimmt mit Genehmigung Großbritanniens die Verwaltung.

1919 Nach dem Versailler Vertrag wird Deutsch-Südwest unter das Mandat des Völkerbundes gestellt, die Südafrikanische Union bleibt Verwalter und führt die strengen Regeln der Apartheid ein. Etwa die Hälfte der deutschen Siedler haben das Land verlassen, der Rest bleibt, zum Teil bis heute.

1946–1966 Südwestafrika wird Treuhandgebiet der UNO, was Südafrika nicht akzeptiert.

1968 Gründung des Staates Namibia durch die UNO.

1971 Der Internationale Gerichtshof in Den Haag verurteilt die fortdauernde Präsenz Südafrikas.

1990 Unabhängigkeit der Republik Namibia.